【臺灣現當代作家研究資料彙編】70

蕭　白

國立台灣文學館
出版

部長序

從歷史的角度檢視特定時代的文學表現，當代作家及作品往往是研究的重心；而完整的臺灣文學史之建構，更有賴全面與紮實的作家及作品研究。臺灣文學自荷蘭時代、明鄭、清領、日治、及至戰後，行過漫長的時光甬道，在諸多文學先輩和前行者的耕耘之下，其所累積的成果和能量實已相當可觀；而白話文學運動所造就的新文學萌芽，更讓現當代文學作品源源不絕地誕生，作家們的精彩表現有目共睹。相應於此，如何盤整研究資源、提升無論是專業學者或一般大眾資料查找的便利性，也就格外重要。

由國立臺灣文學館規畫、籌編的《臺灣現當代作家研究資料彙編》，即可說是對上述問題的最好回應。本計畫自 2010 年開始啟動，五年多來，已然為臺灣文學史及相關研究打下厚重扎實的基礎。臺文館不僅細心詳實地為作家編選創作生涯中的重要紀錄，在每一冊圖書中收錄豐富的作家照片、手稿影像，並編寫小傳、年表，再由學有專精的學者撰寫研究綜述、選刊重要評論文章，最後還附有評論資料目錄。經過長久的累積和努力，今年，已進入第六個年頭，即將完成總共 80 位作家的研究資料彙編。在本階段所出版的作家，包括詹冰、高陽、子敏、齊邦媛、趙滋蕃、蕭白、彭歌、杜潘芳格、錦連、蓉子、向明、張默、於梨華、葉笛、葉維廉、東方白共 16 位，俱為夙負盛名的重量級作者，相信必能有助於臺灣文學的推廣與研究的深化。

這套全方位的臺灣現當代文學工具書，完整呈現了臺灣作家的存在樣貌、歷史地位與影響及截至目前的相關研究成果，同時也清晰地勾勒出臺灣文學一路走來的變貌與軌跡，不但極具概覽性，亦能揭示當下的臺灣文學研究現況並指引未來研究路徑，可說是認識臺灣作家與臺灣文學發展的重要讀本依據，相信必能為臺灣文學研究奠定益加厚實的根基；懇請海內外關心及研究臺灣文學之各界方家不吝指正，以匯聚更多參與及持續前行的能量。

文化部部長 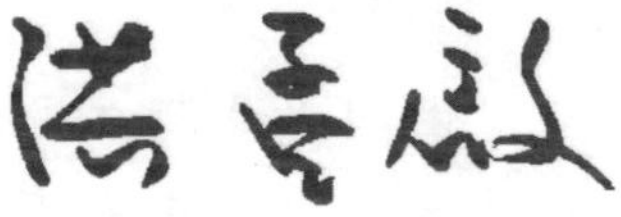

館長序

時光荏苒，「臺灣現當代作家研究資料彙編」第五階段已接近尾聲，16 冊圖書的出版，意味著這個深耕多年的計畫，又往前邁進一步，締造了新的里程碑。

「臺灣現當代作家研究資料彙編計畫」乃是以「臺灣現當代作家評論資料目錄」（2004～2009 年）為基礎，由其中所收錄的 310 位作家、十餘萬筆研究評論資料延展而來。為了厚實臺灣文學史料的根基，國立臺灣文學館組織了精實的顧問群與編輯團隊，從作家的出生年代、創作數量、研究現況……等元素進行綜合考量，精選出 100 位作家，聘請最適合的專家學者替每位作家完成一本研究資料彙編。圖書內容包括作家生平重要影像、文學活動照片、手稿或文物影像、作家小傳、作品目錄和提要、文學年表；另有主編撰寫的作家研究綜述，再從龐雜的評論資料中挑選具有代表性的評論文章，並附上完整的作家評論資料目錄。這套叢書不僅對文學研究者而言是詳實齊全的文獻寶庫，同時也為一般讀者開啟平易可親的文學之窗，讓大家可以從不同角度、多面向地認識一位作家的創作、生平與歷史地位。

本計畫自 2010 年啟動，截至目前為止，以將近六年的時間，完成了 80 位臺灣重量級作家的研究資料彙編，在本階段將與讀者見面的有詹冰、高陽、子敏、齊邦媛、趙滋蕃、蕭白、彭歌、杜潘芳格、錦連、蓉子、向明、張默、於梨華、葉笛、葉維廉、東方白共 16 人。這是一場充滿挑戰的馬拉松，過程漫長艱辛，卻也積聚並見證了臺灣文學創作與研究的能量。為了將這部優質的出版品推介給廣大的讀者，發揮其更大的影響力，臺文館於 2015 年 8 月接續推動「臺灣文學開講——臺灣現當代作家研究資料彙編行銷推廣閱讀計畫」，透過講座與踏查，結合文學閱讀、專家講述、土地探訪，以顯影作家創作與生活的痕跡，歡迎所有的朋友與我們一同認識作家、樂讀文學、親炙臺灣的土地，也請各界不吝給予我們批評、指教。

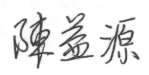

國立臺灣文學館館長　陳益源

編序

◎封德屏

緣起

1995 年 10 月 25 日，在臺灣師範大學教育大樓的 201 室，一場以「面對臺灣文學」為題的座談會，在座諸位學者分別就臺灣文學的定義、發展、研究，以及文學史的寫法等，提出宏文高論，而時任國家圖書館編纂張錦郎的「臺灣文學需要什麼樣的工具書」，輕鬆幽默的言詞，鞭辟入裡的思維，更贏得在座者的共鳴。

張先生以一個圖書館工作人員自謙，認真專業地為臺灣這幾十年來究竟出版了多少有關臺灣文學的工具書，做地毯式的調查和多方面的訪問。同時條理分明地針對研究者、學生，列出了十項工具書的類型，哪些是現在亟需的，哪些是現在就可以做的，哪些是未來一步一步累積可以達成的，分別做了專業的建議及討論。

當時的文建會二處科長游淑靜，參與了整個座談會，會後她劍及履及的開始了文學工具書的委託工作，從 1996 年的《臺灣文學年鑑》起始，一年一本的編下去，一直到現在，保存延續了臺灣文學發展的基本樣貌。接著是《中華民國作家作品目錄》的新編，《臺灣文壇大事紀要》的續編，補助國家圖書館「當代文學史料影像全文系統」的建置，這些工具書、資料庫的接續完成，至少在當時對臺灣文學的研究，做到一些輔助的功能。

2003 年 10 月，籌備多年的「臺灣文學館」正式開幕運轉。同年五月《文訊》改隸「財團法人台灣文學發展基金會」，為了發揮更大的動能，開始更積極、更有效率地將過去累積至今持續在做的文學史料整理出來，讓豐厚的文藝資源與更多人共享。

於是再次的請教張錦郎先生，張先生認為文學書目、作家作品目錄、文學年鑑、文學辭典皆已完成或正在進行，現在重點應該放在有關「臺灣現當代作家評論資料目錄」的編輯工作上。

很幸運的，這個計畫的發想得到當時臺灣文學館林瑞明館長的支持，於是緊鑼密鼓的展開一切準備工作：籌組編輯團隊、召開顧問會議、擬定工作手冊、撰寫計畫書等等。

張錦郎先生花了許多時間編訂工作手冊，每一位作家的評論資料目錄分為：

（一）生平資料：可分作者自述，旁人論述及訪談，文學獎的紀錄。

（二）作品評論資料：可分作品綜論，單行本作品評論，其他作品（包括單篇作品）評論，與其他作家比較等。

此外，對重要評論加以摘要解說，譬如專書、專輯、學術會議論文集或學位論文等，凡臺灣以外地區之報刊及出版社，於書名或報刊後加註，如中國大陸、香港、新加坡等。此外，資料蒐集範圍除臺灣外，也兼及中國大陸、香港、新加坡、日本、韓國及歐美等地資料，除利用國內蒐集管道外，同時委託當地學者或研究者，擔任資料蒐集工作。

清楚記得，時任顧問的學者專家們，都十分高興這個專案的啟動，但確定收錄哪些作家名單時，也有不同的思考及看法。經過充分的討論後，終於取得基本的共識：除以一般的「文學成就」為觀察及考量作家的標準外，並以研究的迫切性與資料獲得之難易度為綜合考量。譬如說，在第一階段時，作家的選擇除文學成就外，先考量迫切性及研究性，迫切性是指已故又是日治時期臺籍作家為優先，研究性是指作品已出土或已譯成中文為優先。若是作品不少而評論少，或作品評論皆少，可暫時不考慮。此外，還要稍微顧及文類的均衡等等。基本的共識達成後，顧問群共同挑選出 310 位作家，從鄭坤五、賴和、陳虛谷以降，一直到吳錦發、陳黎、蘇偉貞，共分三個階段進行。

「臺灣現當代作家評論資料目錄」專案計畫，自 2004 年 4 月開始，至 2009 年 10 月結束，分三個階段歷時五年六個月，共發現、搜尋、記錄了十餘萬筆作家評論資料。共經歷了三位專職研究助理，近三十位兼任研究助理。這些研究助理從開始熟悉體例，到學習如何尋找資料，是一條漫長卻實用的學習過程。

接續

「臺灣現當代作家評論資料目錄」的專案完成，當代重要作家的研究，更可以在這個基礎上，開出亮麗的花朵。於是就有了「臺灣現當代作家研究資料彙編暨資料庫建置計畫」的誕生。為了便於查詢與應用，資料庫的完成勢在必行，而除了資料庫的建置外，這個計畫再從 310 位作家中精選 50 位，每人彙編一本研究資料，內容有作家圖片集，包括生平重要影像、文學活動照片、手稿及文物，小傳、作品目錄及提要、文學年表。另外每本書分別聘請一位最適當的學者或研究者負責編選，除了負責撰寫八千至一萬字的作家研究綜述外，再從龐雜的評論資料中挑選具有代表性的評論文章，平均 12～14 萬字，最後再附該作家的評論資料目錄，以期完整呈現該作家的生平、創作、研究概況，其歷史地位與影響。

第一部分除資料庫的建置外，50 位作家 50 本資料彙編（平均頁數 400～500 頁），分三個階段完成，自 2010 年 3 月開始至 2013 年 12 月，共費時 3 年 9 個月。因為內容充實，體例完整，各界反應俱佳，第二部分的 50 位作家，接著在 2014 年元月展開，第一階段出版了 14 本，此次第二階段計畫出版 16 本，預計在 2016 年 3 月完成。

首先，工作小組必須掌握每位編選者進度這件事，就是極大的挑戰。於是編輯小組在等待編選者閱讀選文的同時，開始蒐集整理作家生平照片、手稿，重編作家年表，重寫作家小傳，尋找作家出版品的正確版本、版次，重新撰寫提要。這是一個極其複雜的工程。還好這些年培養訓練出幾位日漸成熟的專案助理，在《文訊》編輯部同仁的協助之下，讓整個專案延續了一貫的品質及進度。

成果

雖然過程是如此艱辛，如此一言難盡，可是終究看到豐美的成果。每位編選者雖然忙碌，但面對自己負責的作家資料彙編，卻是一貫地認真堅持。他們每人必須面對上千或數百筆作家評論資料，挑選重要或關鍵性的評論文章，全面閱讀，然後依照編選原則，挑選評論文章。助理們此時不僅提供老師們所需要的支援，統計字數，最重要的是得找到各篇選文作者，取得同意轉載的授權。在起初進度流程初估時，我們錯估了此項工作的難度，因為許多評論文章，發表至今已有數十年的光景，部分作者行蹤難查，還得輾轉透過出版社、學校、服務單位，尋得蛛絲馬跡，再鍥而不捨地追蹤。有了前面的血淚教訓，日後關於授權方面，我們更是如臨深淵、如履薄冰，希望不要重蹈覆轍，在面對授權作業時更是戰戰兢兢，不敢懈怠。

除了挑選評論文章煞費苦心外，每個作家生平重要照片，我們也是採高標準的方式去蒐集，過世作家家屬、友人、研究者或是當初出版著作的出版社，都是我們徵詢的對象。認真誠懇而禮貌的態度，讓我們獲得許多從未出土的資料及照片，也贏得了許多珍貴的友誼。許多作家都協助提供照片手稿等相關資料，已不在世的作家，其家屬及友人在編輯過程中，也給予我們許多協助及鼓勵，藉由這個機會，與他們一起回憶、欣賞他們親人或父祖、前輩，可敬可愛的文學人生。此外，還有許多作家及研究者，熱心地幫忙我們尋找難以聯繫的授權者，辨識因年代久遠而難以記錄年代、地點、事件的作家照片，釐清文學年表資料及作家作品的版本問題，我們從他們身上學習到更多史料研究可貴的精神及經驗。

但如何在規定的時間內，完成每個階段資料彙編的編輯出版工作，對工作小組來說，確實是一大考驗。每一冊的主編老師，都是目前國內現當代臺灣文學教學及研究的重要人物，因此都十分忙碌。每一本的責任編輯，必須在這一年多的時間內，與他們所負責資料彙編的主角——傳主及主編老師，共生共榮。從作家作品的收集及整理開始，必須要掌握該作家所有出版的作品，以及盡量收集不同出版社的版本；整理作家年表，除了作家、研究者已撰述好的年表外，也必須再從訪談、自傳、評論目錄，從作品出版等線索，再作比對及增刪。再來就是緊盯每位把「研究綜述」放在所有進度最後一關的主編們，每隔一段時間提醒他們，或順便把新增的評論目錄寄給他們（每隔一段時間就有新的相關論文或學位論文出現），讓他們隨時與他們所主編的這本書，產生聯想，希望有助於「研究綜述」撰寫的進度。

在每個艱辛漫長的歲月中，因等待、因其他人力無法抗拒的因素，衍伸出來的問題，層出不窮，更有許多是始料未及的。譬如，每本書的選文，主編老師本來已經選好了，也經過授權了，為了抓緊時間，負責編輯的助理們甚至連順序、頁碼都排好了，就等主編老師的大作了，這時主編突然發現有新的文章、新的資料產生：再增加兩三篇選文吧！為了達到更好更完備的目標，工作小組當然全力以赴，聯絡，授權，打字，校對，重編順序等等工作，再度展開。

此次第二部分第二階段共需完成的 16 位作家研究資料彙編，年齡層較上兩個階段已年輕許多，因此到最後的疑難雜症，還有連主編或研究者都不太清楚的部分，譬如年表中的某一件事、某一個年代、某一篇文章、某一個得獎記錄，作家本人絕對是一個最好的諮詢對象，對解決某些問題來說，這是一個好的線索，但既然看了，關心了，參與了，就可能有不同的看法，選文、年表、照片，甚至是我們整本書的體例，於是又是一場翻天覆地的大更動，對整本書的品質來說，應該是好的，但對經過多次琢磨、修改已進入完稿階段的編輯團隊來說，這不啻是一大挑戰。

1990 年開始，各地縣市文化中心（文化局），對在地作家作品集的整理出版，以及臺灣文學館成立後對日治時期作家以迄當代重要作家全集的編纂，對臺灣文學之作家研究，也有了很好的促進作用。如《楊逵全集》、《林亨泰全集》、《鍾肇政全集》、《張文環全集》、《呂赫若日記》、《張秀亞全集》、《葉石濤全集》、《龍瑛宗全集》、《葉笛全集》、《鍾理和全集》、《錦連全集》、《楊雲萍全集》、《鍾鐵民全集》等，如雨後春筍般持續展開。

經過近二十年的努力，臺灣文學的研究與出版，也到了可以驗收或檢討成果的階段。這個說法，當然不是要停下腳步，而是可以從「臺灣現當代作家評論資料目錄」所呈現的 310 位作家、10 萬筆資料中去檢視。檢視的標的，除了從作家作品的質量、時代意義及代表性去衡量外、也可以從作家的世代、性別、文類中，去挖掘有待開墾及努力之處。因此這套「臺灣現當代作家研究資料彙編」，大部分的編選者除了概述作家的研究面向外，均有些觀察與建議。希望就已然的研究成果中，去發現不足與缺憾，研究者可以在這些不足與缺憾之處下功夫，而盡量避免在相同議題上重複。當然這都需要經過一段時間去發現、去彌補、去重建，因此，有關臺灣文學的調查、研究與論述，就格外顯得重要了。

期待

感謝臺灣文學館持續推動這兩個專案的進行。「臺灣現當代作家評論資料目錄」的完成，呈現的是臺灣文學研究的總體成果；「臺灣現當代作家研究資料彙編」的出版，則是呈現成果中最精華最優質的一面，同時對未來臺灣文學的研究面向與路徑，作最好的建議。我們可以很清楚的體會，這是一條綿長優美的臺灣文學接力賽，我們十分榮幸能參與其中，更珍惜在傳承接力的過程，與我們相遇的每一個人，每一件讓我們真心感動的事。我們更期待這個接力賽，能有更多人加入。誠如張恆豪所說「從高音獨唱到多元交響」，這是每一個人所期待的。

編輯體例

一、本書編選之目的，為呈現蕭白生平、著作及研究成果，以作為臺灣文學相關研究、教學之參考資料。

二、全書共五輯，各輯內容及體例說明如下：

輯一：圖片集。選刊作家各個時期的生活或參與文學活動的照片、著作書影、手稿（包括創作、日記、書信）、文物。

輯二：生平及作品，包括三部分：

1.小傳：主要內容包括作家本名、重要筆名，生卒年月日，籍貫，及創作風格、文學成就等。

2.作品目錄及提要：依照作品文類（論述、詩、散文、小說、劇本、報導文學、傳記、日記、書信、兒童文學、合集）及出版順序，並撰寫提要。不收錄作家翻譯或編選之作品。

3.文學年表：考訂作家生平所進行的文學創作、文學活動相關之記要，依年月順序繫之。

輯三：研究綜述。綜論作家作品研究的概況，並展現研究成果與價值的論文。

輯四：重要文章選刊。選收國內外具代表性的相關研究論文及報導。

輯五：研究評論資料目錄。收錄至 2015 年 11 月底止，有關研究、論述臺灣現當代作家生平和作品評論文獻。語文以中文為主，兼及日文和英文資料。所收文獻資料，以臺灣出版為主，酌收中國大陸、香港、日本和歐美國家的出版品。內容包含三部分：

1.「作家生平、作品評論專書與學位論文」下分為專書與學位論文。

2.「作家生平資料篇目」下分為「自述」、「他述」、「訪談」、「年表」、「其他」。

3.「作品評論篇目」下分為「綜論」、「分論」、「作品評論目錄、索引」、「其他」。

目次

輯一◎圖片集

影像◎手稿◎文物

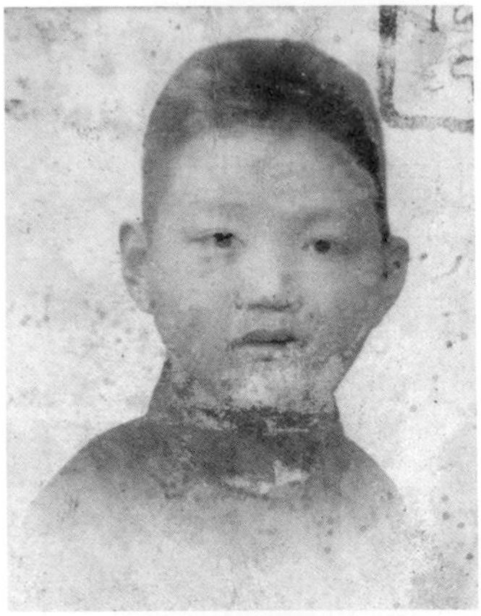

1939年8月，時年14歲的蕭白，為其第一張照片。（國立臺灣文學館提供）

1944年春，蕭白（右）與周海瑤（左）、徐台甫（中）出發前往四川前，於諸暨姚家庵留影。（文訊文藝資料中心）

1943年，任教於浙江諸暨大林東和鄉中心學校的蕭白。（國立臺灣文學館提供）

約1946年，時任中尉書記官的蕭白，於湖南衡陽「聯合勤務總司令部第十五供應分站」前留影。（國立臺灣文學館提供）

1947年11月，蕭白與未婚妻胡宗智（右）於衡陽來雁塔合影。（文訊文藝資料中心）

1948年1月9日，蕭白與妻子胡宗智結婚照，攝於衡陽金陵大酒家。（文訊文藝資料中心）

1949年7月16日，臺中市政府社會股同仁歡送蕭白（前排中），並留影紀念。（文訊文藝資料中心）

1951年2月27日，於臺北裝甲司令部擔任上尉的蕭白。（文訊文藝資料中心）

1956年1月23日，時任空軍少校的蕭白，攝於臺北復興崗。（國立臺灣文學館提供）

1959年，全家福照片。右起：女兒周映泓、蕭白（後）、胡宗智、兒子周曉峯。（國立臺灣文學館提供）

1960年2月，蕭白遊高雄，於大貝湖（今澄清湖）畔留影。（國立臺灣文學館提供）

1963年11月，參訪金門。右起：吳東權、田原、蕭白、張永祥、朱西甯、隱地。（國立臺灣文學館提供）

1965年1月9日，結婚17週年全家福照片。左起：胡宗智、蕭白、兒子周曉峯、女兒周映泓。（文訊文藝資料中心）

約1967年，蕭白等至朱西甯、劉慕沙的宅第雅集，於客廳合影。前排左起：周介塵、蔡文甫、蕭白、朱西甯、劉慕沙；後排左起：段彩華、楚茹、蔡丹冶、舒暢、盧克彰、心岱。（國立臺灣文學館提供）

1968年11月，《山鳥集》獲第三屆中山文藝創作獎，蕭白出席頒獎典禮，由王雲五（左）授獎。（國立臺灣文學館提供）

1969年3月，蕭白（右）應邀出席中國文藝協會中部分會、臺中市救國團於臺中舉辦「中部新春文藝座談會」，會後與楚茹（左）、夏楚（中）合影於臺中公園。（國立臺灣文學館提供）

1960年代後期，蕭白退休後遷居景美，文友們結伴來訪，於其新居前葡萄架下留影。左四起：胡宗智、蕭白、林綠、張錯、藍慰理、張菱舲。（國立臺灣文學館提供）

1971年新春，一家四口於景美藍廬前合影。右起：女兒周映泓、蕭白、兒子周曉峯、妻子胡宗智。（文訊文藝資料中心）

1973年4月14日，蕭白與張騰蛟（中）、朱西甯（右）應邀搭乘海軍軍艦至外海參觀，攝於海軍軍艦上。（張騰蛟提供）

1974年7月，中國青年寫作協會於南投霧社舉辦復興文藝營，蕭白應邀擔任散文組導師，師生合影。後排左起：蕭白、余光中、金開鑫、朱西甯。（國立臺灣文學館提供）

1975年，任職於黎明文化公司的蕭白（右），參與「中國新文學叢刊」編纂工作，與公司同仁曾麗華（左）至雅舍拜訪梁實秋（中），向作家邀稿。（國立臺灣文學館提供）

1976年8月，與文友同遊宜蘭礁溪五峰旗瀑布。右起：羊令野、蕭白、司馬中原、鄧文來。（國立臺灣文學館提供）

1976年8月，與文友參訪武陵農場。前排左起：羊令野、佚名、尹雪曼、金惟萱、司馬中原、林綠；後排左起：鄧文來、蕭白、彭邦禎、鄧雪峰。（國立臺灣文學館提供）

1977年6月19日，於書房寫作的蕭白。（國立臺灣文學館提供）

1980年4月19日，教育部於南投日月潭舉辦六十九年文藝季文藝座談會，蕭白等受邀出席，與洛夫（左）合影於涵碧樓。（國立臺灣文學館提供）

1980年秋，與文友於蔡丹冶天母宅第雅集。右起：蕭白、蔡丹冶、舒暢、周介塵、洛夫、楚茹。（國立臺灣文學館提供）

1982年5月3日，兒子周曉峯與馮幼衡新婚，與鳳兮夫婦結為親家。右起：李樂薇、鳳兮、蕭白、胡宗智、鳳兮幼女馮季眉（後）、兒子周曉峯、媳婦馮幼衡。（周曉峯提供）

1984年，蕭白與田原（右）應國軍退除役官兵輔導委員會之邀，訪問宜蘭棲蘭山林場、武陵農場及福壽農場，兩人於棲蘭山招待所前合影。（國立臺灣文學館提供）

1987年9月，蕭白與施良貴（左）、焦士太（右）同遊阿里山。（國立臺灣文學館提供）

1989年1月18日，華欣文化中心於臺北聯勤俱樂部宴請文友。前排左起：宋瑞、張默、沈靖、辛鬱、王璞、鄧文來、呼嘯、朱星鶴；中排左起：朱白水、公孫嬿、魏子雲、朱介凡、尹雪曼、鍾雷、林適存；後排左起：段彩華、朱西甯、楊震夷、陸英育、司馬中原、繆綸、程國強、王怡、鄧雪峰、蔡文甫、王賢忠、蕭白、張放、謝雄玄。（創世紀詩雜誌社提供）

1989年5月23日，應榮工處之邀，參訪南迴鐵路工地。右起：黃文範、佚名、劉非、蕭白、向明、碧果、鄧雪峰、佚名、張默。（國立臺灣文學館提供）

1999年2月，鄭清文（左）、王璞（右）至蕭白景美住處拜訪。（文訊文藝資料中心）

2006年5月15日，蕭白回故鄉浙江諸暨。適逢「紀念陳洪綬（1598～1652）誕辰四百周年展」展覽期間，蕭白前往參觀並於陳洪綬故居前留影。（文訊文藝資料中心）

2007年3月25日，應鳳凰（左）至聽雨草堂拜訪蕭白。（周曉峯提供／陳文發攝影）

2010年1月13日，文訊雜誌社社長封德屏（左）、資料中心組長吳穎萍（右），至景美聽雨草堂拜訪蕭白。（文訊文藝資料中心）

2010年1月13日，於書房伏案題字的蕭白。（文訊文藝資料中心）

2012年，蕭白（前中）生日，與家人合影。左起：周映泓、周曉峯、兩孫女。（周曉峯提供）

2013年4月3日，《文訊》邀約文友為蕭白祝賀88歲米壽。坐者左起：林綠、蕭白、封德屏、張騰蛟；立者左起：徐小姐、吳穎萍。（文訊文藝資料中心）

1946年，蕭白早期的水墨畫作。（國立臺灣文學館提供）

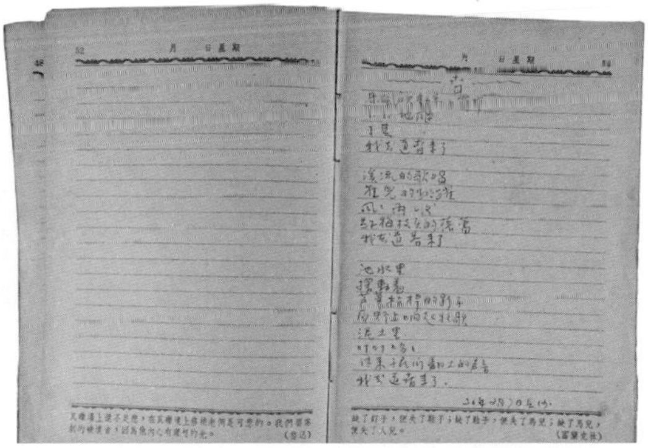

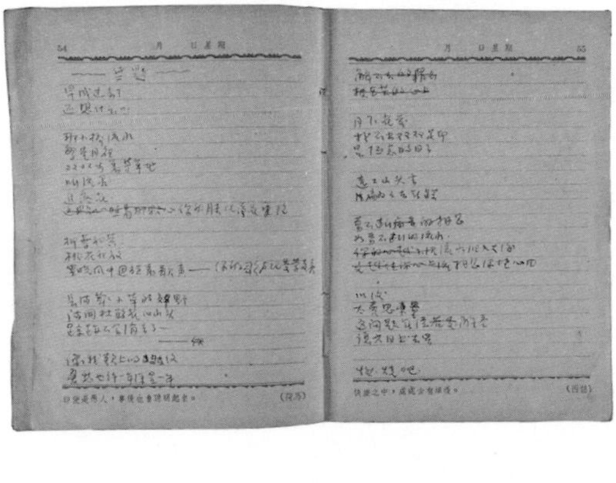

1947～1962年間，蕭白隨筆詩稿。（國立臺灣文學館提供）

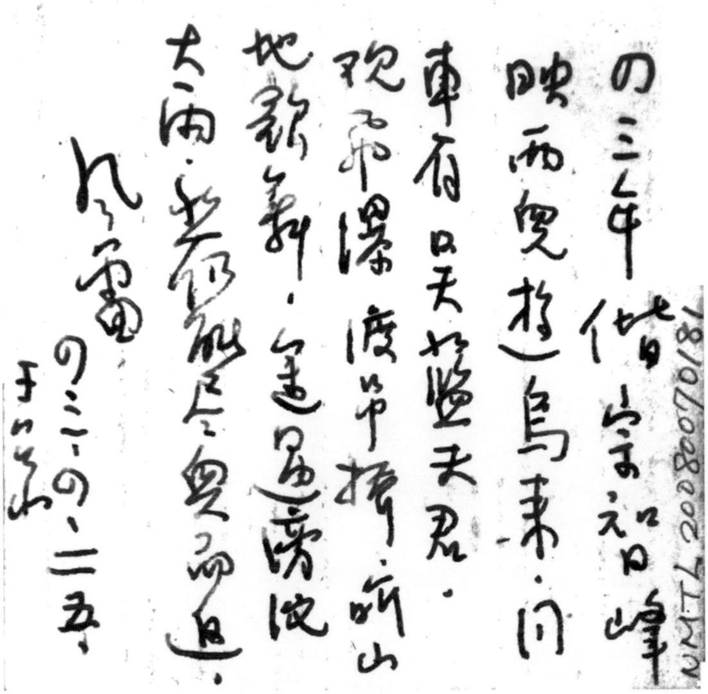

1954年4月25日，蕭白手跡，記一家同遊烏來，觀飛瀑、渡吊橋、聽山地歌舞趣事，署名「風雷」。（國立臺灣文學館提供）

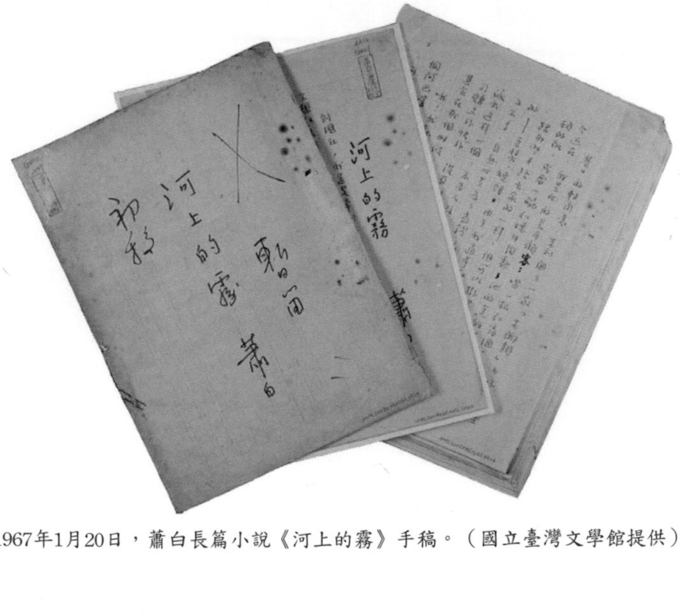

1967年1月20日，蕭白長篇小說《河上的霧》手稿。（國立臺灣文學館提供）

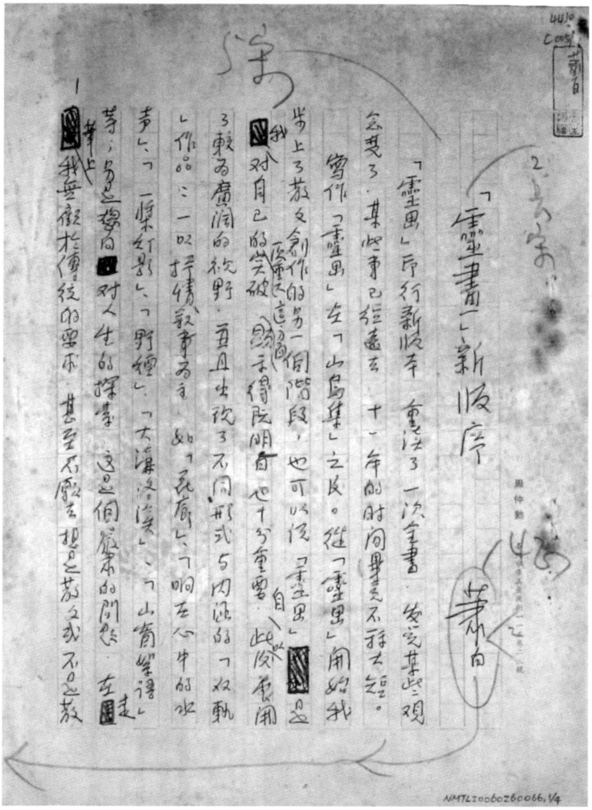

「靈畫」新版序

1981年秋，蕭白〈《靈畫》新版序〉手稿。（國立臺灣文學館提供）

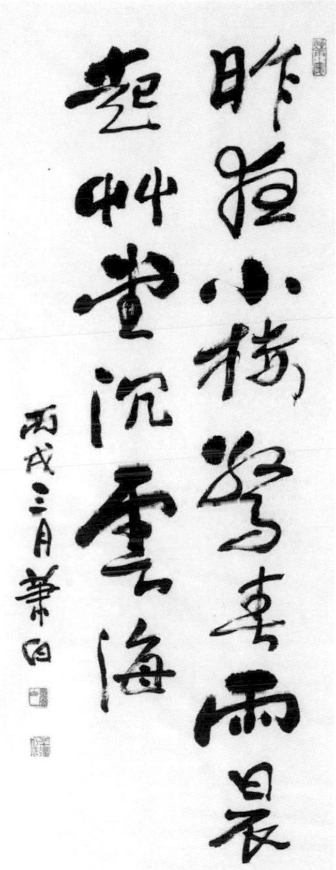

2006年3月，蕭白墨寶。（文訊文藝資料中心）

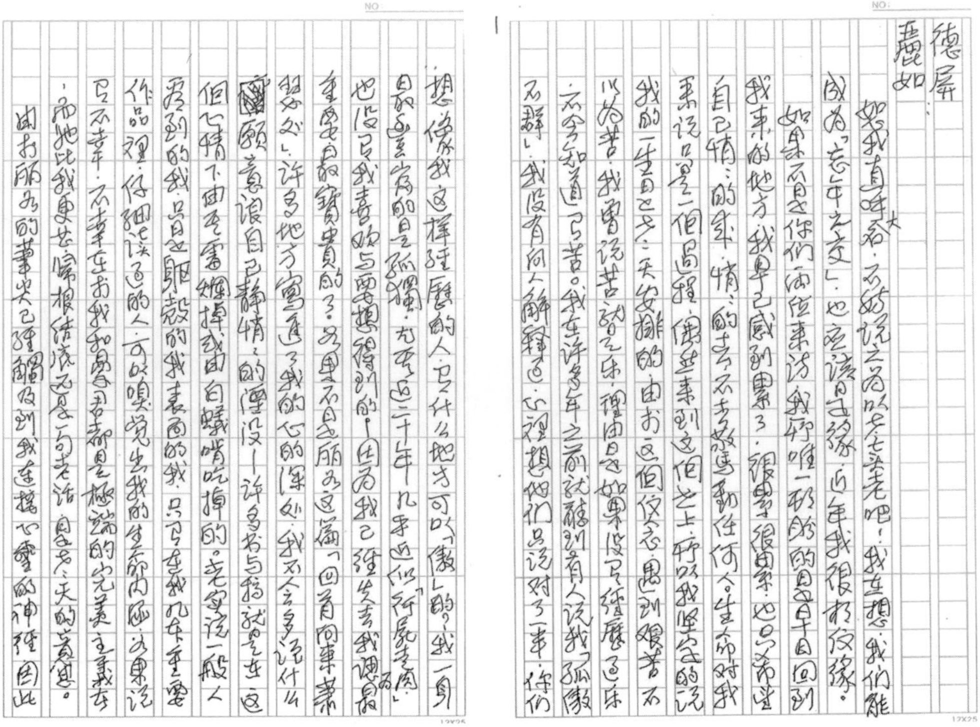

1

德屏
麗如：
如我有時容大，不妨說之為以文會友吧！我在想，我們能
成為「忘年之交」，也應該是緣，近年我很相信緣。
如果不是你們兩位來訪，我那唯一稱得自豪的日子回到
我來的地方，我早已感到累了，很累很累，也只希望
自己情情的來，情情的去，不去驚動任何人。生命對我
來說只是一個過程，偶然來到這個世上，所以我堅定的說
我的一生由老天安排的，由於這個緣故，遇到艱苦不
以為苦，我曾說苦就是樂，理由是如果沒有經歷過這樂
，不會知道什麼苦。我在許多年之前就聽到有人說我「孤傲
不群」，我沒有向人解釋過，心裡想他們只說對了一半，你們

2

想，像我這樣經歷的人，有什麼地方可以「傲」的？我一身
自幼最感受的是孤獨，尤其這二十年，九年近似「行屍走肉」，
也沒有我喜歡與要想得到的，因為我已經失去我想最
重要與最寶貴的了。如果不是為了這篇「回首向來蕭
瑟處」，許多地方寫盡了我的心的深處，我不會多說什麼
願意讓自己靜靜的沉沒，許多書與稿就是在這
個心情下由老實講掉我由白蟻啃吃掉的。老實說一般人
看到的我，只是軀殼的我，表面的我，只有在我九本重要
作品裡，仔細談過的人，可以嗅覺出我的生命內涵，如果說
只不幸，不幸在於我和鳳君都是極端的完美主義者
，而她比我更甚，常根據法院只是一句老話：自是老天的旨意。
由於兩者的事實已經觸及到我在這總心靈的神經，因此

2007年10月13日，蕭白致封德屏、林麗如函。（文訊文藝中心）

2007年，蕭白畫作，紫藤。
（文訊文藝資料中心）

蕭白水墨畫作。
（文訊文藝資料中心）

蕭白服務於軍旅多年，獲頒四星忠勤勳章。（國立臺灣文學館提供）

輯二◎生平及作品

小傳◎作品◎年表

小傳

蕭白（1925～2013）

蕭白，男，本名周仲勳，另有筆名占塔、風雷、周雨、金陽、周冷溪，別號寒峰，籍貫浙江諸暨。1925 年 3 月 18 日（農曆 2 月 24 日）生，2013 年 10 月 11 日辭世，享壽 89 歲。

浙江新昌縣簡易師範附設一年制師資訓練班結業。曾任小學教師、並於中日戰起後加入諸暨青年服務隊，從事戰地服務。1944 年離家赴四川從軍。1948 年 6 月來臺，初任職於臺中市政府社會股，兼編《民風報・副刊》，後服務於軍旅多年，至 1967 年退役。曾任黎明文化公司編輯部副主任，參與「中國新文學叢刊」編纂工作。曾獲第三屆中山文藝創作獎。

蕭白的創作文類以散文為主，兼及小說與詩。創作初期多寫小說，短篇小說集《破曉》為首部出版作品。而後，寫作重心逐漸轉往散文。尤退休後，遷居臺北近郊，潛心創作，代表作《山鳥集》即於此時完成，寫山居生活、四周景物，亦抒發自身感懷，字裡行間深富哲思，餘韻無窮。一如任真的評價：「《山鳥集》是作者的文學造詣加上豐富的人生閱歷，而錘鍊出來藝術精品……令人覺得清爽而豁達，清淡而又胸襟突然為之開朗。」此書出版後，獲第三屆中山文藝創作獎肯定。

蕭白的文學創作，富有哲理與禪思，且運筆詩意，透露出古典詩詞底蘊；於內容及形式上，不拘泥窠臼，看重作品意境，他曾言：「意境乃散文的靈魂，有意境才耐得人尋味，意境也可說是菜中的味，濃醇中的蜜。」

揭示其寫作態度。散文方面，風格疏淡自如，善於捕捉美感經驗，意境的鑄造突出，常以具象事物描摹抽象感受，自成一格的表現手法，交織出獨特的藝術美感，被譽為「散文中的貴族」。早期作品以抒情敘事為主，如《多色河畔》、《藍季》；自《山鳥集》、《白鷺之歌》後，逐漸區分出第二條路線，以人生探索為主題，朝向內省的方向，蘊含哲理與生活意趣，散文形式也更顯開放，如《靈畫》、《浮雕》、《無花果集》。此外，蕭白亦撰寫自傳型的文章，如《當時正年少》、《大濂洛溪》等，透過凝鍊的文字，追憶兒時故鄉種種、戰時從軍經歷與大時代的悲歡離合。小說方面，特重衝突的面向，直視人生與命運的關係，愛情亦是作者反覆書寫的主題，如《壁上的魚》、《河上的霧》。

除文學創作外，蕭白亦善繪畫、書法、篆刻、花卉等，幼時曾嚮往成為畫家，卻因種種因素放棄作畫，至晚年再度拾起畫筆，沉浸於山水筆墨之中，作畫自娛。

蕭白曾經歷戰火與顛沛流離的生活，儘管艱辛，卻始終堅信人性中的美好，筆下始終描繪生命善美的一面，他的作品以恬淡、詩意的筆法，不僅敘寫美感經驗，亦能說理、談禪、述懷、達意，藉象徵寄託幽妙的情思，藉宇宙萬物的形象來傳達曲折的感受。誠如梅遜所言：「蕭白的散文，別有一種風格。從他的作品，我們可以知道他是一個愛好自然，重視性靈生活的人。儘管現實社會是多麼紛擾和醜惡，而他的世界卻是恬美的、寧謐的。他胸襟曠達，淡泊名利，忘懷得失，所以能夠靜心關照萬物，欣賞人生。」

作品目錄及提要

【散文】

新亞出版社 1965

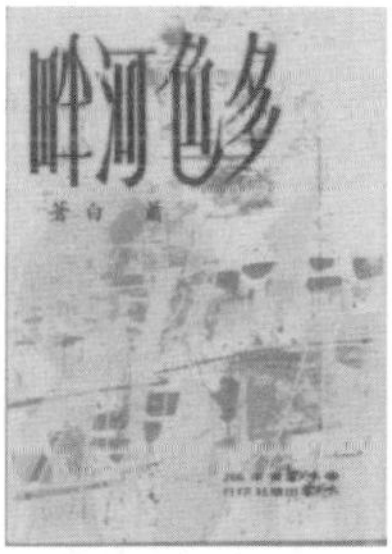

水芙蓉出版社 1984

多色河畔

臺北：新亞出版社
1965 年 7 月，32 開，154 頁

臺北：水芙蓉出版社
1984 年 8 月，32 開，204 頁
水芙蓉書庫 266

本書為作者第一部散文集，以優美詞采描繪居處外的新店溪四時風光，富有詩意。全書收錄〈四月的戀歌〉、〈窗〉、〈春的素描〉、〈多霧的早晨〉等 36 篇。正文後有蕭白〈後記〉。1984 年水芙蓉版：正文與 1965 年新亞版同。正文前新增水芙蓉出版社〈出版介言〉、水芙蓉出版社〈作者簡介〉、蕭白〈《多色河畔》重印序〉。

藍季

臺中：光啟出版社
1967 年 6 月，15×17.4 公分，182 頁
文藝叢刊之廿四

本書集結 1965～1966 年間發表於各大報刊之文章，作者以浪漫的筆調、輕快的風格，寫景抒懷，展露情思。全書收錄〈藍季〉、〈海灣散章〉、〈傘下的呢喃〉等 26 篇。正文後有蕭白〈後記〉。

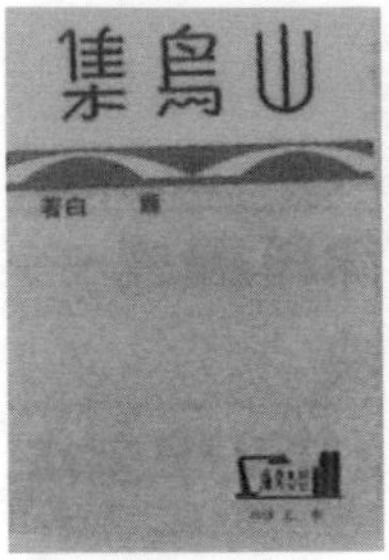
哲志出版社 1968

哲志出版社 1970

水芙蓉出版社 1974

山鳥集

臺北：哲志出版社
1968 年 4 月，32 開，171 頁
哲志叢書 003

臺北：哲志出版社
1970 年 1 月，40 開，171 頁
袖珍文庫 58

臺北：水芙蓉出版社
1974 年 4 月，32 開，198 頁
水芙蓉書庫 5

本書內容多寫身邊事物，寄情山水，由自然萬物啟發思想，自外而內，反省自身，富有哲思，字裡行間流露詩的韻味。全書收錄〈藍色小屋〉、〈牧童〉、〈石級路〉、〈走上山崗〉、〈薄暮〉等 72 篇。正文前有蕭白〈前記〉。
1970 年哲志版：正文與 1968 年哲志版同。正文前新增蕭白〈《山鳥集》再版記〉，正文後新增「作者已出版作品」。
1974 年水芙蓉版：正文與 1968 年哲志版同。正文前新增水芙蓉出版社〈出版弁言〉、水芙蓉出版社〈作者簡介〉、蕭白〈《山鳥集》重印序〉。

白鷺之歌

臺中：光啟出版社
1968 年 7 月，15×17.4 公分，170 頁
文藝叢書之廿八

本書看似獨立成篇，實則前後貫穿。作者以介乎散文與小說間的敘事手法，寫棲息於住家後面白鷺林的白鷺群，並以物喻事，饒富旨意。全書分「春戀」、「夏夢」、「秋歌」、「冬歸」四部，收錄〈迎春花〉、〈湖〉、〈溪邊〉、〈戀〉、〈放風箏〉等 64 篇。正文前有顧保鵠敬識，正文後有蕭白〈後記〉。

絮語

臺北：金字塔出版社
1969 年 5 月，50 開，188 頁
金字塔文庫 1

本書為《多色河畔》增刪本。全書收錄〈兒事成追憶〉、〈窗〉、〈多色河畔〉、〈風雨篇〉等 32 篇。正文前有蕭白〈序〉、林綠〈關於蕭白〉，正文後附錄蕭白〈閒話散文寫作〉。

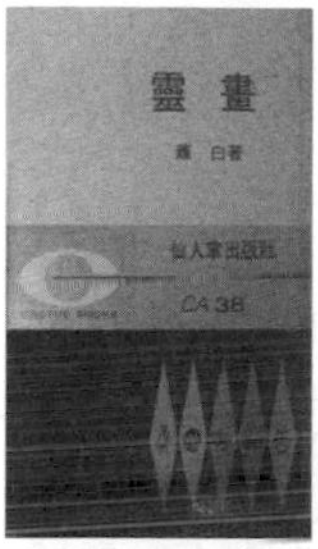

仙人掌出版社
1970

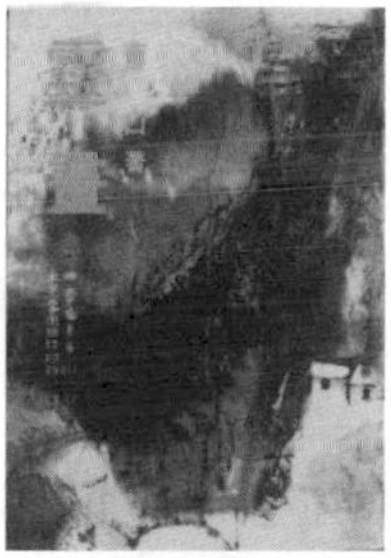
水芙蓉出版社 1982

靈畫

臺北：仙人掌出版社
1970 年 4 月，40 開，144 頁
仙人掌文庫 38

臺北：水芙蓉出版社
1982 年 1 月，32 開，216 頁
水芙蓉書庫 211

本書依月分排列，自五月始，至隔年四月終，歷時整整一年的創作，內容由抒情敘事逐漸觸向人生探索，寫四時景物、花草樹木，均自其中延伸出一番深刻體悟，亦為作者極力突破之作。全書分「五月」、「六月」、「七月」、「八月」、「九月」、「十月」、「十一月」、「十二月」、「一月」、「二月」、「三月」、「四月」12 部分，收錄〈絮語〉、〈過去的雨季〉、〈南方〉、〈白色太陽〉、〈自畫像〉等 91 篇。正文前有蕭白〈序〉。

1982 年水芙蓉版：正文與 1970 年仙人掌版同。正文前新增水芙蓉出版社〈出版弁言〉、水芙蓉出版社〈作者簡介〉、蕭白〈《靈畫》新版序〉。

葉笛

臺北：清流出版社
1970 年 8 月，40 開，183 頁
清流文庫 13

本書題「葉笛」，作者取其無弦無孔，而能吹奏清越音韻為意，一如此書內容，不拘形式俗套，隨興書寫，而意境悠遠。全書收錄〈葉笛〉、〈三春舊事〉、〈西窗閒記〉等 14 篇。正文後有蕭白〈後記〉。

阿波羅出版社
1970

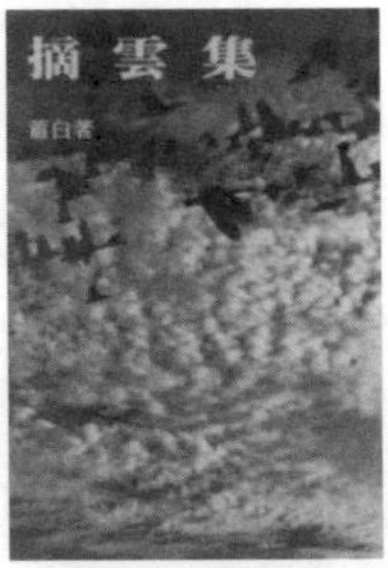

文鏡文化公司 1985

摘雲集

臺北：阿波羅出版社
1970 年〔10 月〕，40 開，165 頁
阿波羅文叢 5

臺北：文鏡文化公司
1985 年 2 月，50 開，220 頁
文鏡文庫 1

本書集結作者 1969 年 7 月至 1970 年 5 月間發表於「中副」、「聯副」及《幼獅文藝》的作品，內容蘊含思辨色彩及哲理。全書共分 113 節。正文前有李葉霜〈序〉，正文後有蕭白〈後記〉。
1985 年文鏡版：正文與 1970 年阿波羅版同。正文後新增林綠〈秋季——論蕭白的散文〉。

華欣文化中心 1974

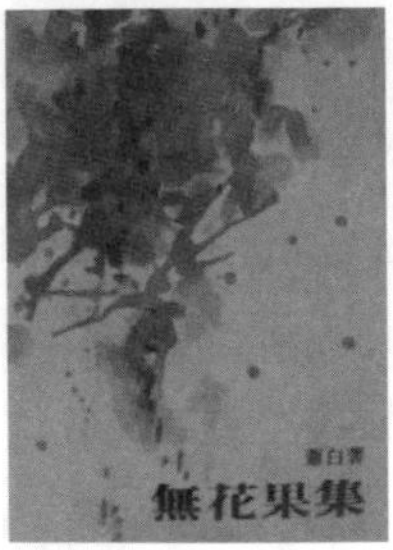

文鏡文化公司 1983

無花果集

臺北：華欣文化中心
1974 年 3 月，32 開，〔186〕頁
華欣文學叢書之四

臺北：文鏡文化公司
1983 年 8 月，50 開，192 頁
文鏡文庫 2

本書以生活札記形式撰寫，各篇並無篇名，僅以小節示，內容以見物抒情為主，並藉事物之象徵寄託感思。全書共分 118 節。正文前有楚茹〈果豈無花？！——談蕭白的散文——代序〉，正文後有蕭白〈後記〉、林綠〈秋季——論蕭白的散文〉。
1983 年文鏡版：正文與 1974 年華欣版同。正文後刪去林綠〈秋季——論蕭白的散文〉。

水芙蓉出版社 1974

文鏡文化公司 1986

弦外集

臺北：水芙蓉出版社
1974 年 6 月，32 開，166 頁
水芙蓉的書／蕭白的作品・第一種

臺北：文鏡文化公司
1986 年 9 月，50 開，180 頁
文鏡文庫 52

本書集結作者 1973 年 9 月至 1974 年 5 月間作品，跳脫出散文書寫方式，內容多為作家生活中所思所感與自身的心靈對話。全書計有：1.繭；2.潛望；3.歌；4.窗；5.手姿等七章。正文前有水芙蓉出版社編輯部〈出版弁言〉、朱西甯〈弦外之外（代序）〉，正文後有蕭白〈後記〉。
1986 年文鏡版：正文與 1974 年水芙蓉版同。正文前刪去水芙蓉出版社編輯部〈出版弁言〉、朱西甯〈弦外之外（代序）〉，正文後刪去蕭白〈後記〉、新增蕭白〈新版後記〉。

花廊

臺北：水芙蓉出版社
1974 年 7 月，32 開，214 頁
水芙蓉的書／蕭白的作品・第二種

本書集結作者寫作《無花果集》、《弦外集》之餘，未能收入二書的零星作品，內容以詠物抒情為主。全書分「秋韻」、「山水冊」、「花廊」、「海之歌」、「山窗小記」五輯，收錄〈昨夜西風凋碧樹〉、〈落葉〉、〈風裏〉、〈中秋過後〉、〈雨色〉等 31 篇。正文前有水芙蓉出版社〈出版弁言〉、蕭白〈前記〉。

響在心中的水聲

臺北：水芙蓉出版社
1977 年 5 月，32 開，181 頁
水芙蓉書庫 96

本書作者多以懷舊為基調，書寫過往回憶，不僅止於敘述，文中對生命、現實皆有深刻的思索。全書收錄〈流域〉、〈湖水・霧・森林山崗〉、〈再來時仍在夏季〉等 21 篇。正文前有水芙蓉出版社〈出版弁言〉、水芙蓉出版社〈作者簡介〉、蕭白〈自序〉。

蕭白散文精選集

臺北：源成文化圖書供應社
1978 年 1 月，32 開，244 頁

本書遴選作者散文作品，並以創作時間分期，藉以凸顯其創作風格改變的階段。全書分「第一個時期作品 1963—1966 年」、「第二個時期作品 1967—1973 年」、「第三個時期作品 1967—1975 年」、「第四個時期作品 1975—1977 年」、「第五個時期作品 1977—」五部分，收錄〈多色河畔〉、〈溪邊絮語〉、〈山居瑣記〉、〈冬語〉等 49 篇。正文前有蕭白〈序〉。

一槳燈影

臺北：黎明文化公司
1978 年 4 月，32 開，232 頁

本書集結 1972 至 1978 年間的作品，內容以生活點滴與懷想為主。全書分「浮雕」、「季節的抒情」、「山水之間」、「懷舊誌」四輯，收錄〈一池密植的景色〉、〈雨落著上午〉、〈窗外的牆外〉、〈樓景〉等 35 篇。正文前有蕭白〈序〉。

大濂洛溪

臺北：環球書社
1978 年 9 月，32 開，249 頁
當代文學叢書 1・散文類 1

本書作者以故鄉旁的小溪為書名，記敘故鄉瑣憶、風俗人情及傳說軼事。全書收錄〈野臺戲・木牛流馬〉、〈棋盤橋的悲劇〉、〈十八顆人頭〉等 14 篇。正文前有蕭白〈大濂洛溪（代序）〉，正文後有蕭白〈後記〉。

野煙

臺北：水芙蓉出版社
1979 年 1 月，32 開，225 頁
水芙蓉書庫 130

本書集結作者 1973～1978 年間的作品，內容以寫景抒懷為主。全書收錄〈春醒〉、〈蝶翼〉、〈新歲誌〉、〈對飲〉等 39 篇。正文前有水芙蓉出版社〈出版弁言〉、水芙蓉出版社〈作者簡介〉。

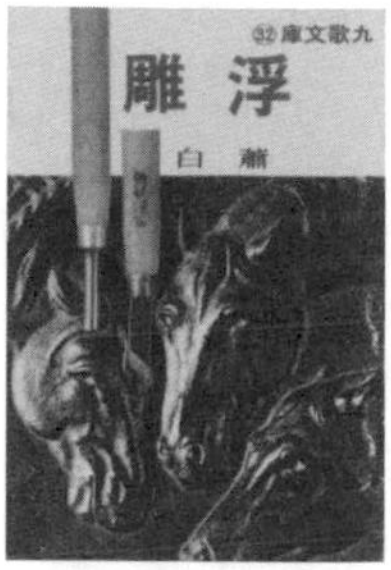

浮雕

臺北：九歌出版社
1979 年 10 月，32 開，236 頁
九歌文庫 32

本書集結 1977 年 3 月至 1979 年 6 月間的作品，作者以浮雕喻人生，並以各篇發表時間為序，呈現其思路轉變的歷程。全書收錄〈迴響〉、〈瞳裡花樹〉、〈破繭〉、〈蛾子之死〉、〈線條與構圖〉等 91 篇。正文前有蕭白〈自序〉。

燭光裡的古代

臺北：采風出版社
1980 年 1 月，32 開，214 頁
草原文庫 2

本書集結作者 1975～1979 年間的作品，內容以生活感興、憶舊懷友為主。作者於一貫典雅的筆調中，透露著對世間萬物的反思。全書收錄〈紙窗〉、〈蘆葦上的麻雀〉、〈臉〉、〈寫在二月〉等 31 篇。正文前有蕭白〈石級上的寧靜——代序〉，正文後附錄〈蕭白寫作年表〉。

文鏡文化公司 1982

文鏡文化公司 1985

當時正年少

臺北：文鏡文化公司
1982 年 3 月，32 開，215 頁
文鏡新刊

臺北：文鏡文化公司
1985 年 12 月，50 開，223 頁
文鏡文庫 45

本書為作者回憶加入青年服務隊的時光，真實呈現戰時的社會景況。全書分「青青歲月」、「我們在戰地」、「長夜」、「關山千萬里」、「黎明前後」五部分，收錄〈狼烟〉、〈老師們〉、〈響亮的歌聲〉、〈軍訓、防空、下鄉勸募〉等 40 篇。正文前有章一苹〈鞋的懷念（代序）〉，正文後有周介塵〈時代的見證〉、蕭白〈後記〉。
1985 年文鏡版：內容與 1982 年文鏡版同。

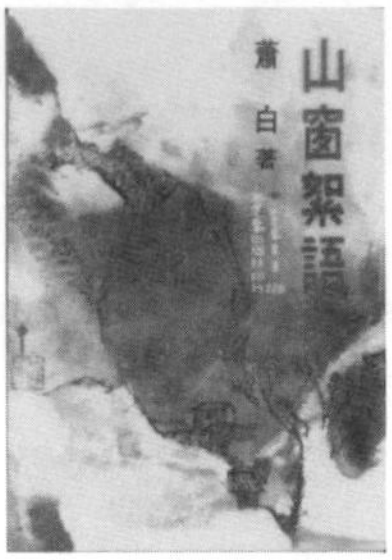

山窗絮語

臺北：水芙蓉出版社
1983 年 2 月，32 開，212 頁
水芙蓉書庫 228

本書大都集結自《大華晚報》「淡水河」副刊「山窗絮語」專欄文章，內容以生活雜感為主。全書收錄〈四月，湖的印象——記日月潭的一晝夜〉、〈話秋〉、〈面對一盞小燈〉、〈香與香爐〉等 44 篇。正文前有水芙蓉出版社〈出版弁言〉、水芙蓉出版社〈作者簡介〉、蕭白〈山窗之下（代序）〉，正文後有蕭白〈後記〉。

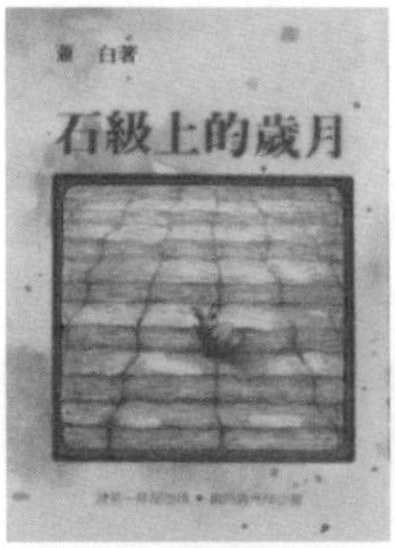

石級上的歲月

臺北：文鏡文化公司
1984 年 5 月，50 開，256 頁
文鏡文庫 16

本書寫日常生活感悟，亦有記遊、隨筆等作品。全書收錄〈祭春〉、〈秋在山高處〉、〈長河〉、〈繭及其他〉等 32 篇。正文後附錄蕭白〈漫長的踽行〉、蕭白〈後記〉。

兒時成追憶

臺北：采風出版社
1985 年 11 月，32 開，215 頁
散文創作 90

本書為作者自選集，多為思鄉懷舊之作。全書收錄〈兒時成追憶〉、〈冬季的風景線〉、〈葉笛〉等 18 篇。

山鳥集

臺北：黎明文化公司
1986 年 3 月，32 開，248 頁
黎明文庫 46

本書集結《山鳥集》一書與《野煙》部分篇目出版。全書分「山鳥集」、「野煙」兩輯，收錄〈藍色小屋〉、〈牧童〉、〈石級路〉、〈走上山崗〉、〈薄暮〉等 94 篇。正文前有蕭白〈前記〉。

白屋手記
臺北：九歌出版社
1986 年 5 月，32 開，262 頁
九歌文庫 199

本書敘寫四時景物，作者除描繪景物，亦探究人生、宇宙及種種生存面貌，頗富哲思。全書收錄〈老歌〉、〈窗（之一）〉、〈窗（之二）〉、〈方位〉、〈面壁〉等 131 篇。正文後有蕭白〈後記〉。

風吹響一樹葉子／余之編
廣州：花城出版社
1989 年 4 月，40 開，217 頁
八方叢書

本書集結《摘雲集》、《無花果集》等作品內容增刪後出版。全書收錄〈摘雲集〉、〈無花果〉、〈螢〉等 15 篇。正文前有作者畫像及簡介、〈致讀者〉、〈內容簡介〉。

【小說】

破曉
臺北：自印
1952 年 4 月，32 開，175 頁

短篇小說集。作者以筆名「風雷」發表，為首部出版作品。全書分三輯，收錄〈漲潮的時候〉、〈從中秋到清明〉、〈生路〉、〈破曉〉、〈怒火〉、〈鄉愁〉、〈黑貓〉、〈小河之戀〉、〈橋〉、〈風沙之城〉、〈薩拉娜之死〉共 11 篇。正文前有風雷補記、李葉霜〈序《破曉》〉，正文後有風雷〈後記〉。

三月

臺南：晨光出版社
1965 年 10 月，32 開，200 頁

中篇小說。本書以中日戰爭為時代背景，描寫男主角方曙在戰場中負傷後至楓鎮休養，與女主角林憶相識相戀，又因種種因素分離的故事。正文後有蕭白〈後記〉。

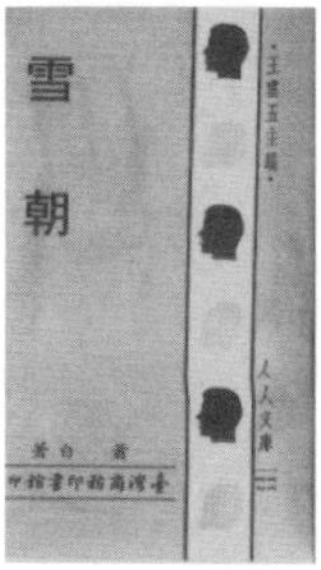

雪朝

臺北：臺灣商務印書館
1966 年 11 月，48 開，299 頁
人人文庫一四六・一四七

短篇小說集。全書收錄〈捉蟋蟀〉、〈雨後〉、〈雪朝〉、〈閣樓上的老人〉、〈布老虎〉、〈小叔與翠姑〉、〈賭〉、〈被城牆隔斷了的〉、〈那一個夜晚〉、〈黛綠〉、〈夏夏〉、〈河邊〉、〈南臺灣的晴天〉、〈金老太的鵝〉、〈木魚〉、〈旅伴〉共 16 篇。正文前有王雲五〈編印人人文庫序〉。

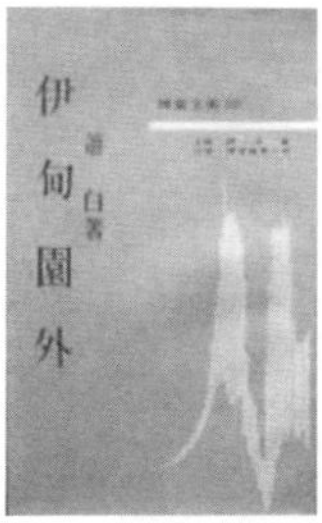

伊甸園外

臺北：博愛圖書公司
1968 年 6 月，40 開，207 頁
博愛文庫 7

短篇小說集。全書收錄〈失去的妮妮〉、〈越獄者〉、〈門燈〉、〈金夢斷處〉、〈伊甸園外〉、〈長廊〉、〈夏日，雨〉、〈焚夢之火〉、〈碎夢記〉共九篇。

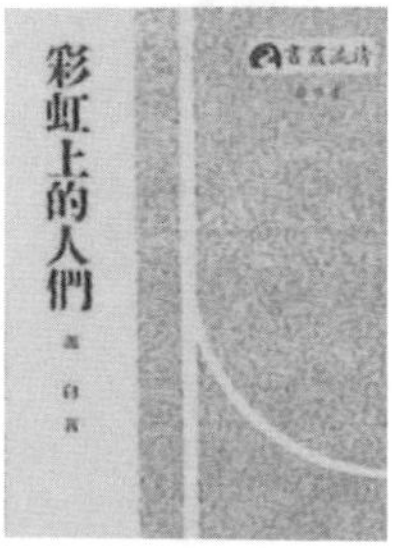

彩虹上的人們

臺北：清流出版社
1968 年 10 月，32 開，224 頁
清流叢書 004

短篇小說集。全書收錄〈花彫〉、〈我們的喜劇〉、〈明日陰雨〉、〈法庭上〉、〈鄉農的官司〉、〈慢四步〉、〈涼涼的秋〉、〈彩虹上的人們〉共八篇。

河上的霧

臺北：皇冠雜誌社
1969 年 7 月，32 開，175 頁
皇冠叢書第一九八種

長篇小說。本書以倒敘法開頭，從男主角許文揚的視角，寫 1950 年代流離至臺北的年輕人，在生存、愛情、理想間的徬徨與掙扎。

瑪瑙杯子

臺北：晚蟬書店
1969 年 11 月，32 開，234 頁
晚蟬叢書 3

短篇小說集。全書收錄〈那晚上〉、〈手中的鬱金香〉、〈我們露營〉、〈記得那時年紀小〉、〈聽到鳥叫〉、〈散戲後〉、〈瑪瑙杯子〉、〈街景〉、〈夜市及蛇〉、〈雪夜〉、〈大廳〉、〈賣藝人〉、〈陸伯伯的黃昏〉、〈他們在一起的時候〉、〈獵豹記〉、〈醫院裡〉、〈吃太陽的人〉、〈去問上帝〉、〈抓不住的日子〉共 19 篇。

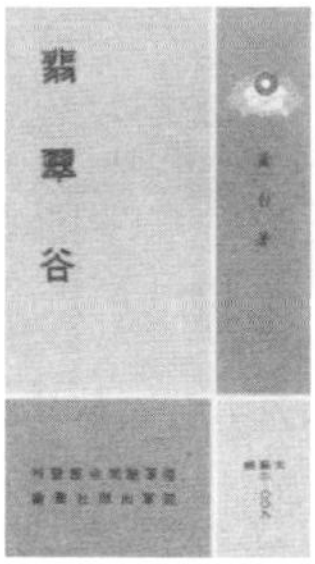

翡翠谷

臺北：陸軍總司令部
1970 年 8 月，40 開，151 頁
陸軍出版社叢書・文藝類二—〇〇九

中篇小說。本書描述翡翠谷之役，主寫部隊一同出生入死的經歷，亦穿插主角間的愛恨糾葛。

時間的蹄聲

臺北：國防部總政治作戰部
1971 年 8 月，10.7x17.1 公分，264 頁
國軍官兵文庫叢書

短篇小說集。全書收錄〈一場春夢〉、〈歸途〉、〈住石屋的老梁〉、〈夏日四樓・夜〉、〈二十年後〉、〈黏泥〉、〈咆哮的山村〉、〈三個半故事〉、〈一條好漢〉、〈母親〉、〈時間的蹄聲〉、〈像是兒戲〉、〈相逢在旅途〉、〈雲影〉共 14 篇。

黃金夢醒

南投：臺灣省政府推行保防教育委員會
1971 年 10 月，40 開，102 頁
保防藝文叢書小說類

中篇小說。本書以一對兒時玩伴——孟芳婷與沙千里分離多年後相遇為引，寫昔日友好的孟沙二家，因孟家經商致富，觀念漸生隔閡，漸行漸遠，孟父也因沉迷於金錢追逐誤至歧途，作者於文末揭示現今社會金錢至上的不當價值觀，終如一夢。正文前有徐哲甫〈序〉。

春晴

臺北：黎明文化公司
1972 年 5 月，32 開，224 頁
黎明文叢 5

長篇小說。作者以筆名「周雨」發表。本書以「四六事件」為背景，敘寫當時處於學潮下中的大學生鄭畏三、蕭凱、蕭妮、王禹山等人，對理想的嚮往與迷惘。

壁上的魚

臺北：水芙蓉出版社
1976 年 6 月，32 開，270 頁
水芙蓉書庫 78

短篇小說集。全書收錄〈壁上的魚〉、〈黑傘〉、〈長巷短巷〉、〈喝醉的月亮〉、〈外套〉、〈龍燈〉、〈婚禮中的聯想——給愛女映泓〉、〈鬻〉、〈落荒〉、〈屋角之鼠——記老鄰居的小故事〉、〈蝶化的過程〉、〈蛹姿〉、〈馴犬者記〉共 13 篇。正文前有水芙蓉出版社編輯部〈出版弁言〉、水芙蓉出版社〈作者簡介〉。

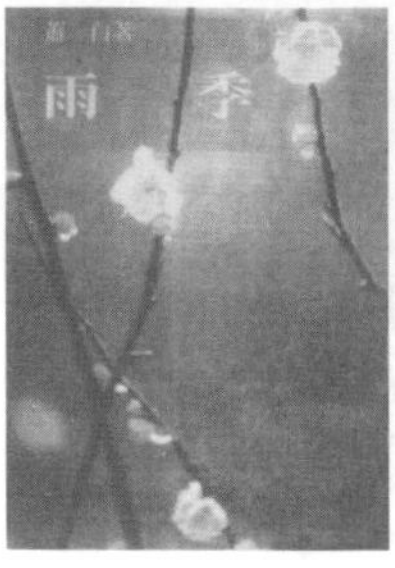

雨季

臺北：文鏡文化公司
1984 年 9 月，50 開，367 頁
文鏡文庫 19

長篇小說。本作曾陸續發表於《文壇》，原篇名〈春雨〉，後經修改更名出版。內容敘寫喬牧農與莊盈盈間的戀愛故事，並以春天的雨季比喻愛情，帶有絢爛短暫，令人歎息之意。正文前有蕭白〈前記〉。

【兒童文學】

小龍王

香港：兒童樂園半月刊社
1963 年 8 月，17×18.5 公分，51 頁
兒童文藝叢書第四十八種

本書改寫自江南浙東古老神話，敘述一對渴望得子的善良老夫婦，因協助觀音，觀音降生老龍王之子至人間，成為老夫婦之子「來龍子」，其於世間經歷一連串的奇遇。全書計有：1.老夫婦的願望；2.來龍子誕生；3.來龍子和同伴；4.東海老龍；5.老龍王授珠等七章。正文前有〈序〉。

【合集】

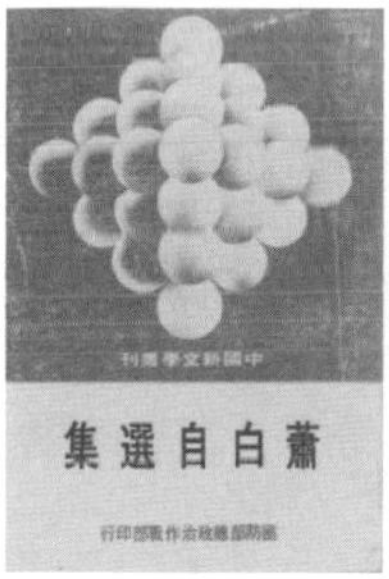

蕭白自選集

臺北：黎明文化公司
1975 年 12 月，32 開，266 頁
中國新文學叢刊 38

散文、小說合集。全書分兩輯，「第一輯　散文」收錄〈五月〉、〈六月〉、〈七月〉等 20 篇；「第二輯　小說」收錄〈散戲〉、〈街景〉、〈壁上的魚〉共三篇。正文前有國防部總政治作戰部〈印補國軍官兵文庫叢書前記〉、作家身影照片、〈年表〉，正文後有〈作品書目〉、〈作品評論引得〉。

【其他】

花卉栽培（第一輯）

臺北：黎明文化公司
1972 年 7 月，19×21 公分，182 頁
應用叢書 1

本書作者以筆名「金陽」發表，簡介各式花卉與栽植方式。全書收錄〈菊〉、〈九重葛〉、〈牽牛花〉等 20 篇。

花卉栽培（第二輯）

臺北：黎明文化公司
1973 年 8 月，19x21 公分，183 頁
應用叢書 2

本書作者以筆名「金陽」發表，簡介各式花卉與栽植方式。全書收錄〈鬱金香〉、〈虞美人〉、〈蔦蘿〉等 29 篇。

花卉栽培（第三輯）

臺北：黎明文化公司
1978 年 1 月，19x21 公分，190 頁
應用叢書 4

本書作者以筆名「金陽」發表，簡介各式花卉與栽植方式。全書收錄〈報春花〉、〈萬壽菊〉、〈曼陀羅〉、〈三色堇〉等 36 篇。

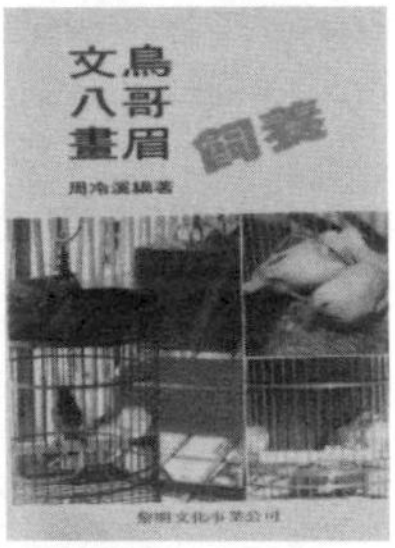

文鳥八哥畫眉飼養

臺北：黎明文化公司
1986 年 10 月，32 開，126 頁

本書作者以筆名「周冷溪」發表，簡介文鳥、八哥等鳥類與飼養方式。全書分「文鳥飼養」、「八哥飼養」、「畫眉飼養」三部分，收錄〈會測字的文鳥〉、〈關於文鳥〉、〈文鳥的食物〉、〈文鳥的繁殖〉等 27 篇。正文前有蕭白〈序〉。

文學年表

1925 年	3 月	18 日，生於浙江省諸暨縣浬浦鎮保和鄉。本名周仲勳，父周德生，母袁氏，為家中長子，下有二弟三妹。
1931 年	春	入私塾，習《三字經》，啟蒙老師蔡漢良先生。
1937 年	秋	就讀浬浦鎮翊忠小學五年級，級任老師為姚心友先生。
	本年	結識周曼君。
		在校期間，對繪畫產生興趣，嚮往成為國畫家。得袁炎興老師指導，初睹明朝唐寅、石濤、八大山人之畫作。
1939 年	夏	考取紹興中學師範部，因患瘧疾而未入學。
1940 年	春	家居自修，讀《彭公案》、《施公案》、《千家詩》、唐詩等作。
	8 月	隨堂叔坤元赴新昌，插班就讀位於大市的新昌縣立簡易師範附設一年制師資訓練班，冬季畢業。
1941 年	春	任教於吳子里孝四鄉中心學校。
	6 月	辭去教職。
	7 月	1 日，加入「三民主義青年團浙江支團部諸暨青年服務隊」，隊長章一苹領導，駐城西萬壽街底，從事教育、宣傳、受傷等戰地服務。
1942 年	5 月	日軍進犯，諸暨縣陷落，全城避難，青年服務隊聽從縣政府命令，前往諸暨五洩〔案：五洩即當時縣政府計畫之臨時所在地〕。因敵軍追趕，輾轉走浦江、義烏，後至建德。
	6 月	與青年服務隊隊長章一苹等走散，失去消息。後奉縣長之命

		折返諸暨桃塢。
	7 月	與青年服務隊成員渡浣紗江至東鄉，收到縣政府宣布解散命令，各自返鄉。
	本年	離鄉三月，終返家，但情緒仍不平靜，時常獨處家後山的茅屋作畫、讀書。
1943 年	春	應聘至浙江大林東和鄉中心學校任教。並習國畫、金石。
	本年	與周曼君重逢，相戀。
1944 年	春	春假後，辭去大林東和鄉中心學校職務，決心與周海瑤等共赴四川前線。 從軍前夕，與周曼君道別，相約戰事結束後結婚。
	6 月	26 日，與周海瑤、周楚大、吳維昌等，前往四川。歷經 58 日，步行五千餘里。期間，夜渡敵軍封鎖線、逢湘北四次會戰。歷盡飢餓、數度被誤認為逃兵及多次捉放，8 月 21 日抵達四川川東秀山。
	秋	投身軍旅，任陸軍八十七軍軍需處軍委四階司書（或稱准尉司書）。
1945 年	年初	分派至湖南沅江白馬嶺野戰倉庫被服庫，偶得沈從文《我的自傳》、《櫻花與梅雨》等，為接觸新文學之始，引發寫作興趣，執筆創作，第一篇作品為〈遠方的懷念〉。
	8 月	中日戰爭結束，所屬部隊改編，改調至湖南衡陽聯合勤務總司令部第十五供應分站，擔任中尉書記官，負責文書工作，並協助軍隊收拾善後。
	本年	欲與曼君聯繫，卻得知曼君已嫁。
1946 年	2 月	前往湖北武漢，半月後轉湖南長沙。因補習英文結識時任長沙開明書店業務部經理仇克華，得借閱該書店圖書館藏之便，飽覽莫泊桑、雨果、泰戈爾等作家作品。
	本年	終與曼君取得聯繫，開始頻繁通信往來。

1947 年	5 月	3 日，詩作〈寫一個病兵〉、〈蛙聲〉以筆名「古塔」發表於衡陽《中華時報・夏風副刊》，為作者首次發表作品。
		11 日，詩作〈五月的中國〉發表於衡陽《中華時報・夏風副刊》。
		15 日，詩作〈希望〉發表於衡陽《中華時報・夏風副刊》。
		31 日，接曼君來信，赴上海松江，欲接曼君共返湖南，卻因種種，未與曼君見面，決意成全。
	6 月	返諸暨老家探望親友。有感於人事變化大，悵返湖南。
	8 月	5 日，短篇小說〈加薪〉發表於衡陽《中華時報・夏風副刊》。
1948 年	1 月	9 日，與胡宗智於衡陽金陵大酒店結婚。
	2 月	由供應分站調回湖南長沙，於北門留芳嶺「百琴園」租屋。
	4 月	24 日，〈我的大兵生活〉發表於長沙《中央日報・平明副刊》。
	6 月	12 日，因銑祖父周金波之建議，辭去長沙軍職，遷居臺灣，任職於臺中市政府社會股民政科，並兼差編輯《民風報・副刊》。與妻居於臺中市政府提供之宿舍——青辰旅社。
	本年	〈教堂與老教士〉以筆名「古塔」發表於《寶島文藝》第 2 年第 6 期。
1949 年	1 月	25 日，詩作〈打麥場上的老樹〉發表於《民風報・副刊》。
	7 月	1 日，重返軍旅，於臺北任裝甲兵司令部軍需處擔任上尉。
	12 月	20 日，兒子周曉峯在臺中出生。
1950 年	3 月	3 日，遷居臺北羅斯福路。
	5 月	10 日，短篇小說〈破曉〉以筆名「風雷」發表於《青年時代》第 1 卷第 2 期。
	6 月	2 日，短篇小說〈從中秋到清明〉以筆名「風雷」發表於《青年時代》第 1 卷第 3 期。

		22 日，短篇小說〈漲潮的時候〉以筆名「風雷」發表於《青年時代》第 1 卷第 4 期。
	7 月	16 日，短篇小說〈徬徨〉以筆名「風雷」發表於《青年時代》第 1 卷第 5 期。
	9 月	15 日，〈挺進〉以筆名「風雷」發表於《半月文藝》第 1 卷第 5、6 期合刊本。
	本年	因於《青年時代》投稿，結識李葉霜、蕭輝楷、郭成棠、胡德馨等文友。
1951 年	11 月	5 日，女兒周映泓於臺北出生。
	本年	以上尉軍需（代理）中校編階第一科長，至 1954 年裝甲兵改編。
1952 年	4 月	短篇小說集《破曉》由作者自印出版。
	本年	遷居臺北安東街，患高血壓症。
1953 年	7 月	16 日，短篇小說〈布老虎〉以筆名「風雷」發表於《自由中國》第 9 卷第 2 期。
	本年	與蕭輝楷合編《成語故事字典》。
1954 年	本年	短篇小說〈河邊〉發表於香港《祖國周刊》。
		遷居臺北市和平東路三段，迫於現實之故，寫作近似停頓。
		由裝甲兵司令部上尉轉調桃園空軍第五聯隊，晉升少校。
1957 年	10 月	1 日，短篇小說〈夏夏〉發表於《大學生活》第 3 卷第 6 期。
	本年	由空軍少校調回陸軍供應司令部所屬軍醫署，晉升中校後轉調國防醫學院。
1958 年	5 月	短篇小說〈老伙伴〉發表於《革命文藝》第 26 期。
1960 年	4 月	20 日，〈福龍老娘〉發表於《徵信新聞報・人間副刊》7 版。
	7 月	〈柚花〉發表於《革命文藝》第 52 期。

1962年	4月	30日，長篇小說〈三月〉連載於《青年戰士報‧新文藝副刊》4版，至7月13日止。重拾創作之筆，此後著作愈多。
	7月	10日，短篇小說〈那一個夜晚〉發表於《婦友》第94期。
	12月	10日，〈南臺灣的晴天〉發表於《創作》第5期。
		短篇小說〈雨後〉發表於《作品》第3卷第12期。
1963年	3月	5日，長篇小說〈農夫的兒子〉連載於《青年戰士報‧副刊》4版，至隔年1月29日止。
		詩作〈懷念你，泥土〉發表於《新文藝》第84期。
	6月	16日，長篇小說〈大地之城〉連載於《精忠日報》3版，至12月14日止。
	8月	兒童文學《小龍王》由香港兒童樂園半月刊社出版。
	9月	〈夢及其他〉發表於香港《知識生活》第2期。
	11月	與吳東權、司馬中原、朱西甯、鄧文來、王祿松、張永祥等人同訪金門。
		〈湖〉發表於香港《知識生活》第5期。
	12月	10日，短篇小說〈旅伴〉發表於《婦友》第111期。
	本年	罹患失眠及視網膜炎，右眼視力減退。
1964年	1月	〈山居瑣記〉發表於香港《知識生活》第8期。
		〈海之什——金門行散記〉發表於《新文藝》第94期。
	2月	1日，短篇小說〈雪朝〉發表於《文壇》第44期。
	4月	18日，〈沅河上〉發表於《中央日報‧副刊》6版。
		30日，〈四月的戀歌〉發表於《中央日報‧副刊》6版。
		短篇小說〈牆〉發表於《新文藝》第97期。
	5月	23日，〈初夏之旅〉發表於《中央日報‧副刊》6版。
		24日，〈青梅煮酒〉發表於《中央日報‧副刊》6版。
	6月	1日，短篇小說〈賭〉發表於《文壇》第48期。

21 日,〈在蟬聲裏〉發表於《中央日報・副刊》6 版。
〈夏夜〉發表於香港《知識生活》第 20 期。
〈黃昏〉、〈夕陽裡〉發表於《小品》第 7 期。
7 月 4～5 日,短篇小說〈我們的喜劇〉連載於《中央日報・副刊》6 版。
〈相居隨筆〉發表於《小品》第 9 期。
8 月 15 日,〈八月的懷念——寄旅西德友人〉發表於《中央日報・副刊》6 版。
31 日,〈鳳凰木〉發表於《中央日報・副刊》6 版。
9 月 10～11 日,短篇小說〈捉蟋蟀〉連載於《中央日報・副刊》6 版。
28 日,〈秋聲〉發表於《中央日報・副刊》6 版。
10 月 7 日,〈多霧的早晨〉發表於《中央日報・副刊》10 版。
13 日,〈秋雨紅葉鑄鄉思〉發表於《中華日報・副刊》9 版。
短篇小說〈祖孫之間〉發表於《新文藝》第 103 期。
11 月 10 日,〈溪邊絮語〉發表於《中央日報・副刊》6 版。
12 月 12 日,〈蘆荻外一章〉發表於《中華日報・副刊》6 版。
17 日,〈窗前獨白〉發表於《中央日報・副刊》6 版。
1965 年 1 月 19 日,〈冬語〉發表於《中央日報・副刊》6 版。
2 月 23 日,〈迎春曲〉發表於《中央日報・副刊》6 版。
3 月 2 日,〈寄南方〉發表於《青年戰士報・新文藝副刊》4 版。
11 日,〈夜・燈影・雨絲〉發表於《聯合報・副刊》7 版。
14 日,〈若耶溪的懷念〉發表於《青年戰士報・新文藝副刊》4 版。
〈溪流〉發表於《文壇》第 57 期。
短篇小說〈青龍谷〉連載於《新文藝》第 108～109 期,至 4

月止。

4月　20日，〈多色河畔〉發表於《中央日報·副刊》6版。

5月　6～7日，短篇小說〈金老太的鵝〉連載於《聯合報·副刊》7版。

29日，〈鳥巢之側〉發表於《中央日報·副刊》6版。

〈蕭聲〉發表於《新文藝》第110期。

6月　20～22日，短篇小說〈閣樓上的老人〉連載於《中央日報·副刊》6版。

7月　5日，短篇小說〈夏日的午後〉發表於《聯合報·副刊》7版。

28日，〈在夏季〉發表於《中央日報·副刊》10版。

〈《多色河畔》後記〉發表於《新文藝》第112期。

《多色河畔》由臺北新亞出版社出版。

8月　6日，〈七月的海濱〉發表於《中華日報·副刊》9版。

22日，〈雨中的遐思〉發表於《中央日報·副刊》6版。

〈散文今後〉發表於《新文藝》第113期。

9月　21日，〈秋夜獨白語呢喃〉發表於《中央日報·副刊》6版。

10月　10日，短篇小說〈木魚〉發表於《華燈》第1期。

15日，〈藍季〉發表於《聯合報·副刊》7版。

26日，〈十月山中秋已濃〉發表於《中央日報·副刊》9版。

短篇小說〈胡大娘的一家〉發表於《新文藝》第115期。

中篇小說《三月》由臺南晨光出版社出版。

11月　〈我的秋天〉發表於《華燈》第2期。

〈歌唱太陽〉發表於《新文藝》第116期。

12月　10日，〈冬的蹄聲——外一章〉發表於《徵信新聞報·人間

		副刊》7版。
		10日，〈冬野〉發表於《中央日報・副刊》6版。
		〈雲〉發表於《新文藝》第117期。
	本年	中篇小說〈輕煙〉發表於《今日小說》第4期。
1966年	1月	2日，〈十二月的河〉發表於《青年戰士報・新文藝副刊》3版。
		6日，〈失眠之夜〉發表於《徵信新聞報・人間副刊》7版。
		15日，〈三隻文鳥〉發表於《中央日報・副刊》10版。
		17日，〈碎夢記〉發表於《聯合報・副刊》7版。
	2月	10～14日，短篇小說〈小叔與翠姑〉連載於《聯合報・副刊》7版。
	3月	1日，〈海灣散章〉發表於《中央日報・副刊》6版。
		15日，〈鮮嫩的春〉發表於《聯合報・副刊》7版。
		短篇小說〈山谷裡的人〉發表於《新文藝》第120期。
	4月	6日，〈鄉思〉發表於《聯合報・副刊》7版。
		〈雲〉、〈無韻之歌〉發表於《幼獅文藝》第148期。
		〈春天・舵手〉發表於《新文藝》第121期。
	5月	3日，〈湖口的故事〉發表於《中央日報・副刊》6版。
		16日，短篇小說〈鵜鴣鳥〉發表於《聯合報・副刊》7版。
		21日，〈南迴路上〉發表於《中央日報・副刊》6版。
	6月	6日，〈從彩虹上過來——記橫貫公路〉發表於《聯合報・副刊》7版。
		10日，〈夜雨〉發表於《婦友》第141期。
		20日，〈傘下的呢喃〉發表於《徵信新聞報・人間副刊》7版。
		〈東臺灣兩日記〉發表於《新文藝》第123期。
	7月	6日，〈仲夏組曲〉發表於《中央日報・副刊》6版。

		16 日，〈我所認識的蔡丹冶〉發表於《自由青年》第 414 期。
	8 月	2 日，〈蟲豸篇〉發表於《中央日報・副刊》9 版。
	9 月	6 日，〈潭上・夜〉發表於《聯合報・副刊》7 版。
	10 月	2、4、5 日，〈夏夢〉連載於《聯合報・副刊》7 版。
		20～24 日，〈秋歌〉連載於《聯合報・副刊》7 版。
		短篇小說〈第三號病房〉發表於《幼獅文藝》第 154 期。
	11 月	1 日，短篇小說〈狐〉發表於《文壇》第 77 期。
		23 日，〈踽行二十年〉以筆名「金陽」發表於《中央日報・副刊》6 版。
		短篇小說集《雪朝》由臺北臺灣商務印書館出版。
	12 月	10 日，短篇小說〈山神〉發表於《婦友》第 147 期。
	本年	應國防部、內政部、臺灣省政府之邀，參加仁愛計畫環島訪問，結識馮放民、趙滋蕃等文友。
1967 年	1 月	完成中篇小說〈河上之霧〉。
	2 月	中篇小說〈彩虹上的人們〉發表於《新文藝》第 131 期。
	4 月	1 日，因高血壓以中校軍階退役，遷居景美。
		2 日，短篇小說〈街景〉發表於《聯合報・副刊》7 版。
		12 日，短篇小說〈散戲後〉發表於《聯合報・副刊》9 版。
		21 日，〈娃娃老師〉發表於《徵信新聞報・人間副刊》9 版。
	6 月	4 日，〈山鳥集〉發表於《聯合報・副刊》9 版。
		〈吾廬及其他〉發表於《現代學苑》第 39 期。
		《藍季》由臺中光啟出版社出版。
	8 月	19～21 日，〈山鳥之歌〉連載於《聯合報・副刊》9 版。
	9 月	1～2 日，〈這個夏季〉連載於《中央日報・副刊》9 版。
		4 日，〈山鳥之歌——念念病了〉發表於《聯合報・副刊》9

版。

10 日，短篇小說〈一些黏土〉發表於《婦友》第 156 期。

29 日，〈白色轉椅上的幻想〉發表於《聯合報．副刊》9 版。

10 月 29 日，〈秋日短歌〉發表於《聯合報．副刊》9 版。

11 月 13 日，〈夜市及蛇〉發表於《徵信新聞報．人間副刊》9 版。

12 月 1 日，〈第四季〉發表於《聯合報．副刊》9 版。

14 日，〈雪景〉發表於《聯合報．副刊》9 版。

26 日，短篇小說〈法庭上〉發表於《徵信新聞報．人間副刊》9 版。

1968 年 1 月 11 日，〈冬景〉發表於《聯合報．副刊》9 版。

29 日，〈雨季及其他〉發表於《徵信新聞報．人間副刊》9 版。

短篇小說〈流浪者〉發表於《現代學苑》第 46 期。

2 月 10 日，短篇小說〈歸途〉發表於《婦友》第 161 期。

19 日，短篇小說〈金夢斷處〉發表於《聯合報．副刊》9 版。

21 日，〈春的五弦〉發表於《徵信新聞報．人間副刊》9 版。

短篇小說〈三個半的故事〉發表於《幼獅文藝》第 170 期。

3 月 11～14 日，〈伊甸園外〉連載於《徵信新聞報．人間副刊》9 版。

26 日，短篇小說〈大廳〉發表於《聯合報．副刊》9 版。

短篇小說〈兩小〉發表於《新文藝》第 144 期。

4 月 《山鳥集》由臺北哲志出版社出版。

5 月 3～4 日，短篇小說〈父親的官司〉連載於《聯合報．副刊》

9 版。

10 日，〈站在山坡上的孫子〉發表於《青年戰士報・新文藝副刊》6 版。

10 日，〈我在呼喚您，母親〉發表於《婦友》第 164 期。

13 日，〈散文隨便談——答幾位年輕朋友〉發表於《青年戰士報・新文藝副刊》6 版。

28～29 日，〈慢四步〉連載於《中央日報・副刊》9 版。

〈消失在雲中〉發表於《臺北畫刊》第 5 期。

6 月 16～17 日，〈五月〉連載於《聯合報・副刊》9 版。

22 日，〈六月〉發表於《徵信新聞報・人間副刊》10 版。

26 日，〈海灘之夜〉發表於《中央日報・副刊》9 版。

〈涼涼的秋〉發表於《現代學苑》第 51 期。

短篇小說集《伊甸園外》由臺北博愛圖書公司出版。

7 月 22 日，〈七月〉發表於《聯合報・副刊》9 版。

《白鷺之歌》由臺中光啟出版社出版。

8 月 18 日，〈潭上的笑聲〉發表於《徵信新聞報・人間副刊》10 版。

30 日，〈八月〉發表於《徵信新聞報・人間副刊》10 版。

9 月 3 日，短篇小說〈瑪瑙杯子〉發表於《聯合報・副刊》9 版。

15 日，〈兒事成追憶〉發表於《中央日報・副刊》9 版。

10 月 1 日，〈九月〉發表於《聯合報・副刊》9 版。

10 日，短篇小說〈海與艇〉發表於《婦友》第 169 期。

16 日，〈十月〉發表於《聯合報・副刊》9 版。

短篇小說集《彩虹上的人們》由臺北清流出版社出版。

11 月 《山鳥集》獲第三屆中山文藝創作獎。

〈風雨篇〉發表於《作品》第 1 卷第 2 期。

12月 2日，〈十一月〉發表於《徵信新聞報・人間副刊》10版。
25日，〈十二月〉發表於《聯合報・副刊》10版。
〈閒話散文創作〉發表於《作品》第1卷第3期。

1969年 1月 24日，〈一月〉發表於《聯合報・副刊》9版。
〈一季陽光〉發表於《中央月刊》第1卷第3期。

2月 23日，〈二月〉發表於《聯合報・副刊》9版。

3月 2～3日，〈故鄉的龍燈〉連載於《中央日報・副刊》9版。
22日，〈三月〉發表於《徵信新聞報・人間副刊》10版。
27日，短篇小說〈那晚上〉發表於《聯合報・副刊》9版。

4月 7日，〈四月〉發表於《徵信新聞報・人間副刊》11版。
9日，短篇小說〈手中的鬱金香〉發表於《聯合報・副刊》10版。
21日，短篇小說〈聽到鳥叫〉發表於《聯合報・副刊》9版。

5月 11～12日，短篇小說〈陸伯伯的黃昏〉連載於《聯合報・副刊》9版。
31日，〈西窗閒記〉發表於《中華日報・副刊》9版。
短篇小說〈要到機場去的人〉發表於《作品》第2卷第2期。
《絮語》由臺北金字塔出版社出版。

6月 6日，短篇小說〈我們露營〉發表於《徵信新聞報・人間副刊》9版。
24～25日，短篇小說〈黏泥〉連載於《聯合報・副刊》9版。
28日，〈看臺上下〉發表於《徵信新聞報・人間副刊》10版。

7月 10日，短篇小說〈一粒麥子的結果〉發表於《婦友》第178

期。

26 日，〈笛〉發表於《徵信新聞報・人間副刊》10 版。

短篇小說〈有情歲月〉發表於《中央月刊》第 1 卷第 9 期。

長篇小說《河上的霧》由臺北皇冠雜誌社出版。

8 月　11 日，〈鏡〉發表於《聯合報・副刊》10 版。

27 日，〈破雲而去〉發表於《聯合報・副刊》9 版。

9 月　8～9 日，短篇小說〈去問上帝〉連載於《聯合報・副刊》9 版。

15～16 日，短篇小說〈吃太陽的人〉連載於《徵信新聞報・人間副刊》10 版。

26 日，〈醉〉發表於《徵信新聞報・人間副刊》10 版。

30 日，〈夢裏鄉關近〉發表於《臺灣新聞報・西子灣副刊》9 版。

10 月　4 日，〈吟與嘯〉發表於《聯合報・副刊》9 版。

26 日，〈秋李插圖〉發表於《徵信新聞報・人間副刊》10 版。

11 月　7 日，〈鄉書〉發表於《中國時報・人間副刊》10 版。

11～12 日，〈風景〉連載於《聯合報・副刊》11、9 版。

短篇小說集《瑪瑙杯子》由臺北晚蟬書店出版。

12 月　24～25 日，〈浮彫〉連載於《中國時報・人間副刊》16 版。

27～28 日，〈沉吟〉連載於《聯合報・副刊》9 版。

1970 年　1 月　1 日，〈故鄉的冬景〉發表於《文藝月刊》第 7 期。

29～30 日，短篇小說〈城〉連載於《聯合報・副刊》9 版。

2 月　5 日，〈懷念篇〉發表於《新世界》第 1 期。

〈絮語〉發表於《幼獅文藝》第 194 期。

春　著手寫長篇小說〈龍門〉。

3 月　1 日，〈驀〉發表於《文藝月刊》第 9 期。

8～9 日，〈畫〉連載於《聯合報・副刊》9 版。

19～28 日，擔任《聯合報・副刊》「風鈴組曲」第八棒，與張漱菡、司馬中原等作家進行小說接力，連載於《聯合報・副刊》9 版。

4 月 5 日，〈關於春季〉發表於《新世界》第 3 期。

23 日，〈山水之間〉發表於《中央日報・副刊》9 版。

28 日，〈三春舊事〉發表於《中國時報・人間副刊》10 版。

〈斷想〉發表於《幼獅文藝》第 196 期。

《靈畫》由臺北仙人掌出版社出版。

5 月 3 日，〈七弦〉發表於《聯合報・副刊》9 版。

〈樂在其中畫種花〉發表於《中央月刊》第 2 卷第 7 期。

〈書生本色——作家的臉〉發表於《幼獅文藝》第 197 期。

6 月 10 日，〈八葉——無花果集〉發表於《聯合報・副刊》9 版。

8 月 《葉笛》由臺北清流出版社出版。

中篇小說《翡翠谷》由臺北陸軍總司令部出版。

10 月 《山鳥集》由臺北哲志出版社出版。

《摘雲集》由臺北阿波羅出版社出版。

12 月 3 日，〈寫在秋日〉發表於《中國時報・人間副刊》16 版。

7 日，〈瞽望——無花果集之一〉發表於《聯合報・副刊》9 版。

18～19 日，〈啄木鳥〉——無花果集〉連載於《聯合報・副刊》9 版。

完成長篇小說〈太陽雨〉初稿。

1971 年 1 月 3 日，短篇小說〈黑傘〉發表於《中國時報・人間副刊》10 版。

7 日，〈呢喃——無花果集之三〉發表於《聯合報・副刊》9

版。

16 日，〈寒夜隨筆〉發表於《臺灣新聞報・西子灣副刊》9 版。

21～22 日，短篇小說〈我們的雪人及其他〉連載於《中國時報・人間副刊》15 版。

2 月　7～8 日，〈窗花之外——無花果集之四〉連載於《聯合報・副刊》9 版。

28 日，〈春晴〉發表於《聯合報・副刊》9 版。

3 月　1 日，〈香雪山谷〉發表於《聯合報・副刊》9 版。

2 日，〈雪色〉發表於《聯合報・副刊》9 版。

3 日，〈溪泉人家〉發表於《聯合報・副刊》9 版。

4 日，〈雲霧之間〉發表於《聯合報・副刊》9 版。

14～15 日，〈兩千四百公尺上來去〉連載於《中國時報・人間副刊》16、14 版。

4 月　〈花景——《無花果集》中的七章〉發表於《幼獅文藝》第 208 期。

〈花廊——外兩章〉發表於《中華文藝》第 2 期。

6 月　23 日，〈仲夏歌——無花果集〉發表於《中國時報・人間副刊》15 版。

7 月　6 日，〈寫在六月〉發表於《聯合報・副刊》9 版。

8 月　19～23 日，〈七月低語〉連載於《中華日報・副刊》9 版。

短篇小說集《時間的蹄聲》由臺北國防部總政治作戰部出版。

9 月　12 日，〈水聲及其他——無花果集〉發表於《中國時報・人間副刊》12 版。

20 日，〈水聲・曉林・石韻〉發表於《聯合報・副刊》9 版。

〈關於《老殘遊記》〉發表於《文藝月刊》第27期。

10月 29日，〈韻——無花果集〉發表於《中國時報・人間副刊》15版。

短篇小說〈大地〉發表於《中央月刊》第3卷第12期。

中篇小說《黃金夢醒》由南投臺灣省政府推行保防教育委員會出版。

11月 28日，〈海隅小記〉發表於《聯合報・副刊》12版。

12月 29日，〈也不是樹——無花果集〉發表於《中國時報・人間副刊》9版。

1972年 1月 18日，〈海和海港〉發表於《中華日報・副刊》9版。

〈拉馬丁及其葛萊齊拉〉發表於《新文藝》第190期。

出任黎明文化公司編輯部副主任。

3月 10～11日，〈輕車已過萬重山〉連載於《中央日報・副刊》9版。

16～19日，〈梨山早春〉連載於《聯合報・副刊》9版。

26日，〈森林世界〉發表於《聯合報・副刊》12版。

4月 23日，〈夜晚的雨聲——草堂隨筆之一〉發表於《中華日報・副刊》9版。

25日，〈雲的語言——草堂隨筆之二〉發表於《中華日報・副刊》9版。

27日，〈一朵風景——草堂隨筆之三〉發表於《中華日報・副刊》9版。

辭去黎明文化公司職務。

5月 長篇小說《春晴》由臺北黎明文化公司出版。

6月 1日，〈盆竹（外四章）〉發表於《中華日報・副刊》9版。

5日，〈山窗之下——山窗散記〉發表於《臺灣新生報・副刊》10版。

8 日，〈五月雨——山窗散記〉發表於《臺灣新生報・副刊》10 版。

19～20 日，〈繭——弦外集〉連載於《聯合報・副刊》10、9 版。

21 日，〈弦外集〉發表於《中國時報・人間副刊》9 版。

25 日，〈在夏季——山窗小記之三〉發表於《臺灣新生報・副刊》10 版。

30 日，〈竹塢〉發表於《臺灣新生報・副刊》10 版。

7 月 3 日，〈棋盤橋〉發表於《中華日報・副刊》9 版。

19～20 日，〈潛望——弦外集〉連載於《聯合報・副刊》9、12 版。

《花卉栽培（第一輯）》由臺北黎明文化公司出版。

8 月 3～4 日，〈溪頭行〉連載於《中華日報・副刊》9 版。

28～31 日，〈草葉〉連載於《聯合報・副刊》9、10 版。

11 月 5～6 日，〈十八顆人頭——古老的故事〉連載於《中國時報・人間副刊》12、10 版。

8 日，〈秋天來時〉發表於《中央日報・副刊》9 版。

11 日，〈涼意〉發表於《聯合報・副刊》9 版。

12～13 日，〈秋韻——弦外集〉連載於《中國時報・人間副刊》12、10 版。

18～24 日，〈水墨畫——在濛濛〉連載於《聯合報・副刊》9、14、12 版。

20 日，〈小姑母〉發表於《臺灣新生報・副刊》10 版。

12 月 24 日，〈昨夜西風凋碧樹〉發表於《中國時報・人間副刊》13 版。

本年 著手撰寫以東西橫貫公路為題材之長篇小說〈長嶺〉。

1973 年 1 月 14～22 日，〈翠娥——古老的故事〉連載於《聯合報・副刊》12、14 版。

28～30 日，短篇小說〈雪獵——古老的故事〉連載於《中國時報・人間副刊》12 版。

2 月 15 日，〈不過是一座山〉發表於《中華日報・副刊》9 版。

4 月 10 日，〈手——弦外集〉發表於《中國時報・人間副刊》12 版。

18～21 日，短篇小說〈壁上的魚〉連載於《聯合報・副刊》14 版。

30 日，〈鵜鴣聲裏——弦外集〉連載於《中國時報・人間副刊》12 版，至 5 月 3 日止。

短篇小說〈酒〉發表於《中華文藝》第 26 期。

8 月 12～14 日，〈螢〉連載於《聯合報・萬象副刊》14 版。

14～15 日，〈蟬季——弦外集〉連載於《中國時報・人間副刊》13 版。

27～29 日，短篇小說〈長巷短巷〉連載於《聯合報・萬象副刊》14 版。

《花卉栽培（第二輯）》由臺北黎明文化公司出版。

9 月 12 日，〈又去看海〉發表於《中華日報・副刊》10 版。

25～28 日，短篇小說〈馴犬者〉連載於《聯合報・副刊》12、14 版。

12 月 8～9 日，〈秋後小記〉連載於《聯合報・副刊》14 版。

28 日，〈冬景〉發表於《中華日報・副刊》9 版。

1974 年 1 月 6～7 日，〈蘆花，野店及其他〉連載於《中國時報・人間副刊》12 版。

14 日，〈山色與花影〉發表於《中華日報・副刊》9 版。

〈酒話〉發表於《新文藝》第 214 期。

短篇小說〈外套〉發表於《中華文藝》第 35 期。

	2月	7～9 日，短篇小說〈龍燈〉連載於《聯合報・副刊》14 版。
		〈家鄉年景雜談〉發表於《新文藝》第215期。
	3月	9～10 日，短篇小說〈山是清池開蓮花〉連載於《中華日報・副刊》9 版。
		31日，〈春夜又一章〉發表於《中華日報・副刊》10 版。
		短篇小說〈屋角之鼠——記老鄰居的小故事〉發表於《皇冠》第241期。
		《無花果集》由臺北華欣文化中心出版。
	4月	7～9日，〈蛹〉連載於《聯合報・副刊》12版。
		《山鳥集》由臺北水芙蓉出版社出版。
	6月	《弦外集》由臺北水芙蓉出版社出版。
	7月	與余光中、朱西甯、金開鑫擔任中國青年寫作協會於南投霧社舉辦復興文藝營指導老師，指導散文組。
		《花廊》由臺北水芙蓉出版社出版。
	10月	21～22 日，〈湖水・霧・森林山崗〉連載於《聯合報・副刊》12 版。
	12月	16～18 日，短篇小說〈落荒〉連載於《中華日報・副刊》9 版。
	本年	再度出任黎明文化公司出版部文學、兒童讀物組主編，與姜穆、曾麗華為黎明文化公司合編「中國新文學叢刊」。
1975年	1月	4 日，〈山中之湖——外兩章〉發表於《聯合報・副刊》12 版。
		〈歸來書——給韓愈組同學〉發表於《幼獅文藝》第 253 期。
		〈施篤姆及其茵夢湖〉發表於《新文藝》第226期。
	2月	〈南臺灣的陽光〉發表於《新文藝》第227期。

4月 24日,〈春醒——外一章〉發表於《聯合報・副刊》12版。

5月 18日,〈雨又落在小路上〉發表於《聯合報・副刊》12版。

20日,〈黃梅時節——懷舊小記之一〉發表於《中華日報・副刊》9版。

辭去黎明文化公司職務。

6月 8日,〈那一列山脈〉、〈歸來〉發表於《中華日報・副刊》9版。

16日,〈沅江上——懷舊小記〉發表於《中央日報・副刊》10版。

〈草莓季——懷舊集之一〉發表於《中華文藝》第52期。

8月 1～2日,短篇小說〈婚禮中的聯想〉連載於《聯合報・副刊》12版。

1日,〈夏季的告別〉發表於《情報知識》第194期。

23日,〈再來時仍在夏季〉發表於《中華日報・副刊》11版。

〈謁慈湖〉發表於《中華文藝》第54期。

9月 27日,〈響在心中的水聲〉發表於《聯合報・副刊》12版。

10月 30日,〈流域〉發表於《聯合報・副刊》12版。

11月 1日,〈看山——兒時憶往〉發表於《情報知識》第197期。

25日,〈從落葉上走過〉發表於《聯合報・副刊》12版。

12月 18日,〈野水(外三章)〉發表於《中華日報・副刊》9版。

31日,〈冬季〉發表於《聯合報・副刊》12版。

散文、小說合集《蕭白自選集》由臺北黎明文化公司出版。

1976年 1月 18日,〈昨日更鼓〉發表於《聯合報・副刊》12版。

2月 21日,〈春遊小記〉發表於《聯合報・副刊》12版。

28日,〈燭光與燈夜〉發表於《中華日報・副刊》11版。

〈故鄉的隆冬〉發表於《新文藝》第239期。

3月 17 日，〈夜來風雨——外一章〉發表於《聯合報・副刊》12 版。

23 日，〈又見東風——又一章〉發表於《中華日報・副刊》9 版。

4月 3 日，〈南行艸〉發表於《臺灣新生報・副刊》10 版。

10 日，〈谷關風景〉發表於《中華日報・副刊》11 版。

21 日，〈三月・谷關來去〉發表於《聯合報・副刊》12 版。

24 日，〈窗前（又三章）〉發表於《中華日報・副刊》11 版。

6月 16 日，〈流失〉發表於《聯合報・副刊》12 版。

短篇小說集《壁上的魚》由臺北水芙蓉出版社出版。

7月 8 日，〈淋濕的心中的土地〉發表於《中華日報・副刊》12 版。

26 日，〈長聲夏夏〉發表於《中華日報・副刊》12 版。

8月 22 日，〈風吹動的深夜——又一章〉發表於《聯合報・副刊》12 版。

9月 5 日，〈野宿〉發表於《中央日報・副刊》10 版。

10 日，〈搖撼深夜的風雨〉發表於《中華日報・副刊》7 版。

27 日，〈秋季〉發表於《臺灣新生報・副刊》12 版。

10月 5 日，〈昨日走過的荒野〉發表於《中華日報・副刊》11 版。

5～14 日，〈武陵溪上〉連載於《聯合報・副刊》12 版。

11月 3 日，〈秋窗小記〉發表於《臺灣新生報・副刊》12 版。

13 日，〈鳥、小叔與我〉發表於《青年戰士報・新文藝副刊》11 版。

12月 1 日，〈潭上・一槳燈影〉發表於《聯合報・副刊》12 版。

1977年 1月 1日,〈野臺戲・木牛流馬——大濂洛溪上的故事之二〉發表於《中華日報・副刊》11版。

2月 4日,〈燈下——外一章〉發表於《中央日報・副刊》10版。

9日,〈雲霧裏作客〉以筆名「夏雨」發表於《聯合報・副刊》12版。

13日,〈葉聲〉發表於《中華日報・副刊》10版。

14日,〈晨間——另兩章〉發表於《青年戰士報・新文藝副刊》11版。

14日,〈歲暮到歲朝——大濂洛溪上的故事之一〉發表於《臺灣新生報・副刊》12版。

3月 6日,〈手相〉發表於《聯合報・副刊》12版。

18日,〈某一年的械鬥——大濂洛溪的故事〉發表於《中華日報・副刊》11版。

29日,〈迴響〉發表於《聯合報・副刊》12版。

4月 7日,〈神獅與禿尾巴龍〉發表於《臺灣新生報・副刊》12版。

23日,〈咏〉發表於《聯合報・副刊》12版。

29日,〈杏花煙雨鵓鴣天——大濂洛溪的故事〉發表於《中華日報・副刊》12版。

5月 25日,〈四月,半天寮〉發表於《中華日報・副刊》11版。

《響在心中的水聲》由臺北水芙蓉出版社出版。

6月 〈淺談散文寫作——給散文寫作起步上的朋友的一些提醒〉發表於《中外文學》第6卷第1期。

7月 1日,〈雨象——浮彫集〉發表於《中外文學》第6卷第2期。

2日,〈此日及其他——浮彫集〉發表於《中華日報・副刊》

11 版。

26 日，〈徘徊〉發表於《聯合報・副刊》12 版。

8 月　22 日，〈炎夏裡——大濂洛溪的故事〉發表於《中華日報・副刊》11 版。

〈兩極及其他——浮雕集〉發表於《文藝月刊》第 98 期。

10 月　30 日，〈橫渡之舟〉發表於《聯合報・副刊》12 版。

〈清秋時節——大濂洛溪的故事〉發表於《情報知識》第 220 期。

〈雨落著上午〉發表於《文藝月刊》第 102 期。

11 月　11 日，〈浮雕〉發表於《中華日報・副刊》11 版。

15 日，〈床的種種〉發表於《青年戰士報・新文藝副刊》11 版。

1978 年　1 月　3 日，〈渾水溪上〉發表於《中華日報・副刊》11 版。

23 日，〈醉語——又三章〉發表於《中國時報・人間副刊》12 版。

〈神硯——大濂洛溪的故事〉發表於《中華文藝》第 83 期。

《蕭白散文精選集》由臺北源成文化圖書供應社出版。

《花卉栽培（第三輯）》由臺北黎明文化公司出版。

2 月　1 日，〈藤屋及其他〉發表於《文壇》第 212 期。

3 月　26 日，〈二月誌〉發表於《中華日報・副刊》11 版。

4 月　6 日，〈春雨——浮雕集〉發表於《中國時報・人間副刊》12 版。

《一槳燈影》由臺北黎明文化公司出版。

5 月　1 日，〈老塾師及其他——大濂洛溪的故事〉發表於《情報知識》第 227 期。

19 日，〈去而復返〉發表於《中華日報・副刊》11 版。

25日，〈一點一螢火〉發表於《中華日報・副刊》11版。
〈青梅時節——大濂洛溪的故事〉發表於《文藝月刊》第103期。

6月 13日，〈浮彫集〉發表於《聯合報・副刊》12版。
28日，〈夏日初至〉發表於《中華日報・副刊》11版。

7月 〈總是離情——又一章〉發表於《文壇》第217期。

8月 7日，〈浮雕集〉發表於《聯合報・副刊》12版。
〈悠悠歲月——外一章〉發表於《中華文藝》第90期。

9月 1日，〈時間製造的痕跡〉發表於《情報知識》第231期。
《大濂洛溪》由臺北環球書社出版。

10月 24日，〈夏季之後〉發表於《臺灣新生報・副刊》12版。
〈紙窗〉、〈老屋〉發表於《文壇》第220期。

11月 25日，〈生死相知四十年——悼海瑤〉發表於《中華日報・副刊》11版。
〈燭光裡的古代〉發表於《文藝月刊》第113期。

12月 5日，〈死亡的透視——並悼海瑤之死〉發表於《臺灣時報・副刊》9版。
〈藤蔓・夜讀・臉〉發表於《中央月刊》第11卷第2期。

1979年 1月 1日，〈路樹及其他〉發表於《臺灣新生報・副刊》12版。
以「浮彫集」為題，〈飲酒〉、〈秋韻之一〉、〈秋韻之二〉、〈夜的旋律〉、〈蜘蛛之外〉、〈呵！故鄉〉發表於《文壇》第223期。
《野煙》由臺北水芙蓉出版社出版。

2月 1日，〈當時我們正年少〉連載於《情報知識》第236期～265期，至1981年7月止。
27日，〈寫春兩題〉發表於《中華日報・副刊》11版。

3月 15日，以「浮彫集」為題，〈烟之外之一〉、〈烟之外之二〉、

〈街景〉、〈秋深〉發表於《文壇》第225期。

4月 7日，〈雨聲——浮彫集〉發表於《中華日報・副刊》11版。

27日，〈舊居〉發表於《青年戰士報・新文藝副刊》11版。

29日，〈到得春深處〉發表於《臺灣時報・副刊》12版。

5月 26日，〈我的豢養事業〉發表於《中華日報・副刊》11版。

27日，〈蝴蝶及其他——浮彫集〉發表於《臺灣時報・副刊》12版。

6月 1日，〈蝴蝶之外〉發表於《臺灣時報・副刊》12版。

5日，〈樓屋——外二章〉發表於《臺灣新生報・副刊》12版。

8月 27日，〈第三季的重疊〉發表於《中華日報》11版。

9月 12日，〈《浮雕》的心路歷程〉發表於《中央日報》11版，「讀書」第71期。

10月 《浮雕》由臺北九歌出版社出版。

12月 17日，〈父親〉發表於《中華日報・副刊》10版。

1980年 1月 《燭光裡的古代》由臺北采風出版社出版。

2月 15日，〈群鳥篇〉發表於《臺灣時報・副刊》12版。

4月 應邀出席由教育部於南投日月潭舉辦第一屆全國文藝季。

5月 14日，〈四月，湖的印象——記日月潭的一晝夜〉發表於《臺灣新生報・副刊》12版。

15日，長篇小說〈春雨〉連載於《文壇》第239～253期，至隔年7月15日止。

10月 28日，〈話秋〉發表於《大華晚報・淡水河副刊》10版。

11月 5日，〈面對一盞小燈〉發表於《大華晚報・淡水河副刊》10版。

6日，〈神山行——沙巴瑣記〉發表於《聯合報・副刊》8

版。

24 日，〈香與香爐〉發表於《大華晚報・淡水河副刊》10 版。

12 月 1 日，〈昨夜月亮〉發表於《大華晚報・淡水河副刊》10 版。

5 日，〈鏡子〉發表於《大華晚報・淡水河副刊》10 版。

15 日，〈走一條路〉發表於《大華晚報・淡水河副刊》10 版。

25 日，〈歲暮〉發表於《大華晚報・淡水河副刊》10 版。

28 日，〈祠堂——懷舊小記〉發表於《青年戰士報・新文藝副刊》11 版。

1981 年 1 月 1 日，〈正值冬季〉發表於《大華晚報・淡水河副刊》10 版。

27 日，〈冷月清夜靜〉發表於《大華晚報・淡水河副刊》10 版。

28 日，〈畫個冷季〉發表於《中華日報・副刊》10 版。

2 月 12 日，〈花市〉發表於《大華晚報・淡水河副刊》10 版。

25 日，〈春之初醒〉發表於《大華晚報・淡水河副刊》10 版。

3 月 7 日，〈聚散匆匆〉發表於《大華晚報・淡水河副刊》10 版。

14 日，〈我們的歡聚——寫給小外孫女心心〉發表於《自由日報・晨鐘副刊》10 版。

15 日，〈春來起常遲〉發表於《大華晚報・淡水河副刊》10 版。

28 日，〈今朝花開時〉發表於《大華晚報・淡水河副刊》10 版。

〈《新文藝》與我〉發表於《新文藝》第 300 期。

4 月 5 日,〈雨夜〉發表於《大華晚報・淡水河副刊》10 版。

9 日,〈母親〉發表於《臺灣新聞報・西子灣副刊》12 版。

11 日,〈寫春三疊〉發表於《聯合報・副刊》8 版。

12 日,〈一袋榧子〉發表於《大華晚報・淡水河副刊》10 版。

17 日,〈話茶〉發表於《大華晚報・淡水河副刊》10 版。

29 日,〈春之聲〉發表於《大華晚報・淡水河副刊》10 版。

5 月 2 日,〈煙雨〉發表於《自由日報・晨鐘副刊》10 版。

6 月 1 日,〈梅雨〉發表於《大華晚報・淡水河副刊》10 版。

8 日,〈看雨〉發表於《大華晚報・淡水河副刊》10 版。

23 日,〈六月小簡〉發表於《自由日報・晨鐘副刊》10 版。

7 月 3 日,〈綠色聲浪〉發表於《大華晚報・淡水河副刊》10 版。

10 日,〈雨後〉發表於《大華晚報・淡水河副刊》10 版。

25 日,〈夏日之晨〉發表於《中華日報・副刊》10 版。

31 日,〈風邊雨裡〉發表於《大華晚報・淡水河副刊》10 版。

8 月 1 日,〈地圖——外兩章〉發表於《自由日報・晨鐘副刊》10 版。

14 日,〈曉月〉發表於《大華晚報・淡水河副刊》10 版。

15 日,〈扇子・納涼——懷舊小記〉發表於《臺灣新生報・副刊》12 版。

19 日,〈窗前浮雲〉發表於《大華晚報・淡水河副刊》10 版。

10 月 15 日,〈秋窗小記〉發表於《中央日報・副刊》10 版。

12 月 10~11 日,〈漫長的踽行〉連載於《自由日報・晨鐘副刊》

		10 版。
1982 年	1 月	〈老家・舊事・童年——紙窗〉發表於《中華文藝》第 131 期。
		《靈畫》由臺北水芙蓉出版社出版。
	2 月	〈油燈——懷舊小記〉發表於《中華文藝》第 132 期。
	3 月	《當時正年少》由臺北文鏡文化公司出版。
	5 月	15 日,〈記住兩份友誼〉發表於《愛書人雜誌》第 173 期(4 版)。
	10 月	22 日,〈蟬歌及其他〉發表於《臺灣時報・副刊》12 版。
1983 年	1 月	8 日,〈候鳥及其他〉發表於《臺灣時報・副刊》12 版。
	2 月	《山窗絮語》由臺北水芙蓉出版社出版。
	4 月	21 日,〈燭火及其他〉發表於《臺灣時報・副刊》12 版。
	8 月	《無花果集》由臺北文鏡文化公司出版。
	11 月	11 日,〈陀螺及其他〉發表於《臺灣時報・副刊》12 版。
1984 年	5 月	《石級上的歲月》由臺北文鏡文化公司出版。
	8 月	27 日,〈七月朝山〉發表於《中央日報・副刊》11 版。
		《多色河畔》由臺北水芙蓉出版社出版。
	9 月	長篇小說《雨季》由臺北文鏡文化公司出版。
1985 年	7 月	12 日,〈看一片水〉發表於《聯合報・副刊》8 版。
	8 月	13 日,〈野桐樹上的一家鳥〉發表於《中國時報・人間副刊》8 版。
	11 月	18 日,〈松鼠〉發表於《中央日報・副刊》11 版。
		《兒時成追憶》由臺北采風出版社出版。
	12 月	《當時正年少》由臺北文鏡文化公司出版。
1986 年	3 月	《山鳥集》由臺北黎明文化公司出版。
	5 月	〈另一種境界的開始——面對人生苦樂的《白屋手記》〉發表於《九歌雜誌》第 63 期(3 版)。

		《白屋手記》由臺北九歌出版社出版。
	9月	《弦外集》由臺北文鏡文化公司出版。
	10月	《文鳥八哥畫眉飼養》由臺北黎明文化公司出版。
1988年	1月	27日，〈我去近山山近我〉發表於《聯合報・副刊》23版。
	4月	8日，返鄉探親，再次見到闊別40年的母親，得知曼君於1949年即病逝，悲不自勝。
	11月	11日，〈秋意溪水上晨間〉發表於《中央日報・副刊》16版。
1989年	1月	1日，封筆。寄情於書畫。
	4月	《風吹響一樹葉子》由廣州花城出版社出版。
1994年	本年	馮季眉訪問蕭白，撰寫〈隱藏在層層意象裡的美感——景美山上訪散文家蕭白〉，發表於《文訊》第105期。
2001年	9月	28日，與李牧、姜穆捐贈著作予國立文化資產保存研究中心籌備處，上午舉辦「李牧、姜穆、蕭白文學文物展」開幕式，展期至10月19日止。
2004年	8月	24日，妻胡宗智於諸暨病逝。
	11月	13日，完成〈曼君與我〉手稿，約九萬字，前後歷時兩個月。
2005年	本年	完成〈曼君與我〉校對。
2007年	本年	文訊雜誌社社長封德屏與同仁林麗如前往拜訪，林麗如寫成〈回首向來蕭瑟處——專訪蕭白〉，發表於《文訊》第264期。此後幾年，時常前去探望。
2009年	9月	8日，國立臺灣文學館主辦「灌溉文學的花園系列四」之「時代下的筆耕者——姜貴、蕭白文物捐贈展」，展出姜貴與蕭白手稿、圖書、信札共103件，展期至隔年1月17日。
2012年	10月	7日，文訊雜誌社社長封德屏與李豐楙、林綠、張騰蛟等文

友共至「聽雨草堂」拜訪蕭白，林麗如寫成〈聽雨草堂話當年〉，發表於同月20日《聯合報》D3版。

2013年　1月　完成〈蕭白簡傳〉手稿。

4月　3日，文訊雜誌社社長封德屏與若干文友共赴蕭白居處，為其祝賀88歲米壽。

10月　11日，於景美家中逝世，享壽89歲。

11月　《文訊》製作「石級上的歲月——懷念蕭白先生」專題，張騰蛟〈你會繞道諸暨的老宅大院罷！——送老友蕭白遠行〉、李喬〈別語纏綿不成句〉、林綠〈蕭白和他的散文〉刊載於《文訊》第337期。

本年　文訊雜誌社同仁協助繕校〈曼君與我〉、〈蕭白簡傳〉手稿。

2014年　10月　蕭白逝世週年，諸暨浣紗文學讀書會出版《蕭白先生紀念特刊》，收錄二十多篇學者、友人的紀念與評論文章。

參考資料：

・石陵，〈樸實無華的蕭白〉，《青年戰士報》，1968年12月2～5日，7版。

・蕭白，〈蕭白寫作年表〉，《燭光裡的古代》，臺北：采風出版社，1980年1月。

・蕭白，《當時正年少》，臺北：文鏡文化公司，1982年3月。

・諸暨浣紗文學讀書會編，〈蕭白著作年表〉，《蕭白先生紀念特刊》，2014年10月。

輯三◎

研究綜述

蕭白在塵世邊緣，構築一幅清淨世界的圖像

◎顏崑陽

一、前言

蕭白的文學創作以新詩、小說及散文為主。他出生於 1925 年，浙江省諸暨縣保和鄉大兼溪村。本名周仲勳，用過很多筆名，寒峰、田歌、周雨、洛雨、金陽、風雷……。1954 年，第一次使用「蕭白」這個筆名，在香港《祖國周刊》上發表短篇小說〈河邊〉。此後，他寫散文就比較固定署名「蕭白」。這筆名並非隨意湊合，而是很莊重的紀念兩個摯友。他在〈記住兩份友誼〉的短文中，明白交代這二個摯友，一個是蕭輝楷，一個是章布白，就從他們的姓名中，各取一字整合。這二個都是少年時期的朋友，對蕭白的文學創作很有啟發引導之功。這樣的摯友，當然值得以自己的筆名永資紀念。

蕭白最早寫的是新詩，花果卻不特別繁盛，在臺灣新詩史上，沒有掙到一席之地。後來興趣轉到寫小說，作品數量很豐碩，出版過 14 本小說，長篇 4 本，中篇 3 本，短篇集 7 本。1972 年，余光中等編選，巨人出版社印行《中國現代文學大系》，總結 1950 到 1970 年代的臺灣現代文學，以選本的形式，為臺灣文學史做出定位。那時，蕭白正當紅著。小說卷選了他一篇作品，比他年輕些的白先勇也入選一篇。他的小說在臺灣文學史上，雖不顯赫，也應該有他的一席之地；但是，如今卻頗為沉寂。一方面是實在沒有廣受傳誦的經典之作；二方面是小說之名被他的散文之名所掩蓋。

他最「無心插柳」的文體是散文，而枝繁葉茂、濃覆清蔭的卻是散文。讀者廣度接受而記得蕭白，也是他的散文；他的散文的確質、量都站

在高峰上，出版 24 本，《山鳥集》、《白鷺之歌》、《靈畫》、《摘雲集》、《無花果集》、《弦外集》、《浮雕》、《響在心中的水聲》等，都足為經典。足為經典是因為表現了無可比並的獨創性風格，而蕭白也就以散文在臺灣文學史上，占領了不可刪略的歷史地位。

二、蕭白的書畫、詩與散文都源自同一泓活泉

在臺灣文學史上，蕭白最終以散文占領不可刪略的歷史地位，這是個「意外」。

對蕭白自己而言，這的確是「意外」。他 38 歲才開始寫下第一篇散文：〈夢及其他〉；而且這篇還帶著小說骨架與詩意象、節奏的散文，是被動應接好友蕭輝楷為《知識生活》雜誌約稿而擠出來的產品。直到 1965 年，40 歲，出版第一本散文集《多色河畔》，在序文中，都還坦白自供，他從新詩開始文學創作，接著寫小說，「對散文從不作嘗試想」。然而，最終的結局是，詩與小說都不如散文那樣讓他建立不可刪略的文學史地位。對蕭白自己而言，這不是純屬「意外」嗎？

他在人生首途所注目的美景，在幼小心靈的「意中」所選擇自我實現生命存在價值的事兒，並非「散文」創作，甚至也不是詩與小說，而是中國古典繪畫。假如小學的作文課，讓他寫一篇：「我未來的夢想」，他一定毫不猶疑的說：「畫家，我要當畫家！」接著，他就會興高采烈的向你大談，廟宇牆上那些栩栩如生的龍鳳花卉，是多麼有趣；唐伯虎、八大山人的山水畫，是多麼迷人。因為，在故鄉大兼溪這個古老的農村，一個從私塾《三字經》裡逃出來的小頑童，蹓進廟宇中，專心凝視丹青師傅在粉牆上繪龍畫虎；鮮活的意象召喚著他，衝動得好想立刻拿起畫筆塗塗抹抹。後來，在浬浦鎮翊忠小學，一個五年級學生，那時還不叫蕭白，而名周仲勳，受到袁炎興老師的啟發，第一次遇見唐伯虎與八大山人，他被幾百年前這兩個畫家獨特的作品風格所感動，甚至為之著迷。這件事，在他〈漫長的踽行〉這篇文章，以及散文集《燭光裡的古代》中，所制訂的〈蕭白

寫作年表〉，已昭告了讀者；在《蕭白散文精選集》的〈序〉中，他也做了自白：「19 歲以前，一心想作一個畫家。」然而，他也知道做為農夫的兒子，這個夢想近乎「異想天開」。

蕭白畢竟沒有以繪畫名家。不過，這個夢想也沒有完全破滅。他索居景美仙跡岩，專事文學創作時，也還陸續在習玩書畫。1989 年，76 歲了，他不再創作散文或小說，卻更將晚年閒適的歲月，投注在墨筆間，以書法、繪畫自娛。這時，我相信他很快樂。自娛，做什麼都會是沒有壓力的愉悅；口腹之需已不再催迫他勞瘁於筆耕了。我看過他的書法與水墨畫，獨特的面目，從性情與心靈境界流出，殊無匠氣，絕對自成一家。我擬想著，蕭白的書畫在遙遠的未來，將如同他的散文，隱藏著一個等待被開啟的世界。

其實，他的書畫與詩、散文都源自於同一泓活泉，只是表現的形式差異而已。我早已感受到蕭白的「散文」中，不只有「詩」有「哲思」，也有「畫」，故多自然物色的描繪。後來見其書畫，又覺其中有「詩」有「哲思」，也有他獨特風格的「散文」，隨意布置，不嚴於規矩。這些不同形式的文藝表現，真的源自於同一泓活泉。

這一泓活泉是什麼？我總認為，被幼小心靈所直接感動、著迷的物事，都是生命底層所生具的才性，或者生長情境所染成的心靈，這就是活泉。當時，蕭白或許不自知，年長之後的反思，他為自己從小想當畫家的願望，找到了理由。在《蕭白散文精選集》的序文裡，他說自己做畫家的夢想，可能與生活的空間有關：「我生長在『杏花煙雨』的江南。江南，『陽春三月花似錦』；江南，夏荷香十里，『霜葉紅如二月花』，隆冬裡白雪皚皚，而山青水碧，處處自成圖畫，便有畫下來的慾望。」這樣說，似乎有些道理；然而，所有江南人也都在看這般的風景，怎麼許許多多都只能做個農夫？這就必須合到「才性」去看待了。內在與外在的因素，以及很多特殊機遇的變數，才鑄成各種不同性態的人。就依蕭白的才性來看，幽深的感思、豐饒的想像、美好世界的嚮往，自在平淡的趣味，因而他看到的江南，不是物質生活世界中，窮苦的鄉野或歌舞樓臺的都市；而是性靈世界中，煙花三月、風荷十里的水墨畫。

或許，這是他內心深處所埋藏，夢想中一個清淨世界的圖像吧！幾十年後，他選擇索居塵世的邊緣，景美仙跡岩上簡陋的小屋，安享著「紅滴硯池花瀉露，綠藏書榻樹垂雲」的山居生活；那或許就是他心眼裡，三千里外鄉關，水墨畫中清淨的江南吧！他在〈石級上的寧靜〉中，已勾聯了江南故鄉與景美仙跡岩的花鳥煙雲，構築了自己一心所嚮往平淡清淨的生活世界。

他是詩人，所以寫詩。1947 年，22 歲，在衡陽《中華時報》副刊「夏風」發表第一篇文學作品，就是二首小詩。印象裡，他曾結集過一本「洛雨詩抄」，卻沒看到正式出版。他終究沒有隨著所認識的羊令野、余光中、洛夫一起坐進詩人的殿堂。然而，詩，是蕭白心靈的本能，雖沒有做成大詩人，卻已滲透到他的散文中，化作千變萬化的意象，以及天籟自律的節奏。「詩性散文」就是他獨一無二的面目了。蕭白在《藍季》的〈後記〉中，提到好友楚茹稱他的散文為「散文詩」。他的另一個好友林綠也在〈關於蕭白〉中說：「他的散文我稱為散文詩，只能感不能讀。」說蕭白的散文是「散文詩」，裡層的意思對了；但表層的言語有些失準。蕭白寫的是散文，不是詩。他的散文的確充盈「詩」的意象與節奏；但是，畢竟不是蘇紹連《驚心》那樣的「散文詩」。李豐楙選析他的作品說是「詩化散文」，這就說對了。不過，李豐楙又指出他的養分取自於中國古典詩詞及現代詩，這就只看到語言表象，沒有深契蕭白詩人心靈的本能。

至於蕭白的散文是否那麼「玄」，就如林綠所說「只能感不能讀」？這也可以再想想，欲「感」則必先「讀」，不「讀」則無所「感」。至於讀後，只是「感悟」與「思辨」之別而已。林綠的意思，說得明白就是蕭白的散文，只宜直觀「感悟」而不宜分析「思辨」。這，我也同意。凡「詩性」之物，皆宜如此。

詩，既是蕭白心靈的本能，就可以展現在任何不同形式的文學藝術作品。後來，的確也飛進他的水墨畫，甚至書法，隨意揮灑，莫非情性，都無格套，而與他的散文相似。「詩」與「畫」在王維的心眼筆墨間，就已跨越媒材形式，會合於「大通」之境了。蕭白何嘗不如是！甚至，蕭白的小說也流淌著詩性的浪漫，走不進「寫實」最裡層的營壘。走離浪漫成風的年代，「詩」與「小說」似乎不是二種可以融合無間而受到讚許的文體。小說與詩的距離，的確比散文與詩的距離遠多了。

他是哲人，所以能致「理」。然而，他不是「哲學」專家，因此所致之「理」，不是抽象概念的專業理論，而是從性情、生活體驗所感悟而得的「理趣」。勉強來說，近乎莊、禪。有些評論者也這麼說，例如林麗如〈回首向來蕭瑟處〉的訪談稿，記載到李葉霜曾經告訴蕭白：「你的作品充滿老子與禪宗的思想。」聽說蕭白因此而讀《老子》。任真〈蕭白的散文〉也認為他的散文隱含著禪味。蔡丹冶〈蕭白和他的《山鳥集》〉則認為從《山鳥集》看蕭白的思想，深深植根於孔孟老莊，同時也受虛無主義和現代思潮的影響。蔡丹冶特別注明「虛無主義實質上即是老莊哲學」。其他，還有不少評論者都把蕭白與老莊、禪宗綁在一起。另外，蔡丹冶更替蕭白找來虛無主義、現代主義、存在主義這些近鄰。韋體文〈蕭白筆下的隔離世界〉也為他的語言風格找到「西方現代派」的遠親。直接在作家的體面貼上標籤，是一般人批評的習慣；作者本人通常會保持沉默，說對或說不對，兩邊都難以出口。

然而，我們在文化存在的世界中，人同此心，心同此理，很多「非影響的相似性」，經常出現在各人不同的言說或作家的作品中。蕭白作詩，寫散文、小說。他天性具有哲思的心靈，又親身體驗著生活，感悟著宇宙人生所蘊涵的道理。當然，他也讀了不少書，卻畢竟不是專業學者，從不曾鑽研那一套一套的主義、思想及哲學理論；硬說他的散文中有哪種主義、哪家思想理論，很容易流於穿鑿附會。幸好他一直是個帶著詩性與哲思的作家，沒有成為老莊、禪宗或存在主義、現代主義的專業學者；否則，散文中所套取的哲理，將是殊乏趣味，甚至讓人生厭。

他的散文的確蘊涵著哲思，卻不是取自任何套路的哲學；別說西方哪門哪派的哲學，就連中國的老莊、禪宗都不是他刻意套取的哲理。他表達的是自己的感悟，其理趣近似莊、禪而已矣。李葉霜指出他作品中，「充滿老子與禪宗的思想」，接著又說：「這些卻是你腦子裡的東西。」這就對了。不過，說蕭白的思想近乎老子，這卻有些走樣。老子與莊子雖常被看作同一思想的宗族，他們的終極關懷卻畢竟很有差別。群體生命存在的政治，國君如何能無為而讓百姓自化？這是老子關懷的重心；個人如何在亂世中，保全生命而活得清淨無擾、逍遙自在？這才是莊子真心的關懷。蕭白顯然是莊子的近鄰，而卻是老子的遠親。另外，任真畢竟也知道，蕭白散文中的禪味不是來自於知識層面的禪學，而來自於性情及生活體驗的涵養，因此他說：「蕭白作品裡的禪味，也許就是由於他不慕名利，一片淡泊胸懷而養得的。」

陶淵明也是在性情與生活體驗中，彷彿走入莊子的漆園中，相對談心。這其實是中國知識分子，在政治權力中心的廟堂之外，所共築另一個清淨的理想世界；只要遠離政治權力、厭棄名利競逐，就會走向那個世界，大家不期而遇。蕭白沒有刻意學習誰的思想，他依著自己的性情，選擇自己意願的生活，而在那個清淨的世界中，與莊子、陶淵明以及一些禪師們，不期而遇。

三、出世與入世，都只在蕭白的一念之間

他的哲思，所感悟的不只是個人的生活，更是普遍的宇宙人生，故能致其「理」。但是，此「理」不直接以抽象概念去議論，而大多以「詩」的意象及節奏、「畫」的隨物賦形及因境敷色去具現，故得「理趣」，故成「意境」。1968 年，索居仙跡岩小屋第二年，出版《山鳥集》、《白鷺之歌》，構築了一個從現實生活到散文作品兩相依存，卻「獨屬自己」的清淨世界，詩的意象與哲思的理趣是這二集散文明顯的特徵，已非雷同前期以「抒情」為主的樣貌，風格較明顯轉變了。自此以降的《靈畫》、《摘雲

集》、《無花果集》、《弦外集》、《浮雕》、《白屋手記》等，詩的意象與哲思的理趣大體維持；但是在關懷的層面，則顯示蕭白走出「獨屬自己」的清淨世界，而面對更廣大的宇宙與現實的人生。在《山鳥集》之後二年，1970 年出版的《靈畫》又是一個分水嶺，序文中，蕭白說：

> 我從自己的隔離天地裡走出來，在這裡以冷眼審視接觸的紛擾，有時激動，有時憤怒，也意外地獲得些許欣喜。不過，我仍然深愛這個世界：一個我期望的也便是我追尋的世界。

他歷經烽火戰亂，顛沛流離，拿過槍桿也拿過筆桿，做過幾個公私機構的職務，接觸不少各色各樣的人。1954 年間，29 歲，遷居臺北市和平東路的宿舍，此後七、八年間，窮困潦倒，餵不飽一家人的肚子，創作也幾近停頓。我想，那時他絕不會認為這是個讓人快樂、幸福的世界。他生性很有稜角，很有獨特的心眼，並不很隨和，卻也有不少意氣相投的朋友。然而，這個時代、這個社會，無疑的並非他理想中的世界，很多讓他難以忍受的人或事。1967 年，42 歲，他選擇從軍中退役，索居景美仙跡岩半山上，作家王平陵曾住過的小屋，與馮放民、劉心皇為鄰。這就已宣告退出擾攘的世界，追尋屬於自己樸實、平淡、清淨的生活。

這時，他關懷的焦點是自己的精神世界。不過，他不是那種逃遁山林的隱士，還是住在塵世的邊緣，仍然必須下山到景美街坊或夜市買取生活用品。只是，爬上 96 級的石階，大多時候他悠遊在自己構築的清淨世界中，與俯瞰可及的紅塵之間，用方寸一念所建造的圍牆，隔離開來；而以詩的意象及哲思的理趣，將這個世界呈現在《山鳥集》與《白鷺之歌》中。這時，他無疑是住在紅塵邊緣，卻一心「出世」的蕭白。然而，不管他深愛這個世界也好，或者必須依賴這個世界供應的物質養活全家也好，他肯定無法遷居到奇萊山、大雪山的雲深不知處。這是一種雖暫時掩藏，卻難以消除的內外衝突。

他畢竟還是必須從「自己的隔離天地」走了出來。《靈畫》便做了這樣的宣示，他走出自己的隔離天地，不是再投入塵世，追名逐利，或展開改革社會的行動；而是用心關懷他一直深愛的世界，用「冷眼」審視各種紛擾，在激動、憤怒與欣喜交雜的情緒之外，更深層的體驗、感悟包含自己在內的整體宇宙人生，醜惡時時存在，真善美如何可得？他深愛的世界，也就是他所期望、追尋的清淨世界。這段時間，他完成《靈畫》，浩瀚的宇宙人生被他用微卷縮影成一年十二月；他感知、想像著自然生生息息的時序現象，以及愛恨哀樂的種種人事風景，並將它們分頁繪製成一幅接一幅的心靈畫冊，而又組成一幅宇宙人生渾然整體的巨大圖像。這圖像包含了自己與眾生，這時的蕭白又有些「入世」了。

出世與入世，在蕭白的想法裡，都只在內心一念之間。他選擇索居在塵世邊緣的仙跡岩，就已投射了入世或出世，並沒有截然為二而不可轉念的態度。上山、下山，自由的出入於人間世，這可能是蕭白最想做到的人生境界了。

蕭白「從自己的隔離天地裡走出來」,「入世」關懷自己之外的廣大世界，並不是親身參與社會改革的實踐行動，也不是信仰著文學能改革社會，而將筆觸完全切合於現實，針對不公不義的具體事件或現象做出嚴厲的批判。他歷經亂世，徹底明白，不公不義的事連槍桿都解決不了，何況筆桿？或許，他想著超越對立衝突、相互傾軋的現實世界，往更深廣的宇宙人生，從根源處找尋人類超脫悲苦的可能。這不是政客、軍人、商人、社會改革者、寫實派作家的腦袋，而是宗教家、哲人的心思。因此，他用的是「冷眼審視」，觀察、感思、透視，以期揭顯萬象紛紜的深處，有何一致之「理」，可以解釋人生、超脫煩苦？那是一種宗教、哲學的關懷與救贖。

我們說：「蕭白在塵世邊緣，構築一幅清淨世界的圖像」，還必須有更複雜而辯證的理解。「清淨世界」是他的終極理想，他在幾本散文集的「自序」或「後記」中，一再強調他對真善美價值的信仰，對美好世界的期待與追尋，這是他的理想。然而，世界並不依著他的理想去實現。現實的世界真的不清淨，充斥著各種骯髒、煩亂、欺詐、暴戾、仇怨的人事，因此嚮往「清淨」的人們都想要逃離；當然這世界也常有各種美好、慈善、和祥、歡樂的人事，因此嚮往「清淨」而想逃離的人們，又難以全般捨棄，總是期待著明天會更為「清淨」。那麼，煩惱即菩提，「清淨」也只能相即於「髒亂」而昇華。在蕭白所構築的「清淨」世界，不是「一塵不染」的現成情境。「理想」是遠方的燈塔，走到那個終站，過程卻是高低起伏，哀樂瞬變；但是，走在這條路上的人，儘管內心隱藏著悲涼，卻總得保持平淡而寧靜，不能憤怒，也不能慌亂。

林綠讀出蕭白散文這種生命情調，而用「秋季」去比喻他，〈秋季——論蕭白的散文〉中，林綠認為：「秋季比較沒有太多慾望」、「說得無得，說失又無所失」，因此他體會到：「蕭白散文裡所表現出來的智慧境界，乃由這種『秋季』的心境提煉而成。」他所說蕭白的散文指的是《靈畫》、《摘雲集》、《無花果集》、《弦外集》這類作品。問題是林綠有沒有問過蕭白，他是怎麼從去年的寒冬，今年的麗春、酷夏，一路走到現在的涼秋？

宗教、哲學是以「理」啟發眾生而贖世，因為普遍、根本之「理」乃生活實踐的指針。因此，洞察各殊而紛亂的萬象，以揭明隱涵的普遍、根本之理，都是宗教家、哲人的本事。蕭白有著哲人的本事，在他「冷眼審視」中，一切個殊、具體、實在的事物，便都被抽象化、無界限化，而成為普遍、根本意義之「理」。他在《靈畫》的〈自序〉中說：

> 在我的眼裡，幾乎全是抽象，抽象不同於空幻，更不是空幻。

抽象不是空幻，這怎麼說呢？「空幻」是客觀事物之實質的不存在，而「抽象」則是主觀認知事物的方式。抽象才能掌握一切事物超越個殊的普遍之「理」，這是「哲人」的心眼。然而，蕭白不是哲學家，而是詩人、畫家。他從生活實踐的體驗「感悟」事物之「理」，不是從純哲學「思辨」

理論之「理」;「感悟之理」都是「即個殊即普遍，即普遍即個殊」、「即具體即抽象，即抽象即具體」，而不是純粹抽象的概念。「百牛一形」的共相，不離「一牛百形」的殊相；反之，亦然。因此，萬物眾生在他眼中被抽象化的普遍之「理」，並未被他直接以抽象概念議論出來，因為他畢竟是詩人、畫家，意象與節奏是他自然本能的表達方式。象中有理，理在象中。有些更是理在象外，象外求裡。

於是，隱喻或象徵乃是蕭白散文的密碼。覺其有「隔」，不易讀懂，果是一般讀者的困擾。蕭白這種布滿密碼的散文，《靈畫》只是開始，發展到《摘雲集》、《無花果集》、《弦外集》，才是極致。

四、蕭白對散文，始終抱持不拘形式的「獨創」觀念

蕭白以散文在臺灣文學史上占領不可刪略的地位，這是個「意外」。

在他自己而言，這的確是「意外」，前文已說得明白了。現在要說，從散文的傳統而言，也是個「意外」。這「意外」指的是在傳統散文的一切「創意」之外。他的散文發展到《摘雲集》、《無花果集》、《弦外集》，已找不到因承舊軌的蹤跡，幾近於解構或顛覆的「獨創」。韋體文看出這個「意外」，在〈蕭白筆下的隔離世界〉說：「蕭白散文的風格相當獨特，獨特得無法拿它與文學史上的任何傳統散文相比。」這個說法，我同意。

對蕭白自己與臺灣文學史而言，這個「意外」也並非不可解釋。很多歷史事件往往都是「偶然」發生，當其事實已成卻又可以找到「必然」的因果。假如這個蕭白現象也有因果可說，那就是他「偶然」接受蕭輝楷邀稿，卻正好將自己生性所具詩、畫、哲的才能，鎔鑄到「散文」這一文體。散文是最自由的文體，有如豆腐，百味皆可容受，而變化出各種不同的肴品。蕭白無意間「遇」到某種「機緣」，可以將自己所有才能融合表現在一種最具有「容受度」的文體，所以創變出風格獨特的產品，無人能夠取代。偶然發生，必然成果。這就是歷史起源、變遷的祕密；適逢其會而參與之者，都是歷史留名的人物。因此，成功不必在我，卻也不必在人；

相對來說成功在我卻也在人。歷史人事的構成，往往是「自主選擇」與「機緣遭遇」主客觀條件的辯證；蕭白散文的高度成就，正是這種歷史人事的範例。

蕭白最獨創性的散文，從《靈畫》開始，發展到《摘雲集》、《無花果集》、《弦外集》，臻於極致。那麼，他的獨創原因是什麼？他獨創的這種散文體式特徵是什麼？

他在散文寫作之所以能獨創的原因，除了上述生具詩、畫、哲的才能，正好鎔鑄到散文的創體，此外還得加上他的文學創作觀與散文文體觀。這些都是主觀性因素，包含了先天生具的性格與後天養成的觀念，他自己在《蕭白散文精選集》的序文中就表示過：「我一直認為性格決定一個人的一生，造成一個人的性格的因素，包括生命起源的血液，生活的空間與經歷。」那麼，除了他天生詩、畫、哲的才能之外，蕭白後天養成的文學創作觀是什麼？簡要幾句，就是他經常所說的「超越自己，否定自己」。在〈閒話散文寫作〉中，他強調這個基本觀念：

> 超越昨日的我與否定昨日的我。……對寫作來說，滿足乃大病，乃前進的絆腳石，超越、否定，或說揚棄，需要大魄力，因為它費力，它困難，它又得另尋途徑。但是作為一個創作者，豈可永遠站立於昨日線上？豈可讓作品十年如一日？這本書如此，那本書又如此，不如一本書。事實上你不超越，你不否定自己揚棄自己，終被時間否定與揚棄。唯在不斷揚棄中，才能超越，進而達到一種新的境界。

這是他一輩子奉行的文學創作觀，也是他文學創作的基本態度。這個觀念經常出現，而且付諸創作實踐，例如《白鷺之歌・後記》：「我一直作著對過往的自我的揚棄，且是非常無情的，特別顯著的卻是《白鷺之歌》。」其他，在《響在心中的水聲・自序》也有這個觀念；這個觀念所強調的是自我超越的「創新」，套幾句古典的話來彼此發明，〈大學〉引用

「湯之盤銘」:「苟日新，日日新，又日新」，心靈洗滌舊染是如此，文學創作是心靈的顯象，當然也該如此。心靈洗滌舊染乃是一種不斷自我揚棄而追求更新的生活實踐，正如陶淵明〈歸去來辭〉所謂:「覺今是而昨非」。生活如此，文學創作也理當如此。蕭白的這種文學創作觀雖未必受古人這些話語的影響，其意卻遙契這種人生觀。一切創造的可能，都蘊含在這種心態中。

另外，強調與他人相對的「獨創」，他也有自己的基本觀念。在〈漫長的踽行〉中，他明白的說：

> 就我整個寫作歷程上說，早年並不想到要寫散文，寫散文從民國 52 年開始，當時蕭輝楷在香港自辦《知識生活》，來信索稿，並指定要詩與散文，第一篇係〈夢及其他〉，發表於該刊（九月號）二期。其後同時從事小說與散文的創作，也許因為過去甚少閱讀前人（新文學方面）的散文作品，也就減少了對我可能造成的影響，我也一直希望走一條自己的道路，我始終認為寫作有方法，但別人的方法不應是自己的方法，我的方法必須由我自己去創造，也就是說我就是我，作為一個作家應有這分認識與執著，當然這分執著限於「獨行其是」而非「自以為是」。

蕭白這一段散文創作的因緣歷程與「文貴獨創」的觀念很值得思辨。他因為甚少閱讀前人的現代散文作品，比較不受前人影響，故而能「獨創」面目。前文提到韋體文認為蕭白的散文風格獨創，無法拿它與文學史上任何傳統散文相比。而我們說這正是臺灣文學史的一個「意外」，在一切傳統的「創意」之外。這個評斷可以拿蕭白這段自供來印證。而文學史的因承與創變，對一個作家是否必要？在蕭白身上，是一個必須再評估的問題。他在〈閒話散文寫作〉中，徵引清代畫家石濤的話，表示不必拘束於「古人之法」，而法須是出自我心。這種「獨行其是」的文學創作觀，的確是造就他風格獨特的重要因素。

另外，他的散文文體觀又是如何？簡言之，就是散文可以完全不拘任何形式，而自由創造，真的是「豆腐性的文體」。他在〈閒話散文寫作〉中，認為「散文是最自由的文體」、「它不受任何形式的約束，技巧、結構亦不如小說與詩之要求謹嚴」。甚至，蕭白對一切文體的既定規範，都有顛覆、解構的衝動，假如進入「寫作班」，肯定是老師眼中不守規矩的「壞學生」。他在〈《浮雕》的心路歷程〉（案：此文也是《浮雕》的序文）中自供：

> 至少這些作品（案：指《浮雕》）有別於我的別一類散文，落筆之際也不曾想到以散文來處理。我個人頂不喜歡詩必須如何，小說必須如何與散文必須如何這類心存「割據」的論調，沒有約束總比有約束的好，也許我是那種所謂不馴服的「野生動物」，不樂意被拴在固執木樁上任由擺布，而寧願辛苦的覓食與半餓半飽的情況下自由生長。

他說得夠明白，一切文體規範繩治不了他。他喜歡自由的以自己的形式去創作自己的內容。詩不詩、小說不小說、散文不散文，卻又是自己的詩、自己的小說、自己的散文。蕭白寫了一輩子，大概都是在寫他「獨行其是」的文體；傳統的散文體式，根本不入他的心眼中。他這樣的創作歷程與散文觀，難怪無法從文學史上找到任何傳統的散文與他相比。

蕭白的散文之所以「獨創」的原因，已說得明白了。他天生所具詩、畫、哲的才性，加上後天養成顛覆傳統既定文體規範而追求創新、獨創的文學觀。

蕭白自 1967 年，索居景美仙跡岩。當時，他幾乎專業寫作，靠著稿酬版稅養家活口。想要賺取較多稿費，卻不做格套量產，還如此堅持「獨創」、「創新」的理想；這就是蕭白，也因此他才能成為真正的文學家。他的 24 本散文集，雖未必每一本都揚棄前一本；但是，階段性的創變則很顯然，甚而同一階段的幾種作品之間，也有差異的創變，並非全同。

他的好友楚茹在〈果豈無花？——蕭白《無花果集》讀後感〉（案：此文也是《無花果集》的序文），將蕭白的散文分為三個時期：第一時期繁花滿樹而青梅隱現，包括《多色河畔》、《藍季》、《絮語》。第二時期是花果並茂的初期，包括《白鷺之歌》、《山鳥集》。第三時期是花隱果碩，包括《靈畫》、《摘雲集》、《無花果集》。《靈畫》恰好是在第三階段轉變初期的作品。

這種依循「線性時間」而劃分風格轉變的時期，雖大體不差，卻頗為粗略。因為同一時期的不同文集，有承也有變，個別文集之間的承變異同，還必須做出更精細的觀察詮釋。例如，同在第二期的《白鷺之歌》與《山鳥集》，其形式、內容也有明顯的差別。同在第三期，除了《靈畫》、《摘雲集》、《無花果集》等，也還有延續第一期個人抒情風格的《花廊》、《葉笛》、《響在心中的水聲》等；而看似同一種體式的《靈畫》、《摘雲集》、《無花果集》、《弦外集》，其實彼此也有差異。蕭白散文風格的繁複多變，遠超過楚茹所素描的輪廓。蕭白自己在《蕭白散文精選集》的序文中也說：「各個時期的劃分，也只是我的作品風格改變的大致段落。」同時他特別談到同在第三期的《響在心中的水聲》，相對於《靈畫》、《摘雲集》等所代表的主調，反而是個「變調」。不斷的求變，以得獨創、創新的作品，這是蕭白基本文學創作觀的實踐。

五、蕭白「獨創」的散文，完全顛覆傳統常態的體式

蕭白的散文不斷追求變化與獨創；那麼，他獨創的散文體式有何特徵？不管他的自供或別人的看法，都認為蕭白的散文從《山鳥集》之後，大致就分為兩系，一系是延續以前《多色河畔》、《藍季》的個人抒情風格，後來又出版了《花廊》、《葉笛》、《響在心中的水聲》、《一槳燈影》、《石級上的寧靜》、《兒時成追憶》幾本集子。另一系就是《靈畫》、《摘雲集》、《無花果集》、《弦外集》這類作品。第一系的作品仍是傳統散文的面貌，儘管內容情意有他自己的創新；但是從散文體式來說，創變的成分不

高。因此，讓蕭白在臺灣文學史上占領不可刪略的地位，靠的是第二系「獨創」的體式。這一系作品的內容特徵，他自己做過說明，〈《浮雕》的心路歷程〉云：

> 我的意圖或者說我的探索的方向十分明白，從《靈畫》、《摘雲集》、《無花果集》、《弦外集》到這本《浮雕》，是一條道路的伸展，也就是說我在做一種認識自己與自己以外的眾生相的解剖工作。由活動的斷面去找出可能的「蛛絲馬跡」，或「穿刺」到看不見的五臟六腑給予某種程度的「挑破」。

這明顯是他對宇宙人生的「哲思」的表現。他在這一類散文中所描寫的世界，也就是他心靈構築的世界，而以詩的意象及節奏、畫的隨物賦形及因境敷色去呈現，完全打破散文正規的常體，越來越深越細越複雜越讓讀者難以一目了然，因此讀者說這類作品有「隔」。就以那本「從自己的隔離天地裡走出來」的《靈畫》而言，一幅整體宇宙人生的巨大圖像，完全是他所構築心靈世界的意象化，讀者不必按圖找尋它的實地在哪裡。

蕭白曾經在〈閒話散文寫作〉中，認為散文的最高境界必須進入物我的「內在世界」，因為「內在世界乃無限廣又無限高與深，是無盡的，從此去便以作者思想為主幹，外在的風景、事物，僅是一種需要時的襯托，至於時間與空間也便擊破了。」《靈畫》一系列作品，正是這種散文觀念的實踐；而蕭白也就以這類散文獨樹一格，在臺灣文學史上占領了不可刪略的地位。在他而言，這真的純屬「意外」。

蕭白《靈畫》這一系的散文，從內容來說，情、事、理、景各種元素都已融合在一起，難以切分。這是他的內心世界，也是情事理景渾然一體的自然宇宙。因此，現代散文傳統四體分類的框架，所謂抒情文、敘事文、論說文、描寫文（寫景），完全不適用於蕭白的散文，因為他的散文根本顛覆了這種各自「割據」的分類架構。

上面這樣說，只是指出蕭白這一系「獨創」的散文，其內容的特徵，也就是「寫什麼」的問題。那麼，這類散文體式的形式特徵呢？也就是「如何寫」的問題。

傳統散文必然以「篇」為完整的形構單位，而且重視篇法（或稱章法），必有起承轉合，首尾完足的形構。篇法雖可變化，但是規矩必在，形構不能零散。因此，從古至今，散文的創作都是「獨立」一篇一篇的完成，而每篇的完成非一時、非一地，題材與主題幾乎多無關聯。所謂「散文集」也都是不同時間發表，很多題材、主題與形構各自獨立，沒有相關的零篇散章集結而成。其中分卷、分類，都是後製的編輯工作。

蕭白散文在「如何寫」的體式，做了「創變」，也就是顛覆單篇獨立的形構，而做了「全集」聯篇整體的形構設想。這顯然並非在不同時間，隨機任意而以單篇設計去書寫；而是開筆之先，就做了「全集」聯篇整體的構想。1980 年代之後，頗為流行的企畫性系列題材寫作，蕭白早就這麼做了。不過，題材的系列化並不一定像蕭白那樣做到全集主題依序開展，涵有整體結構的內在邏輯。蕭白在索居仙跡岩這段時間，開始這類全集構想的創作型態，這與靠稿酬版稅過活的專業寫作有關。那種依靠靈感而隨機任意的單篇寫作，靈感一個月不來，就已絕糧餓死了。外在的環境條件，有時也會影響到作品形構本身。

蕭白第一期的《多色河畔》、《藍季》顯然還是傳統散文，單篇寫作，集篇成書。同一集的各篇作品，形構各自完成，題材看來類似；但是「全集」沒有聯篇整體的形構。蕭白在《藍季》的〈後記〉中說，這本集子是從《多色河畔》過渡到《白鷺之歌》的階梯。因此，蕭白散文體式真正的創變，《白鷺之歌》是很重要的指標。他在《花廊》的〈前記〉中，指出：

> 自《白鷺之歌》之後，我的散文希望有一個比較統一的個別面貌，也就是說：從形式而至內容，在同一集中儘可能求得一致與完整。

這段話對理解蕭白散文的創變，很重要。他開始寫散文，是意外，是偶然；但是等到寫出《多色河畔》、《藍季》不差的成果，再加上這時他已索居仙跡岩，專業賣文維生。那麼就得找尋可以系列生產的方式，同時也比較完整的構築自己所嚮往的清淨世界。在各種原因的會聚下，他對散文體式的「獨創」，便已在「意中」，而成為「必然」了。由「意外」到「意中」，由「偶然」到「必然」，其中因果消息，值得思索。

「從形式而至內容，在同一集中儘可能求得一致與完整」，這是他從《白鷺之歌》以後，創作《靈畫》、《摘雲集》、《無花果集》、《弦外集》等一系作品，在散文體式的形構上，非常重要的原則。這一系之作能顛覆、解構傳統散文以「篇」為單位的「微型」形構，而創變出以「全集」為單位的「巨型」形構，就是依照這一原則去實踐。奇怪的是，從蕭白自己到一般評論者，都以同一年出版的《山鳥集》做為轉型到《靈畫》一系的指標，卻忽略《白鷺之歌》的重要性。這可能因為《山鳥集》獲得中山文藝獎，聲名比較響亮；但是，回到作品本身來看，上述那個觀點，必須重估。

《山鳥集》與《白鷺之歌》同一年出版，是同一時期的作品。相對來看，《山鳥集》比較明顯的延續前一期《多色河畔》、《藍季》的書寫型態與風格，都是接近作者生活經驗的敘事、抒情之作，只是《山鳥集》的題材系列化比較完整，卻還是沒有「全集」的「巨型」形構。72 個「獨立成篇」的小品，都是蕭白索居仙跡岩一年多的生活片段，表現很顯明的自敘性與紀實性，還是傳統散文的體式。文學雖然必有想像虛構，但是這些作品中的時間與空間，都還可以從作者現實的生活場所尋得形跡。

相對的《白鷺之歌》，全書分成四部，起於第一部「春戀」，經過第二部「夏夢」、第三部「秋歌」，而終於第四部「冬歸」。形式上就已展示一年四季，有始有終，「全集」整體的「巨型」形構。而內容也以從中國古典文化中，由詩、畫所建構的「白鷺意象」，整體隱喻的貫穿全集。白鷺春來湖邊樹林築巢生子，展現一片生機盎然的自然空間情境，經過夏、秋，與湖邊村落的人們和諧共度生活，到冬天離去，剩下空巢，而白鷺林也歸於沉寂。結筆點明了蕭白藉這全書意境的隱喻，所要表現的世界觀與人生觀，說：「這是個沉寂的世界，這世界本來是沉寂的。」又說：「白鷺們沒有帶走什麼，也沒有留下什麼。牠們不知因何而來？更不知去向何處？我們在這裡，誰又知道為什麼要在這裡？」其中所設定的空間，湖邊村落與白鷺林，貫穿全集各篇的人物：敘述者「我」、老畫家、放牛少年阿福、小姑娘芙芙等，以及由這些人物聚焦於白鷺，而展開具有「小說」情節性的生活互動，全屬虛構。

這樣的散文體式融合了詩的隱喻意象，小說的敘述形構。全集聯篇為整體，各篇有片段的隱喻，全集貫穿又形成整體的隱喻：宇宙人生的巨幅圖像。這當然不是紀實自敘之作，完全是蕭白內心所構築的清淨世界。他在〈後記〉中，明白交代寫作《白鷺之歌》這段時期，身心俱病，曾考慮放棄筆耕，從此過著寧靜的田園生活：「結草為廬，傍水而居，與青山相對，不為物役和不與人爭的自耕而食的生活。」這不就是《白鷺之歌》所構築的世界嗎？

這種散文體式，表現虛構性、情節性、全集聯篇為整體的「巨型」形構、各篇分布片段詩性的隱喻，全集構成整體的隱喻，而其中處處隱涵著哲思的理趣。這種體式已打破單篇「微型」形構，自敘性、紀實性的傳統散文，而創變出傳統所沒有的新體。此後的《靈畫》、《摘雲集》、《無花果集》、《弦外集》等，就是在這一規模的基礎上，繼續推衍更出乎文學史「意外」的獨創。

《靈畫》起於 5 月，經過 6、7、8、9、10、11、12 月，轉到次年的 1 月、2 月、3 月，而終於 4 月。蕭白可能的用意是打破一年 12 個月的時間封限，而跨越「年」的邊界，形成月月不斷循環的時間意象。這本散文集也明顯是全集聯篇整體的「巨型」形構。相較《白鷺之歌》，小說的敘事性減低了，詩性意象的密度與哲思的深度增加了。不過，其「巨型」形構，有首有尾，有始有終，仍是「形跡」顯然，「獨創」的「軌則」猶在。

《弦外集》全書分七章，每章都有標題，擬仿章回體的「巨型」形構，「形跡」還沒有泯除。不過，每章之下，一則一則類似隨筆箚記，短則兩三行，長則幾十行，沒有完整的篇章，看似不相連接，則已打破全集聯篇的結構。內容多寫景敘事，以詩的意象，隱喻著蕭白對宇宙人生所感悟的理趣。這已是顛覆傳統散文的獨創之體了。

蕭白散文體式的「獨創」，到《摘雲集》、《無花果集》才臻極致，徹底解構、顛覆了傳統散文之體。相較於《白鷺之歌》、《靈晝》、《弦外集》，還看得到全集分部、分月、分章，有首有尾，有始有終，聯篇成為整體「巨型」形構之跡。《摘雲集》、《無花果集》則連這形構之跡也泯除了，前者全集只以數字分成 113 則，後者分成 118 則，與《弦外集》的內容一樣，類似隨筆箚記，以詩的意象，隱喻著宇宙人生的理趣；但是全書沒有分部、分章，更沒有標題，散置著一百多則短文，有的兩三行，有的幾十行，就像宇宙萬物散殊，各顯形色，不相連結，卻又芸芸並生，渾然一體。全集看不到始終首尾的定型結構，忽然而起，忽然而落，跳躍無端，卻又始卒若環，可從頭循序閱讀全書，也可隨意翻頁，從任何一則開始閱讀，而讀到任何一則，想終止就終止。傳統散文體式的形構規範，至此全都顛覆，了無形跡。不過大陸學者韋體文似乎不能欣賞這種解構的體式，在〈蕭白散文筆下的隔離世界〉頗持貶意，以為：「破壞文章本身應有的完整、勻稱的美感。」這個觀念就很傳統了。

六、關於蕭白其人及其文的評述文獻

相對於蕭白散文「獨創」的高度成就，關於其人及其作品的研究、評論則薄弱得多。除了學位論文，其他單篇之作的品類混雜，總加起來也不過 60 多篇。其中，具有學術專業而體系完密的評論並不多，大部分是發表在報紙副刊及文藝雜誌，短篇略抒己見的讀後感。本書選錄了 28 篇，分輯編纂。

本書所收錄的文章，除了 28 篇他人的評述之外，也選了 14 篇蕭白散文集的「自序」、「前記」與「後記」。另外，再加上 1 篇自述：〈漫長的踽行〉，1 篇論述：〈閒話散文寫作〉，2 篇記人：〈記住兩份友誼〉、〈母親，我在呼喚您〉。這些是研究蕭白其人及其文的第一手文獻，很是寶貴。他的散文集自序、前記與後記大都很短，卻簡要的記述自己創作這本文集前後的生活處境、心境，以及創作的背景、動機與過程，更重要的是那個階段所持的文學觀念。而另 4 篇文章，1 篇是蕭白自述幾十年的生長過程、人世經歷以及創作因緣、態度與觀念；1 篇雖曰「閒話」，卻很嚴肅的表述自己基本的文學創作觀念、態度，以及對於如何創作散文，從文字、內容到意境的經營法則。其中很多道理都是他創作經驗的體悟；1 篇記述啟發、引導蕭白寫作的兩個朋友，以及自己「蕭白」這筆名的由來；1 篇記述自己的母親以及自己童年生活的回憶。這些都集成一類，題名為「蕭白的自我反思與剖白」。

蕭白在反思自己、剖白自己；相對的他人也在觀看他、感知他、認識他。這些「他人」，其中最親密的是他的妻子胡宗智，她也是作家，和蕭白生活幾十年，當然感知最深。從她〈愛山的人〉，可以看到妻子眼中心中的蕭白，非常生動。許多不為外人知的趣事，非常有助於讀者了解蕭白。其他一部分是蕭白的好朋友或鄉親，臺灣作家張騰蛟〈你會繞道諸暨的老宅大院吧〉、姜穆〈上山原為修道，下山不是還俗〉、林麗如〈聽雨草堂話當年〉。張騰蛟、姜穆與蕭白交情甚篤，認識頗深，說得也就貼切。林麗如曾專訪過蕭白，讀過很多蕭白的作品以及他人談論蕭白的文章，對蕭白很有認識；蕭白晚年曾回諸暨故鄉，修整祖屋老宅，間隔的回去住一段日子。大陸的鄉親及藝文界的朋友，時來探望。2013 年，蕭白以 89 歲高齡去世，幾個大陸鄉親及藝文界朋友寫了懷念的文章。何根土〈水聲依舊，斯人往矣〉、田渭法〈相見時難別亦難〉、周偉潮〈探訪蕭白先生故居〉、周明〈鄉愁的理念〉。另外，還有幾篇則是報刊所做的訪談，雖是蕭白口說，卻也有訪談者觀看、認識的觀點。姚儀敏〈漸遠的跫音——蕭白訪問記〉、馮季眉〈隱藏在層層意象裡的美感——景美山上訪散文家蕭白〉、林麗如〈回首向來蕭瑟處——專訪蕭白〉。這些專訪雖然也會涉及蕭白的散文，但還是以他這個「人」做為主要內容。以上 11 篇文章都是與蕭白直接相處、交往、認識的親友，他們心眼中的蕭白，乃是研究蕭白重要的第二手文獻，集成一類，題名為「他人觀看、感知、認識的蕭白」。

蕭白寫過詩，沒有豐碩的果實，也就沒有這方面的評論。他的小說創作，出版過 14 本長、中、短篇小說；但是，似乎不如同時期的朱西甯、司馬中原等，那麼受到文壇的重視。後來，他的小說成就完全被散文的盛名所掩蓋了。因此關於他的小說評論很少，好的評論更是鳳毛麟角。本書只收錄 1 篇蔡丹冶〈蕭白的〈住石屋的老梁〉〉。有關蕭白文學的評論，全都集中在散文，本書選錄 16 篇，加上前述蔡丹冶的小說評論，集成一類，題名為「蕭白文學作品的評論」。

這 16 篇散文評論，有些是評論蕭白整體的散文風格，有些是針對某一本散文集而做評論，有些則針對某一篇作品去評論。他們共同的觀點有三：一是蕭白的散文融合了詩與哲，風格獨創。二是蕭白的散文中含有老莊、禪宗思想，或說含有禪味。三是將蕭白的散文視為「散文詩」，楚茹、林綠等都這麼說。四是蕭白散文可分為三期，《山鳥集》是由第一期轉入第三期的分水嶺。其後，風格分為個人抒情與探索宇宙人生兩系。《靈畫》是有別於前期個人抒情而轉型的關鍵之作，自此開出《摘雲集》、《無花果集》、《弦外集》、《浮雕》等一系「獨創」的散文體。這是楚茹最先提出，蕭白認可，而後繼者承襲，形成固定的詮釋模式。

在這些共同觀點之外，林綠提出「秋季」心境解釋蕭白《靈畫》、《摘雲集》一系散文所蘊含的人生智慧，這一觀點頗為特殊。齊邦媛〈散文裡的兩個世界〉比較蕭白與王鼎鈞的散文，揭顯二人同樣歷經亂世，王鼎鈞的散文大多寫「人」，而蕭白散文則大多寫自然，很少有「人」。這個詮釋視域也很特別。張騰蛟〈七十二組音符〉、李樂薇〈文學中意會的藝術〉、韋體文〈蕭白筆下的隔離世界〉，比較針對蕭白散文的語言形式做出分析批評，也有別於宏觀印象的談說蕭白散文的風格。

蕭白散文的評論者很多是熟識的朋友，因此極少負面的貶詞。在這語境中，大陸學者韋體文在稱揚之餘，也不客氣的做出一些嚴厲的負面評價，這倒是很值得特別注意。

七、結語

蕭白以散文在臺灣文學史上占領了不可刪略的地位，不管在他個人或在散文傳統而言，都是「意外」。

他的散文創作不離才性與心靈所表現的生活實踐；因此他的散文世界就是他的才性、心靈與生活所融鑄的世界。從 42 歲開始，直到 89 歲，四十幾年間，他從軍職退役，選擇索居景美仙跡岩半山上，在出世與入世之間，依靠專業寫作，過著簡樸的生活。蕭白就這樣，在塵世邊緣，以他的散文及生活實踐，構築一幅清淨世界的圖像。閱讀之際，「詩」與「哲」融合的理境，總讓人聯想到敘利亞詩哲紀伯侖（K. Gibran）的《先知》與《先知的花園》。當然，蕭白的散文沒有那麼濃厚的宗教色彩，他的心靈世界就是自己的宗教殿堂。

蕭白《靈畫》、《摘雲集》一系散文「獨創」的體式，既不是因承傳統而創變之。我不知道將來有哪些散文家能以他為典範定體，競作模習，而使得這一特殊體式的散文能蔚為大國，再造另一種散文傳統？這就像鄧肯的現代舞，只演示創造的原理，卻沒有留下任何「定式」的舞碼，後起者如何模習？因此，也就難以形成特定流派，造就傳統。對作者而言，這究竟是好事，還是遺憾？對文學史而言，這究竟是好事，還是遺憾？

蕭白這一類散文，生前已多讀者說是好像霧裡看花，大嘆「有隔」而難懂。蕭白當然寂寞。不過，那個年代文學仍然是人們的精神糧食，他在當紅的時候，有些散文集還銷得不錯，《山鳥集》、《浮雕》、《響在心中的水聲》等，賣了好幾版；但顯然都是易讀的作品。像《摘雲集》、《無花果集》、《弦外集》這類作品，可就沒那麼多讀者了。如今，文學已是懸在竹竿上的臭魚乾，易讀之書還未必有人聞問，何況蕭白這類作品！讀者沒有詩的感覺、想像，沒有哲思的體悟，如何消受？蕭白身後恐怕比生前更寂寞了。但是，這也影響不了他在文學史上不可刪略的地位，除非幾百年後，在「合格」的讀者們的「接受視域」中，他完全被遺忘了。

至於有關他的散文評論成果薄弱，一方面因為散文的批評一向就不如詩、小說的批評。因為散文批評不管是從中國古典散文去重構理論，或從西方去資借理論，散文批評的專業理論基礎至今還很薄弱，始終多是「讀後感」的短文；二方面因為蕭白最「獨創」的散文，一般讀者不懂，學有所長的批評家恐怕也不見得能讀進深層處，評論當然不好寫。我想，蕭白的散文研究、批評，還是一個空間廣大的半開發地區。《靈畫》以下的一系列作品，究竟以詩的意象蘊蓄著什麼特殊的哲思？這還是一塊未開發的荒地。我們願意期待將來能有更優質的墾殖者。

輯四◎

重要評論文章選刊

閒話散文寫作

◎蕭白

從事創作的人，最好少說理論。理論乃有系統、必須深入，且是極嚴肅的事。而我在此要說的，不過是一些「散文寫作」上的個人想法與看法，主觀成分過於客觀成分，或者也不如說是一點點創作中得到的有限經驗，既膚淺又零碎，一方面也由於行文方便，是以願稱之為閒話，閒話也者，亦即隨便聊聊的意思，一如四川朋友之所謂「擺龍門陣」。

一、

散文在文學領域中的地位，無可懷疑，時至今日，與詩和小說已成鼎足而立之勢，然則就散文本身來說，已是近乎式微了。

我國文學史上，散文著實有過一番光燦的過去，散文遺產之豐富、深厚，也不亞於詩。若作一比較，小說算得是小老弟了。散文出世的時間極早，第一本作品，當推《尚書》，也是一本最古老的歷史。我們不妨稱它為歷史散文，哲理的散文，最早的是《老子》和《論語》，自然還有許許多多的重要作品，如韓、柳、歐、蘇這幾位大家的作品，它的價值幾乎成為一種永恆的存在，其灼灼之光，始終照耀不滅。不過這些屬於文學史的範圍，暫且不說。

我國的散文，幾乎一開始便走兩條路，一是歷史性的，一是哲學性的，前者記事記實，後者探討人生，直至今日，此種形態並無若何大變，縱有所謂抒情，其實不過擷取人生點滴的另一面，甚而竟是作者跨向人生探討的必經梯階。

散文在創作上，被視為是最自由的文體。不假，它不受任何形式的約束，技巧、結構亦不如小說與詩之要求謹嚴，凡粗通文墨者，都可從事寫作：一紙便條固然是散文，書記、日記、隨筆、遊記……以及到時下的報導文學，無不在散文之列；即我們幼年遵老師命題之作：「光陰荏苒，轉眼又到寒假了……」或至於流水帳式的：「吃過早飯，揹著書包上學校……」進而到老年為人撰墓誌銘，也無不稱之為散文。在取材上更見廣泛，近摘身邊瑣事，遠錄萬里鄉愁，高可捉日月星辰於紙上，低則採小橋流水與四季時會，或感懷，或敘事，或言志或寄情，以及一草一木與個人的思想活動，可以說無所不包，亦無所不容。是以有人說散文易寫。若果真如此，散文將無文學的價值與地位可言；若果真如此，天下人均將為散文家；若果真如此，散文也不必稱之為散文，更不成其為散文，且毋須要散文。事實上一篇散文佳構，又豈是通常人所能完成。有天才詩人，有年輕的傑出小說家，顧古今中外，成為一代散文大家的，幾乎全在中年以後。原因何在？因為易事又常為難事，無技巧乃高度技巧，太多自由，也每變成無形的多種限制；閱歷淺，世故薄，難望內容厚，體念深，對人生觀察入微，意境便高。而這些非可全憑才氣，猶賴於年歲的增長，如河灘之聚沙，日積月累，遂成廣漠。當然先決條件又在才氣。因此又有人說，培養一個散文作家最難。難易並非絕對，凡屬文學藝術本身的創作，無論詩或小說，同樣有其難易問題存在，難易二字自是比較結果，也可以說乃由對作品的要求而展示的水準所產生的概念，我們要談的散文究竟不同於寫便條或流水帳式的學童作文，不過這些不是這裡所要討論的。

二

說到散文寫作，第一課題在如何寫散文？或者不如說如何寫出好散文？好與不好，難得定論，每因讀者的好惡而各異，好惡又根源於個人的感受，又因個人的生活環境與學力、智慧而不同。故而只可就一般水準來衡量，超越此一定線，便可算之為好作品。如何才能寫出好作品？沒人敢於肯定，文藝終非機械產物，有一定模式，即是一位散文大家，又豈能章章錦繡，字字璣珠。因此不妨先說一篇散文必須具備的條件，也就是說用那些東西組合而成？說來極其簡單，文字、內容、意境、三個老生常談的老問題，但它永遠是構成一篇散文的骨架，缺少這些，便無望成文成章，事實上一篇散文之好與不好，看是否能從此一基礎上使上氣力，其他問題也隨這一軸心出發、旋轉、鼓動，以達到高度的藝術性，透射出人性的微妙與展示出至善、至美、至真、至高的人生境界，一如善織者織錦，不善織者織出粗布，儘管布還是布，而高下殊異了。

（一）文字：

文字乃作品外衣，最先與讀者接觸，文字也等於畫之與色，好與不好得看畫家能調與不能調，調色卻是一門基本功夫，一幅畫的有無吸引力，便從第一筆著色上開始。散文幾乎全憑文字來善為表達、駕馭、創造出本身的魅力，別小看魅力兩個字，欲達到此一境地，並非易事，大體上說，可分四點：（甲）簡潔與細緻：兩者貌似對立，實則並行不悖。簡潔是說行文不可蕪亂，但也不是粗糙，或失其細緻。細緻又不可成為王大娘的裹腳布，且宜避免雕琢，文字以自然為上，簡單地說，便是該繁處繁，該簡處簡，該放時放，該縮時縮，乾淨俐落，不拖泥帶水，少一字不可，多一字也不可，並應以一字作兩字用，每一句含有多種意義，一針見血，一竿到底，算是成功了。這方面在舊詩詞和元曲相當講究，每一字落到紙上，必經過深思與一再推敲。多讀一點舊詩詞和元曲以及古文，對這方面定有幫助。簡潔猶不可淪為枯澀，枯澀乃絕症。更得注意它的韻味，也即是音樂性，寫動有動的美感，寫靜又有靜的美感，而細緻不能有斧痕，細緻易患窈窕之病，窈窕容可自成一格，但總非高格。（乙）推陳出新：我國自有文字，為時已久，字是老字，但數千年以下，每見新境，乃在於文字之運用，亦即推陳出新也。陳腔濫調倒胃傷腸，出新非創造新字，而在創造新辭彙。我國文字的妙用，在於一字更易或稍加變動、或兩相顛倒，便見另一番風光，另一片意境。今日存在之辭彙自是逐年逐代創造結果，從某些辭彙上且可窺知某一時代背景，這與文體的代表一個時代，有其同妙等處。創造新辭彙，當然不易，不易又非絕對困難，適當變化，不難得意外效果。唯創造不可離譜，須一目了然，如欲註解，便欠妥切。文藝作品不同於理論，有時不妨以動詞作名詞用，或以名詞作動詞用，如果你有這種膽子；但請注意，要妥切，否則弄巧成拙，不如老老實實，走一條平平實實的路。（丙）濃豔與淡樸：文字多少代表作者性格，濃豔或華麗，素淨或淡樸，或沉厚或輕薄，一般說無所謂何者好或何者不好，走那一條路子，得視個人秉賦而定，若勉力追求，往往事倍功半，不過濃豔不免淪於俗氣，除非本身具有高雅氣質，或者會顯出雍容華貴。而淡樸往往能見出幽雅。濃自淡中出，淡亦可偶點上濃。既不可通篇葷腥，也不宜全席青蔬，是以上乘之作，得在淡樸見優中美。至於厚薄，亦在於遣字的當與不當。字的本身並無好壞，用得貼切與否而已，對字的有好有惡是一種錯誤。總之求簡樸尚不太難，要在樸中跳躍著優美，便非一朝一夕的事，必須不斷磨鍊。鍊是改造自己的文字的最好法門，鍊者如爐之煉丹然，鍊亦猶鐵之鑄劍然，百日不夠千日，千錘不足萬錘。（丁）直驅與迴折：這屬於文字運用了。行文一瀉千里，說明作者才氣漾溢，但全憑才氣，至終必然失望，才氣本身便不可靠，有的人一度才氣縱橫不可一世，稍後便了無作為，所謂江郎才盡，因而才氣之外又有所謂功力。不過此處談文字，談文字的駕馭，或者不如說收放。一篇散文下筆千言，倚馬可待，的確難得，不過散文所要求的不在是洋洋之作與否，也就是說不在篇幅的長或短，事實上短比長難。所謂直驅，是文字的放野馬，放出去求收回來，這就是我要說的迴折。迴折也可說之為迴盪或反顧。在行文到意盡時（最好尚未全盡）一個緊急剎車，讓它停住，這時能用的往往只有數語，這數語必須回顧全篇，而且要做到自然，沒有痕跡，才算成功。

（二）內容：

所謂內容，簡而言之即指寫的是什麼？文字既是畫家手中的油彩，內容便是畫面的實體。凡目接耳聞，或心之所思，意之所動，從山水到人物，從宇宙到人生，盡是散文題材，經過孕育融化，自成所需內容，在落到紙上時，可是事實的記敘，也可憑想像加以點裝，以增加其氣氛或達成調和的目的，但必須是真實的。說到真實，又可分幾方面：一是感情的真實，散文要動人感人，必須作者有真感情的流露，也就是說與內容融和成一體，否則便淪於無病呻吟，也可能成為枯乾無味的說教。第二是事物的真實，這些事必須是這世上普遍存在的，有時不免移花接木，此木與花卻不能全憑心意杜撰。可以打破空間與時間，意識得連貫一氣。第三是超越的真實，此乃見常人不見之見，對事物探索到唯精唯微，也就是說作者的境界已超越普通性，但依然是真實的。散文可寫的內容夠多，採擷、剪裁在於個人技巧，亦由於手有高下，同一事物，結果往往互見優劣。如何才能寫得稱心如意？無它，合情合理，活活潑潑，言之有物，射必中的，形成一自然、圓熟的生命體。否則縱有優美文字，至多是詞藻的堆砌，一如殭屍披上錦緞，美不美可想而知。或問抒情如何？我認為得有情可抒。如果對事物未盡了解，且別急著動筆，多一分時間孕育，也多一分成熟。寫作絕不同吐口水，需要痛苦地嘔心瀝血。取得鍾情，捨得無情，若是不忍割棄，將成通篇之累。

（三）意境：

意境乃散文的靈魂，有意境才耐得人尋味，意境也可說是菜中的味，濃醇中的蜜。意境一詞相當抽象，簡而言之，個人思想的深度與境界，散文乃作者心靈的語言，作為一個作家——無論散文家，小說家或詩人——可以不是思想家，但他的作品不可沒有思想。有思想的作品，縱然文字、技巧稍差，還是佳作。否則空中樓閣而已。特別是散文，可以說全在表達作者思想，思想越成熟，作品的意境也越高遠逸雅。王國維在《人間詞話》裡說：「『淚眼問花花不語，亂紅飛入秋千去。可堪孤館閉春寒，杜鵑聲裡斜陽落。』是我之境。『采菊東籬下，悠然見南山。寒波澹澹起，白鳥悠悠下。』是無我之境。有我之境以我觀物，故物皆著我之色。無我之境，以物觀物，故不知何者為我，何者為物。」又說：「無我之境於靜中得之，有我之境由動之靜時得之，境非獨謂景物也，喜怒哀樂亦人人心中之境界，故能寫真景物真感情者，謂之有境界，否則謂之無境界。」引的這些話，未必全當，但已說明意境之為何，尤其是其中強調的「心中之境界」一點，也就是說是通過思想而產生的。此處所謂思想，乃指作者觀世的態度與結論，亦即人生觀，人人不缺這種人生觀，深淺不同而已，是以意境也便有高下之別了，對從事寫作的人，要求其深入，係理所當然的；希望其表現於作品，（必須是自然的流露，絕非生硬的納入）也是理所當然的。一言以蔽之，作品的意境乃作者的人生境界，而此種境界與年齡閱歷有關，與智慧及閱讀有關，難望一下子到達一定界線，應該從本身修養上下工夫。所謂文如其人，蓋有所感而發於文，否則成了雙重人格，不足取。

三

文字、內容、意境三境既為散文骨架，三者均能達到某一水準，而彼此之間又能調和，則已具備好作品的基礎，作文亦如建大廈，骨架之外，猶得增加若干裝飾、間隔，才稱得上美侖美奐，才算完整，才可擠進藝術品之列。此乃技巧，此乃藝術修養，此乃智慧、才氣充分發揮時機，煮字一如煮菜，四川味、湖南味、浙江味、廣東味，悉聽尊便，只求其上，無分正統或旁系，藝術之路千百條，誰也不許限制誰。事實上其終極目標，最後必趨於一致，即真、善、美，缺一即算不得藝術，藝術係極端完整的產品。然則縱然如此說，作品仍有其等級：上也者，「無為而為」，中下者，「有為而為」，下也者，「有為而無為」，這就不可讀了。

智慧、才氣先天賦予，個人無能為力，技巧則在於努力，努力之途徑，無非多讀、多寫、多沉思，特別宜重視沉思一點。談技巧等於談空洞，可意會不能言傳，事實上巧從熟中來，所謂「熟能生巧」。至於最高境界，乃在做到「大巧無巧術」，亦即無痕跡，圓熟完美，自然和諧。不能有「隔」的感覺，所謂「隔」是指作品與讀者之間有距離，不貼心，當然作者不必為讀者而寫，因為一件作品沒法使所有讀者滿意（讀者也分高下）。但一篇傑作，應是從每一角度都能見出其美好的，也唯如此才稱得上藝術，要避免「隔」的感覺，便得避免矯情，做作。

其次要談的是創造獨特風格，一個作者的作品，形成自己的獨特風格，因素至多，文字其一，取材其二，思想其三，技巧其四，從外到內，從形到實，簡而言之，讓你自己出現。古人說：「寧為雞口，毋為牛後」，吸別人車後的塵土，不若去荒野中尋小徑，這是我個人的想法，別人之長屬於別人，如隨人附和，最不明智。苦瓜和尚石濤說；「古人未立法之先，不知古人法何法？古人既立法之後，便不容今人出古法，千百年來，遂使今之人不能出人頭地也。師古人之跡，而不師古人之心，宜其不能出人頭地也，冤哉。」北宋的山水畫大家范寬也說：「吾與其師於人，未若師諸物，吾師諸物，未若師諸心也。」此番話雖說畫，亦可對寫作說。初學不妨模仿名家，也僅限於初學，稍後便得找自己的路，吉辛是吉辛，梭羅是梭羅，我是我，他們死了，我們還活著。就像學書法。去臨摹顏真卿或柳公權，你絕不能超越他們，既然如此，何不另闢蹊徑！縱然是羊腸小道，也是你自己的。

其三，超越自己，否定自己。明白點說，即超越昨日的我與否定昨日的我。人易患滿足，知足常樂，應限於物質生活，對寫作來說，滿足乃大病，乃前進的絆腳石，超越、否定，或說揚棄，需要大魄力，因為它費力，它困難，它又得另尋途徑。但是作為一個創作者，豈可永遠站立於昨日線上？豈可讓作品十年如一日？這本書如此，那本書又如此，不如一本書。事實上你不超越，你不否定自己揚棄自己，終被時間否定與揚棄。唯在不斷揚棄中，才能超越，進而達到另一種新的境界。

其四，進入內在世界。通常，人所注意的是外在的形相，也每以外在的形相為真，實則形相是實，實與真是有分別的，實無不變，真才不變，一如善與美相同，散文寫作，見習的每以外在的形相來導發個人的感觸，是一種面的表現，它有限，它雖美，美得浮移。內在的真乃永恆的真，美亦樸實的美，而善更是存在於其中，本來自然間原普遍存在著詩、畫，及一切藝術的靈光，作者不過擷取而已。甚至科學家、哲學家所追求的也是同一東西，求心靈的滿足，到極至時便混而為一。內在世界乃無限廣又無限高與深，是無盡的，從此去便以作者思想為主幹，外在的風景、事物，僅是一種需要時的襯托，至於時間與空間也便擊破了；從此處去作品已到了最高境界，所謂最高境界又非最後境界，蓋文學、藝術無最後，在無盡的內在世界裡更無最後。但散文寫作至此應是無所阻攔了。

最後要說的是散文的散與不散問題。這也是常見的問題，我認為所謂散在於文字、形式：實質卻必須聚，且須凝結，這是基本觀念。

四

閒話到此，該結束了。總之，散文寫作，除多寫，多讀，多沉思外，別無通向成熟之途，其中多讀一項，其面要廣，不應僅限於文學作品，哲學書固不可不讀，諸凡歷史、詩詞、音樂、美學、生物學……無不宜讀，因散文觸及的範圍至廣，唯如此才能通行無阻，得心應手。

文學之路，漫長而崎嶇，但並非不可行，得有恆心，毅力，信心與勇氣，抱定「人一能之我十之」的決心。且須扔棄一些，乃現實生活中的一些。文學本是求心靈滿足的東西，而散文更能滿足你。

——選自蕭白《絮語》

臺北：金字塔出版社，1969 年 5 月

母親，我在呼喚您

◎蕭白

剛才孩子們提到，說不久是母親節了。

多麼快，一年又一年。每年當這一節日的來臨，對我母親的懷念，便會油然而生，且總有那麼四、五天的時間，失魂落魄的，甚至長夜不能成寐。歲月的無情，要在觸及兩鬢的霜髮，才會恍然悟到自己已不年輕，固然童年已遠，即是青春也不會再回來了。數日子，最後一次叩別母親，匆匆已 21 年，試問人生究竟有幾個 21 年。

和母親遠離，縱然已經久遠了，然而過去的點點滴滴，時在心中出現猶新的記憶，即如此刻，春窗寂寂，夜色沉沉，耳中彷彿仍有母親對我臨別的叮嚀。在這個世界上，除父親，母親應是最愛我的人了。且這種愛是毫無條件的。

在我的記憶裡，母親終年辛勞。父親忙於農事，家中的事自然由母親一人獨操，我的弟妹又多，三男二女，這六、七人的衣衫、鞋襪，都得由母親一針一線的縫出來，已夠她忙碌的了。農村裡又有永遠做不完的事，就像現在這樣的季節，麥子和蠶豆剛剛進倉，到了劈曬筍乾的時侯，我們每天挑回家的竹筍，總有兩、三百斤，她得剝殼、切條，然後煮熟，第二天送到太陽底下曝曬。該採茶，該插秧，插秧雖是男人的事，但每餐常有十餘人吃飯，有時還得送到田頭。而且又到了養蠶的時節，我家養的春蠶，每年鋪滿了四間屋子的樓板，一天吃掉的桑葉，在三眠前後，多到兩、三百斤，那些搖頭幌腦的天蟲，吃起桑葉來，花花的聲音大得像雨聲。夜晚，我一覺醒來，常常看到母親一個人，在一盞昏黃的油燈底下，彎著背脊撒葉，睡到床上，往往已是破曉。有時甚至根本不曾上床，在一張木椅上打個盹完事。蠶成了繭，母親又坐到了絲車上，數百斤繭，由一雙手，一天一天的繅成一束束的細絲。這還只是春天，夏季收蔴，耕耘菜圃，秋季裡稻穀和山產的雜糧，如豆子、玉米、紅薯、花生等的入倉，都得先經篩曬的。到了冬天，照樣清閒不了，舂米、磨年糕粉、做酒。給我們縫新衣，得準備過年了。我們幾乎年年穿新衣，而母親一年四季，穿的永遠是幾套縫縫補補的粗衣服，且多半是從外祖父家帶過來的。俗語說：「穿羅綺者非養蠶人」，這些話，一點也不錯。況且，家中經常餵著大群的雞鴨，以及一些母豬和一些肉豬，每天替這些家畜家禽給食，就夠忙的了，不到半夜是不得上床的，第二天天一亮又起來的。

父親兄弟三人，大伯父早年過繼遠房祖父，小叔在城裡學手藝，我出世後的一年，家遭回祿，祖父因灼焦而死，家道也因這場火燒得中落。到我 12 歲時，才回復到舊時境況，這當然由於老祖母和父親的精明，但是母親對這個家庭付出的力量，是不可否認的。然而也在這一年，小叔從外地回來，提出分家，理由是我家食口眾多。甚至老祖母也是如此說法和主張，因為她老人家痛惜小叔。父親只得同意。一份家產於是成了四份，一份祖母養老，一份作為小叔娶親費用，餘下兩份，小叔和父親各得其一，並且祖母由小叔供養。這一來，我家七口，所得到的少而又少，那年又遇上歉收，我記得正月剛盡，父親帶著我們搬進一座原來的牛欄屋裡去，只有幾件破舊家具，由老祖母隨便給了一些種子和糧食。當時父親的憤慨是可想而知的，而母親不但毫無怨言，且寬慰父親說：「有人不愁沒財產。」那些日子可真苦，父親三天兩天往鎮上去買米，帶回來的不過一斗兩斗。五月的有一天，一大早，父親又帶著蔴袋去鎮上，中午，母親只給我們煮了半鍋蠶豆。三弟不懂事，問母親：

「為什麼不給我們煮米飯，我要吃米飯。」

母親本來坐在旁邊的，聽了三弟的話，她有許久說不出話來。後來我們當然明白了，家裡已經沒有一粒米。由六、七張嘴巴來磨米，是很快的，難怪有時父親生氣，會罵我們是一些米蛀蟲，除了吃不會一點事。那天中午，母親就沒有吞下一點東西。傍晚父親回來了，帶回來的，只是一斗玉米。

「我爹不借？你不是說去借錢的嗎？」母親望著父親問。

「怕我還不出，玉米還是賒來的。」父親苦笑著搖頭。

「沒關係，我相信天無絕人之路。」母親說。

以後的日子，我們吃的一直是雜糧。有幾次看到鄰居桌上的白米飯，真是饞涎欲滴。母親囑咐我們，不要告訴老祖母和小叔我們吃的是雜糧，我們明白她的意思，怕笑話我們。因此我們很少走近小叔的家門口。真是天無絕人之路，在告貸無門時，母親發狠賣掉她那點銀首飾，去押「花會」，意外地贏得 32 塊銀元，就靠這筆錢度過了難關。這一年蠶絲豐收，大豬小豬也養得好：一年中生了兩窩小豬，每次都有 15 隻，我至今尚未忘記，我們弟妹，——有的還太小，只有我和二弟和大妹，經常在田野裡採野菜，一籮籃的提回來做豬食，有時我不願放下書本，母親總是對我說：「過了一年就好了，我們得幫助你爹。」在這種困苦環境中，幫助我家的是父親的幾個朋友，而不是親戚和親房，這大概便是我到現在一直重視友誼的原因。這年冬天，我家買進了九畝田地，第三年又開始造房子，家境是好轉了。從那時起，母親再沒有叫我做過家事。

「你得讀書，你得爭口氣，你看到的，要靠自己，讀得一肚子學問，最可靠了，搶不走偷不去，我家現在有這個力量了。」母親常常對我這麼說。她雖然沒有念過書，卻一意要我們這些子女求學，二弟終於喜歡農事，沒讀幾年，便不願讀書了。

而小叔家呢？和老祖母住一起，本可過好日子的，後來愛上了「白心寶」，老祖母管不住，且結婚後，小嬸好吃懶做，不到幾年，把三份家產都轉了手，父親花了加倍的價錢從別人手中又買回來，因為有些是祖產，有些是他當年親手買進來的。老祖母也由母親迎到我家來奉養了。

我 13 歲進高小，在村子裡念的是私塾，看到算術如同讀無字天書。那時學校裡有個壞風氣：老生欺負新生，一同吃飯，一隻缽永遠輪不到手上來，你要挾菜，六雙筷子壓著你，告訴老師吧，下一次情形更壞。沒辦法，一個星期日，我逃回家去了，到家還很早，父親剛要下田去，一眼看到我帶回來的行李，嘆了一口氣。

「我心高如天，卻命薄如紙，既然如此，留在家裡做田吧！」

父親幼年因家境貧寒失學，但有空仍在讀他那些讀過的老書。他和母親一樣（不如說母親受父親的影響）希望家裡有個讀書人。那時鄉下人的觀念是「萬般皆下品，唯有讀書高」，讀書人在鄉裡受人尊敬，也連帶尊敬他的家庭。父親失望的下田去了，我自己也感到難過，躲在樓上不敢下樓來，怕被鄰居知道。到了傍晚，母親端上來一碗臘肉煮米粉，這是我最愛吃的，她坐在一邊看我吃，吃完了，從口袋裡摸出來一個雙角子，放進我的衣袋，低聲的說：

「仲，我知道你要回去的，不要怕苦，吃得苦中苦方為人上人，回去，不要使你爹失望，我相信你有出息的。」

母親是大家庭出來的，五個舅舅都進過學堂，最小的一個和我同學，不過我的親外婆早死，後來的外婆，對母親不免「另眼相看」，是以她很少回娘家，似乎只有二舅娶親時回去過一趟，還是派轎子來接的，也只住了幾天，她放不下家。我讀書的地方，就在外祖父家的鎮上，多少受了那次父親去借錢空手而回的影響，不願去走動。可是母親認為做晚輩的不該記長輩的不是。她也從未說過外祖母的不好。

那次我回學校，一直到暑假才回家，父親把我的成績唸出來時，我看到她一邊笑，一邊拭著眼淚。我的成績進步，是下過一番苦功的，除了算術勉強及格，其餘的都是 100 分。後來我去新昌求學，離家四百里，不免畏懼。我知道母親心裡也是不放心的，然而她從不說些令我喪氣的話，談到這件事，總是說：「怕什麼呢？你不小了，該到外面去闖闖的。」一去半年，冬天來時，收到母親寄來的棉衣，打開來，發現衣襟上密針縫了一塊銀元。在鄉間，平時難得有現金，母親的來源只有雞蛋，那時一角錢可買

15 個雞蛋，一塊錢便得賣去 150 個雞蛋，得積蓄多少日子？看到這塊錢，我怎麼也禁不住讓眼淚不要淌下來。這塊錢，到了寒假我又帶了回去，母親第一次對我生氣：

「仲！你記著，以後對於金錢，固然不可浪費，也不可過於節省，該花的花，該省的省，身體是最要緊的。」

事實上母親自己，是一文錢都不花的。父親也是一樣，一件棉袍穿了十年。這中間還發生過一個小故事：每年到了冬天，常常有一些過路而無處投宿的商販，來家裡過夜，吃飯睡覺當然不收錢，第二天一早，母親給他們準備路上用的飯包，因為往裡走是崇山峻嶺，難得找到打尖的地方。又在村口施捨草鞋、雨笠和燈籠，這是一筆大數字。有一年冬天，盜匪蠭起，村子裡被打劫的達四、五家，有一天深夜，土匪來撞門，嚇得我們混身打抖，可是父親卻要母親去開門，他自己把穀倉打開。那些土匪一進門，在火把的光照下，看到父親那件破棉袍，為首的那個土匪連連作揖的說：

「周大哥！冒犯冒犯，我們弄錯了地方。」

記得父親當時請他們挑穀子。

「我們不敢，雖說我們幹這勾當，也知好歹。」這些人匆匆的退了出去。

是以父親嘴裡常說：「種豆得豆，種瓜得瓜。」他教訓我們兄弟的是：「厚以待人，薄以待己。」對錢財取應取的，拒應拒的。後來我去四川，經過東陽敵人的封鎖線，得到庚西叔叔的護送，也是因為他受過父親的接濟。

抗戰到了第四年，我去青年團青年服務隊，擔任戰地服務，未幾縣城陷落，我隨隊西奔，到建德通路已斷，只好折回老家。抵家門，適是黃昏，一家人在油燈下晚餐，父親看到我，自是欣喜，但接著也破口大罵，罵我不該不回家，罵我不念父母的繫心。父親就是這樣的一個人，他對子女的愛，深藏心中，有時且不免嚴厲，他老人家第一次對我說話面露笑容，是拿到孝四鄉中心學校的聘書那天，晚上還替我帶回來一條前門牌的紙菸，他認為有資格吸菸了，他自己卻一輩子都吸旱煙。母親對我的回家，卻只說了一句：「回來就好，吃苦了吧？」後來弟妹們告訴我，這幾個月，她幾乎每天都在流淚，每天到廟裡去燒香拜佛。

小叔那些年過得夠苦，常常早餐沒有晚餐，父親分了一些地給他耕種，山作的收入，到了冬天便吃光了，母親經常乘四鄰睡熟時，命我們把一石一石的白米送到小叔家去。過年過節更不用說了，送菜送肉。二弟有時是不高興的。況且小叔和小嬸在我們困難的時候，從不過問。但是母親總是說：

「是自己人，不能眼看著他們過不下去，過去的過去了，我們沒有餓死。」

話又得說回來，小叔也不是壞人，當年鬧著要分家，是受人的慫恿。30 歲後的小叔，對母親好到一大早起來先替她挑滿水缸；有一次敵人下鄉來，我們都不在家，她背老祖母上了後山，由於母親出身鎮上，風氣先開，一雙腳沒經過裹纏，是以有「大腳婆」的諢稱，老祖母對她的大足起初也是不滿意的，想不到在戰時占了便宜。母親再回家取物，心慌意亂中從樓梯上跌了下來，昏了過去。那時敵人已到曬穀場外邊，幸而小叔從山上奔下來，背起母親從後門逃出，否則後果便不可設想了。

母親是希望我早結婚的，然而我自以為已經長大，嚮往一個更廣闊的天空，而且游擊區的環境也越來越惡劣。敵人常常下鄉騷擾，新四軍的部隊的殘餘蹂躪更甚，對自衛團隊的攻擊，要錢、要糧、要命。年輕人沒法立足，於是我決定去四川。老祖母當然反對，父親鼓勵我走，母親是又贊同又反對的，歸結起來是在家怕我有危險，離家又怕我吃苦，不過最後還是讓我走了。民國 33 年 5 月首途，母親送我到曬穀場外邊，捏著我的手，含淚的說：

「此去願你一路平安，多來信，打完仗早早回來，金窩銀窩不如草窩。在外面身體自己保重，娘照顧不了你了，也不要太念家。」

母親是個沉默寡言的人，就是責備我們，也往往三言兩語，聲輕而細。這次是說得最多的，我當時那裡懂得她的心情，甚至覺得這些話是多餘的。我走了，走得很遠了，回頭看時她還站在那裡，像一尊石像。

離家不久，遇上湘北會戰，繼而長衡失守，家書難投，我不知道那些日子，母親是怎麼過的？民國 36 年 5 月，已是勝利的第二年，我在父親來信的催促之下，由湖南歸省，由於舊日的愛侶的離去，心情是沉重的，更不幸的是她知我還在人世後，又有了來信。我心中的矛盾與痛苦是可知的。回家後，母親為我的悒鬱而不知如何是好。許多給我結婚的機會，我一概拒絕了。家居十餘日。我決心再回湖南，臨行的前夕，母親來到我的房裡，一面替我收拾行裝，一面神情嚴肅的說：

「仲！我實在不希望你再遠行，可是唉！你得認命，以後不要再跟她通信了，對你和她都不好。早點成親，到時寫信回來，我替你積了一筆費用。」

「我不結婚。」我當時是這般回答的。

「不要這麼說，娘聽著難過，我平常從不勉強你，對這件事不要使我失望，懂嗎？」

在我和孩子們的母親結婚時，父親寄來了一筆相當數目的款子，雖然我那時並不缺錢，母親也叫三弟來信說，若要用錢，可去信，不要太節省。母親一直怕我在外面會吃苦。那次回去，我帶給她老人家兩隻金戒子，因為她從來沒有見到過，她的高興的情形是一邊笑得合不攏嘴，一邊又罵我不該太浪費。可是當我到上海的旅社裡，打開皮箱時，那兩隻金戒子又放在箱底了。

民國 37 年來臺灣，沒有順道回去看她老人家，將成為我終生憾事，我知道她切盼我回去，特別希望見見她的長媳的。年輕人多半是只顧自己，太任性，也太不體諒父母的愛心。誰能料到這一別便是二十餘年呢！

不見母親已二十餘年，中間不通音信亦 19 年了，在過往，滿懷壯志，對於父母的懷念偶或不免，每為忙碌沖淡。自見自己的子女長成，年齡也到了中年，才覺得母親對我的恩情，浩深如大海，這種愛心幾乎無時不在。所謂「養兒方知父母恩。」每欲報答於萬一，而覺得時也已晚，事與願違了。母親！二十餘年後的您，當然已近暮年，這些年來，生活於艱難之下，無衣無食，怎說得上頤養天年，雖則尚有弟妹在，然則倫理不存的世界裡，要聚天倫亦恐不易，甚且生死不能。每想到父親與您老人家，在這風燭殘年，做兒子的不能承歡膝下，一盡人子之責，便有說不出的慚愧。多少夢境，出現的全是您臨別時的叮嚀，奈何海島棲遲，歸期有待，而另一方面，關山路遙，援救無方，怎不令人痛哭涕淋！

此時，殘月在天，子規夜啼，想到兒時種種，不禁心如刀割。母親！您在何方？您老人家無恙嗎？母親！母親！您可曾聽到我的呼喚？願我終有再見的一日。母親！聽我和淚的呼喚吧！母親！

——選自《婦友》第 164 期，1968 年 5 月

漫長的踽行

◎蕭白

我在農村裡出生長大，我生長的那個農村既古老而又多山，是以從小最熟悉的是山林、田野、小溪流；是兩條腿沾滿泥土的農夫，負薪而歸的樵子，騎在牛背上弄笛的牧童；是灰敗陳舊的高大屋宇，以及許許多多流傳下來的故事與悠久習俗。……

事實上，早年的我也曾是牧童，曾經上山打柴和下田耕作，並且肩挑土產到鎮上去叫賣——我是農夫的兒子。我家從父親上溯三代沒有一個讀書人，父親讀了兩年私塾便輟學務農，按說「克紹箕裘」我理應從事農耕，但是父親希望我成為一個讀書人。父親所以有這一想法，是因為他自己想讀書而未能如願，再足基於「萬般皆下品，唯有讀書高」的傳統觀念。父親見到的所謂「高」，是從村坊上幾位「讀書人」身上得到的印象，他們長年裡衣履整齊，平日吟吟哦哦，炎夏時節梧桐樹下搖搖摺扇，任何場合被推上首位，接受一聲聲「先生」的稱呼，不曬太陽不流汗水，其實那幾位所謂讀書人，肚子裡也只有一眼眼墨水和幾個之乎者也，可是在我們這個地方，當時已經非常「出類拔萃」了。我在六歲那年被送進私塾，第一本念的是《三字經》，這是我接觸書本的開始，不過我對讀書的興趣不濃，一是面對書本不知所云，再是老塾師十分嚴厲，動不動戒尺吻上了手心，有一次怕挨戒尺，我逃了學，被父親抓到，先嘗到了一頓「筍乾湯」再送回學堂，老塾師又罰在孔夫子畫像前面跪上一炷香時間。後來想當畫家，這在那樣的環境裡簡直不可思議，那時也還不知道畫家是什麼，只是有那麼一個念頭，念頭的起因於某一年村裡的一座廟宇「開光」，看到「丹青師傅」在粉牆上畫龍、畫虎、畫鳳採牡丹，線條勾勒出栩栩如生，覺得極有意思，再也因為身邊有許多可畫的題材，於是開始塗塗抹抹，不久我家的新廈落成，看到粉白的牆壁，認為是「一顯身手」的大好機會，便用木炭在客廳牆上大畫特畫，畫了一條四十多節的長龍燈，完成之後頗為得意，結果卻遭到父親的責罰。父親不喜歡我作畫，被視為不求上進，此後只好躲著父親偷偷作畫，一直到上高級小學，居然有美術一門功課，而且美術課就是繪畫，真是喜出望外，從此總算可以堂而皇之地作畫了。也在那時開始明白世上原就有畫家這一「行業」，而且並不低三下四，因此更下定了要做畫家的決心。這個畫家夢延續到 19 歲，這中間我也由學生而老師，學畫之外也教學生作畫。19 歲那年為逃避日寇兇焰，離故鄉遠去四川從軍，軍隊今東明西，流動性大，我這畫家的夢被澈底粉碎。我所以道出這些，在說明自己自始不曾有過當「作家」的想法，讀了六年半私塾、兩年高小，和接受了半年師資訓練，也不敢有這方面的妄想——作家和我相距實在太遠了。

私塾裡讀了一些古文與詩詞，無非囫圇吞棗，後來接觸到一些通俗小說：如《三國演義》、《西遊記》、《水滸傳》、《彭公案》、《施公案》、和半部《紅樓夢》，……反正在 19 歲以前沒有讀過一本新文學作品。記得 16 歲那年，進了在戰地的青年服務隊，幾位女性夥伴手上經常捧一本巴金的小說，對他們看這樣的書大不以為然，說不該在這個時候猶作新才子佳人的浪漫夢，我猜想這類書的內容大概如此，而當時大敵當前，每天遭受敵機的瘋狂轟炸。另一位夥伴也是我的好友章（良）布白，對寫作有濃厚興趣，並且已經在《東南日報》副刊發表詩與散文，不曉得基於何種理由？他曾多次勸我也從事寫作，我不但未能接受，心裡還在說他浪費時間與不該去做這類無聊的事（我仍醉心於色彩與線條，不過以宣傳漫畫居多），現在想起來，不知不覺間布白已在心中埋下了一粒寫作的種子了。對新文學由先前的抗拒到後來的接觸、親近與熱愛，可以說完全出自偶然，民國 34 年初被調到沅江白馬嶺野戰倉庫被服庫，白馬嶺在沅江上游，居民數十家，臨江倚山，地處偏僻，自然荒涼，我獨居向姓人家的一間小樓，每日接觸的是重巒疊峰，雲來霧去，從小樓上望去，沅江滔滔，江上帆影不斷，拉縴伕一聲聲唱出粗獷的嗨唷，入夜之後屋後竹風瀟瀟灘聲奔騰澎湃，這樣的環境，生活與心境既平靜也隱藏激動。白馬嶺附近的水溪，每隔兩日有一次市集，每逢市集之日，趕集的鄉人四面八方聚來，或徒步或乘船，一挑挑的土產，一船船的豬隻、木柴、土布或米糧⋯⋯市集在河灘上進行，臨時搭起蓆棚或布蓬，無非以物易物，仍保留了相當原始（這一帶有許多苗胞散居），日出而市日中而散便是其一；倉庫事少，我經常搭便船去水溪趕集，購買一些牙刷、牙粉、肥皂之類日用品，也因為除了市集買不到這些東西；有時純粹為了去趕熱鬧，市集時有許多臨時小吃攤和茶棚，通常喝一杯茶到處逛逛便隨原船回來，生活太過無聊，便想到看書，那裡找得到書？有一次在一個舊貨攤上發現了一本沈從文的《我的自傳》，沈從文是何許人物我並不明白，由於是唯一的一本書，於是買了回來，讀完了沈從文的自傳忽然興起了寫作的念頭。所以會有這個念頭，大概因為離鄉背井的流浪生涯有太多懷想與感觸，而又無處訴說，再是記起過去章布白勸過我寫作，最大原因可能由於我是軍人與沈從文早年的經歷有相似之處，產生了「他能我也應該能」的可笑想法。一個人的命運往往決定於一念之間，我自己也不曾想到沈從文這本自傳會改變我的一生。開始寫自然想到多讀書，此後每次去趕集，都為找書，《櫻花與梅雨》是我讀到的第二本新文學作品，作者是誰已經不再記得，後來又跑到下游 30 里的沅陵去買書，沅陵在湘西是戰時比較熱鬧的城市，但也是一座山城，市面雖然繁盛，書店並不算多，戰亂歲月生活艱難，又有幾人肯花錢買書？不過還有一、二家小書店，我不知道該讀那些人的書，總是找沈從文這個名字，沈從文成了我心中的「偶像」，當然也因為他筆下的人物是我隨時可能接觸的，是以讀來也就特別感到親切，一度且曾擁有他的全部作品，包括他的代表作《邊城》、《月下小景》，後來都還帶來了臺灣。不論沈從文後來如何，對我的影響不小，他啟開了我走向寫作道路的大門，也從他身上得到了鼓舞和信心。初學寫作前面等待著你的是無數困難，這些困難使我不敢向前跨步時，一位服務軍部的朋友裘子偉兄從沅陵藍溪口來白馬嶺看我，一進屋在桌子上看到我的「作品」，先說了一句：「孔步亦步，孔云亦云」，接著不以為然的笑著說：「你想當作家？你能成為作家，四萬萬中國人個個都是作家，當作家豈是那麼容易的！」子偉說的可能是一句玩笑話，玩笑中也有其真實的成分。然而經他這麼一說，反而堅定了我要寫下去的決心，我暗暗告訴自己：「我一定要使自己成為一個作家」。我這位好友不幸後來死在萬縣，是患肺病死的。

有機會讓我痛痛快快地買書、讀書，是抗戰勝利之後，經過武漢購買了大批小說，民國 35 年年初到了長沙，又因補習英文認識仇克華兄，克華當時任職長沙開明書店業務部經理，讓我自由借閱該書店圖書室的藏書，於是開始大啖莫泊桑、雨果、泰戈爾、羅曼羅蘭、屠格涅夫、托爾斯泰、杜思妥也夫斯基……以及國內諸家作品。那年底隨服務單位到了衡陽，克華仍每週給我寄書五冊，我也規定自己每週至少讀完五冊，瘋狂的程度到了廢寢忘食，工作之餘手不離書，寫作得也十分勤快，每天上床總在深夜一時以後。後來克華來信說圖書室的新文學書籍沒有我不曾讀過的了，不過碰到新書還是照寄。在這裡我由衷感激這位衡陽籍的老友，一別三十餘年，存亡莫卜，懷念之餘但願故人無恙。來臺時帶來了兩箱書籍，其中若干係克華相贈，可惜於民國 39 年全部付之一焚了。

我的作品，第一次發表是在民國 36 年 5 月 3 日的衡陽《中華時報》副刊「夏風」，係兩首小詩：〈寫一個病兵〉與〈蛙聲〉，5 月 11 日發表另一首詩：〈五月的中國〉，5 月 15 日又發表〈希望〉，8 月 5 日發表首篇短篇小說：〈加薪〉，此後一年寫了許多篇不成熟的詩與小說。民國 37 年元月和宗智結婚，她寫作的時間比我要早，只是不像我那樣「窮追不捨」，2 月間我們到了長沙，4 月 24 日我在《中央日報》副刊「平明」發表〈我的大兵生活〉。6 月間辭去軍職，偕妻來到臺灣，任職臺中市政府。初到臺灣一切感到新奇，滿街的木屐聲音與火紅的鳳凰木花樹點綴了亞熱帶情調，但第一次遇上颱風，也讓我們驚惶失措。在臺中我們住在中山公園附近的「青辰旅社」，即現今的「勞工之家」所在之處，「青辰旅社」原是日人經營的一家旅社，市府用來做為職員宿舍，我和妻選擇了後面最小的一間，面積三蓆，地上「榻榻米」已被拆除，地板留下多處殘破，沒有家具，用一塊門板放在地上權充床鋪，找來一隻被人丟棄的水缸，上覆一塊石板成了桌子，這張「石桌」做為餐桌也是書桌，夜晚我便在上面寫稿，緊鄰是一家酒家，酒女的笑聲、唱聲和食客的猜拳聲與叫囂吆喝頻頻傳來，擾得無安寧可言。這段時間，大陸戰事逆轉，時局動盪，臺灣也受到影響，特別在發行金圓券與銀圓券時期，物價上漲如脫韁之馬，市上貨品商店囤而不售，我們有多天得不到食油，後來還是同事賴啟文兄設法為我們弄到一瓶，對這位患難中相助的本省朋友一直深懷感激，遺憾的是我離開臺中後便失去了連絡。

在臺灣第一篇創作是〈教堂與老教士〉，發表於由潘壘創辦的《寶島》文藝。

民國 38 年大陸山河變色，7 月重返軍旅，第一個孩子也在是年冬季出世，民國 39 年 3 月遷居臺北，以〈破曉〉向《青年時代》雜誌投稿，因此而結識李葉霜、郭成棠、金承藝、蕭輝楷、胡平、楊日旭、劉學坤諸兄。在《青年時代》先後發表了〈破曉〉、〈從中秋到清明〉、〈漲潮的時候〉，並在《半月文藝》發表詩作〈挺進〉。李葉霜與蕭輝楷兩兄對我寫作上曾給予極多指點。如後來在《青年戰士報》發表的中篇〈三月〉初稿一萬餘字，輝楷時在日本深造，於課業繁重中仍提出約一萬字的意見，尤其當我潦倒之時，不斷予我精神上的支持，他後來去香港進入「友聯」任總編輯，為解決我生活上的困難，邀編「成語辭典」，輝楷智慧過人，志節高操，無如性情孤傲，終於離開「友聯」，我們則因在臺港兩地創辦文藝刊物一事，以看法不能一致而產生誤會，竟至友誼中斷，在我應是終身一大憾事。另一位不時向我伸出援手的是早年青年服務隊的隊長章一苹大姐了。民國 41 年 4 月借資自費出版短篇集《破曉》，葉霜兄曾為之作序，序文中有幾段是這樣寫的：

> 只有用自己的肌膚和血汗長年擁抱泥土的人最愛鄉土，只有他們纔真正是祖國大陸的忠實孩子。因為他們是直接吮吸了土地的乳汁長大的。風雷（我當時的筆名）的作品充滿了對於鄉土的愛情，作者誠樸得如同一位莊稼漢，他曾背著行囊踏遍了中國大陸的每一個角落，他所嘗到的人世的艱辛是數不盡的，然而他的那顆誠樸的心卻從沒被掩蔽，他自甘於承受生活的鞭子，而仍忠實於生活，在危疑震撼中仍然屹立……
>
> 他土頭土腦地繪成了這幾張炭條的速寫，線條粗獷而樸素，不同於那些錦心繡口之士；也許有人會說他近乎粗獷，但是，為什麼一定要如像那些都市人和洋場闊少一般用油腔滑調來敘述傳奇故事呢？……
>
> 這冊書，我以為是不適合於時下的一般所謂文藝欣賞者的。有什麼值得欣賞呢？那麼「平凡」的故事，那麼襤褸的人物；既不美，又不曾施脂粉。……

葉霜兄說的一部分是實話，至少有關作品的一部分是實話，事實上也是如比，《破曉》只賣出 700 本，以致負債累累，到現在想起來還覺得此舉之荒唐，然而凡是荒唐都是事後才知曉的。民國 42 年後我的寫作路線稍有改變，發表於《自由中國》第 9 卷第 2 期上的〈布老虎〉是一個開始。民國 40 年冬季小女出世，生活負擔加重，又忙於公務，寫作差不多近乎停止了，幾年之間只發表了〈黛綠〉（《小說雜誌》）、〈河邊〉（香港《祖國周刊》）、〈夏夏〉（香港《大學生活》）三個短篇。其中〈夏夏〉係應《工礦周刊》之約而寫，以一個退伍老兵為人幫傭為素材，因東家的小女兒和自己離家時的女兒年歲相近，愛之超過了常情引起種種誤會，完成後送到編輯手中，被認為有不良影響而未採用，正好國防部「軍中文藝」徵文，入選為小說組佳作。這段時期，職務有多次調動，由陸軍裝甲兵而空軍，後又回陸軍軍醫單位；這段時期大部分時間用於閱讀，和對某些名著的重讀。民國 51 年是我寫作的再起步，先重寫了〈三月〉和若干短詩，此後寫作甚勤，先後出版或完成的作品計有：

民國 52 年寫長篇小說〈農夫的兒子〉(後經改寫並易名〈泥土與陽光〉)。

民國 54 年 7 月出版第一本散文集《多色河畔》，10 月出版中篇小說《三月》。

民國 55 年 11 月由商務印書館出版短篇集《雪朝》。

民國 56 年 6 月由光啟社出版散文集《藍季》。

民國 57 年出版小說集《彩虹上的人們》、《伊甸園外》，散文集《白鷺之歌》、《山鳥集》。寫《白鷺之歌》時患高血壓與視網膜炎及嚴重的失眠症。《山鳥集》於是年獲得第三屆中山文藝獎。

民國 58 年出版短篇小說集《瑪瑙杯子》，中篇小說《河上的霧》。

民國 59 年出版散文集《靈畫》、《摘雲集》、《葉笛》，寫長篇〈龍門〉，並完成另一長篇〈太陽雨〉(即改寫後之〈春雨〉)。

民國 61 年寫以中部東西橫貫公路開築為題材之長篇〈長嶺〉。

民國 62 年出版小說集《時間的蹄聲》。

民國 63 年出版散文集《無花果集》、《弦外集》、《花廊》。

民國 64 年出版《蕭白自選集》，內容包括小說與散文兩部分。

民國 65 年出版小說集《壁上的魚》。

民國 66 年出版散文集《響在心中的水聲》。

民國 67 年出版《蕭白散文選集》，散文集《一槳燈影》、《大濂洛溪》，《大濂洛溪》乃描寫我生長的古老農村的風貌、習俗與傳統的作品。

民國 68 年出版散文集《浮雕》、《野煙》、《燭光裡的古代》。

民國 71 年出版自傳體的散文集《當時正年少》。

我先寫詩，稍後寫小說，對詩的喜愛：包括傳統的舊詩詞與現代詩都予相等程度的接納，我曾說詩是我的散文的營養，事實也是如此，我從詩詞中吸取了若干文字的結構與技巧。就我整個寫作歷程上說，早年並不想到要寫散文，寫散文從民國 52 年開始，當時蕭輝楷在香港自辦《知識生活》，來信索稿，並指定要詩與散文，第一篇係〈夢及其他〉，發表於該刊（9 月號）第 2 期。其後同時從事小說與散文的創作，也許因為過去甚少閱讀前人（新文學方面）的散文作品，也就減少了對我可能造成的影響，我也一直希望走一條自己的道路，我始終認為寫作有方法，但別人的方法不應是自己的方法，我的方法必須由自己去創造，也就是說我就是我，做為一個作家應有這分認識與執著，當然這分執著限於「獨行其是」而非「自以為是」。毫無疑問，民國 56 年對我極為重要，在走過了長長的行程之後，是年四月因高血壓從軍職上退役，退役後由市區眷村遷居景美半山，這不但是一次生活環境的改變，也是職業與人生方向的大幅度調整，從此紙田筆耕成為一家生活所依靠，這一時期作品產量多得驚人，同時也給自己固定了一定的寫作時間，每天上午八時到十二時，下午一時半到五時半，晚間八時開始，通常十二時上床，有時也可能延遲到午夜兩時以後，每天必須服安眠藥方能入睡，所以如此原因無他，每月必須寫到一定數量方足以維持一家所需費用，中間包括兩個孩子的教育費用，尤其是當他們同時入大學就讀之際，支出為數不少，寫作時間的固定有個好處，到時靈感自來，也許可作為初學寫作者的參考。從事寫作不免遭遇退稿，我對退稿，規定自己「再讀兩本書重寫」，記得〈十月的河〉這篇短文寫了五次才被發表。我一生凡事都怕麻煩，唯清稿不厭其煩，尤以散文寫作無不易稿三、四次，有時往往因一字一句之未如己意，又從全篇開始，或者可說之為「笨人笨法」。遷居後第一本完成的散文即《山鳥集》，《山鳥集》被朋友們說之為我的「隔離世界」，但我認為是我的自省階段，後繼的《靈畫》則又尖銳地面對現實了。《靈畫》是我對自己散文創作上的一次重要突破，自此出現了「雙軌」路線：一是抒情敘事之作；一是對人生的探索，後者包括《靈畫》、《摘雲集》、《無花果集》、《弦外集》、《浮雕》，這五本書在心境極端淨明中寫成，形式上大異於一般所謂散文，我個人有個不成熟的想法，是散文或不是散文不必太過重視，總不能為散文而寫散文，也就是說創作不應受形式限制，這對小說的要求也是一樣，換言之作品就是作品，雖然本文我分別了散文與小說，乃仍習慣說法而已。我所以有這個想法，在認為文學、藝術的創作上不應受到任何約束，我們生存的這個地球，人類已替自己製造了太多拘縛，多類型的習慣，便是頑固得割不破的拘縛，因此我相信「開放自己」有其必要，而且重要。另一方面我也堅信任何藝術的作為，必須是生命的投入，是以我對某一作品的欣賞，最先關心的也在作者態度的認真與嚴肅上，這也是我自己堅持的原則。

我從 16 歲踏入社會，適逢一個動盪不安的異常時代，造成動盪不安的原因自是戰亂，戰亂威脅到我們的生存，更不斷目擊流血與死亡，以及無以數計的流離失所，我僥倖逃過了這些災難，但更甚的災難接踵而至，三十餘年江湖行已使滿頭成白髮、而家國殘破親故不可望，應是人間最痛悲慘事，然而又豈是我個人不幸？時代如此，是以我的經歷也具多變性：由小學老師而戰地服務，從浙江老家遠走四川從軍，一度任職行政機關和報社編輯，後來重返軍旅，在軍中先後停留於聯勤、陸軍、空軍和醫療單位，職務上也有多種不同性質的接觸，退役後曾應老友田原兄之邀兩度任職黎明文化公司編輯部，前一次待了四個月，再進黎明希望完成一套「中國童話」，計畫未能實現和姜穆兄編了「新文學叢刊」的前兩批，最後還是拋開了。我自己知道自己有太多不合時宜的固執，以致與失敗糾纏不休，從某一個角度看，我大概是所謂悲劇性人物。有時候想，如果我選擇了別種行業，如農事、木工、裁縫，可能極為出色。有一點可以肯定，不是一場戰爭，絕對不會是今日的我，人生原由不得自己安排，但竟以賣文餬口又豈是始料所及？

從第一篇習作問世，已 34 年，過去的 34 年是我寶貴的青春歲月，也伸展了漫長，如果也可說之為一條道路，我在上面一直踽踽而行，和跋涉得十分艱苦，文學的領域縱橫千萬里，不過跨出一、二步而已，真箇是

「人生有限藝術無窮」，我能說的似乎只有一點，我對自己進行了一場挑戰，至於成功失敗不是我該關心的了。

——民國 70 年 12 月 10 日
《自由日報》「晨鐘」

——選自蕭白《石級上的歲月》
臺北：文鏡文化公司，1984 年 5 月

記住兩份友誼

談談我的筆名

◎蕭白

從事寫作的朋友當中，發表作品，有用筆名也有用本名的。使用本名當然非常「堂堂正正」，所謂「大丈夫坐不改名行不改姓」。其實名字代表一個人的符號而已，我們中國人很懂得這個道理，一高興會替自己改個名字或多取一個名字，是以擁有三、四個名字在過去不算稀奇，正正當當也可多到三個，例如名字之外有字和別號。自從設置戶籍，已不允許任意改名，不過對從事寫作的使用筆名不受限制。

我從開始寫作使用筆名，所以用筆名，是早年怕別人知道我在寫文章，寫文章並不丟人，怕的是文筆見不得人，因此之故，把一篇作品寄出去都是偷偷摸摸，甚至不敢叫編者退稿，像這樣一去永不回頭的作品不在少數；至於筆名也一再更換，自民國 36 年 5 月 3 日第一篇習作在衡陽《中華時報》副刊「夏風」刊出到現在，用過的筆名說少也在一打以上，往往用了幾次再換一個，或是同時使用，用得較多的有寒峰（我的別號）、田歌、周雨、洛雨、金陽、風雷……。風雷這個筆名在民國 39 年向《青年時代》投稿時用得最多，民國 41 年出版第一本短篇集《破曉》，用的也是這個筆名，後來所以放棄，一是覺得它太過張牙舞爪；另一主要原因是民國 42 年司馬中原兄在《綠洲》寫了一篇罵人小說，說是一位朋友寫了一、兩篇文章自命為第一流作家，他把這個到處招搖的文壇混混兒用了「風雷」這個名字，當時我不但不認識司馬，而且自思一直閉門讀書、寫作，從不與文壇人物接觸，如此罪我甚覺可惱，極想與之法律周旋，後來經一位朋友傳過話來，說司馬只是隨便抓了個名字，並非存心損我，有這般的間接解釋，事情也就過去了。然而經這場「無妄之災」，我的筆名無論如何已沾上了洗不清的「汙點」，於是決心棄而不用。

蕭白這個筆名第一次用在民國 43 年，一篇發表於香港《祖國周刊》上的短篇小說〈河邊〉，此時還有幾個筆名在同時使用，洛雨是其中之一。由於蕭白和我的本名扯不上一點關係（事實上許多筆名與本名扯不上關係），常常被讀者朋友問到取這個筆名的動機。在許多個用過的筆名當中，倒也只有蕭白不是隨手拈來的，簡單地說在紀念對我從事寫作曾有影響與幫助的兩位好友：一是現在香港的蕭輝楷，蕭輝楷和我相識於《青年時代》，他是攻東方哲學的，文學上的造詣極深，中學時代寫的舊詩便很出色，我們的性格有許多相近之處，後來他去日本深造，我們書信的往還每封都長達兩、三千字，在我潦倒時給我精神支持特多，記得民國 42 年我的一個兩萬字短篇，他寫了一萬多字意見，我根據他的意見後來寫成八萬字的〈三月〉，他對我在寫作上有啟發性的指導。另一位是民國 30 年在戰地服務時的同事與好友章布白，他酷愛文學，當時已在浙江《東南日報》副刊發表詩與散文，不曉得什麼原因，布白一直勸我從事寫作，可是我志在繪畫，畫工作上需要的宣傳漫畫，和摸索喜愛的國畫，根本不接受他的意見，想不到三年之後竟對寫作發生了濃厚興趣，這固然由於流浪生涯心有所感，和讀了沈從文的自傳而引發的，但布白早年的勸說不能說毫無影響。我用蕭輝楷的姓與布白的名字中的一個字合成「蕭白」，希望能記住兩份真摯的友誼，如果還有別的意義，應該是「蕭蕭白楊吟秋風」了。

和蕭輝楷一別 29 年，和布白更是長達 40 年睽違，無論時間、空間都拉開了久遠的距離，不過我相信彼此當然牢記這份過去的友誼，至少我不可能忘懷，也不應忘懷。此時談到我的筆名，對他們兩人禁不住又勾起了深深的懷念，海天相隔，在此為他們祝福，也但願有生之年能夠重聚。

——選自諸暨浣紗文學讀書會編《蕭白先生紀念特刊》，2014 年 10 月

石級上的寧靜

◎蕭白

住到這個地方來，一轉眼已經 12 年又 5 個月，日子過得實在太快，快得教人吃驚。記得進「學堂」的第三年剛開始寫文章，開頭總是離不開「光陰如白駒過隙」或「光陰似箭，日月如梭」這些句子，這些句子是從尺牘上照抄過來的，當時既不明白光陰的意義，也不解似箭、如梭、白駒過隙為何？不過現在想起來，人生第一步接觸到的便是時間，我們一生無非在時間與空間之間徘徊。

我住的這個地方是一座山，小屋築在半山，說成半山居也就是「理所當然」的了。半山居的門前是一道石級，上通山頂，下達山下小巷，上山的級數多少不得而知，從山下到門前共 96 檔，這 96 檔石級也是上山下山「捨此別無他途」不容選擇的唯一必經通路。在遷居山上之初，甚以攀登這道陡峭為苦事，朋友來訪，氣喘不已之餘，每謂此乃我的「愚行」。說到不方便之處尚不止此，例如：夏季缺水，達到雨季，小巷便一片泥濘……。說起來，這山也不甚出眾，高不過海拔 140 公尺，一如山族中的侏儒，又因為距市區不遠，是以說不上遠離紅塵，而我自己也沒有過拋開紅塵之想：其一，這世界仍有許多可愛之處；其二，這個地球幾乎全部陸地及海洋無非紅塵，我們既然跳不出地球的羈絆，此生陷身紅塵已經註定了；其三，我認為入世、出世全在一念之間，若是塵心未去，走到那裡還是依然故我。

12 年前我所以遷上山來，為的是尋一份生活中不被干擾的寧靜，自然也因為經濟能力限制不許作更佳選擇，不得不「落荒而逃」。然而，日子一久，這爬在山坡上的石級與我的生活打成一片，甚至感覺上也如同一體。日常中我有許多時間在石級上小坐，俯瞰山下街巷裡的人來人往（有時等待約定的友人），眺望傍晚西垂的落日與黃昏之後的滿城燈火，從燈火中常常聯想到一些家庭的溫暖與可能發生的悲歡離合。就像我這個家，12 年當中也有許多改變；孩子們長大，先後「遠走高飛」，我自己也由壯年漸入暮年，對往日醉心追求的一切變得淡薄與漠視——有時會覺得年歲老大相當可怕，因此，我非常佩服那些一直雄心萬丈的同輩朋友。這道石級上行比下行更陡峭，不過它卻經常帶我走向林中小徑，撿拾幾顆朝露與幾片秋後的落葉，或在空曠的頂峰佇立，於高高拔起中接近孤寂，並播種一番無邊的遐思。

想想，一生當中接近的山，或是經過或是登臨不能謂不多。經過與登臨在動機與目的上不無區別：前者出自偶然，屬於某項行程中的不得不爾；後者完全係有計畫的興趣行為。但是，無論如何，山總是山，縱然有高低、大小、以及平坦與險峭之分，仍有其相同相似之處：如雲霧相繞成朦朧、林木布散掩青蔥。我這石階上的住處也正是如此，林蔭一直延伸到屋前屋後，輕霧如煙，悄然來去無影蹤，時常深夜叩窗，只留晨風多清涼。更多的還是鳥雀，鳥雀時時未到小院裡，於是小院灌滿了鳥聲。此外，小院裡也常花香四溢，曾經有一位朋友以一幅舊對聯相贈，對聯的聯語是這樣寫著：

紅滴硯池花瀉露，
綠藏書榻樹垂雲。

這番筆墨，不僅寫景，也洩漏了心中的寧靜，這也正是我生活的大部分。

寫到此處，倒想起一些朋友常常問到的兩個問題：一是問我何以如此喜愛山？再是問我住在山上寂寞不寂寞？其實我喜愛的事物極多，山不過其中之一而已。對於山的喜愛，應該從生命的開頭說起。我生長山鄉，自然從小與山林相從，常在山林中找尋歡樂，也可以說我的血管裡淌流、沉澱著山的血液。一座山展示了堅定、莊嚴、倔強與忠實，山與山之間，似乎沒有可以區分的性格，卻又彷彿存在著不同的性格，這些性格包括綿延、迂迴以及巍峨與謙卑。年歲漸長之後，對山又多了一分認識：山有一種非人能及的自然與孤寂的美感——越往高處越能省察到這一點；此外，山還蘊藏著看不見的變化與豐富，它們並且一直做著人類歷史的見證。記得 19 歲那年，為躲避寇焰，曾一個人在一處山中住了兩個多月，我的感受是：蒼蒼巒谷皆無語，松風拍岸雲如濤。但是山也是活潑、生動的，鳥雀、走獸在其間，嗅覺裡是千古以來的蠕動，包括了植物的呼吸，當然，山也蘊藏著某種程度的險惡。至於我之喜愛山，有別於一般登山者，我只求從中間有所發現與領悟，常常目睹人類的歷史迎面奔來，只求把自己融入，不會想到征服——我相信人永遠無法征服自然界的一切。因為住在半山，身上多多少少沾幾許泥土岩石之氣，一張嘴也就不免帶著「下山」、「上山」這類字眼，當然這只是一座小山，與其希望用目光去尋高低，倒不如向自己心中探測深淺——亦即山在形外。

門前這道 96 檔高度的石級，每次從上面走過，總會聯想到腳步踏著的是一列參差不齊的牙齒，這列不會移動的牙齒咀嚼著日夜，咀嚼著陰晴風雨，嚼碎了過去 12 年歲月。12 年歲月如雲煙輕輕飄散，在這 12 年當中，我看夠了一季又一季草長草衰與花開花落，大部分時間用在耕耘一頁頁紙上的梯田，像早年做一個農夫，盡力付出辛勞；自然也看多了人世的滄桑，這可以作為是山居也是紅塵的註解。至於面貌平板的一座山，也有可供捕捉的情調：早來輕雨晚來風，風搖得滿山呼嘯，橫掃屋脊；雨落了個四野茫茫，粒粒晶瑩又玲瓏。事實上我有許多時間用在看風和雨，風和雨不但可看，更宜於去聽，然而風裡雨裡也往往三千里外鄉關。

新秋已至，陽光黃暈，蟬聲揚起寒顫，再過一段時日將是雨季了。也許世上真有所謂寂寞，但我似乎未曾正面遭遇過，有時覺得寂寞甚至是一份難得的享受。匆匆歲月，挽留不住已經逝去的一切，雖然今天之後仍有明天，然而有一個事實卻不容抹煞：我已不是 12 年前上山來時的我了。過去的 12 年，如果說也有收穫，在於認真地接受一份寧靜和舐嘗這份寧靜；所謂：淡茶一杯品世味，曉月清光照小窗，窗也是我最接近的。

事實上在這山上，這道陡峭的石級之上，最豐富與親切的也是這些。歲月無情也有情，好就好在根本不去細想得到多少與失去多少，請問多又多到如何？少又少到如何？至於得失更是說不清楚了。有時想想，真應該感謝這 96 檔石級。

住在這石級之上，自然還有一些別的，是些什麼？恐怕只有我自己知道了。

——已未新秋・於景美藤屋

——選自蕭白《燭光裡的古代》
臺北：采風出版社，1980 年 1 月

《多色河畔》後記

◎蕭白

多年以來，定居新店溪畔。

新店溪四季更衣，朝夕整容；時藍時綠，或晴或雨，因殘陽而紅，由皓月染銀，稱之為多色河似無不可。我們生活的人世，靜觀細察，亦同溪河，在奔盪之流中，泡沫有也，游魚有也，沉沙、淤泥更比比皆是，其間醉醒互見，清濁並存，形形色色，尤過於新店溪，我處身於中，冷視其側，有喜有憂，小得亦失，故顧名此書為《多色河畔》。

初近文學，自入軍旅始，民國 36 年 5 月 3 日發表首篇習作，係一小詩，載衡陽《中華時報》「夏風」。後興趣轉向小說，對散文從不作嘗試想。蓋散文創作，求文字華麗洗鍊尚不過難，欲得意境高遠，實非平庸如我所能企及的。民國 52 年 9 月，陳虹〔案：蕭輝楷之筆名〕在港創辦《知識生活》，旨在發揚我國固有文化。十餘年來，我國文化因赤色火焰任意摧毀與崇洋媚外者的決意根拔，已漸失其民族性，表現於文學上的，亦少淳樸幽美之作。該刊問世前夕，陳虹忽以詩與散文見約，限期匆迫，選擇未遑，〈夢及其他〉成了我散文的第一篇，此文在形式上固未脫小說章法，且仍有虛構的情節。一年以來，近取遠擷，寫作較多，取其大部集成本書，多數發表於「中央副刊」。

或謂我獨好大自然的點滴，大自然我熱愛者也：真於樸實，善在永恆，美則近乎平凡，然見之於文字者亦僅外衣而已。

文學有途，但無終點，縱橫十萬里，我踽行其一，淺薄難免，笨拙亦難免，《多色河畔》所以遽爾出版，意在豎一進行標誌以便自我尋覓，求教於諸先進是為主要目的。因此書而出力分心諸好友，願刻感激謝意於心中，恕不在此細載。付梓前夕，記此數語備忘。

——選自《新文藝》第 112 期，1965 年 7 月

《藍季》後記

◎蕭白

前年七月我的《多色河畔》出版，去年秋間，寫成一冊《白鷺之歌》。《藍季》是兩者之間的作品。

這三冊小書，有它若干共同之點，也有著許多不同之處：我渴愛原始的自然與嚮往淳樸的寧靜生活，因而每喜歡在作品中披以季節或目接的景物的外衣，對人生美好一面的喝采，終是不曾有多大改變的。這冊《藍季》自然也是如此。我一直作著對過往的自我的揚棄，且是非常無情的，特別顯著的卻是《白鷺之歌》，它已落入較使我自己喜愛的淨樸，但是是經過《藍季》的梯階的。人生的可愛與可貴處，在我看來，應是平淡，一切絢爛的時光終必過去，到目前我已能在「不以得喜毋為失憂」中過我的平靜生活了，這在《藍季》中可能略窺其一二。

我的好友楚茹，說我的散文應稱之為散文詩。散文詩之不同於一般散文，似應具有更豐溢的詩質與對人生的探討上能更深更澈，我還不知道自己的作品是否到了這種境地？但我一直走的是自己的路，我也願固執於走自己的路，這冊《藍季》也是這樣的。收在裡面的〈虫豸篇〉原是一些帶諷刺性的戲作，風格上與其他的作品稍有不同，當時曾希望將來集同類作品出一專書的，然而那個時期已經過去了，因而收在其中，也算是一個結束。

自我的第一篇作品發表，到上月三日，正好 20 年，《藍季》能在此時出版，是令我感到高興的，多少可作為自己在寫作方面的紀念與警惕。在這裡得感謝梅苑小姐的幫忙，特別是光啟文藝叢書主編顧保鵠神父。

——民國 56 年 6 月 2 日雨後
蕭白記於景美聽雨草堂

——選自蕭白《藍季》
臺中：光啟出版社，1967 年 6 月

《山鳥集》前記

◎蕭白

希望過願意過的生活，希望有一個更美好的世界。

說我是逃避也好，說我在煎煮自己也好。去年春間，來這半山定居，從此與青林為鄰，摘白雲天光以自娛。黃昏佇立，看到的是臺北盆地的燦然燈光，我從那邊出來，雖近而我說離得極遠；深夜，萬籟中聽遠來的新店溪的流水沙沙。最多的卻是叩窗的雨聲。然而還是有些意味現代文明的機器喧囂，叮噹地傳上山來。

我幾乎已把所有的空閒獻給小院的耕耘，豈是為了一枝花開花落；到幽僻的山道去散步，或者闖入林木深處，山風總以親切迎我，成群的山鳥輕啼如織紡；枕上有不斷的木魚聲；草尖且留採不盡的露珠……我笑，我歌，我低吟，我長嘯，更多的時間但用於沉思：想我過去所不曾想的。髮可以一月不理，鬍子可以兩週不刮，我找回了自我，也充分地享受著自我。將近一年的生活便是如此。這冊《山鳥集》也是在這種情形之下寫成的。

所以稱之為《山鳥集》，固然由於依山而居，小屋懸處林梢一如鳥巢，如果人間可喻之為一大森林，我何異山雀，幾章小文不過啄取岩石上的些許蒼苔而已。這世界從美好處看，便見美好：落霞如錦，飛虹揚彩，燕剪金陽，綠蕪階石，近之則樂。因而我無可憎的人，亦無該惡之物，於自省中求自安；騎青山如騎驢背，睹拳石每思萬里關山，心境便是如此。年輕時，說愛說恨患得患失，中年的我，願容忍、退讓，一切聽其自然。此所以我說「不以得喜毋為失憂」。雖則仍然血熱如火，而情趣已淡薄若水了。

這些，都投影於這《山鳥集》裡。

幾人見過永恆？碑石固不是永恆，太陽也未必永恆，星換月移是常情，生老病死也是常情，朝花夕謝同樣是常情。我沒有想到留下些什麼，這冊小書可以說是寫給自己讀的，是以不同於即將出版的《白鷺之歌》，更不同於已出版的《藍季》，與《多色河畔》。或說寫的多是身邊景物，然而我不以為在寫景物。大部分作品，發表於「中副」與「聯副」，似宜一併記上。

這世界還算可愛的，得放眼去看，傾耳去聽。我如是說，且如是寫。

——民國 57 年元旦於景美藍廬

——選自蕭白《山鳥集》

臺北：水芙蓉出版社，1974 年 4 月

《山鳥集》重印序

◎蕭白

這本《山鳥集》脫稿於民國 57 年春間，也是我遷居景美半山後第一年寫下的作品，至今已經六年。過去的六、七年中，我的生活、心情都有若干程度的改變，固然，幾乎每日與山為鄰，與林為伍，閒來則以讀書，蒔花而自娛；且看雲帆走海角，朝吟清露夜邀月，更有許多時間沉思於一杯淡去的茶中。

當時寫下這些作品，如果說必須有理由，唯一的理由在記下生活的片段，多少亦有感於歲月匆匆，人生匆匆。這本書曾由哲志出版社出版，到目前已不能在坊間尋得，此次水芙蓉出版社有意重印，是否多此一舉，則有待讀者來決定。

好友楚茹把我已出版的散文，分為三個階段，照他的說法《山鳥集》正是走向第三個階段的橋樑，事實上也是如此，從《靈畫》開始，我走出了由自己築成的隔離世界，也就是說更願去面對現實，我總覺得言生活該過一種紮紮實實的生活，談人生也必須是「曉霧猶帶隔宿雨，一杯薄酒半籬菊」，或許我正在老去，30 年流落他鄉又安得不老。雖然說願意面對現實，不過有時候，也必須堅持某種程度的孤立、獨行，在文學方面似乎更應該如此，也許這就是我至今還喜歡這本書的原因。

——蕭白 於民國 63 年 7 月 霧社山莊

——選自蕭白《山鳥集》

臺北：水芙蓉出版社，1974 年 4 月

《絮語》序

◎蕭白

有時候著實感到惶惑，我走在那裡呢？

二十餘年過去了，驀地回一次頭，禁不住發出長嘆，我竟走得這般地緩慢，有很多次想的是這路夠崎嶇，而這片天地又是廣闊得不可道里計，停下來，卻是於心不甘的。以寫散文作為我右手的權利，開始在五年以前，忽然感到我更宜於奔赴這個方向，雖然到現在並沒有完全放棄小說創作，而且還會繼續使出我的氣力。不過對於寫散文將成為我終生不捨的戀情無可懷疑，在心中始終燃燒著一股烈火，我熱切得近乎瘋狂地仰望真，我虔誠於自然的嚮往；現代文明無罪，現代文明令人類的精神虛脫，心靈貧血，且使更多更多的東西失落，這也都是事實，科學無能為力，醫藥也無能為力，見到的是醫院的人滿為患與滿街的不知所為的幽靈。不要小覷那些「嬉皮」們焚燒錢幣是一種荒唐行為，乃是在迷失中尋求自我的再現的飢渴吶喊。這個時代實在比任何時代更需要使性靈滿足的東西。我可以說文藝是最好的藥物，散文便是其中的一味。在我，有著自己的歷程。到目前（不談小說）出版的散文集子有四本，第五集《靈畫》，將在明年四月間全部脫稿，我曾經不斷的要求對自己的揚棄，這是必要的，也是必然的，一個從事創作的人，不論是從事那方面創作，如果不揚棄自己，最後一定被時間揚棄，時間比什麼都無情了，從寫下《藍季》之後，開始認定一個角度，作著有系統的編織工作，《白鷺之歌》固然在隱喻人生，提示某些程度的窺透。《山鳥集》類似的傾向更見得濃重：從都市中走出來，從機械的格殺中走出來，奔回自然、返真、歸璞、追求美和善，我認識一切的紛擾、爭奪、騷亂、徬徨、空虛、焦躁、浮動，都由於現社會的矯情、虛偽、功利，歸結到物慾泛濫的結果。我們實在需要淡泊和寧靜。到《靈晝》不同的在於由外在的攝取而進入了內在世界的探索，我不承認自己乃在逃避（我逃避的是現代人都希望逃避的），不過可以說我從憤怒的咆哮而趨向冷靜的觀察了。

這個集子稍稍不同。第一，它沒有一貫的系統；第二，收在裡面的作品，以早期的居多數，也收入了上年及自寫《靈晝》後不宜收入其中的若干篇章，至於〈閒話散文寫作〉，係個人創作中所得到的一點經驗紀錄。正因為收入的作品包括了早期和近期的，或多或少可以見出我的足跡。在早期的作品裡，有一部分是以懷想為題材的，包括生長的土地，莊麗的故國山河，熟悉的人和事，以及美麗的童年生活，我們終究是人，而且羈旅他鄉已經久了，特別是我們這一代人，生於憂患的時代，將近三十年過的是流離失所的日子，以我個人來說，少年離家至今兩鬢已斑而歸期有待，怎能不令人望風懷想？又怎能不仰首長嘆呢？事實上這也正是我們的最大悲哀，但願多少能夠喚回那些沉迷於眼前的安樂的麻痺靈魂，危難何曾過去？自然這還是我的奢望。

寫來剌剌不休，全集的內容也是如此，是以把這本集子定名《絮語》，應該是恰當的。

——民國 57 年 12 月 7 日凌晨，蕭白序於臺北景美藍廬

——選自蕭白《絮語》

臺北：金字塔出版社，1969 年 5 月

《靈畫》新版序

◎蕭白

《靈畫》印行新版本，重讀了一次全書，發覺某些觀念變了，某些事已經遠去，12年的時間畢竟不算太短。

寫作《靈畫》在《山鳥集》之後。從《靈畫》開始我的散文創作進入了另一個階段，也可以說《靈畫》是我對自己的一次重大的突破，這方面顯示得既明白也十分重要。自此以後展開較為廣闊的視野，並且出現了不同形式與內涵的「雙軌」作品：一以抒情敘事為主，如《花廊》、《響在心中的水聲》、《一槳燈影》、《野煙》、《大濂洺溪》、《山窗絮語》等；另是趨向對人生的探索，這是個嚴肅的問題，在走筆上我無顧於傳統的軌跡，甚至不願去考慮是散文或不是散文（我一直認為文體的分類無甚必要，作品就是作品），先後完成了《摘雲集》、《無花果集》、《弦外集》與《浮雕》。能讓我寫出這類作品，固然由於內心的強烈渴望與追尋，另一方面也得力於讀者的推動——這類讀者正在日漸減少；現在回想起來，當時應是以性靈為重的現代散文廣受注目與關心的時期，無如為時未久便告萎縮。我也常常在想，如果是在現在，我的後一類作品，恐怕很難有機會發表。

寫作《靈畫》時，我雖然已不年輕，但是12年前的我，比現在當然要年輕許多，以現在的眼光來看《靈畫》，不免有欠成熟與青澀的感覺，也許青澀就是《靈畫》的特色，也有朋友說它嫵媚。有一點可以肯定，我不可能再寫出這樣的作品，大概也是我仍喜歡這本書的原因。12年，對人也是相當程度的成長，12年後，有些問題已不成問題，有些問題仍然是解決不了的問題，並且可能又多了一些問題，人生便是不斷的在迎接問題。

《靈畫》早先由「仙人掌」出版，後來「仙人掌」「死亡」，這本書莫名其妙地到了另一個出版社手裡，在未付我分文的情況之下出了多版，我既無時間與金錢與之周旋，又不願為此興訟，只好聽由它去。如今這個「失落的孩子」好歹已回到身邊，應算是可喜的事。

《浮雕》出版也已近兩年，這兩年寫作毫無計畫，也許還會寫一本《浮雕》以後的書，自然也是《靈畫》的延續。

蕭白

辛酉深秋於景美藤屋

——選自蕭白《靈畫》

臺北：水芙蓉出版社，1982 年 1 月

《弦外集》後記

◎蕭白

這冊《弦外集》寫在我的《無花果集》之後。然而兩書竟在同時問世，是始料所不及的。《無花果集》在民國 61 年春間脫稿，當時即交「華欣」，「華欣」因出版計畫關係，壓稿達兩年之久，不但打破我每年出版一冊散文集的構想，而且也使《弦外集》擱置下來，不過到底還是出版了。

《弦外集》寫了一年又四個月，在我已出版的散文集中，用去時間最多。近年以來我的作品屢被盜印，一是「零割」，即未徵得同意，擅自將我的作品收入所謂選集；一是「偷天換口」，對抽版稅的作品，永遠以初版面目出現；最令人憤慨的當是「蠻橫」的盜印，如《靈畫》便是，居然憑一紙偽造合約，理直氣壯的再、三、四版，與之交涉，竟相應不理。此等人看準從事創作者的弱點：既無閒暇，又無足夠的金錢和精神與之周旋。事實上也確是如此，只好聽由它去。此次水芙蓉出版社同時接受了我的三本散文集的出版，除了這冊《弦外集》，另兩冊是比較抒情的《花廊》和民國 57 年出版的《山鳥集》，《山鳥集》出版時印刷、裝幀均嫌草率，此次重排、重印必能較前理想，而水芙蓉出版社主持人的氣魄，也值得稱道。

寫下散文已十集，其中的《葉笛》和《花廊》，在我的散文中似宜列入另一類作品。時下散文園地日趨荒蕪，原因頗多，稿費收入的微不足道，應是關鍵之一，欲以散文養家活口，簡直近乎荒唐。我個人幾乎視散文為生命的一部分，然而情勢所迫，是否對這方面的繼續努力，便很難說了。

——民國 63 年 5 月 30 日於景美聽雨草堂

——選自蕭白《弦外集》

臺北：水芙蓉出版社，1974 年 6 月

《花廊》前記

◎蕭白

自《白鷺之歌》之後，我的散文希望有一個比較統一的個別面貌，也就是說：從形式而至內容，在同一集中盡可能求得一致與完整。唯有幾年前出版的《葉笛》與這冊《花廊》應是例外，不妨說之為我的散文中的另一類作品。

《花廊》是近一年在寫作《無花果集》與《弦外集》之餘寫下的零星作品，行文較為抒情，或者也可以說是一些生活的瑣記。我的生活除讀書、寫作、習畫、蒔花，許多閒暇徜徉於山水之間，這似乎與我從小生長農村有關，而我又不能忍受屋子的束縛，寧可荒山野水還我自在。又加這幾年依山而居，朝夕與青林為鄰，與白雲相對，自然得幾分閒適，情趣也就淡了。

所以稱之為《花廊》，無非指人生的一面，數十年來看盡多少花開花落，而春紅秋白，總是景色，人在其中，與遨遊長廊又有何異？以此為書名，似無不當之處。

——民國 63 年 6 月 10 日於景美聽雨草堂

——選自蕭白《花廊》

臺北：水芙蓉出版社，1974 年 7 月

《響在心中的水聲》自序

◎蕭白

這個集子本來不打算加序與後記之類文字。我覺得這類文字對作品本身不能增減些什麼，頂多說說寫作動機或經過，豈非多餘與累贅！而且這個集子裡的章篇「開門見山」，也不需要再作別的補充。可是校樣寄到，目錄裡已排上自序一行，想到或許出版社希望有序——有些出版社是希望有作者的序文的；仔細想想，真還有話要說，「填充」幾行也好。

算起來，已有兩年沒有出版新散文集了，這中間有個原因：我很怕整理舊稿，對自己以往的作品要再看一遍，既無勇氣也苦不堪言，於是能拖便拖。其次，是忙別的事去了：種花、養蘭、作畫、習字用去了許多時間，並且總還忘不掉抽空去遊山玩水一番。等到想起一本書又一本書的所得已「隨風而去」，才來勉強自己動手，時間已流出去老遠了。不過這兩年寫下的作品不在少數，合起來已得三個集子，這本《響在心中的水聲》是其中之一，另一本《野煙》，尚有一本迄未決定書名。

〈響在心中的水聲〉是集子裡的一篇，起初很想用另一篇〈流域〉作為書名；後來想到多年以來無時無刻擾我心境的平靜的，竟是一泓遙遠裡的溪流的水聲，它像是暮鼓晨鐘，對我製造著對遺忘的喚醒，有時候午夜夢迴，這水聲便響在枕邊，自然水聲來自心中，成為一種不能拔除的難安，是以最後用了《響在心中的水聲》。這個集子收入的多半是一些篇幅較長的作品，這是與我以往的比較，長有長的好處，三、五千字一氣呵成，暢所欲言，但也需要較多內涵和使出較多氣力。這些作品，除了〈湖水‧霧‧森林山崗〉寫在民國 63 年，其餘部分，在執筆的時間上跨著民國

64、65 兩個年頭，而且中間許多篇屬於懷舊之作。在寫了《靈畫》、《摘雲集》、《無花果集》、《弦外集》之後，再來寫這類作品，必須說到在「黎明」的一年兩個月，一年又兩個月的編輯工作，瑣碎事務與人事上的接觸，把我的腦子裡裝進了「雜亂」，一下子無法回復過去的「淨澈」，是以不得不暫時擱下我關心的「浮彫集」。另一方面也希望能從心中抽去一些時時浮現的沉澱，說之為我對生命的源頭的責任也未嘗不可。尤其當寫下〈雨又落在小路上〉、〈響在心中的水聲〉、〈流域〉、〈昨日更鼓〉之後，若干朋友希望我多寫一點這類作品。這若干朋友當中，一是年輕的，他們渴望認識不曾觸及的過去的生活；一是與我年歲相若的同輩，可能和我是一樣的心情，懷念著舊日的生活。像我這般年歲的一代，身上幾乎都馱負著戰亂的苦難與離鄉背井的辛酸，也幾乎時時懷念著海峽那邊那片由祖先留下來的廣大而肥沃的土地，以及地上的一切，有時真是「心有不甘」，這份懷念的沉重可想而知。由於寫作斷斷續續，我這個人對寫下的作品又隔日便忘，因此中間若干篇的題材容有重複，把這些相關的章篇集在一起，可以說是「明知故犯」的「愚昧」，所以由其犯這種「愚昧」，乃是蓄意安排，我認為這正是我的心靈活動的紀錄，多少也透露了我的生命的焦點，一份濃得化不開的感情在時間裡堆砌，由它重複又有何妨！

上元節的後一天，一位從事寫作的年輕朋友黃昏來訪，談到他的幾位朋友對我的看法，他們說：「蕭白的作品，在形式、技巧、文字上每年一變，簡直摸不透他追尋的方向。」當時我笑而未答，在這裡倒想稍加說明，「變」對一個從事寫作的人或任何一個藝術工作者來說，乃必然現象，他不甘願釘在一個點上，對於昨日永遠存著揚棄態度，也就是說，他的腳步必須一直向前跨進，去追尋一個無休止的明日，突破自己與突破旁人被視為理所當然的自覺，除非真箇愚蠢到「敝帚自珍」，才會去死死地抱住昨日。不過形式、技巧、文字的變，並非我真正追尋的目的。至於說這個集子裡的作品，縱然與過去稍有不同，說是「變」的結果也可，但絕非我希望的改變。

說到這裡，心中又似乎流響了一道熟悉的水聲，一道小小的溪流的水聲，流經了我的一生，也流走了 33 年的異鄉歲月，要忘掉勢不可能，正如在〈流域〉裡所說，我是它的一部分。「填充」了這篇小序，自然多一分累贅，那麼由它累贅吧！反正我們有時也是「填充」和不斷在為自己製造累贅。最後，向幫我校對這個集子的賢賢侄女致謝。

——民國 66 年 3 月。景美。時滿窗春光。

——選自蕭白《響在心中的水聲》

臺北：水芙蓉出版社，1977 年 5 月

《蕭白散文精選集》序

◎蕭白

在 19 歲以前，一心想作一個畫家。作為一個農夫的兒子，有這類想法似乎近乎「異想天開」。照當時的環境來看，農夫的兒子是農夫，「子承父業」被視為「理所當然」，也幾乎甚少例外！每以一頭牛、一倉穀、一房面團團的媳婦為滿足。我之所以竟有此種想法，可能與生活的空間有關，我生長在「杏花煙雨」的江南，江南，「陽春三月花似錦」；江南，夏荷香十里，「霜葉紅如二月花」，隆冬裡白雪皚皚，而山青水碧，處處自成圖畫，便有畫下來的慾望。我也有許多時間在塗塗抹抹。

這個作畫家的夢，很快的因戰火而粉碎了。

像我這樣年歲的一代，與國家的生死存亡的命運相連接，也在戰火中成長和擁抱過戰爭。就在我 12 歲進翊忠高級小學那年，便已接受了戰爭的洗禮，那年全民抗戰爆發，也開始接受這場聖戰，星期日下鄉勸募破銅爛鐵，在街頭張貼時事壁報；第一次唱歌唱的是「大刀向鬼子們的頭上砍去」；第一次目睹敵人的猙獰面目，也就在我就讀過的那所小學校的內操場，敵人退走，留下兩百多具血肉模糊的屍體，他們是我的同胞，是手無寸鐵的善良百姓，其中也有我的親人，看到這副慘象，忽然醒悟到必須抵抗、必須起而保衛這片國土，也是為了自己的生存。那年秋季我參加了青年戰地服務隊，那年我才 16 歲。這時我的畫筆仍在揮動，畫一些宣傳漫畫。民國 31 年春間，東戰場我軍失利，縣城陷落，經三個月流轉，最後回到家鄉，在偏安的山區執教，也還能照常作畫。民國 33 年初夏，我走出了熱愛的故鄉，遠奔四川，路歷 58 日走五千里，在川東從軍，軍隊不停流動，四川、湖南、貴州，又回湖南，身邊是背包、乾糧袋（用舊綁腿縫製，裝進炒米，像一條粗大的香腸，從肩上掛下來），有水壺、步槍、彈帶和一百發子彈，和磨出水泡的腳上的草鞋——草鞋是自己編織的；到夜晚往草堆裡一躺，疲倦得去想想可能會戰死的時間都沒有。第二天一早醒來，空著肚子又上路（一天吃兩頓，所謂扁擔餐，早餐在九時左右），路上有時烈日、有時冰霜、有時積雪，除此便是硝煙與彈落如雨了。像這樣的行行復行行，戰鬥又戰鬥，一支畫筆被澈底拋棄了。

老實說，我從未想到作一個所謂作家。在戰地服務隊時，一位隊友也是好友章布白（我的筆名中的後一個字就是紀念他的）當時已在《東南日報》發表詩與散文。他曾幾次三番勸我寫作，我的答覆是搖頭，其一，作家離我太遠，不敢有此種妄想；其二，自認無這方面的才氣，心裡仍想作一個畫家；其三，認為是一件無聊的事，且曾經反駁的說你的文章能使敵人投降嗎？自然因為我根本不懂文學對人生的重要性。開始寫作在民國 34 年春季，那時我到了湖南沅陵白馬嶺，這是第一次從東奔西走中停下來。在白馬嶺任一個被服庫的階級最低的文書官，倉庫事少，需要處理的文書更少，我一個人住在山邊向姓人家的閣樓上，每早起身後，先去井邊汲水洗漱，然後走向河邊；白馬嶺前面是浪濤奔騰的沅河，後面的重山峻嶺長日裡雲霧裊繞，對岸也是高接雲天的峰巒，我有許多時間留在河灘上，看小毛驢啃草，看江上的落日緩沉，看蒼鷹在頭頂盤旋，看飽孕著晨風的帆影遠去，和聽著不絕於耳的灘聲，拉縴伕唱出的縴歌，混合成一種生命的悲壯吶喊，到夜晚，枕上是更多的竹風蕭蕭，不免時時引發縷縷鄉思。白馬嶺的居民半是開化的苗胞，他們無分男女，頭纏青布赤一雙大腳板，然而他們勤儉、淳樸、善良。白馬嶺的上游的水溪，每隔三天有一次市集，市集之日，人從四面八方聚攏來，在河灘上進行買賣。他們步行或乘船而來，一挑挑的稻米、玉米、木柴；一船船小豬仔、土產、以及一些由手工編成的花花綠綠的土布……男人們手裡一根旱煙竿，女人有一個背簍，在這中間很難發現所謂文明，它使我想到這個國家的疆域的遼闊，遼闊得還隱藏著許多原始。我經常搭小木船去赴集，購買一點日用品，喝一杯茶，市集裡有許多臨時茶棚，喝一杯茶，在晌午之前乘原船回來。有一次在地攤上買到一本沈從文的《我的自傳》，所以買回來，純是為了消磨時間，也因為只有這本書，而且是舊書。實實在在說我不知沈從文是何許人，在此之前也從未認真地去讀過一本新文學作品。這本書對我後來的影響甚大，我在第一本散文集《多色河畔》後記中曾經提到。所謂影響是引起了我對寫作的興趣，說得明白一點，當時想著沈從文既能寫作我應該也可以寫。也就在那個時候開始接近新文學，無疑的也是我生命的轉捩點。中間還有一個小插曲，某一天好友裘子偉從藍溪口來看我，看我正在寫作，不禁打著哈哈說：「你想當作家？如果你能成為作家，四萬萬中國人都將是作家了。」這自是一句戲言，誠如我前面說過作家和我的距離實在很遠，遠得不允許去幻想。可是我已決心寫下去，這一寫到現在，雖然中間一度停筆，但並未放棄寫作的準備，停筆七年也閱讀了七年；這一寫到現在已三十餘年，子偉兄早在抗戰勝利後的一年客死異鄉，布白身陷大陸，生死未卜，民國 38 年初接到他最後一封信，他在孝豐棄文而成了「老農」，人生的聚散姑且勿談，這十多年來我竟一直以筆耕養家活口，是始料所不及的。至於故國的瑰麗山河落得今日的腥風血雨，更是始料所不及的。在時光的流轉中，我也由昔日的少年而雙鬢斑白，歲月其無情抑有情耶！

認真地寫散文從民國 52 年 9 月開始，談到寫散文不得不提一提另一位好友蕭輝楷，當時他在香港辦《知識生活》，來信指定要詩與散文稿，他認為詩與散文更接近我的性格。一個事實是自寫散文之後，我對本行的小說日漸疏遠，近兩年更是甚少在小說方面用氣力，倒是對散文不但視為生命的一部分並寄以開拓新天地的期望，或許與年齡有關，年歲漸長接近散文的機會每多於詩與小說，另一方面也因為我所追求的人生在散文中更能表白得清楚，我堅信人世的美好，這種美好一在於自然存在，一由於愛的灌溉，我們也需要一個充滿愛的美好世界，縱然也有醜惡，醜惡屬於變態的極小部分，是以我願就普遍性的常態中去進行探索與解剖，當然人間事也有不能解決的無奈，如生、老、病、死等等。生死也是一個大問題，也唯有認識死才敢於坦然誠懇的生。這一寫也已十有四載，先後共出版散文集（包括即將出版的兩本）13 冊，字數當不下百萬。寫下字數的多寡原不足以代表一個作家的成就，我之所以如此多產，毋寧說是在此時此地作為職業作家在生活上的壓力，這又牽連到工業化的大環境，工業化使文學作品也淪為商品化，純真的文學作品被擠逼到聲色之娛之外的「畸零地」，散文更是成了一種版面「補空」的應景（人類的精神虛脫，著實令人隱憂）。在這種情況下想以散文收入養家活口，簡直近乎荒唐，然而天底下每多荒唐事與荒唐人，我大概可以算是其中一個。

這本選集的出版，係經好友姜穆的催生，姜穆離開「黎明」之後，去主持「源成」編務，上年秋間碰面，他提出這一構想。老實說我對出版選集並不十分熱心。理由有二：其一，前一年由「黎明」的新文學叢刊中出版過一本我的自選集，已收入了若干散文作品；其二，我不喜歡回頭讀自己的作品，而且字數太多，重讀是一件苦事。然而姜穆卻很認真，先是催促，繼而發出預告，基於與姜穆在「黎明」兩度共事的深厚友誼，不得不予應命，自然也感謝他的盛情。這是我第二本選集，與「黎明」出版的自選集在作品取捨上稍有分別，後者分小說、散文兩輯，選入的散文僅限於探討人生的四本書中的若干篇，這四本書即：《靈畫》、《摘雲集》、《無花果集》、《弦外集》。這本選集純屬散文，選入的作品包括第一本《多色河畔》到目前正在撰寫中的「浮彫集」，所以作如此安排，在讓讀者能從中間略窺我的行進過程，是如何從過去到達現在的。當然以現在去看過去，會發現過去的幼稚，但是幼稚是成長的必經階段，而且幼稚也有在成長後找不回來的東西，例如熱情、天真和文字的華麗。通常一個人上了中年，對世事的觀察已變得客觀、冷靜、理智、審慎多了。要求自己多於要求別人，也比較傾向廣與深的一面，與安於平靜，詩人林綠曾把我《靈畫》以後的作品稱為「秋季」，也就是說是在冷靜、理智、客觀、審慎的分析之下平靜地寫下來的。我把早期的作品一齊抖出來，顯然極像是展示一次流鼻涕、穿開襠褲的照片。不過我想我們總不能因為襤褸而否定過去的自己吧！一個我是一脈而下的，不可分割，我就是我，無須作不必要的掩飾與隱藏。但是也有例外，如《白鷺之歌》裡的作品未曾選入，《藍季》也只選了象徵性的兩篇（實則只有一篇半），所以未選、少選，以牽涉到版權問題，而《白鷺之歌》又是一個整體故事，不宜分割。要在一百萬字當中選出十餘萬字，等於「籮裡挑花」，再雜入「偏愛」與缺乏耐心，而且今年夏季又特別炎熱，我這半山居也無例外，一個月的揮汗是一種並不舒適的經驗。嚴格地說這本選集只能算是做到了各個階段的抽樣而已，甚至到最後以字數超出要求，又抽去了〈武陵溪上〉等若干篇。

至於各個時期的劃分，也只是我的作品風格改變的大致段落。最早提出這個說法的是好友楚茹，他把我《無花果集》以前的作品分成三個時期：第一個時期繁花滿樹，青梅隱現時期；第二個時期花果並茂時期；第三個時期花隱果碩時期。在《無花果集》之後的《弦外集》屬於第三個時期的同類作品。《響在心中的水聲》似乎是一次「變調」，這個「變調」係因進「黎明」工作而來，在「黎明」一年又兩個月，帶回來的是滿腦子俗事俗想，擠碎了我原先的「淨靜明澈」，也逼成了我的「變調」，不過這個「變調」倒也還是我喜歡的，其較長的篇幅和容納較多的內涵，形成了像我這種年歲應有的甸實風格。到目前的「浮彫集」才算又跨開了另一步。

我一直認為性格決定一個人的一生，造成一個人的性格的因素，包括生命起源的血液、生活的空間與經歷。人絕對不是孤立的。文學作品也由這些出發，寫詩、寫散文或寫小說，可以有不同形式，其核心還是由以上這些形成的人生態度，也可以說這些便是植根的土壤，此所以我不厭其煩地說了許多過去，我的根是深植在那些不易見到的土地裡的，有土地才能生根，有根才有茁壯的枝葉，無疑的我們得天獨厚的擁有一片廣大的土地，這塊土地既肥沃、豐富又瑰麗，它是我們的祖先胼手胝足流血流汗、耕耘灌溉的結果，它形成了中華民族的特性，也是五千年燦爛文化的展示。我們被它餵哺、養育，如同我們母親之外的母親，到了我們手中，有義務與權利使其永遠肥沃、豐富與瑰麗，和必須用血汗去灌溉用生命去緊緊擁抱。我也相信無人能否認在我們身上正淌著它的血液，這是一個無與倫比的偉大的國家！

三十餘年過去了，三十餘年是一場吃力的競走，可是這個競走卻永無終點，也永無所謂成功，真箇是「人生有限藝術無窮」，有時不免懷疑，何以有如許多的追尋？又究竟追尋為何？甚至也不了解自己，何以不「子承父業」作一個辛勤耕耘的農夫？作一個農夫可能要比現在實在得多。也許我仍是一個土頭土腦的農夫，在心上一直有那片遠離的土地，幾乎每年有一次春醒、夏茂、秋衰、冬靜，像此刻眼望一窗秋日雨，便有紅葉之想，雁陣之想，牆角的蟲鳴喧嘩之想，「蘆花翻白燕子飛」之想……秋雨！也哭泣在那片遠方的土地上吧！但願風雨之後，早現青天麗日。

——民國 66 年雙十節於景美聽雨草堂秋雨時節

——選自蕭白《蕭白散文精選集》

臺北：源成文化圖書供應社，1978 年 1 月

《浮雕》的心路歷程

◎蕭白

《浮雕》從民國 66 年 3 月寫到民國 68 年 6 月，跨越了三個年頭，實際上寫了兩年又三個月，這在我以往的寫作經驗裡是僅見的一次。中間雖然也還寫了一些其他作品，極大部分時間與心力卻投在這本書上面則是實情，所以如此的經營，自然可以說出許多理由。

對這本書我懷著某種需要去完成的自期，結果如何固屬另一回事，我能回答的是我已經把它寫下來了。

我的意圖或者說我的探索的方向十分明白，從《靈畫》、《摘雲集》、《無花果集》、《弦外集》到這本《浮雕》，是一條道路的伸展，也就是說我在做一種認識自己與自己以外的眾生相的解剖工作，由活動的斷面去找出可能的「蛛絲馬跡」，或「穿刺」到看不見的五臟六腑給予某種程度的「挑破」。相信我們都在追求超脫與希望發現更多更可喜的更真實的貼近——這也是已經明白和還有不明白的，或是已經說過了的和沒有說出來的。至少這些作品有別於我的別一類散文，落筆之餘也不曾想到以散文來處理。我個人頂不喜歡詩必須如何、小說必須如何與散文必須如何這類心存「割據」的論調，沒有約束總比有約束的好，也許我是那種所謂不馴服的「野生動物」，不樂意被拴在固執木樁上任由擺布，而寧願辛苦的覓食與半餓半飽的情況下自由生長。照某些朋友的說法，《浮雕》是一本不好懂的書，姑且不去談什麼叫「懂」，和讓那些人懂？這個不好懂大概不等於不能懂，當然比之於某些「通俗散文」讀起來可能要費腦筋。其實一些方位的變動或投出另一個目光，眼前很可能出現一番意外的風光。總之這是我的作品，不必管他是不是散文或散文詩或別的，是什麼並不重要。

書名稱之為「浮雕」應該用不到解釋，面對人生一切作為無非有限度的淺淺「浮雕」，宇宙無窮無盡，自然不必細說，即使我們一生的活動，在時間與空間裡也不成其為比例，以有限去探測無限固然不免膚淺。往另一方面看，人類生存的姿態也無異如顯示在銅鐵木石上的一層浮雕——我們不由選擇地浮雕在地球表面；雖然可能雕刻出某種程度的所謂理想與造成千變萬化的形象，然第每一幅形象的構圖極無例外地沿著一條一定的軌跡前行，人不但擺脫不掉有形無形的牽絆，而且無可避免地必須去接受悲、歡、離、合與生、老、病、死，這也就是所謂我們熟悉的人世。唯一不受約束的例外，似乎只有心靈的活躍，能使我們在欠缺中獲得滿足，與貧乏中感到豐富的恐怕也只有這個。我在這本書裡雕刻了幾筆線條，一些輪廓與若干幅畫面，無可懷疑的也只是一些粗線的浮雕，丟開表層，在下面還藏著一些什麼？需要由你自己去發現，可能豐富。也可能一無所有。

寫作的當初，原本沒有打算給每篇一個題目，沒有題目可由讀者去自由想像。後來發覺因此而找來了需要解釋的麻煩，以致改變了初衷，為求得一致，出版之際都加上了題目，實在非常多餘。原則上按寫下先後編排，寫作的先後多少代表思路的歷程，兩年又三個月的時間，無論在那方面都有了某些改變。不過也有例外，其中若干篇作了適度的調整。

——選自《中央日報》，1979 年 9 月 12 日，11 版

《當時正年少》後記

◎蕭白

日子過得真快，一年匆匆又到了歲暮，在這年終歲末來校對這本《當時正年少》，內心興起無限感觸：一是時間不許我們留住，許多事已經過去得很遠了，而且真箇是「人事全非」，有心追尋每無處，似乎只擁得一片失落感；再看自己，春去夏去留在身上的秋季也來日無多，雖然走近的冬日自有寧靜景色，奈何此身仍天涯，人在江湖老了，想起來是非常不甘心的。這個不甘心是因為不該如此偏落得如此，只好歸之於劫數了。

老實說，原本不想寫這本書（如果要寫應該寫進自傳，平凡如我有寫傳記的必要嗎？至少在今日之前不曾考慮過這個問題），所以會寫這樣的一本書，純屬偶然。記得三年前的某一日，和幾位年輕朋友閒聊，話題轉到了求學時代，我的求學時代與戰爭分不開關係，是以很自然地牽出了戰時的教育與當時的老師以及唱過的歌曲。我一直懷念我的老師，始終難忘對我們的關懷與愛護，至於所唱歌曲與時下流行的音調自是大不相同。幾位朋友走後，心情久久無法平靜，於是寫了幾節寄給介塵兄主編的《情報知識》，後來又寫了一篇，便因進行他項寫作而放下了。過了一段相當長的日子與介塵兄相遇，問到何以不寫續稿，並且告訴我說：

「這類作品，一些年輕讀者十分喜愛。」

理由是他們對這些非常陌生，他建議我繼續寫下去。還說也有責任寫出來。寫就寫吧！從此開始把它稱之為「當時我們正年少」，篇幅也略作調整，比較作有系統的安排，以後大部分作品仍發表於《情報知識》月刊，一部分轉到《中華日報》副刊，斷斷續續先後寫了三年，時間上從抗戰開始寫到勝利。抗戰開始我剛剛踏進高小，勝利時我正好年滿二十，二十歲以後應該不算少年了。這也就是說這本書是介塵兄催生出來的。全書尚未完成，「文鏡」希望出版，「當時我們正年少」作為書名似嫌過長，因而改為《當時正年少》。

雖然書名刪去了「我們」，從《當時正年少》中仍能找到「我們」，這個「我們」當然包涵了與我年歲相近的一代。我們這一代，適逢歷史上最大外患，和國人空前奮起抵禦外侮的時代，這是中華兒女的一次覺醒，為民族的生存與國家的獨立、自由，不知多少人拋頭顱灑熱血，又不知多少人流離失所和骨肉離散？而年輕人為愛國救國，拋開家庭、學業、愛情，紛紛走向戰場或遠奔後方，付出的實在太多太大了！抗日戰爭勝利，接著另一場戰爭，對我們這一代來說，過去的幾十年是一場惡夢，也是極大的不幸，更不幸的是這種不幸到現在還沒有結束。不過從另一方面看，也有幸「生逢其時」得親身經歷一個偉大的時代，有機會多方面接觸人生的酸甜苦辣，未嘗不是可貴的經驗。寫這本書如果也有目的，可從兩方面來說：一在讓正在老去的「我們」拾回一些記憶，和溫溫舊昔的辛酸與歡樂；再是向年輕朋友說出一些事實。從中間獲得若干了解。當然或多或少也有我個人的懷念，例如服務戰地時的一些夥伴，和兩腳踏過的錦繡大地，必須說明的是這不是一部歷史，我也無意寫成歷史，而且所涉及的也只是我所經歷的一部分，從整個抗戰過程來說，無疑無異於大浪濤中的點滴，不過由小見大，有心人或可從中間窺知當時的大概了，至少可以明白，八年抗戰的勝利，是用千千萬萬人的流血與生命換來的。

在我的作品中，這本書在寫作時較少考慮到文字鍛鍊與技巧，關心的是事實，把事實寫了出來，並且力求真實，無如時間過去得太久遠了，對某些經過印象已經模糊，譬如有些人的姓名記不起來了，發生事件或時間上也可能有誤，此乃無可奈何的事。當年在戰地的夥伴，目前在臺灣的只有章一苹大姐和我兩人，日前晤面，談到 40 年前舊事，有唏嘘也有悵惘，不過誠如一苹大姐說的：「我們沒有『不堪回首話當年』的心情」，因為我們對自己沒有可遺憾之處。有一點卻不庸諱言，我們已不再年輕。最後願用幾句話作為結尾：

多少少年苦樂事，
都付春水東流去；
世上原無不老人，
冬來青山也白頭。

——選自蕭白《當時正年少》
臺北：文鏡文化公司，1985 年 12 月

另一種境界的開始

面對人生苦樂的《白屋手記》

◎蕭白

昨夜有雨，落了個滿窗滿門，山居寂寂，最宜於聽雨了。聽雨時也會去想雨及與雨有關的事物，例如像這時正值江南煙雨時節……

近年來很不願意去多想往事，有些事由它忘掉的好，最好能忘得一乾二淨，問題在腦子常常不聽自己指揮，此所以人間自有所謂苦，這中間又以回憶對心靈啃蝕為最。昨夜在床上聽雨想雨之際，無意中也聯想到一些看不見觸不著的東西在身上走失了許多，時間便是其中之一，感慨或悲哀嗎？我想沒有必要，一切無非常情而已。

由時間的走失，極自然的想到定居這個地方，到月底便滿 19 年了。這 19 年當中變化實在不小，兩個孩子從求學到「遠走高飛」和成家立業了；屋了由先前的感覺擁擠、熱鬧而成為目前的門庭寂寂無聲息。尤其是這半年，妻去國探望小孫女未歸，整座屋子只有我一個人，真箇是長日無語待雲散，清風吟哦滿院靜。好在我還能安排自己的生活，譬如養鳥、聽鳥叫和種花作畫，卻也發現人生原有許多無奈，而且必須去面對這些無奈，不過這些無奈有時也教育了我們去長進。不曉得是不是真的長進？有一點絕對不假，如果現在有人問我希望還求個什麼？大概只願走走落葉滿地的山間小徑了。記得剛搬來這半山時，以其多雨，我把小屋叫作「聽雨草堂」，後來爬山虎攀上了屋子的外牆，紫藤和炮杖花的藤蔓也布滿了屋頂，於是「順理成章」地改了「藤屋」。「藤屋」的春季多一分紫、紅、橙、綠，十分瑰麗，可是心理上老覺得頭頂上多了一層重壓，而且天花板因屋頂陰濕而生霉；原來詩情畫意有時也會帶來「禍害」，也許利弊得失的關係原本就是親密的孿生兄弟，更可相信完美的難求了。去年秋間一時心血來潮，找來個工人，把那些藤蔓割了個「一絲不留」，頓時有一股「了無牽掛」的輕鬆與快意，本來粉白的牆壁也露出來，從此又成了「白屋」，這一來倒和我的一半筆名連上關係了。這本書裡的作品都在這屋子裡完成，所謂《白屋手記》就是這樣來的。

好像在《浮雕》裡提到過，我的散文從《山鳥集》之後，分抒情和對人生方面的探索兩個方向出發。後者先後出版了《靈畫》、《摘雲集》、《無花果集》、《弦外集》、《浮雕》。《白屋手記》是《浮雕》的後繼之作；民國 68 年出版《浮雕》到現在，《白屋手記》當然不是唯一作品，另有《山窗絮語》、《石級上的歲月》、《當時正年少》等，但是無疑的《白屋手記》是我自己比較喜愛與重視的一本書。如果問與《浮雕》有什麼不同？簡單地說，我的「刺探」應該是更深入了一層。有時不得不相信年歲的「能力」，至少我個人對某些事理的領悟，是經由年歲煮熟的。我現在這個年歲也的的確確到了進入另一種境界的開始，最明顯的例子，興趣越來越淡，想要的也越來越少，自從血壓高引發心臟疾病之後，連菸酒也不強自戒了。此時方知能讓我們留住的實在無多——無多或者甚至沒有，也許更可以落得一個輕輕鬆鬆。請想想有什麼可能與活得輕鬆相比的？因此當然也不會去勉強自己寫作了。

近年我的作品大為減少，除了前面提到的原因，也因為一部分時間交給了繪畫。繪畫沒有目的，只是為了滿足一個小時候的心願而已。《白屋手記》之後還會不會再寫另一本相類似的書，連我自己也不知道。近來常常會覺得過去的若干作品是多餘的，自然可以說之為那時年輕，從年輕到不年輕在時間的距離似乎很近，彷彿一天的早到晚；一天不但一定有早晚，也必定迎來送去，一生便在匆匆的迎送之間過去了。

一抬頭，窗外細雨斜正午，也正紅飛紫落，不禁為之一笑，其有趣乎？不錯！但不關樂與不樂，誰能真正嘗得樂與不樂？又試問何所謂樂？何所謂不樂？

——丙寅二月春雨時節於景美白屋

——選自《九歌雜誌》第 63 期，1986 年 5 月

愛山的人

◎胡宗智[*]

我非常欣賞山林的自然風光，但我對山的了解不多。我的外祖母家住在一座不太高的山坡上。小時候，父親時常領著我去看望外祖母。走著那彎曲不平的山路，遇到下雨天，泥深路滑，很容易摔倒。我看見山上經常出現一種黑色的大螞蟻，有兩公分長，全身烏黑，體內還發出刺鼻的臭味，咬了人，非常痛，也非常討厭。我想我住在山上，唯一的好處，可以看到日出和日落的旖旎景色。夜晚的山中，山風颼颼的吹打著樹葉，聽起來，有一種蕭索的感覺，更會使人撩起無盡的煩愁和寂寞。

抗戰末期，我遠離家鄉，逃難到湘南一帶，跋涉過許多孤寂荒涼的山，深覺得山路崎嶇，很難行走。他卻很喜歡山林。我們初相識的時候，他每次約我都向山野森林走去。我雖然不大喜歡，卻又不好意思說出來。有一次，我們到抗戰紀念城——衡陽的名勝之一來雁峰去遊玩。那時候正是秋天，一陣陣冷瑟的秋風臨空吹過，我身上只穿著一件薄衫，禁不住打著冷噤，真想告訴他，我們下山吧！我不知道如何開口，他突然伸出他溫暖的手，將我的手緊緊握住，就在那一天，我們同坐在來雁峰的山頂，望著長江東岸汩汩的流水，訂定了我們的百年婚約。我雖然感覺得這件事來得太突然，但又不知道怎麼說，我不大會表達自己的意思，那時候很多話都藏在自己心裡說不出來。他經常穿一套草綠色軍服，沒有帶軍帽，天漸漸冷了，外面披一件軍大衣，頭上才帶一頂寬邊的軍帽。個子瘦高挺拔，看起來溫文儒雅，似乎不像一個軍人。他第一次寫給我的信，是用毛筆直

---

[*]作家。蕭白妻子。

書的，以他那時候的年齡來說，字寫得非常好，不是端端正正的楷書，我非常欣賞。心裡想：他一定不是一個粗淺的人，誰會想到他後來會成為作家呢！我作夢也沒有料到自己將來要做作家的妻子。

那年他的《山鳥集》獲得了中山文藝獎。有一位朋友笑著對我說，你真會挑呀！挑著一位大作家丈夫。哈！我們剛結婚的時候，他是十足的軍人呀！我一邊笑著回答，腦子裡卻縈繞著與他生活的一段長遠艱辛的歲月。這不是三言兩語可以說得完的。我想：一個人的成功與失敗，完全決定於他的性格。記得民國 51 年我們住在和平東路公家眷舍的時候，他開始寫第一篇散文，他說他從此要專寫散文。當時我真不敢相信，後來我們搬來景美山上，他一年出一本散文集。我也深感到真是不可思議的一件事。在這以前，他早已經寫過很多詩和小說。我覺得他的小說，也有他自己的風格，一直到現在有許多人還不知道他也寫小說。有時候我在報上讀到他的散文，發覺他時常描寫山，好像山是他最熟悉的一個朋友，他是如此一個愛山和樂山的人。他的性格也像山。他永遠屹立在狂風暴雨之中，不會動搖自己的意志。

有一位朋友，曾經和我談及她的作家丈夫。說他每天深更半夜，還不睡覺。在地板上，走來走去的，一會兒搖頭，一會兒低吟。像一個瘋子一樣。他在沒有退伍以前，也是在夜晚寫東西。自從改到白天寫作以來，我也經歷過許多啼笑皆非的趣事。他凡事都怕麻煩。只有寫文章，翻來覆去的改，改了又寫，寫了又改，一篇文章可以寫 19 遍。一點也不嫌煩。我們家裡唯一消耗最多的便是稿紙。他寫作的時候，不能有一點點聲音，我不能在屋子裡走動、不能說話、不能開門和關門。我們家裡的每一扇門，都會砰然聲響。而我又不能不動。記得那時候，我每天出去上班，一早起來匆匆忙忙，將房子打掃一下，輕手輕腳的，怕吵了他。結果還是吵了他。有幾次他的文思被我打斷了。很不高興，筆桿子一放，走出了書房。他也不喜歡看到我做拖洗地板、抹桌椅和窗子之類的事。他在家裡的時候，我盡量不作這些工作。有時候，我心裡很氣，很想告訴他，你既然要寫文章，就不該娶一個有靈性和會說話的女人在身邊。最好娶一個啞巴太太。更好的一個辦法，做一個機器人，由自己隨心所欲來操縱。要吃飯的時候，機器給你飯吃，要喝茶，機器給你茶水。不需要的時侯，擱放在一邊，也礙不了你的事。這當然是我一時的氣話。他也是一個非常懂得生活情趣的人。有時候寫了文章，停下筆，走出書房，向著院子走去。我們園子裡的花木，都是他栽植的。夏天裡，每天早晚花要澆水，他高興提起噴水壺，往我頭上澆，一邊說，這一朵花也要澆水。我聽了，非常開心。他看見剛剛綻開的花朵，一定要喚我和他一同欣賞。我們每天總要消磨一些時間在園子裡看花，看池子裡的魚兒。這時候，來來（這是我家的狗）聽見了我們的聲音，在後面院子，嗚呀！嗚呀哼。牠也想出來玩。他便向來來高聲喝道：你又要出來搗蛋了！狗就是狗！怎麼能跟人學呀！他多半喜歡靜的東西，像植物類。似乎不大喜歡動物。他說動物會製造髒。我覺得來來很可憐，牠很乖，也得不到他的寵愛。因為來來喜歡往他身上爬，他很怕髒，摸一下來來，便趕快去洗手。他一天要洗很多次手。寫文章以前也要洗手。他常常說來來沒有用，又說來來是我保鑣，偶爾他出門去，來來可以保護我。

他自己常常講，如果不寫文章，可能成為一個畫家。但我不敢想像，如果他是畫家，我們的生活將是怎麼樣的一個樣子。因為他畫得不好，絕不會輕易拿出去賣，那我們就更慘了。我不知道他算不算得上名作家。我覺得自己從來沒有享有他成名的榮譽似的。在我看來，他成名與沒有成名完全一樣。他自己也說，為了養家活口才寫文章。很多年以前，我們窮得為生活天天在發愁。有一個鄰居兼營出版生意，拿了他一篇稿子，文章發表了之後，給了我們四百多塊錢。實際只給予我們百分之六十的稿費。那時候四百塊，比他一個月的薪水多五、六倍。我覺得這樣也很不錯，解決了我們目前生活上的困難。可是他從此不願意這麼做。他也不願意為了賺稿費，隨便寫文章。我常常想：一個三輪車工友，也會想多拉幾趟生意，賺錢給孩子買吃的回來。我怎麼這樣苦命，嫁了這麼一個又窮又頑固的硬漢。心裡感到非常難過。有一天，那是星期一的早晨，他出門的時候，給我五塊錢，這五塊錢，我和孩子要過一個禮拜。那時候，他在桃園機場工作。一個禮拜，回家一次。我拿了這五塊錢，真是心急如焚。心裡想：天上掉不下來，地上也長不出來。怎麼辦？只好厚著臉去找他的一位朋友。這位大姐不等我把話說完，塞給我 50 元的一張鈔票。一直到現在我仍衷心感激這位大姐。因為她當時環境也不好。

他自己的口袋裡面，經常也是空空的。現在他要出門的時候，我仍要問一聲，帶錢沒有？他說帶了。我又說：多帶一點啊！我想一個偌大的男人走在外面，身上如果沒有帶錢，很可能會遇到一些意外的事。我仍然沒有忘記有一回，他下班回來，坐交通車到了火車站，然後再乘公共汽車到家。當他伸手從口袋掏出五毛錢來買車票時，發覺五個鎳幣只剩下了三個，另外兩個鎳幣，搜遍了口袋也搜不著。他只好從火車站步行到家。

在那些日子裡，他所忍受的委屈也不少。那時候他剛來到一個新的單位工作，人事方面都還不大熟悉。有一次，為了要事去見他的上司，在門口說聲報告；這位神氣活現的長官，沉著臉說：「進來！那來這麼多禮貌！」這位長官，聽信了小人的讒言，有意要給他難堪。過了很久，他無意中說出來，我聽了感到心酸。以他這樣的脾氣，當時如果不是有妻子和兒女的負累，他會掉頭就走，從此永遠不要見到這位長官。

他為了想改善我們的生活，也曾費了不少心血，做過很多事。只是一樣也沒有賺到錢。當我們還在和平東路住的時候，養過雞，養過鳥，也養過鴨。養雞，飼料太貴，生下的雞蛋賣出去，剛夠飼料的本錢。雞生了病，要買藥吃、要打針。記得有一次，我抱了一隻六、七斤重的大母雞，從和平東路走到基隆路，到臺灣大學農業試驗所去找獸醫為雞看病，正當六月天，太陽曬得我頭昏眼花。心裡想：養雞比養我們的孩子還難養、還要麻煩。因為他花了一筆不少的錢，買回來一窩會生蛋的來亨雞，總想撈回本錢，所以我們不得不盡心盡力的照顧這窩母雞。有一個時期，臺灣一窩蜂養鳥，有很多人賺了錢。等到我們養鳥的時候，已經不行了；還算好，養鳥沒有賠下老本。最後他看情形不對，將一窩文鳥和幾十隻十姊妹，一齊賣掉，賣了兩千塊錢。

不久，我們搬來景美半山腰居住，他也從軍中正式退役，又開始養蜜蜂。我對養蜜蜂，完全是門外漢。我在家鄉見也沒有見到過。他說他家裡養過蜂子，我相信他一定養得好。這次養蜜蜂，最後全都飛跑了。他曾被蜂王咬過一次，咬得眼睛腫起好大，趕快去打針。因為第二天，他要上臺去接受中山文藝獎頒獎。後來我們想起了這件事，總忍不住要笑。養蜜蜂失敗後，他又養雉雞，養雉雞也賠了本。不過我們卻是吃了幾次雉雞。他一向不喜歡吃雞，也非常讚賞雉雞肉鮮美好吃。

自從養雉雞之後，他沒有再搞新的賺錢花樣了，如果他再要做甚麼，我想我也不會阻撓他。我不是一個天性溫順的女人，自己有自己的意見和主張，他所做的一切我不見得完全同意，不過嘴裡不說出來。他要做的事，我不想反對他。我深知他所做的，都是為了我們的家庭，那我又何必提出相反的意見。人生不如意的事，十常八九，我對一切都已能泰然處之。他時常說我糊塗，人生難得糊塗，當年我如果不糊塗，怎麼會嫁給這樣一位作家呢！

近年來，我們的兒女都已經長大。男孩子在美國念書，女兒也結婚了。我心裡想：這下總該我享享清福了吧！誰知道他又提出了一個建議：每天早上五點鐘，天還沒有亮，將我喚醒來，要我和他一齊去爬山。漸漸地，我對山也加深了體認。我想我也有點愛山了。

微曦中，我和他站在山頂上，山下仍然燈火闌珊。當人們醒來的時候，我們早已經走出了這個世界。

——選自亮軒等著《我的另一半（第二集）》
臺北：中華日報社，1977 年 3 月

你會繞道諸暨的老宅大院罷！
送老友蕭白遠行

◎張騰蛟*

對我輩老人來說，這是一個凋零的年代，也是一個淒涼的年代。7 月 22 日紀弦仙去，9 月 3 日王璞隨之，10 月 11 日，蕭白也跟著走了，算一算，還不到三個月啊！瘂弦曾經感嘆的說「很多老朋友一個個提前熄燈就寢了」（大意）。目前的景況，大概就是這個樣了。

與蕭白相識，是民國 53 年我在陸軍總部主編《精忠日報》副刊的時候。社址在臺北市杭州南路和愛國東路的交叉處，他有時候會來報社找我聊聊，也不嫌我的報紙小稿費低，應我的要求為副刊寫稿。這年九月所發表的〈碉堡及其他〉，還收進他民國 54 年 7 月出版的散文名著《多色河畔》（他的第一本散文集），和來自「中副」、「聯副」、《新文藝》的許多名篇並列。

民國 54 年 10 月，我倖得第一屆國軍文藝金像獎短詩首獎，他代表主辦單位來電告知，我依約前往國軍文藝活動中心二樓評審作業的辦公室，在那裡又認識了朱西甯和吳東權。朱是該案的承辦人，吳、蕭是任務編組的協辦者。

自此後，往來更加密切；我曾多次去他景美仙跡岩山腰的「聽雨草堂」作客，他也遠道來我關渡的窩居裡對酌。後來因為各有所忙，碰面的機會越來越少。傳說是回大陸定居，另說是在閉門打坐，不問世事。直到 1990 年代初的某一天，聽說（可能是陳文發）他已經與外界互動。隨即去

---

*作家，曾任行政院新聞局主任祕書，現已退休。

電一試，果然。民國 95 年的 10 月 15 日，偕內人前往探望，驚見庭院花木大致依舊，卻少了那份迷人的扶疏，而多年不見的老友，也真的蕭蕭白白了。剎時間，讓我想到了，什麼是荒蕪什麼叫衰老！曾幾何時，鴻儒談笑論藝，雅士聚首敘往的畫面不再。即使氣氛如此陰沉，老友相聚，我們也暢談半日。再後來，或自己前往，或夫婦同行，或接受邀約（「臺灣文學館」和《文訊》）而往訪者，大約有 15 次以上。

蕭白是浙江諸暨人，這是一個文風很盛文人輩出的地方，蕭白就是。他是一個才子，文章、書法和繪畫，三者皆精。論文章——特別是散文，筆觸靈俏，獨創新機；於書法，剛陽厚重，翰墨凝香；談繪畫，則是筆吐英華極富古風。他的書畫功力，可謂雙絕，唯他不善張揚，否則，書畫名家的行列裡，必有他的位置。

蕭白散文的經典之作，是那本名號響亮閃閃生輝的《多色河畔》，文字的跳躍如音符，句組的爍耀似辰星，我曾深受其魅力所感動，提筆寫了蕭白散文的第一篇評論文章——〈試論蕭白——兼談其散文集《多色河畔》〉，發表在當時聲譽卓著的《新文藝》上。

他出版了 24 本散文、14 本小說，以及幾本其他的文類集。比較少人知道的是，他亦擅園藝，曾於 60 年 7 月以金陽為筆名出版過一本《花卉栽培》。就是因為他喜好園藝，前些年斷斷續續的在大陸居住時，在他數百坪的大院裡栽培了 20 種牡丹和玫瑰，50 種菊花，合起來上千盆。看得出來，那是他精神上的財富，心靈上的朋友，一塊念念不忘的聖土。他曾多次告訴我，在那裡，民風純樸，眾花齊擁，是一段快樂的日子。老宅裡生活的他，孤單但不寂寞。不過，他曾遺憾的向我表示，那恐怕是一個只能想念而無緣回去的地方了。

蕭白對臺灣文壇有所貢獻，除了不太被人提起的那些生平小事，最重要的當屬下列二者：一是他以新的語言和表現方式，為臺灣散文注入新的血液，產生新的活力，創造了新的樣貌。二是他在黎明文化公司服務的時候，曾經參與一些重要著作的編選作業，特別是那套光耀兩岸的「中國新文學叢刊」。它所產生的文化傳播效果，眾所周知。

一個山屋獨居的老人，非常非常需要特別的照顧，據我所知，不論是官方或是私誼，都有，其中給我印象最深的，一是青年攝影家陳文發，他可能是最早來此幫忙蕭白做事的人，常常山上山下的奔波。今天他在電話裡告訴我，日前他在「北京現代文學館」所舉辦的臺灣作家影像展，其中就有蕭白的照片。二是《文訊》的封德屏社長，數度帶領她熱情的工作同仁並邀約蕭白的三兩好友，結伴上山送暖，讓他那不太容易露面的笑容，出來讓朋友們看看。此外，《文訊》也為他做了一些繕打文稿、整理資料的工作。三是應臺北市社會局之託定期來為他張羅飲食打點細瑣的徐小姐，動作細緻態度親和，視蕭白為自家的長者。還有前「聯合副刊」主編馬各先生的夫人，也不時的送來吃的和用的。「臺灣文學館」對他也有所關注，多年前就有同仁簡弘毅和劉維瑛並約了陳文發和我來過。也替蕭白整理、收藏所贈的文物並舉辦展覽「時代下的筆耕者——姜貴、蕭白文物捐贈展（2009.9.8～2010.1.17）」。

最後我要說：蕭白老友，你常常對我說的那句話，昨天早上應驗了。我想你此次遠行，不管路途如何迢迢，該會繞道諸暨老宅的大院罷！看看那些可愛的花子花孫們，有沒有在日前菲特襲浙時，受到驚嚇？

——選自《文訊》第 337 期，2013 年 11 月

上山原為修道　下山不是還俗
寫蕭白

◎姜穆*

記得面對面的認識蕭白，該是他為一位至友的事大發雷霆的時候，算起來，總也有十年了。當時我修了一點法律學分，又看到蕭白那麼熱心，加上試試上法庭的心情，就同廖化一般，拍了沒毛的胸脯，擔任起那位至友的辯護來了。到底官司輸贏自然與這篇報導無關。

我之所以提起這件事，為的是點題，和蕭白的十年交往，是夠格來畫他幾筆的。

提起蕭白，大概都知道，他把他現在的居處寫熱鬧起來了。為這件事，他曾經懊悔不及。原來，他是為了圖個清靜，才搬到景美山上，雖不見得是修行，卻也稱得上種蘭於東籬，要不是地少人稠，寸土寸金的話，便又幹起耕讀傳家的行業，下田搏泥，上山採樵，設果如是，則蕭白也用不著尋尋覓覓才找到仙跡岩上隱居，沒幾年，卻嘆起文章引來的繁榮，不得安寧了。當然，蕭白若是一個老農或樵夫，那麼，他的文章，就會有更多禪味，說不定真要藏諸名山。不過對於蕭白的文章，不是什麼褒辭，將來總有人去探求他的內在世界。

他雖然不想成仙得道，近年來卻極少下山，也不是紅塵已了，他只為的是讓自己有更多的時間去想、去寫、去吟唱他「弦外之音」[1]。其實整個世界，十丈紅塵，時時都在他的心中。浣沙溪的旖旎風光，那曾經洗淨他心靈的澗水，晝夜在他的心谷流過。因而在他的文章裡，便不時的流露了

---

*姜穆（1929～2003），貴州錦屏人。作家、導演。發表文章時為黎明文化公司出版部副主任。

[1]蕭白的散文集。

一份過往的戀情，也規畫過不少長夢。

老友總是在他的心裡，不過他更深深的把友誼放在心的深處。絕非全然忘情，只要你上山去，便有哈兩杯的運氣。

朱西甯寫舒暢，說洛夫說「他只能做朋友，不能做敵人」。蕭白的方，有過之無不及，不僅內方，恐怕外也是方的。哈了兩杯，或清醒的時候，只要他以為你不對味兒，你就是文藝皇上，他也無視於你的存在。這人是很難成為好友的，不過既成為好友，便是明星的花露水兒，越陳越香了。

是非分得清清楚楚，正如涇渭的水，大概屬於此種性格所使然，他便在那靠山的一方種起蘭竹來了。偶爾也弄弄金石。我以為打麻將可以讓人忘記這世界，於是我進勸他花兩百個仔兒發八百籌碼，讓自己暫時快樂快樂，也好忘我一番。他卻怎麼也不願浪費生命於桌上。就這樣，朱西甯便成為他的蘭花教徒，時相過從，聊起蘭經，就可以送走一個月明星稀之夜。

從這些看來，蕭白好像稜是稜，角是角，難得親近，如果已經造成這種印象，那就是我的罪過了。他對於畢業於清大化學系的兒子曉峯，和正在政大西語系讀書的女兒映泓，卻同朋友一樣交往。他的女兒想買衣服甚麼的，總是和學過繪畫的蕭白上街，除了花色式樣的審美深得女兒心意之外，當然主要的是蕭白像極了寒山，不知市價，只問美與不美的結果，上得一次街來，總要花去他幾晚心血換來的代價。奇怪於除上街以外，女兒對胡宗智的親近，遠過於他時，他才發現他從貨架上取下的料子，遠超過女兒的慾望。他說：「我現在不會再上女兒的當了。」他對於任何事，都是有所選擇，並且有所執著的。對朋友，對事情的看法何嘗又不是如此？

對於藝術，一如他的為人那樣，也是有所為有所不為的，且去讀他的《山鳥集》，就知道他是怎麼把自己禪化，之外，他便從苦難中孕育出那些精靈。而他把那些化為女鬼時，我便說那真的是鬼了。為這件事，他生了一陣子悶氣，也曾經為了人家把他周仲勛〔案：應為「勳」，當時亦有人寫「勛」〕的那個「勛」字擅自去了兩隻腳而不對味兒，不過他總有個原則，絕不在文字上，作叉腰的潑婦。這一點，他就遜我多多了。

我們彼此認識於朋友的急難，摸透了蕭白這個「弱點」的人不少，於是田源，以及許多人有了事便一紙「官」書，把他從山上抓下來。有一次，大概是和田源生氣，或者是朱西甯吧！他要他們不必再抓他當差，田源就是摸清了這個老友，凡吃虧受氣的事，一封長信，不提前情，他也只有嘆氣的分兒。這次他到黎明重操牛刀，為的是編童話，他原本發了誓不幹這種「傻事」了的，但是他還是下了山，並且童話真的成了夢，結果給了他另外一個差事，編作家自選集，一月兩月三月的延長，這位老友便在黎明和我扮起生旦淨末丑來了。

不是矯揉，他辦起事來丁丁卯卯，就說那作家選集吧！抱著他的原則不放，人情和事情分得清清楚楚。這種性格，就是蕭白。

其所謂「就是蕭白」這句話，說得有些兒輕率，蕭白何止於此？就其對小說，散文乃至於繪畫的藝術認知而言，不必說只有十年的友誼，就是終其一生又如何呢？其原由，乃是蕭白還在創造，他的藝術生命的塑造還在繼續，而且還在變的當中；其次，他從來不寫論文，揭露對藝術的種種。他是只問耕耘的那一型藝術家、藝術生命。不是種因於時代的苦難，他的父親原指望他能為人授業解惑的當個老師，不過他卻想當一個畫家，以便畫盡他那綺麗風光的老家，或者人生世相。因此，從事文學藝術的創造，根本就是他血液內所流的因子。對於這樣一個人，竟然大膽的說那就是蕭白，那就是以有限量無限，不過蕭白也知道，我這人的毛病就是愛下斷語。但是你要進入他的內在世界，有一個特效的方法、引誘他哈兩杯吧，只要他醉眼朦朧，你就可以當著他，搬他那快要變種的春蘭，秋蘭或他的一方古印，或不經敲門，就可進入他的內心。

因此，他就常常懷念起老家埋在地裡的花雕來了。故而他放下槍，依舊緊緊得抓住他那枝比槍還利的筆不放，為的是埋在地裡的花雕，那是他的夢，無時無刻都在規畫著在大兼溪的浣紗溪畔，邀三五好友，一面飲酒，一面看美女浣紗，那又是何等情調？在他所出版的 19 本著作裡。我們很容易進入他的世界，進入他的夢。那也許就是他自己的論點，牢牢的去實踐了那些論點。故所以他不寫論文，乃是持之有故的。

盧溝橋的砲聲，打醒了中國這頭睡獅，這一與中國苦難不可分割事件，震醒了每一個中國人。民國卅年，那時他不過是 17 歲，因為鐵騎陷城，遭到了家破之痛，這個 17 歲的小學教師爺上了都得的最後一課，便拉起游擊來了。以牙還牙乃是必要的手段，除了提槍桿之外，還用他那枝彩筆，喚起睡獅的子孫們。從此他便數歷江西、湖南、四川，當然也就和叛亂者們賭他的生命。這些苦難是孕育一個文學作者的母體，他在體念人生上，早熟了。

他看出了苦難，因而在他的心中有一股火，這股火煎熬他、燃燒他、驅策他，他便必然有所謳歌、有所咒罵、有所戰鬥與擷取。民國 33 年便已開始蛻化成為現在的蝶。又因他總是雕刻的結果，他便與莊周成為一個類族，使我誤信他的精靈乃是一個豔麗的女鬼了。

作為一個朋友，我曾要他與我一起去拜訪楊朱，他就是一塊頑石般的，任由我對他誘進谷裡，他仍作莊周的門徒。於是他有閒情去觀察蟑螂的排泄，吃了紅墨水和藍墨水之間的區別，是否交給他那飛到美國去修碩士的，學化學的，常常與他聊天的兒子去化驗就不知道了。

也許我詞不達意的胡吹我的法螺，我所要說的真意，是在他對事物的觀察入微。他就把他的觀察，裝進他的作品裡。

他不與我一同膜拜楊朱，原因在此。他是喜歡那點朦朧的，不過絕不是詭辯家，更不是唐・吉訶德先生，他不會鬥風車，當然也不會把囚犯當成善良的、冤屈的百姓給放了。相反的，善與惡，他自有他的價值判斷。故那點朦朧，乃可窺見他的真意所在了。

因此，與蕭白交遊，讀其作品，都只是聞其清香幽淡，不強加諸哲理，那些篇章自身不就是哲理嗎？也不全是淡淡幽香，清淡幽香的背後，實則漾動著迷人色彩，你只能細細品嘗，卻不可囫圇。至如進入森林為聽風，那不是悟透了人生，豈能蛻化為蝶？他作品的說服力，是在他刻意的經營，而且由於朦朧，才予人以多樣的啟示。我就喜歡他的淡和清，那是久遠的基礎。我們常叫這是君子之交，君子之作，沒有傷人的灸熱，這是否與他寒峰的別號有關？不定孤傲才清冷，但是寒峰卻是自然的一部分。

我們哈一場吧！原來他的忘年交的林綠回來了，接到信，他曾經像一個孩子般高興了一陣子，林綠來的那天他要去接飛機，無奈林綠卻錯把美國的時間當成臺北時間，他在第二天才降落。

提起這些小事，目的無非是作為蕭白對朋友熱忱的註腳，已毋須我再作甚麼驚人之語了。

現在，我談蕭白已經太多，應當說說他的家庭。

經查蕭白不是運動員，無論短跑長跑都稱不上健將，不知道他是怎麼追上胡宗智的呢？他們在民國 37 年結婚，而且胡宗智當年也寫散文和小說，二十幾年婚姻如一日，堪可說是美滿姻緣。

按蕭白雖不是飛毛腿，不過值得一提的是他是學裝甲的，且不去管他學的那一科，幹的那一行，總之，他在裝兵幹過，是否開了裝甲車去追女朋友——當然是胡宗智，有待考證。這裡暫時存疑。

他是自俸極儉的，記得有一個星期天，我們約定九點鐘去看余光中。頭一天沒有看氣象報告，彼此都沒有電話，碰巧第二天下著傾盆大雨，觀看天氣，正猶疑不決，想起蕭白的為人和個性，我想就是下刀他也會去。於是坐計程車到國語日報，我們的蕭先生（一般人，甚至很熟的朋友以為他本姓蕭）掏出小鬧鐘說：你遲到了五分鐘。原來那和他共度了多年的名錶，他早已讓他休息了。

我們不知道怎麼下結論，事實上這篇文章是不會有結論的，這裡我們不妨借用許逖對蕭白的看法，作為結論。記得民國 52、53 年，許逖寫文壇十症時，他曾為很多作家把脈，只有蕭白沒有病，現在看來，人家有沒有病，姑且勿論，蕭白是相當健康的。起碼他是我行我素，甘於寂寞。

——選自《中華文藝》第 42 期，1974 年 8 月

聽雨草堂話當年

◎林麗如*

重陽前夕，幾位文友相聚仙跡岩「聽雨草堂」，探訪前輩作家蕭白，淺憶文學因緣，淡說文藝舊事。

今年 88 歲的蕭白，在 1960 年代作品大量出現，文章常見報紙副刊，「蕭白風」散文，頗受當時許多文藝青年崇拜。但他隱居仙跡岩，淡出文壇，閒暇之時只與少數至交往來。近年，他曾為文〈回頭看四十年前事〉，提及各家評論他的作品時，頗以李豐楙教授評介深獲其心，文章最後說，「遺憾從未見過李豐楙」。這個遺憾被這幾年和他時有往來的《文訊》雜誌社總編輯封德屏得知，特地牽起這一段文學因緣，安排兩人見面，以償蕭白宿願。

李豐楙教授回憶，1980 年代臺灣現代文學課程剛起步，民國 74 年，李豐楙與呂正惠、何寄澎、林明德、劉龍勳、賴芳伶、簡宗梧等幾位合編《中國現代散文選析》（長安出版社）。他與幾位教授分配選文評析工作，並撰寫作者介紹，由他負責執筆評介蕭白：

「《山鳥集》是作者自省階段，《靈畫》尖銳面對現實，從此寫作路線有二：一是抒情敘事之作，二是對人生的探索。」李豐楙點出蕭白作品風格轉向：「從《靈畫》到《浮雕》，作品常有內省的傾向。晚近所寫較少，其中有以平淡之筆寫其日常生活及感受，反自有一淡泊、親切的趣味。」

蕭白認為李豐楙貼切剖析他作品風格走向，兩人神交多年，終於由封德屏「牽線」碰上面，蕭白感謝李豐楙評論精確。李豐楙說，當時他在靜

---

*文字工作者。發表文章時為聯合報社編輯。

宜大學、政治大學教授現代文學，為了授課需要，編選散文選集，蕭白的所有著作全都當功課認真研讀，所寫的賞析能受到作家本人肯定，相當開心。

現任文化大學英國語文學研究所教授的丁善雄，筆名林綠，年輕時寫詩，就讀政大時，與張錯、王潤華、陳慧樺等人創「星座詩社」；民國 54 年，他與蔡丹冶、楚卿、舒暢在租屋處，王潤華帶蕭白認識大家，第一次見面就聊到通宵，從此每週往來，常到蕭白住處談詩、論文學，奠定深厚情誼。

林綠收藏蕭白所有作品，獨缺一本《大濂洛溪》，幾年前，他把所有收藏作品都提供給臺灣文學館，林綠關心的是：「目前臺灣文學館收藏蕭白作品齊全嗎？有沒有私人信件？」蕭白回應，有畫作，也有書信，有些絕版書找不到，自己還特地上網標購，《大濂洛溪》在網路上被喊價到 3,000 元，最後有人喊出 5,000 元買走，他自己手上還是沒有。

林綠讀大學時，最常騎單車從政大到仙跡岩找蕭白，民國 55 年，有一回颱風夜，一人喝完一瓶高粱酒，他在風雨夜騎車回木柵，因為酒醉摔車，把車頭都撞歪了，迄今難忘。林綠剛留學歸國時，房子還沒找著，住在蕭白家三個星期，一起做菜、吃飯，猶如家人。

資深作家張騰蛟與蕭白也有深厚交誼，民國 54 年，他們在國軍文藝活動中心認識，當年，張騰蛟獲得第一屆國軍文藝金像獎，蕭白當時參與承辦工作，負責和得主聯絡，兩人因此結識。張騰蛟時任《精忠日報》編輯，因為蕭白形象突出，報社若有活動，多邀請蕭白參加，蕭白年長張騰蛟五歲，兩人往來頻繁。

張騰蛟說，嚴格說來，恐怕他是最早評論蕭白作品的人，因為崇拜、被蕭白作品感動，他為文評論《多色河畔》，長達三千字，發表在《新文藝》月刊。後來也評《山鳥集》，收錄在他的自選集裡。蕭白說，評論他作品的文章並不多，所以幾乎都讀過。

兩人結識後時常互訪，張騰蛟記憶深處是那一夜，蕭白遠從木柵搭車到關渡找他，他住在四坪半的眷舍，屋內連餐桌都沒有，兩人就著茶几對飲一夜。張騰蛟說，有一年作家受邀搭軍艦出遊，他和朱西甯、蕭白三人合照，這張照片後來出現在很多地方。

蕭白一一記得，文友對他的推崇，讓他思緒遁入那個意氣風發的年代，他說，專職寫作後，有時足不出戶，天天在家寫稿，家人下班、下課回家，常在門口遇到等待簽名的讀者，他只得起身打開家門，為讀者簽名；也有人會直接按門鈴，有時趕稿趕得沒日沒夜，他會直接回答：「蕭白不在。」

重陽前夕，蕭白一口氣重溫好幾段情誼，打開話匣子，拋開曾經靜默的歲月。客廳裡的熱絡、歡顏，在這秋日的午後，彷彿帶大家重回年少輕狂的歲月。

— 選自《聯合報》，2012 年 10 月 20 日，D3 版

水聲依舊　斯人往矣

懷念蕭白先生

◎何根土*

我們寂寞地來又寂寞地去。寂寞在哀悼的哭聲中流動，相信你已聽不進耳朵了……

這是蕭白先生在上世紀 70 年代出版的散文集《浮雕》裡〈死亡的透視〉一文中悼念逝者的文字，三十多年後的 2013 年 10 月 11 日「哀悼的哭聲」又一次流動，這是為了蕭白先生。

先生逝於臺北，我們無法得知他的歸去是否寂寞，但我以為先生生前並不寂寞。這位一生奮發有為、筆耕不輟、莊敬自強的諸暨鄉賢，在這方古老而又年輕、豐腴而曾貧瘠的土地上鏤刻下了不少可圈可點的足跡，無論是在大陸抑或是寶島臺灣，我深信將長久明晰地存在。

先生本名周仲勳，字寒峰，生於 1925 年 3 月 18 日，諸暨浬浦大兼溪人。自小在農村長大，由於有著六年私塾的紮實根基，經過短期的師資培訓，便執教小學，任國文和圖畫教師。不久，抗日戰爭爆發，他先在家鄉參加戰地服務。1942 年諸暨淪陷後，他毅然投筆，步行 58 天歷盡艱辛，奔赴四川從軍，時年方 18 歲。

其時的一個細節耐人尋思，此前他就有一位戀人，名喚曼君，他竟沒有將此行告知這位令他終身牽掛的心上人。原因為何？我只能以投軍之志決絕來解釋。

抗日戰爭正面戰場之慘烈，我們只能從有限的文字記載和更少的影像

*作家，諸暨浣紗文學讀書會會員。

資料中獲悉，那無數如蕭白先生一樣的熱血青年為國家為民族存亡奮勇殺敵、義薄雲天的壯舉隨著倖存勇士們的相繼離去，知聞者更是日見稀少。

1948 年先生奉調臺灣。不久，這位中校銜的軍人脫下軍裝，浸潤翰墨，潛心文學，恢復了他的書生本色。

數字不免枯燥，但有時卻是一個人事業和成就的見證。蕭白先生五十餘年來寫下了二千餘萬字的文學作品，結集出版的就有《藍季》、《白鷺之歌》、《多色河畔》、《山鳥集》、《靈晝》、《摘雲集》、《無花果集》、《弦外集》、《響在心中的水聲》、《浮雕》、《野煙》、《吹響一樹葉子》、《壁上的魚》等等等等，達 38 部之多。說是「著作等身」，至為貼切。1968 年，他的《山鳥集》獲第三屆「中山文藝獎」，該獎項為臺灣文學最高獎。蕭白之名影響遍及寶島並擴展至整個華文世界。

他的散文不僅有詩的精神，更富蘊哲理。其作品點墨中見玄機，文字外另有世界；而筆觸輕靈，思路廣闊，被譽為「散文中的貴族」和「臺灣現代散文之父」，洵非虛飾之詞。

我與先生相識，事屬機緣。大概是 2000 年的一個秋日下午，他循人指引來到我的苧蘿苑，冀求小兒為他刻一枚「煙雨小樓」的閒章，甫見面，他就直率地作了自我介紹。此前，我已聞知蕭白先生令名，今得面晤，自然十分欣喜。但見他清癯儒雅，精神極好，雖白髮華顛，卻根本不像 75、76 歲之人。此番相見因他要趕回大兼溪，逗留時間很短，但著實令我興奮了好幾天，深感「偶然相逢亦前緣」。

此後，我們聚首過多次，且都在我店中。特別是在他去臺居住一段時間之後重返諸暨時，一般由他大兼溪的晚輩開一輛普通的麵包車送來。

一次他帶來了一冊他的著作贈我，並告知他已封筆，自己的集子也分贈殆盡，這使我十分感動。我也懷著忐忑的心情「投之以瓊瑤，報之以瓦缶」，回贈了幾種集子，以求指謬。

歲月在漸漸老去，已屆耄耋之年的先生雖然仍艱難地往返於臺北與大兼溪之間，但他幾乎不再進城。失禮如我者至此方知去他的家中拜訪，這已是我們相識數年後之事了，於今思之慚徨曷極！

大兼溪曾是我抗戰時避難之地，只是當時我實在太小，幾乎沒有留下什麼記憶，但僅其村名對我來說就有一種親切之感，更何況現在還有一位我所敬仰的蕭白先生。

先生的新居建在離大兼溪村中心約一里多路外的村口溪邊，粉牆黛瓦，花木扶疏，使人油然想起舊時士人歸隱之所。步入庭除，簡單的陳設生出一股雅逸之氣，尤令人驚訝的是那一壁先生自己創作的書畫，讓人如坐春風。其神馳八極的青綠山水渾厚華滋，大開大合，深有大千先生遺意；其行草書強骨圓轉，灑脫俊雅，具魏晉神韻，可見學養與功力絕非一般。與他為文的生花妙筆一樣，顯示了一位戰士和文人的修為與雲水襟懷。後來我寫了一首《清平樂》以記當時的所見所思

庭幽垣短，幾樹花枝亂。耕硯種詞平生願，歲稔壁間書翰。

依然農父衣冠，漫言烽火因緣。何處掛瓢洗耳？來歸吾暨家山。

不意最後一句是我當時誤讀，先生無數次奔走於臺北和大兼溪之間，乃因未在大陸真正定居之故，其中緣由，我們一直沒有談及。

慶幸先生此後又多次順利來往於兩岸，我亦數度拜晤，記得一次與報社一名記者同行，又有一次和市老年書畫協會的何巨才、王聖統等諸先生同往。

歲月風霜的凌厲刻蝕，畢竟誰也無法抗拒，他最後一次（當時誰也沒有料到）離開他終生夢牽魂繞的故鄉前夕我去看他，雖然步履尺幅越來越小，華顛白髮更日見稀疏，兩耳也更加重聽，但思路依然十分清晰。對於他的獨來獨往，不禁讓人擔心，我問他到臺北小山上他的居所這一百餘級臺階如何爬上去？他緩緩答道：「習慣了，大概不會有什麼問題。」

在此後這段時間裡，我們通過幾次電話，我給他寄過兩種書，也寫過兩封信。知道他目力不濟，我在信中特別申明：不必回信。在信中和電話

裡我都屢屢告知期待著再次面晤。

然而，等來的卻是噩耗。儘管對於一個已屆鮐背之年的老人，此是意料中之事，但事至眼前，陰陽兩界，人各一方，思之豈不愴然！是夜輾轉難眠，歷歷往事俱到眼前：2009 年，他託人贈我複印本《響在心中的水聲》；2010 年臺灣文學館給他和另一位知名老作家舉辦文學資料展覽，他特意寄來了請柬……還有他屢屢談及的小學執教、吃盡千辛萬苦從戎之路、湘川戰事、嘉陵江邊躑躅、走上文學創作之路，及被淺淺一水隔斷的鄉邦、父母、親友、戀人之思，而今皆成絕唱。與在他的大兼溪山居裡，凝視杯中清洌的東白山茶娓娓而談的場景，永遠不再。

深夜，我攬衣開燈，注視置於案頭曾經感動得無數遊子淚下的《響在心中的水聲》，默坐許久。隨後，提筆成〈驚聞蕭白先生病逝臺北〉，以寄託哀思：

一

兼溪小院桂猶馨，駕鶴西遊翮可輕？

涼月沉沉惆限夜，抗倭痛失一雄兵。

二

魯戈楚筆付東君，待客新茶不再溫。

溪畔秋蛩聲似泣，與同高樹賦《招魂》。

是年 11 月 9 日，浣紗文學讀書會文友一行六人赴大兼溪訪蕭白先生故居，承先生姪女熱心，特從城區趕來為我們啟扃。但見小院荒蕪，花葉委地，誠然室內一切陳設如舊，卻難掩人去樓空之傷感。他臥室書桌上〈曼君與我〉的手稿複印件靜臥一角，她深知那一雙時常摩挲這一段刻骨銘心傷情史之手不可能再重臨……

我獨自踱出小院，立於溪岸，凝望著不遠處，高樹迎風，枝椏搖曳，田疇墟煙，風物依舊，坎下大兼溪清澈的水流，潺潺向前，那久響在先生心中的水聲依然故我，百年未改，只是增添了些許故園對她遠去遊子的思念。

遙望天際，我留下了一聲輕輕的呼喚：

魂歸來兮，蕭白先生。

——選自諸暨浣紗文學讀書會編《蕭白先生紀念特刊》，2014 年 10 月

相見時難別亦難

蕭白先生與我二十餘年友誼濃情點滴

◎田渭法*

今年的夏天為什麼像春天？一陣兒嘩嘩的雨聲氣溫驟降，一陣兒太陽露出笑臉有著氣悶和熾熱。這叫我想起蕭白先生親自種下的兩株牡丹花。睹物思人，是的，蕭白先生怎一年沒音訊了？這固然與我家從諸暨城裡搬到鄉下凰桐有關，但手機號他也是知道的。由我愛人周曉霞的提醒，我在樓下的電腦上搜索了「蕭白」兩字。啊哎！老人家去年就去世了！隨後我接通了蕭白先生兒子周曉峯的電話……

1988 年我在參加編修《諸暨縣志》衛生篇和《諸暨衛生志》時與蕭白先生有了通訊聯繫。我出版的報告文學集《西施故里人才多》、科普書《健康長壽百問百答》和長篇小說《西施後傳》、《浣江血祭》等均寄到臺灣他的家。我知道他 1968 年就得過中山文藝獎，是臺灣純文學散文作家出類拔萃的前幾位之一。作為後輩作家，我也寄過發表在《北京文學》、《上海文學》、《江南》、《西湖》等主流文學雜誌自己的拙作，因為沒複印，只好是整本雜誌寄出。1994 年我加入了中國作家協會，蕭白先生收到信後特意打電話表示祝賀，鼓勵我今後「更上層樓」，但是我卻停止不前很少寫文藝作品了，他問我為什麼？我如實作答，一是身體條件不允許我；二是我被當下社會的經濟和下海潮誘惑做了「投降派」。自己是一個內科醫生，為寫作，抽菸不下每天 2 包，咳嗽不停，瘦瘦的我上二層樓也氣喘籲籲。由此決定去任《中國衛生》雜誌社浙江辦主任，既可以少寫一些養養身體，又

*浙江諸暨黃花醫藥科技有限公司創辦人，中國作家協會會員。

可搞點科研抓點經濟。蕭白又問我：「你是不是諸暨本土第一名加入中國作協的？」我說是的，可惜現在已寫得很少。我介紹在諸暨本土的趙銳勇、王仲明、陳恩裕、胡柏明、周光榮他們寫得很好，比我好，只是我運氣好點。他對我的作品《西施後傳》、《浣江血祭》的故事勾勒表示肯定，對描寫俞秀松的〈前夕〉的意境和哲理很讚賞，說有幾段文字十分有詩意，又對我發表在《山東文學》的〈死話客外傳〉的風趣和《上海文學》的〈錯位〉調侃性語言表示是一種獨特風格。我去信請他寄專著來釋讀。可是這時他卻從來不寄我他自己的作品，後來他說這主要是怕影響我。

蕭白先生對我的作品如《浣江血祭》等在描寫背景時「國民黨不抗日」、「抗日不力」等作了嚴肅批評，一次他幾乎紅著臉要拍桌子：「國軍不抗日，這是屁話！國軍為抗日死了多少將士？我們在湖南打仗，武器比不上日本人，後勤比不上日本人，我們吃的是什麼？是番薯、玉米！他們吃什麼？白米飯、罐頭肉！我們穿的是一層層補了又補的衣褲，他們呢？我們一把步槍只有 3 發 5 發子彈，他們呢，飛機、大炮、汽車、子彈整箱整箱……」我翹著頭默默地聽著他的不平和發洩，看著他這個父輩人全身顫顫巍巍的身軀，不知道該說些什麼安慰話或者歉意的話。

蕭白先生「葉落歸根」的思鄉之情十分濃郁。他 1988 年第一次來諸暨家鄉，之後就決定在老家大兼溪造住宅。他修祠堂捐款，修村路捐款，並想方設法攜夫人到諸暨居住。蕭白先生要準備定居大兼溪使我一家十分欣喜。恰好，我女兒田甜正在《浙江日報》社文體部實習，她撰寫了一則「臺灣著名作家蕭白先生準備定居諸暨」的消息，我看了提出個意見，她修改後就給部主任高燕老師，消息通過後馬上發了出來。為這則消息，其中有一句「林清玄是他（蕭白）的學生」的表達還徵求過蕭白本人意見。作為家鄉人，我和曉霞十分歡迎他長住本土，可惜到我和曉霞幫助他快辦完落戶諸暨的時候，他被臺灣的有關政策給束縛了。臺灣的政策大概是這樣：決定定居大陸的退休人員，以後就領不到臺灣的退休金。由此蕭白和夫人只有這兒住一會，那兒住一會，奔波兩地。正像蕭白風趣地說：「我這人兩邊不是人！」

我與愛人周曉霞與蕭白先生建立真正的友誼是在 1998 年以後。那時我在杭州組建了衛生部機關刊《中國衛生》雜誌浙江辦事處。他帶來了一批書，有臺灣出版的《中國文學史》，臺灣版的大學文學教科書，臺灣版的《中國當代十大散文家作品選》和他自己的《響在心中的水聲》、《野煙》、《靈晝》、《山鳥集》、《藍季》、《壁上的魚》等等。他是一個善於運用諸暨諺語衍化成文學場景推向讀者的創造者。如《壁上的魚》，初一看叫人看不明白，但這裡面就是諸暨人說的「看鯗吃淡飯」、「鯗掛臭，貓叫瘦」的諺語意境。這充分反映了他身在臺北念著鄉里，眷戀故土的纖纖情結。在他榮獲中山文藝獎的《山鳥集》中，他把諸暨、臺北兩地的物、景、人融在自己的思想深處，用涓涓細流噴發出文學的旋律和音符，難怪一些朋友說，蕭白的散文讀不太懂。是的，我們不可能有他那樣曲折的經歷，不可能有他單純、純潔、執著的初戀，不可能有他那樣投筆從戎的英雄氣概，在和平環境中不可能像他那樣懷念故鄉懷念母親的思鄉之情……

一次蕭白先生鄭重地遞給我一本書，說請我保存，那是一本浙江文藝出版社 1995 出版的《中國百年散文選》，由程紹武選編，羅俞君責編，我在北京西山文講班的老師顧驤先生作序，作為中國作協評論部主任的顧驤先生主編著這 4 本書。翻開懷鄉卷，蕭白先生的〈鄉心〉、〈響在心中的水聲〉赫然在目，序言說「一般作者每人收入一篇，大家可增至二篇三篇」，可見大陸的出版社和作家編輯也把蕭白認定為大家無疑。這本書是他居住在大兼溪的侄孫在新華書店買的。可是蕭白先生不明白的是，大陸所有出版社出他的散文均沒有告訴他，更沒有付稿酬，更有甚者盜版連連，有的甚至把他名字也弄錯了。但發洩一頓蕭白先生釋然笑了。他說我是「封筆」之人了，有退休金，也不要這點稿費，大陸的作家們、讀者對我知之不多，這倒也好。還有他們怎麼打電話給我？誰知道我住在臺灣哪兒呢？而當看到 2003 年秋冬由我編輯出版的《眾志成城抗擊「非典」》一書和出籠的來龍去脈時，他翹起拇指讚道：「這好，田先生有遠見，中國衛生雜誌社做了件大好事。」

諸暨最有名的傳統產品是香榧、茶葉、珍珠和珍珠粉，一次我從杭州寄給他若干，在臺灣收取包裹時，郵政部門只允許他帶走茶葉，珍珠和珍珠粉，他說為啥香榧不給我，對方說這種食品從來沒見到過，也沒聽說過。蕭白說這是香榧是我們諸暨的特產，你們可以從字典查查香榧。可是郵局說不上話，硬是當著蕭白的面把香榧銷毀了。當蕭白先生把這一事情告訴我，我想蕭白當時的心情：又好笑又生氣！我連連說「壁上的魚，壁上的魚」。

蕭白先生偕夫人兩地奔波，心力疲乏，尤其他夫人體質弱，又不是本地人，與當地語言交流有障礙。在大兼溪，他們的臥室是二樓，要經一道樓梯，一次蕭白夫人行走不慎斷了股骨。我接到電話從杭州趕到諸暨，在市人民醫院一病區等候，病人到院後，章銀燦主任親自檢查，開了入院通知單。期間，我們一起抬夫人去攝片，做 CT，和章主任及助手們討論病情，採用進口釘還是國產釘。當時，蕭白先生及其親屬怕我介紹的不是諸暨最好的骨科大夫，可是他們馬上釋然了，因為病房一位醫生笑著對他說：他前些天還介紹了蔣巨峰的親戚在這兒住院，也是粉碎性骨折，現在好了，剛出院。我解釋說是鍾大姐（蔣巨峰愛人）叫我過問聯繫醫生的。當然其他醫生也好，可我就是與一病區聯繫比較多。蕭白先生坦然笑著翹起拇指：田先生盡力了！

胡宗智女士久疾臥床，骨折康復需慢慢好起來，這可影響了返回臺灣，超期的手續辦好後，又出現問題，兩岸的政策要求臺來大陸人體檢。這可不是一般檢查，需要到杭州浙江省疾控中心檢查驗血。為此，我聯繫諸暨人民醫院和省疾控中心，為他夫人體檢作關照。約好的那天，諸暨市人民醫院辦公室主任顧先春、副主任毛方芳和一名護士隨救護車一早到大兼溪，把蕭白夫人接到杭州，我早就等候在省疾控中心。體檢、驗血，夫人不能行走，就躺在擔架上，我們抬著她上樓檢查……中餐後，又把病人抬上救護車送回大兼溪……

夫人的骨折直到兩年後的離世對蕭白先生的打擊挺大。當時蕭白先生有兩種方案，一是把夫人的骨灰運到臺灣，二是把骨灰安葬在大兼溪自家屋後的山坡上。可是我們夫妻倆一聽到夫人的噩耗也叫我們傷透了腦筋，她去世證明誰出？與殯儀館怎麼銜接？我們在諸暨大酒店請來臺辦蔣主任和史志辦主任許林章，請他們出主意，具體由周曉霞去辦。最後蕭白先生把夫人的骨灰選擇安葬在屋後的山坡上。這時蕭白先生的疝氣病又復發，加上心血管原來就有疾病，幾乎要每天服藥。我和市人醫辦公室顧主任請去顧國清主任給蕭白先生診病，然後配藥。蕭白先生的疝氣病老早就有，曾幾次手術還要復發，一次曾記得在馬來西亞女兒那兒的醫院手術。術後他還寄了張明信片給我，附有疝氣開刀住院的話。他的心臟和血管也早時有疾，年輕時菸吸得多，光顧寫作不注意身體，有房顫、高血壓。顧醫師同我說他心血管疾病越來越厲害了。蕭白先生對顧醫生比較信任，說他的水平同臺灣的大夫差不多，用藥也相差無幾，但他堅信要吃臺灣的心血管藥，大陸產的藥，只是吃完了沒有了做個補充。當然對我公司生產的金銀花膠囊他倒是深信無疑，一次剛開始感冒他服用三粒居然第二天就好了。

蕭白先生後兩次到諸暨，神色有點不太好。我與愛人曉霞去看望他時，他訴說心臟不好。有一次親人還向浬浦中心衛生院打急救電話，並住了一、二天。我得悉後，專程與他親屬去浬浦衛生院，與領導和醫生訴說蕭白先生的病情，以後有急救電話請他們出診先吸氧先用急救藥品。一個八十多的老人，歷經戰火和創傷，心律絕對不規律，房顫、心力衰竭隨時會出現室顫、心跳驟停或者心梗、腦梗。浬浦中心衛生院的領導和醫生也都關心他。

我於 2005 年籌辦浙江諸暨貴花醫藥科技有限公司，考慮到我與蕭白先生的友誼和他在臺的知名度，我聘請他為公司名譽顧問。他十分高興地接受了。這年秋天，他叫來朋友，從大兼溪和街亭給我送來二株牡丹花和幾盆蘭花。沒一、二年，牡丹茁壯成長，開出粉紅色絢麗花朵，幾株蘭花一級級開出許多朵含苞待放的紫色花朵，現在牡丹花年年四、五月開花。

2012 年以來我住在廠裡，親眼見到牡丹花從張葉、開花到枯萎的整個過程，這時候蕭白先生的音容笑貌就浮現在我的腦海。蕭白先生對風水也有講究和研究，他勸我在公司南邊要多種樟樹，要把綠蔭圍在廠內，這樣財就不致於外流。而現在蕭白先生的話實現了，南邊的小樟樹已經成林，它聳立於空中且高於圍牆，綠蔭蔭排成一字，只是公司的境況還不是很好。2011 年，在臺灣的蕭白先生突然打來電話，說我公司的「原禮牌」金銀花膠囊在臺灣的大賣場有購，他兒子曉峯已經購來，他服用了，說對感冒有好處。我莫名其妙。我公司從未把生意做到臺灣，怕他聽錯，看錯了，要不是有人假冒，但他堅持這是我公司的產品，我沒去臺灣看個究竟。

今天是農曆 8 月 13 日，本來蕭白先生會從臺灣打電話問候家庭好，身體好，工作順利，而今他撒手西去，再也聽不到他緩緩的粗壯的又略帶沙啞的聲音。這又使我聯想起 2005 年他來諸暨的情景，那年正是清明節，他突然把我與曉霞叫上悄悄相說，我已經 80 歲了，看來身體不好怕來日不多，說著不慌不忙從袋裡取出厚厚一本書稿，書稿封面他作了裝幀，題為〈曼君與我〉，右上方有一「聽雨草堂」的篆印，右下方有他自己的書名和三方小篆印。封面紙上寫著「渭法曉霞留作紀念，在我生前請勿公開」。他解釋說這本親筆書稿一共三本，一本自己，一本你們夫妻倆，還有一本是本家親眷周曉東。這之前我幾次聽蕭白先生述說過他初戀的愛情故事，一位「封筆」的老人為什麼突然要寫出自己這段沒有結果的婚姻？是一種什麼力量逼迫著一位八十老人孑然一身在一間空屋中「爬字」？他們之間的情愫和緣分遠比他平時述說的要深入人心得多，愛情、青春的火花、入伍的紀律、悔恨、憤怒充溢這本厚厚的書稿，我真正為他的青春愛情故事所打動。是的，我與曉霞會保存好書稿，即使出版也與曉峯、曉東他們商量著辦。也為這事我與曉峯曾說起，問他對〈曼君與我〉的書稿有否意見？曉峯笑笑坦然說：父輩有父輩的愛情和婚姻。他不反對，相反倒是支持。說明曉峯是個大度的人。

2011 年秋，我與蕭白先生的家人曉峯及曉峯夫人幼衡相會於杭州西子湖畔。聽蕭白說兒子在美博士畢業後在美工作，研究材料學，考慮到父親年事已高，故從美調至臺灣清華大學任教。這次夫妻倆來杭，是受邀於浙江大學作學術交流。我與愛人曉霞及女兒田甜、女婿楊俊智在百合花飯店接待了他們。第三天，幼衡說突然出現腹痛、腹瀉症狀，傍晚，我們一家陪同她來到浙大醫院就診，驗血、配藥。幼衡說杭州對她印象頗好，山好，水好，人好，我們兩家沉浸在歡聚的氣氛中……2012 年春天，我朋友東來去臺灣旅遊，我囑咐他如有可能代我去看看蕭白先生，他應了，但到了臺灣，旅遊的紀律和麻煩他去不成。我只好給蕭白先生去電話表示歉意。

屈指數下，我同家人與蕭白先生交往三十餘年，三十餘年彈指一揮間，我們的交往來去，是「君子之交淡如水」，我們的友誼是純真的情誼。可以這樣說，我與他的交往是兩岸作家間的正常、坦率的交流，是一個小輩對長輩的敬畏和應盡的關懷，是同鄉間一種樸素鄉情的體現，從黨派來說，一個是國民黨作家，一個是共產黨作家，而我們是合作、交流、和諧、相互幫助前進的具體體現和示範。相見時難別亦難，他的離去，使我悲情難抑，使我少了一個父輩樣的朋友，他的音容笑貌烙在我腦海中永遠不會褪色和消失。蕭白先生安息吧！

——選自諸暨浣紗文學讀書會編《蕭白先生紀念特刊》，2014 年 10 月

探訪蕭白先生故居

◎周偉潮*

朋友曉東打來電話，問我有沒有時間，想去探訪一下蕭白先生的故居。雖然這些天我都比較忙，但還是欣然答應了。

蕭白先生本名周仲勳，是我的周姓本家。得知他的名字，還是緣於曉東。蕭白先生去臺四十餘年後重返故鄉那天，經族人介紹認識也是本家的周曉東，幾經接觸，便相見恨晚，成為莫逆之交。晚年，蕭白先生將大部分自己的作品集託曉東保存，以便時機成熟在大陸出版。更將自己生前因種種原因未曾出版的長篇自傳體小說手稿〈曼君與我〉委託曉東保存，並囑託在他百年之後，設法在大陸或臺灣出版。我在曉東那裡見過蕭白先生的一些作品，也見過〈曼君與我〉的手稿。今年 10 月 11 日，驚聞蕭白先生在臺北逝世，曉東在悲痛之餘，不忘他老人家的重託。今天，他也是在百忙中約我們幾位文友，抽時去探訪蕭白先生在家鄉的故居，一來收集有關資料，也為著緬懷已仙逝的先生。

蕭白先生浙江諸暨浬浦鎮大兼溪人，原為鄉校國文與美術教師。1942 年，諸暨淪陷，滿腔悲憤的他毅然步行 58 天，歷盡千難萬險，赴四川從軍抗日。1948 年去臺灣，官至中校，後成為臺灣著名作家。1968 年榮獲臺灣第三屆「中山文藝獎」。蕭白先生著作等身，在臺灣享有盛譽，曾有評論稱他為「臺灣現代散文之父」。他生前發表作品二千餘萬字，其中結集 38 部，一千餘萬字。另有一千餘萬字的作品手稿，他認為不太滿意或當年不宜發表，他或託曉東保管，或存臺北家中，大多被他自己銷毀。

---

*浙江中周實業有限公司總裁，諸暨浣紗文學讀書會會員。

時過立冬，暖陽似春，報告 30 度的氣溫，在車內仿若盛夏。我一路開著冷氣，行駛在蜿蜒曲折的山間公路上。兩側群山層林盡染，那一樹樹兀立林層的烏桕與紅楓，燦若雲霞，又似滿面紅光的仙女，夾道肅迎。此刻的江南大地，也只有它們，在真正的昭示我們，秋之將盡，冬臨大地。

我們一行六人先到蕭白先生 1988 年重回故鄉後新建的二層樓故居。這塊坐落村口的地基，背靠群山，面臨大兼溪，是當地政府當年為他特批的。進得大門，園內花草豐盈，樹木茂盛。臺階邊，一缸殘荷，迎風搖曳。月季花、午時花、雞冠花、一串紅，許多花兒在那裡肆意地開著。整個園子，看上去雖有些荒蕪，但還是能看到主人當年精心布置與蒔弄的痕跡。

進得房子，客廳裡掛著蕭白先生自己創作的書畫作品，也有他的朋友耕土先生贈與他的書法。客廳正面牆壁右側，掛著蕭白先生和他夫人胡宗智的遺像。二樓是他們的臥室與畫室。畫案上，放著幾封蕭白先生和友人間的往來書信，還有一本厚厚的〈曼君與我〉書稿複印件。

接待我們的是蕭白先生的姪女，她一直向我們介紹著蕭白先生回鄉生活期間的一些往事。當她講到 1988 年回鄉那天情景，我們個個熱淚盈眶。那天，蕭白先生遠遠地望見母親蒼老的身影，便撲通一聲跪倒在地，接著是一聲長嚎「娘啊！」然後涕淚滂沱地膝行著投入老娘的懷抱。四十餘年，一個投身抗日的少年，熬成了白頭，四十餘年的思念之苦，相見，淚水豈不決堤！她還講到，當蕭白先生得知日思夜想的初戀情人曼君早在他離開大陸不久便離開人世，死時年僅 26 歲……

青山依然在，溪水淙淙流。斯人已長逝，天地共悲愁。我們循著淙淙的溪水聲，一路追尋先生曾經留下的足跡。棋盤橋還在，只是那石拱的橋面上澆上了一層厚厚的鋼筋混凝土。這座橋上曾經站立過先生兒時的好友，只是在一次山洪爆發時，站在上面的好友隨著垮塌的橋身，一起沖向了遠方。先生出生的建於明末清初的老屋，已搖搖欲墜。門前的一個還在被他們的侄孫輩們使用的嬰兒站桶，在那裡無聲地訴說著歷史。老屋門前，山民們種植的各色花卉，肆意地盛開著。或許它們還不知道，這裡曾經的主人，在這裡的樹下曾默默地讀書的少年，在這裡臨溪的樓上聽著嘩嘩的溪水聲讀書、可以十幾天不下樓的那個後生，永遠地離開了它們。

不要再等了，他永遠也不會再來欣賞你們的盛開！

古老的祠堂正在維修，這裡曾經留下多少先生的足跡。在這裡，先生見過錦山爺爺一臉嚴肅地執行族規；在這裡的戲臺下，先生吃過臺灣叫做愛玉冰的「木蓮豆腐」；讓他念念不忘的還有放在那上面的青梅、紅絲、薄荷水；在這裡他陪著小姊姊走出宗祠，去獅岩山摸過岩石獅子的眼睛，然後回來成親，說那樣會一世幸福；也是在這裡，他手扶著銅獅口裡銜著的銅門環，偷看祠內人廳裡，族長鼓動著手持大刀火槍的村民，為了生存，為了保護水源，與黃姓家族決一死戰。在許多年後，他在他的文章裡還多次提到，那銅門環涼涼的，當時，他還禁不住打了個寒噤。

起風了！飛鳳坡上，山風捲起沸騰的松濤。又到了拾松果生火爐的時候了，那與小夥伴一起滿山撿拾松果的少年，你在哪裡？你在哪裡？！祠堂門口這口有著許多故事的水井，張著嘴，似乎要向我們傾訴什麼。

——選自諸暨浣紗文學讀書會編《蕭白先生紀念特刊》，2014 年 10 月

鄉愁的理念

◎周明*

最早讀到蕭白先生的作品，是在上個世紀的 80 年代中旬，在《散文選刊》1985 年第 1 期上。這一期，有一組「臺灣散文三篇」，分別選了三位臺灣散文作家的三篇代表作品，第一位是蕭白先生，選的是一篇題為〈鄉心〉的短文。起先，吸引我的並非是蕭白先生的這篇作品本身，而是作品後面所附的作者小傳，不妨錄之：「蕭白，作家，退役軍人。本名周仲勳，另有筆名風雷，浙江諸暨人，1925 年生，抗戰時參加蔣軍，1967 年退役後，從事出版編輯工作。著有散文集《藍季》、《白鷺之歌》、《摘雲集》、《山鳥集》、《無花果集》等及小說集多種。」卓然有成的諸暨籍作家，在島嶼上寫作，同鄉作家及其作品，終是尤其喜歡的。

便很認真地讀了〈鄉心〉，真正的短文，不足千字，竟接連讀了幾遍。這是一種濃縮精緻的文字，文如其名，便是一個「鄉」字了得，浪跡島嶼，在島嶼上寫作，文字的根脈依然指向故土，故土是誕生文字的源頭。〈鄉心〉一文，寫盡了一個浪子內心深處的終極情緒，記住了這樣的文字：「在我的口袋裡，依然躺著一枚小石子，跟著我走遍半個中國，在許多許多丟棄中，我不曾丟棄這枚石子！上面黏著故鄉的泥土，我們生命的根也深植在那褐色的泥土裡，於是它時時在我的心中吶喊嚙蝕，彷彿是窗前牆頭上的爬山虎，隨時日而蔓延得布滿了每一點空隙。」浪跡天涯，內心布滿的只能是一懷鄉愁。蕭白的鄉愁，竟容不得空隙，一定是滿滿的，濃得化不開。依然諸暨人的血汁，捨我其誰！

---

*諸暨浣紗文學讀書會會員。

後來，從一位朋友這邊，獲得了臺灣源成文化圖書供應社 1978 年刊行的《蕭白散文精選集》，珍貴的一冊。臺灣做的書，別致的，直排繁體，天地寬，每篇首尾有大塊的留白，朋友是愛書的主，幾十年過去了，這書只是略顯歲月舊痕，依然挺刮平整如初。拿在手裡，舒服得很，還有書香淡墨而至。

二百餘頁的集子，是甸實的，基本呈示了蕭白一生散文寫作的成果。按蕭白先生自己的說法，選集囊括了作家散文寫作五個階段的代表作品。階段的劃分，其實也只是風格的變化，其中滿滿的，依然是沒有空隙的鄉愁。不過，階段的劃分，頗有意味。以《無花果集》出版為限，以上是三個階段，一是繁花滿樹，青梅隱現；二是花果並茂；三是花隱果碩。以下二個階段，一是響在心中的水聲；二是甸實風格。

便這樣順著讀著，一頁一頁地讀著，讀得有些認真。我讀書有不好的習慣，總是揀喜歡的讀，喜歡的文字，喜歡的內容，之外的，便忽略而過，有時，數十萬的書，泛泛就完了，有時幾萬字的書，總是讀不完，省著讀，捨不得一下子讀完。《蕭白散文精選集》放在案頭，有些日子了，每天讀上幾頁，讀到興會處，會停下，拿起筆，記下點什麼，或抄下幾行。

那天上午，秋陽正好，我在筆記上記著關於蕭白散文的閱讀隨記。清麗貫穿蕭白先生的散文路線，伴隨著的是空濛，還有飄逸和靈動……文字居然像水一樣盪漾著，鮮活起來，因為直排，像似飛流而下的水瀑，或似在山的溪水。

在山的溪水，故鄉在山泉。似蕭白的文字，根繫在故鄉……天涼好個秋。秋雨開始下了，下到了遊子的心頭，遊子想到了遙遠的故鄉以及故鄉的親人。文字開始流淌，從故鄉從容流出：「山豆和玉米收進屋，挖花生和種冬菜還得一個時候，屋子裡是酸梨的氣息，紅柿子攤在曬箕上。夜來很靜，白天也靜。母親剝苧麻，父親在廊下吸旱煙，煙霧吐出像天空一樣的青灰色。『七月七日雲拖地，一升蕎麥拔石二。』、『九月九日苦子炒豆和老酒。』終日秋，我希望它晴，它卻依然一天天的雨，飄濕階石，飄一片霧。」蕭白先生寫這段文字是在 1968 年 9 月，離開故鄉已經有二十餘年了，文字是空靈的，背後鬱積著的是濃烈而無法排遣的鄉愁。

長夜如水，夜未央，夜色重似漆，只有故鄉的山水物事，才能夠明亮孤旅遊子內心的無限寥寂與幽暗情緒，哪怕只是半葉殘箋，明亮如豆：「等待黎明是痛苦的，眼裡已是汪汪的秋泛，是若耶溪（浣紗溪），也是西子湖，我能找出的只有一封家書的殘箋，雖然上面沒有畫個圓圓月，這張灰黃的紙卻明亮著山谷和叢林……」灰黃殘箋中，有著的是，永遠清晰如新的西施故里苧蘿山、若耶溪（浣紗溪）、戚家嶺上的紅葉、縣城裡那堵古老的城牆，還有那個叫大兼溪的故鄉門前的獅子岩和那片竹林……故鄉是一盞燈。

故鄉還是一撮泥土。蕭白先生在〈流域〉一文中，有著這樣一段，充滿情懷，讀得內心竟升起一股寒意。以為，最為強大的文字衝擊力，無非是心生寒意：「那年，我帶著一小撮泥土遠行，想過一撮泥土的意義嗎？當時我也不甚了解，可是走遠了便了解了，了解帶走的是一片廣大的土地，帶走的是一座舊時家山，帶著的是生命的根本，於是，走到那裡它也跟到那裡，我走它也走，我停它也停，因為如此，在過去的 30 年，30 年當中仍能時時刻刻嗅觸到熟悉的土地的芬芳，仍能時時刻刻呼吸著一股親切的溫馨，仍能不斷地懷想，就像這些日子……」其實這是一撮安置於作家內心的精神泥土，浸潤著割捨不絕的故鄉血脈。

自然想起了臺灣詩人余光中關於鄉愁的那首名詩：「小時候，鄉愁是一枚小小的郵票，我在這頭，母親在那頭；長大後，鄉愁是一張窄窄的船票，我在這頭，新娘在那頭……而現在鄉愁是一灣淺淺的海峽，我在這頭，大陸在那頭。」還有董橋筆下的鄉愁，別有一番意味：「也許只是異鄉人江山之夢的神話；尋尋覓覓之間，確有幾分難平之意，恰似舒曼《童年即景》中的那一闋『夢』，滿是天涯情味，越去越遠的牽掛……」

董橋的「天涯情味」一境，舉重若輕，其實與內心的虔誠有關，除此以外，別無關聯。順著蕭白先生的鄉愁理念，繼續往下走著，文字中的宗教情懷便若出其裡。蕭白先生晚期的文字，竟漸漸變得枯瘦起來，當然，是豐腴以後的枯瘦，似繁華背後的蒼涼，像老畫師晚年筆底的老石、瘦樹還有枯去的荷戟……便有了禪意，由濃烈的鄉愁而沉澱，而蔓延而化開去。攀附在籬下的藤蔓植物，進入嚴寒，便枯瘦下去，來年，春暖花開，青翠依然，無論花開花落。蕭白先生在〈啄木鳥〉一文中，對此有詮釋：「這個你來我往，我來你往，你你我我，來來往往，無非一個字，一個符號。我們在路邊的涼亭裡的喝茶，談論歷史的標本性，從窗花上觀察風流的變遷，許多事情全屬過程，似乎再難找出更得體的說法。」是否具有宗教意味！

接著還有：「我沉思著一灘夕陽的變化，靜止往往也是流動，許多腳步浮雕得很奇特，雖然只是一些光線的刻度。」有了更為接近的禪意。再往下，剩下的便是精緻的禪意了，別無雜念：「凡是可以說明的是不必說明的，許多意義言語外，見得不等於真見得，視野用錯覺構圖，更況且身子不停地翻動，這時的我，那時的我，醒著、睡著，可給的有多少？可愛的又有多少？」由鄉愁而入此境，便是鄉愁的化境理念……

在閱讀蕭白先生文字期間，獲得了一次機緣。在蕭白先生生前好友的引領下，去了蕭白先生的故鄉大兼溪。這一去，有分教，循著蕭白先生的遺蹤，竟然對作家的文字有了更加客觀的體悟與認知，尤其對其晚年的枯瘦文字。

是晚秋，平曠的田野上，顯得蕭瑟，晚稻進倉，烏桕樹獨立田間，紅葉寥廓，柿樹葉片飄落，紅柿子似燈盞掛在漸漸枯去的枝頭……大兼溪藏匿於山塢深處，並一曲溪水潺潺相伴，溪水細瘦。

這是一幢二層小樓，有小院，臨溪依山，坐北朝南，獨立村口。後來，蕭白先生每次回到大兼溪省親，都會居住在這幢陽光小築。秋陽正好。人去樓空，小院顯得寂寥，院中植物零亂，一地枯葉，倒是缸中的幾枝殘荷，依稀著主人晚年的文字風致，以及主人精緻的生活情狀。

一樓外間，似會客室，牆上掛著蕭白先生的書畫作品，文人氣息很重，其中一幅蕭白先生的書法條幅，是蓮池大師常說的一偈，寫得空靈得很，書法也好：「趙州八十獨行足，只為心頭不悄然。及至歸來無一事，始知空費草鞋錢。」站在這幅法書前，想起的是，蕭白先生晚年那些枯瘦的禪意文字。

二樓是蕭白先生書房，裡間是臥室。書房依然，主人已逝。書房依然蕭白先生生前模樣，書架貼牆，架上散亂著一些書籍，大都是諸暨一域的文獻資料，書籍上黏著一層塵灰……書桌上，鋪著文房四寶，有〈曼君與我〉書稿手稿一部，似用鋼筆抄寫，恭恭敬敬，一脈到底，一絲不亂，安放在書桌一隅，並有曼君玉照一枚，文靜、秀美。曼君是蕭白先生年輕時的戀人，一生抑鬱寡歡，紅顏早逝。蕭白先生回鄉省親，得知噩耗，長悲無言，寫下了長篇紀實作品〈曼君與我〉，後，便封筆不再……情到深處，竟無言。

鄉愁濃到極深處呢？

——選自諸暨浣紗文學讀書會編《蕭白先生紀念特刊》，2014 年 10 月

漸遠的跫音

蕭白訪問記

◎姚儀敏*

在一般書店潔亮如銀的燈光照耀下，很難找到一本蕭白的作品，因而那些追逐排行榜名次的讀者們，大都不認識這一個人。認得蕭白的人，也有很長一段時間打探不到有關他的動向和訊息，大約輾轉聽說兩年前他已封筆。一位封筆的作家，就像一隻收了屏的孔雀，唯有識者的靈心慧眼，才能洞悉他樸拙的外貌下那已經斂藏的光華。

在景美仙跡岩的一棟白色小屋裡，住著蕭白和他的後半生。

拾級而上，只見一院子的臘梅、茶花跟隨著主人笑臉迎客；在輕寒中，蕭白爽朗的談笑掩不住一腔熱情，猶如那緊閉的紅漆大門，關不住早到的春天。

牛背上的童年

蕭白本名周仲勳，浙江諸暨人，和那位畫「沒骨荷花」聞名、性情超逸的畫家王冕同鄉。

蕭白常笑稱自己是山林來的人，他生命裡時刻不定地循環著泥土的血液，因此這一生也選擇了結草為廬，傍水而居，與青山相對，不為物役和不與人爭的筆耕生涯作為歸宿。

「我在農村裡出生長大，我生長的那個農村既古老又多山，所以從小

---

*發表文章時為《中央月刊》主編，現為國防大學通識教育中心講師。

最熟悉的是山林、田野、小溪流；是兩條腳沾滿泥土的農夫，負薪而歸的樵子，騎在牛背上弄笛的牧童；是灰敗陳舊的高大屋宇，以及許許多多流傳下來的故事與習俗。」

事實上，早年的他也曾是牧童，經歷過上山打柴和下田耕作、並且肩挑土產到鎮上叫賣的生活；他家從父輩上溯三代就沒出過一個讀書人，因此他父親才把他從牛背上拉下來，送進私塾裡讀書，希望這個兒子能揚眉吐氣，出人頭地。

他父親期待的所謂出人頭地，是像村坊上滿口之乎者也的讀書人一般。「他們長年裡衣履整齊，平日吟吟哦哦，炎夏時節梧桐樹下搖搖摺扇，任何場合被推上首位，接受一聲聲先生的稱呼，不曬太陽不流汗水……」這在鄉下人眼中是何等的出類拔萃！

不過他對讀書的興趣不濃，一是面對書本不知所云，再是塾師對他十分嚴厲，動不動戒尺就吻上手心。他說有一次怕挨戒尺，還逃了學，結果被父親抓到，先嚐到了一頓「竹筍炒肉絲」再送回學堂，老塾師又罰他在孔夫子畫像前跪上一炷香時間。

想當畫家的夢

做過美術老師的蕭白，幼年曾想當一名畫家，這在當時環境簡直是不可思議。「那時不知道畫家是什麼，只是有那麼一種念頭」，念頭的起因，是他在村裡的廟宇偶然看到「開光」儀式，見丹青師傅在粉牆上畫龍、畫虎，勾勒出栩栩如生的線條，覺得極有意思。

於是他開始塗塗抹抹，把身邊許多可畫的題材盡情地表現，剛好不久他家的新屋落成，粉白的牆壁正是一顯身手的大好機會，他便用木炭在客廳牆上大畫特畫，得意的完成一條四十多節的長龍燈。「可是卻被父親大罵一頓，父親不喜歡我作畫，在他認為那是沒出息的事，我只好躲著父親偷偷地畫。直到上高級小學，居然有美術這一門功課，而且美術課就是繪畫，真是太令我喜出望外，從此總算可以光明正大地作畫了。」

也在那時候，他知道原來有畫家這一個行業，而且並不低三下四，因此更下定了決心作畫家。「即使後來為了逃避日寇凶焰，離家到四川去從軍，長年跟著軍隊東奔西跑，我這畫家的夢被徹底的粉碎，但是自始至終我仍不曾有過當作家的想法——作家和我相距實在太遠了。」

在他心田裡，寫作的種籽萌芽得極遲，他起步晚，但成果竟不比人差。

他能我也應該能

他對新文學由先前的懵懂到後來的接觸、親近與熱愛，可以說完全出於偶然。「民國 34 年我被調到沅江白馬嶺野戰部隊，白馬嶺在沅江上游，居民數十家，臨江倚山，地處偏僻，自然荒涼，我借居鄉民的一間小樓上，每天接觸的是重巒疊翠，雲來霧去，從小樓望出去，沅江滔滔，江上帆影不斷，拉縴伕一聲聲唱出粗獷的嗨唷，入夜之後屋後竹風瀟瀟，灘聲奔騰澎湃，這樣的環境，生活與心境既平靜也隱藏激動。」

有一次他在一個舊貨攤上發現了一本沈從文的《我的自傳》，由於是市集上唯一的一本書，便買了回來，讀完了沈從文的自傳，他忽然興起寫作的念頭。「所以會有這個念頭，大概因為離鄉背井的流浪生涯有太多懷想與感觸，而又無處訴說，再是由於我也是軍人，與沈從文早年的經歷有相似之處，更何況他僅為二等兵，我的階級比他還高，便產生了『他能我也應該能』的可笑想法。」

一個人的命運往往決定於一念之間，他自己也想不到沈從文這本自傳會改變他的一生。

戰亂歲月，生活艱難，不僅讀書不便，想找幾本比較新的文藝作品也難上加難，這種客觀條件，對一個初學寫作者來說無異是嚴厲的考驗。

廢寢忘食學寫作

當這些困難使他不敢向前跨步時，他的一位朋友來白馬嶺探望他，一進門在桌子上看到他的練習作品，即不以為然的笑著說：「你想當作家？你若能成為作家，四萬萬中國人個個都是作家了，當作家豈是那麼容易的！」

這位朋友說的可能是一句玩笑話，玩笑中也有真實的成分。然而經他這麼一說，反而堅定了蕭白寫下去的決心，那時他便暗暗告訴自己：「我一定要讓自己成為一個作家。」

民國 35 年他到長沙，由於認識了當時任職開明書店的一位朋友，讓他自由借閱書店裡圖書室的藏書，於是才有機會大看莫泊桑、雨果、泰戈爾、羅曼羅蘭、托爾斯泰等人以及國內諸家的作品。他看書瘋狂的程度，簡直到了廢寢忘食的地步，不但工作之餘手不離書，寫作得也十分勤快，在這些新文學的滋養和自己窮追不捨的磨練下，他的寫作成績很快就顯現出來了。

他的第一篇作品，發表於衡陽的《中華時報》副刊「夏風」，是兩首小詩。此後又陸續寫了許多詩與小說，為出道文壇的試探之作。

新鮮的生活經驗

他於民國 37 年辭去軍職，偕妻來到臺灣，任職於臺中市政府。「我們初到這裡一切感到新奇，滿街的木屐聲與火紅的鳳凰花樹點綴了亞熱帶情調，但第一次遇上颱風，也讓我們驚惶失措。」新鮮的生活經驗，更刺激了他的創作慾。

當時他所住的職員宿舍，面積僅三蓆大，沒有家具，他與妻子用一塊門板放在地上權充床鋪，找來一隻被人丟棄的水缸，上覆一塊石板就成了桌子，這張石桌是飯桌，也是書桌，夜晚他就在上面寫稿。他的緊鄰是一酒家，酒女的笑聲、唱聲和食客的划拳聲與叫囂吆喝，頻頻傳來，讓他在創作和構思時頗不寂寞。

在臺灣他的第一篇創作是〈教堂與老教士〉，發表於《寶島文藝》；民國 38 年大陸河山變色，他又重返軍旅，並以風雷為筆名發表《破曉》等短篇小說，並且自費出版，結果這項嘗試讓他負債纍纍，以致此後的七、八年生活潦倒貧困，寫作也近乎停頓，現實無情的一面，對他的創作既是阻礙，也是一項試煉。

就他整個寫作歷程來說，他先寫詩，稍後寫小說，他對詩的喜愛，還包括傳統的舊詩詞與現代詩，都能作相同程度的接納，他曾說詩是他散文的營養，但是後來他卻以散文成名，他在散文上的成就，讓大家一提起蕭白，就即刻聯想到散文，而一說到散文，也無人否定近二十年文壇上蕭白所作的貢獻。

執著於「我就是我」

蕭白的散文作品獨樹一幟，頗受好評，他自言他的散文「毫無章法」，這點更凸顯了他對自我的嚴格要求：「我一直希望走一條自己的道路，我始終認為寫作有方法，但別人的方法不應是自己的方法，我的方法必須由自己去創造。」從一起步，他便堅持「我就是我」，不是張三，也非李四，作為一個作家這份「獨行其是」的認識與執著，對創作生命特別的重要。

尤其他個人在走過長長的行程之後，於民國 56 年從軍職上退役，遷居到景美半山，這不但是一次生活環境的改變，也是他在職業與人生方向上的大幅度調整，從此原本是業餘的紙田筆耕成為他一家生活所依靠，也使他這一時期的作品產量多得驚人。

他遷居後第一本完成的散文即《山鳥集》，這本書曾經榮獲中山文藝獎，並被朋友指為他的「隔離世界」，但他認為是他的自省階段，後繼的《靈畫》才又尖銳地面對現實。「《靈畫》是我對自己散文創作上的一次重要突破，自此我的寫作出現了雙軌路線：一是抒情敘事之作；一是對人生的探索。我個人有個不成熟的想法，是散文或不是散文不必太過重視，總不能為散文而寫散文，也就是說創作不應該受形式限制。」他認為作品就是作品，散文與小說的分別，乃是習慣說法而已。

開放自己的必要

他認為文學、藝術的創作不應該受到任何約束,「我們生存的這個地球,人類已替自己製造了太多束縛,多類型的習慣,便是頑固得割不破的拘束。」

因此他相信「開放自己」有其必要,而且重要。另一方面,他也堅信「任何藝術的作為,必須是生命的投入」,所以他對某一作品的欣賞,最先關心的在於作者態度的認真與嚴肅上,這也是他一貫堅持的原則。

他從 16 歲踏入社會,適逢一個動盪不安的異常時代,造成動盪不安的原因自是戰亂,戰亂威脅到他的生存,也讓他不斷目擊流血與死亡,以及無以數計的流離失所,他僥倖的逃過了這些災難,但更甚的災難接踵而至,四十餘年江湖行已使他滿頭成白髮,而家國殘破與親故不可望,更是人間最悲痛的事,然而這又豈是他個人的不幸?

近幾年開放大陸探親後,他曾兩度回鄉探望,一償積鬱多年的鄉愁;同時作下封筆的決定,擺脫掉突破自己的一再要求和壓力。沒有壓力的日子容易過得多,每天爬山、練字、畫畫,回歸文人的瀟灑自如,也讓他進入了另一種生活的境界。

漫長的踽行

「我自己知道自己有太多不合時宜的固執,以致與失敗糾纏不休,從某一個角度看,我大概是所謂的悲劇性人物。有時候想,如果我選擇了別種行業,如農事、木工、裁縫,可能極為出色。有一點可以肯定的,不是一場戰爭,絕對不會是今天的我,人生原由不得自己安排,但竟以賣文餬口,又豈是始料所及?」他的這一段自白,竟與廚川白村所謂「文學是苦悶的象徵」有異曲同工之妙。

從第一篇習作問世,至今已 44 年,過去的四十餘年,是他寶貴的青春歲月,也伸展出漫長的一條路,而他在上面一直踽踽獨行,跋涉得十分艱苦，他可能一直在找尋一個結論，等待創作上的成功，但是不可能有結論的，對任何作家而言，寫作都永遠沒有成功的一天。

如他所說：某些所謂的結論，卻往往不是結論，人生或許只有現象與過程。

——選自《中央月刊》第24卷第3期，1991年3月

隱藏在層層意象裡的美感

景美山上訪散文家蕭白

◎馮季眉*

蕭白，本名周仲勳，字寒峰。民國 14 年生。浙江人。早年習國畫，對金石興趣極濃，後又熱衷寫作，曾獲中山文藝獎散文獎。

著有散文集《山鳥集》、《藍季》、《花廊》、《弦外集》等；小說集《雪朝》、《瑪瑙杯子》、《壁上的魚》等。

山居多雨

蕭白的散文正像他屋前的那些石階——很多的石階，一直引向山上。山上只有山鳥，沒有花香；只有一種透明的孤寂，像露般冰涼，也像霧般可愛與漂緲。……他的散文住在山頂，要走入他散文的境界，需要上山。上山總是吃力的，但上得山來，山上的風景都是你的了。

——林綠〈關於蕭白〉

拾級而上。在通往仙跡岩的景美半山上，有一間平房。紅色木門一開，是花木掩映的小園，園裡的紫藤、海棠、茶花、杜鵑、鳳仙……四時各顯丰姿，不時還有一兩隻白頭翁飛來枝頭顧盼。依山壁砌成的魚池裡，有紅白錦鯉款擺。這裡是散文家蕭白的「藤屋」。曾經，屋頂和外牆布滿紫藤和炮杖花的藤蔓；春來，紫、紅、橙、綠，十分瑰麗。後來因為屋頂陰溼，遂把藤蔓割除了，露出粉白的外牆，從此「藤屋」又成了「白屋」。

---

*發表文章時為《國語日報》副刊組組長，2014 年自《國語日報》社長職務退休，現為字畝文化出版社社長。

最早遷居於此的時候，感於山居多雨，蕭白把小屋叫做「聽雨草堂」，此一橫幅書法懸掛在小廳壁上多年。不管是「聽雨草堂」、「藤屋」還是「白屋」，二十多年來，圍繞在這裡的山風、雲雨、蟬嘶、鳥唱，和滿院四季更迭的色彩、景致，孕育了作家豐沛的靈思，成就了作家的文學和藝事（蕭白不僅以散文馳譽，還兼擅金石、繪畫）。

民國 56 年，本名周仲勳的蕭白（時年 42 歲）以中校階自軍中退役，便在此定居，並且展開專業寫作的生涯。在這裡，他著手寫《山鳥集》，這本書於民國 57 年獲得第三屆中山文藝獎。此後十數年，是他一生創作最豐的時期，他的寫作技巧日臻純熟，他的散文風格也由抒情轉為對人生的探索。民國 66 年，他的作品《摘雲集》、《響在心中的水聲》等被收入《中國當代十大散文家選集》，確立了他在當代文壇的重要性。大陸方面也陸續出版了他的作品，包括詩和散文。

告別故鄉的那一年

19 歲之前，蕭白沒有讀過一本新文學作品。他是農村子弟，在故鄉浙江諸暨讀了六年私塾、兩年高小和半年師資訓練班；雖然做過小學教師，卻沒有受到多少新式教育的洗禮。私塾裡讀的是古文和詩詞，後來接觸到一些通俗小說，如《三國演義》、《西遊記》、《水滸傳》、《彭公案》……，卻沒有接觸過新文學。16 歲那年，他加入戰地青年服務隊，隊上有人看巴金的小說，他還很不以為然，對這種新文學滿心排斥。轉捩點在 19 歲那一年，那是他告別故鄉的一年，也是他初識新文學並燃起寫作慾望的一年。

那是民國 34 年初，他隨軍隊離開浙江，來到湘西沅江上游的一個荒僻小山村——白馬嶺，他的任務是一個人看守野戰倉庫，獨居一間小樓裡。倉庫事少，得閒可以逛逛小市集。白馬嶺附近的水溪，每隔兩天會有一次市集，在市集裡一個舊貨攤上，他看到一本書，買了下來，為了消磨永日，也因為那是唯一的一本書。沒想到這本沈從文的《我的自傳》讓他讀完以後竟然興起了寫作的念頭，成了改變他一生的一本書。

蕭白說：「我家世代務農，我是牛背上長大的牧童，從小就上山打柴、下田耕作，『作家』和我相距實在太遠了。家裡從父親上溯三代，沒有一個讀書人，父親希望我成為讀書人，六歲那年便把我送進私塾，因為村裡幾個讀書人，長年衣履整齊，任何場合都被推上首位，不必流汗水又倍受尊重，真正是『萬般皆下品，唯有讀書高』。只可惜我進了私塾以後，對讀書興趣不濃，倒是對繪畫有抑制不住的喜愛。偏偏這分興趣被父親視為不上進，我只有背著父親偷偷作畫。成為『畫家』一直是我的夢想，直到 19 歲……」19 歲那年，因為讀了《沈從文自傳》，離鄉背井的諸多感懷被深深觸動，而有將它抒發於紙上的念頭。雖然蕭白當時連沈從文是何許人都不知道，卻興起了「他能我應該也能」的想法。由於對閱讀與寫作陷入狂熱，使他暫且擱下了畫家夢。

不久，中日戰爭結束，蕭白隨軍隊到了長沙，在補習英文的時候結識了一位任職長沙開明書局的朋友，他得到了自由借閱書店藏書的極大方便。那一段時間，他近乎瘋狂的閱讀，每每讀到深夜，黎明方至，他又一卷在手了。莫泊桑、雨果、羅曼羅蘭、泰戈爾、屠格涅夫、杜斯妥也夫斯基等文豪的著作，都是他的案頭讀物，不僅手不離書，習作也十分勤快。在被退稿 18 次之後，他的作品終於第一次發表在衡陽的《中華時報》副刊「夏風」，是一首題為〈蛙聲〉的小詩。雖然日後他以散文馳譽，事實上他的寫作之路是由詩與小說出發的。

哲思、禪意與韻味

創作的道路是艱苦的。來臺以後，最初落腳臺中，他和妻子胡宗智女士住在面積三蓆的侷促斗室，家徒四壁，一塊門板平放地上權充床鋪，一個撿來的大水缸，覆上一塊石板，是餐桌也是書桌，夜裡他就在這「石桌」上寫稿。退稿是常事，面對退稿，他的辦法是「多讀兩本書再寫」。曾經有幾年，蕭白迫於現實，停滯了對寫作的追求；也曾經為了現實，苦苦筆耕，每天寫作十幾小時。對寫作的執著，使他嘗盡身為文人的辛酸，然而這分執著也為他帶來「散文大家」的桂冠。

他的散文有詩的韻味，有幽邃的人生哲思與禪意；他寧願與觀者有隔，不願被一目了然；對有些讀者來說，他作品的抽象、哲思與思考的跳躍，也許並不易體味。他的好友詩人林綠說道：「蕭白的散文是冷靜的、剖釋的、哲學的、說理的，乃至美感的。這種風格，由於偏重思想性而非純抒情，造成一般讀者對他作品的『隔』。這種『隔』並非由於他的作品晦澀難懂，而是由於其間所隱藏的哲理性，必須反覆閱讀，思索再三，始能有所領悟。這對於習慣了『文筆優美流暢，兼有情節』的散文讀者難免吃力。」蕭白自己也說，他的散文手法抽象，意象紛呈，且層層轉折，具跳躍性，不是每個讀者都能欣賞。然而喜愛他這分隱藏在層層意象裡的美感與哲思的讀者還是很多。

曾有博士班研究生拿他的文章作分析研究，也曾有人試圖模仿他的文字風格。蕭白式的散文的確別具一格，卻是學不來的，他的個人風格獨特而明顯。他的創作能不受形式所羈，因為在他的想法裡，散文是不必有格式的，所以他的揮灑空間極大。他說，他的詩和小說，容或捕捉得到他人的色彩，因為他閱讀了大量的古詩、現代詩、西方文學名著及 1930 年代作家的小說，下筆時不能擺脫別人的影響，走不出別人的影子。唯有散文，他沒有這種包袱，因為過去很少閱讀前人（新文學方面）的散文作品，而能走出自己的路。從《山鳥集》開始，他在文句的組識及意境的塑造上，都更見鍾錬。《靈畫》的風格又是一變。蕭白認為《靈畫》是他散文創作歷程中一次重要的突破，此後他更能恣意創新，寫出形式上異於一段散文的散文。在他的 36 本著作中，他最喜愛的也就是《靈畫》。若論技巧，他則認為《響在心中的水聲》是比較滿意的作品。

其實，在停筆多年的現在去回顧自己的作品，蕭白很曠放的說：「現在看來，都沒有什麼。很多是不必要寫也不必要談論的。」關於自己作品的價值，在文學上的成就，他處之淡然，認為去想這些實在是多餘。寫了四十多年，他的心境似已歸零。一方面是寫久了，疲倦了；一方面是如果不能超越，寧可封筆。但是他那隻拿筆的手並未得閒的又拾起了畫筆。

一個天生的藝術家

朋友都知道蕭白多才多藝，是個天生的藝術家，倘若他不曾以寫作成名，必也會以其他的才藝嶄露頭角的。花花草草在他的園裡繁茂美麗得令人驚異，石頭到了他手裡可以化為一方好印，無師自通的潑墨山水靈氣逼人，一手氣韻獨具的蕭體字曾令某副刊主編捨不得發排而用影印稿發稿，他還擅養鳥、雕刻、養蘭、木工⋯⋯。這種種生活裡的情趣，是他精神之所託，也是他生命的元素。世俗、令譽、物質享受都是無所謂的，生活裡若是少了這些，他的日子會過不下去。一兒一女都卓然自立，兒孫都在國外，他和老伴胡宗智女士，在白屋過著平淡中見豐富的生活。

近年，蕭白絕少參加文藝界的活動，和老友們偶爾以電話互通音訊，心境極端寧靜，正適合作畫。他的山水畫其實有和散文相通的脫俗與靈秀；就潑墨而捨工筆，也與他寫散文喜抽象而不喜明白有異曲同工之妙。前臨庭院的一間斗室，是他的書齋，三十多本書在這裡寫出。現在，這裡是他的畫室。憑窗望去，山影與樹影交疊，蕭白每天就在這窗邊的長桌上作畫，以山入畫，又彷彿以畫為牕，是何等雅趣！那些因各方索稿，每日伏案搖筆十幾個小時的日子好似十分遙遠了。

——選自《文訊》第 105 期，1994 年 7 月

回首向來蕭瑟處

專訪蕭白

◎林麗如

曾經刻骨，永遠銘心

拾級而上，二訪蕭白聽雨草堂，仙跡岩上的風景在蕭白作品裡不分秋冬，因為他的心裡，長年住著深秋，還年輕的那時，他的心早已老去。

蕭白把這個深藏在心底的祕密寫成小說，小說未發表，他說這個祕密是要隨他而去的，他不願告訴任何人。我唐突地發問：「可是，您在《當時正年少》裡有提到她兩句啊！」老作家故作驚訝狀：「妳看出來了？」

這個故事深深影響他的一生、思想觀念，甚至最後下了封筆決定，我問老先生：「您說這事不提，但是不提，讀者們無從了解您封筆的緣由。」蕭白靜默半晌，接著說：「好吧！你寫吧！」

這一切要從三民主義青年團諸暨服務隊談起，抗戰時期，蕭白隨著青年團到各地從事抗戰宣導工作，年輕歲月完全奉獻給國家，愛國報國不是口號，服務隊 21 個成員生死與共、同嘗悲歡離合，初戀的種籽也在這兒萌芽。蕭白與戀人的分離，除了肇因大時代的離亂，卻也有人為的介入，他回想著這一切，除了心痛，還是心痛，蕭白的眼神遠遠地，嘴上重複著：「這一切說來話長……。」

抗戰時期，他和戀人通著信，信件全被擋住，家人欺騙同宗、年紀比蕭白大兩歲的她：「蕭白死了。」蕭白不明所以，也全沒收到她的來信，初戀情人得知「蕭白已死」而他嫁，不料，抗戰勝利之後，蕭白回來了。蕭白找到她，和她見了面，戀人決定離婚明志，打定主意跟著蕭白走。

他們二度許下約定，現年 83 歲的蕭白記得清清楚楚，那一天是民國 36 年 5 月 31 日，他收到她的決心之後，專程趕來等她，她卻來電說因病不能前來。蕭白每每想起這一段往事，總是自責當時太過年輕，當時他氣她、怪她，覺得自己千里迢迢從衡陽、上海一路到杭州，花了一星期時間來赴這個重要的約，她卻說不能來。蕭白當下氣得旋即返家，師長頻頻勸他不可破壞別人家庭，他前思後想，拖到 9 月再度與她連繫，才得知原來那時她即將臨盆，戀人 6 月初生產，而她的先生並不同意離婚。蕭白下定決心：與其一大堆人痛苦，不如一個人痛苦，他決定犧牲自己的情感，於是寫信給她，祝她幸福，告訴她自己也要結婚了。

原本，這樣的愛情故事只是在心頭低迴不已，蕭白並沒有更多複雜的情緒在心底，直到民國 77 年開放探親，他返鄉後才陸續聽得親友訴說當時父母是如何羞辱她，而她在民國 36 年產子之後，接到蕭白的決定，單薄的身子益加鬱悶，終在民國 38 年就離世了。

得知這一切，蕭白不能原諒自己，痛惡自己當時去信摧毀她的意志，更恨自己那一趟在杭州徒勞無功，竟沒有堅決去見她最後一面。這些悔恨、愧疚持續發酵，他完全不能釋懷，回臺之後，一直想寫這個銘心的血淚史，卻終究因為情緒的翻攪，沒有辦法寫。緊接下來的是，他發現自己空靈全無，生命裡最重要的人不見了，這個不見卻又有他的因素在內，那些原本不能說的，等到想要說的時候，竟說不出來了……。於是，他下定決心，民國 78 年 1 月 1 日起，正式封筆。

從詩開始，幾經周折

對於這個決定他一點都不憾恨。封筆另一個檯面上的事件是，民國 77 年季季主編「中時副刊」，當時的編輯應鳳凰向他邀稿，他寫了一篇描寫大陸老家的散文〈老屋〉，稿子出手後才知這是要給《中時晚報》的，蕭白因為對晚報沒有好感，又沒能刊登在《中國時報》上，他界定這是退稿，於是萌生不寫的念頭。他強調，其實他非常感謝當年這個稿子被退回來，當時，封筆的念頭倏忽湧上，他痛定思痛，決定放棄寫作這條路，他自認為，如果再寫下去，一定會寫得很爛，很多作家最後面臨的也是這樣的問題，硬擠出來反而不好。在他寫作的高峰期，幾乎是滔滔不絕，拿筆就可寫。他猶記返鄉探親日，帶了自己的作品想要送給初戀情人，他想讓她知道她沒有看錯人，更想讓她了解，為了完成她對他的期許，他是如何用功賣力地讀書寫作，恍恍地，這一切都沒了，正式封筆時，靈光全然消失了。

蕭白的寫作歷程，其實是由詩開始的，但是他卻沒有出版過任何詩集，因為，沒有他自己滿意的詩作。詩之後，他寫小說，最後卻在散文寫作放異彩，他說，這得感謝好友蕭輝楷，蕭輝楷是他寫作上認識的朋友，也是知音，有一年蕭白寄了中篇小說〈三月〉請蕭輝楷說說讀後感，蕭輝楷回信，光是給這篇小說的意見就長達兩萬多字。後來，蕭輝楷前往香港友聯出版社創辦《知識生活》雜誌，向蕭白邀稿時，指定他寫散文，於是蕭白的第一篇散文〈夢及其他〉出爐。

寫小說的蕭白，曾以「風雷」為筆名，直到散文寫作，他取筆名蕭白紀念友情，「蕭」即蕭輝楷，「白」即當年青年服務隊的幹部章良，章良喜愛寫作也鼓勵蕭白提筆，章良筆名布白，蕭白念茲在茲這些人對他的好，不曾或忘。

來臺之後，蕭白嘗試寫作，早期除了大家知曉的〈破曉〉，其實他還寫過關於來臺之後的觀察，這些報導文章，散見於《中央日報》、《寶島文藝》月刊等刊物。這個時期，蕭白受到同好、師友的互相鼓勵，其中，先後創辦《文藝月刊》、《婦友月刊》的王文漪不僅口頭鼓勵，更經常幫忙推薦刊登蕭白的作品。當年，有作品發表在軍中刊物時，還有隊友拿著文章，問說：「這個蕭白不知是誰？文章寫得很好。」他哈哈大笑回憶著這些美好。提起往事，總是溫馨，但是故人不在，難免惆悵。蕭白從小志在畫畫，但在寫作上受到大量的鼓舞和啟發，提筆之後，從此享受寫作的樂趣。

蕭白寫作年表裡，民國 42 年沒有寫作紀錄，蕭白說，那年他發表了小說〈布老虎〉刊在《自由中國》，這篇小說稿費不少，讓他寫出興趣來，但是，因為事涉敏感，這篇文章後來並沒有收入他的作品集裡。現在回想這些事件，蕭白覺得不重要，也沒有再提的必要。他說，很多事在匆匆忙忙之間完成，自己不是很重視這些，所以，年表是不是疏漏或是有其他因素，也都不重要了。

追求挑戰，老莊思維

對於寫作這件事，他非常自覺地在進行自我挑戰，從《山鳥集》到《靈畫》，他刻意使用不同的體例實驗，《靈畫》是一本很特殊的散文，以每月為篇名，每篇名再另取小篇名，從五月一路寫下去，四月為終篇，這代表寫了整整一年嗎？蕭白點點頭，他花了一年完成《靈畫》，他覺得篇名是人所發明的，打破取名、打破章法，寫作時他並不顧慮篇名，他刻意地要突破，突破自己也突破別人。他認為突破自己最困難，他在文字上面下的功夫很大，《靈畫》時期，他每個月大概完成五千字，自覺、刻意變化那一時期的體例風格，少一個字不行，多一個字也不行。

他印象中，最文思泉湧的一本是寫《浮雕》時，靈感滔滔不絕，停不下筆來，朋友說他「文字像魔術」，有位賣玉的文友說到重點：「你的敘述很少，引用的部分也都沒有重複。」這位玉友同時是文友，他們因為買賣玉而熟識，這位朋友登仙跡岩時，都會來按按門鈴，有時借本書，有時談談玉，這些都是因為寫作而得的友誼與樂趣。

散文和小說的界線愈來愈模糊的當下，重讀蕭白的作品，可以知道他很早就在從事文類的「破壞工作」，這些實驗在當時都是創舉，舉〈迎燈籠〉一文來說，這個故事的情節，曾被他寫進小說裡，也曾在他的散文出現，蕭白覺得作品不應分界線，不必歸類，寫出來就是了。他自己的區分是有故事、有生活、有人物的就寫成小說，大部分時候，如果感懷多，他就把這些思緒化為散文。早期他的「詩式散文」曾引起部分批評，但現在來看，這些嘗試早已開發散文寫作不同的形態，雖然早期作品不算少，但蕭白卻說，撕掉重來的作品還是非常多，有的作品重寫了 18 遍，還是無法完成，更別提發表了。

他認為，創作者必須保持豐富的思維，中心思想很重要，蕭白說，畫評家李葉霜是最先指出他作品中心思想的朋友，李葉霜告訴他：「你的作品充滿老子與禪宗思想，但是，這些卻是你自己腦裡的東西。」蕭白一聽，興趣來了，趕緊找書讀，讀了之後，愛不釋手，也才知道自己的思想原來是接近老子哲學的。

當年在長沙時，朋友群裡多數從事繪畫、書法、新詩，寫小說的人不多，寫作上的朋友　有不少是當年北大的知識分子，蕭白記得，劉孚坤曾經這樣說他：「你寫小說沒衝突，故事裡頭沒壞人，很難有高潮，就不易吸引讀者。」蕭輝楷也這樣說：「你的人物都太好了。」蕭白卻始終堅持著唯美，他認為「人可能會做壞事，但不見得就是壞人。」他自認這一生遇到太多好人、貴人，沒遇過壞人，所以寫壞寫不出來。他笑說自己真的很堅持人性中的美好，直到 80 歲的當下，他終於願意相信人性也有不美好的那一面，但是，即便知道世界的不美好，他還是決定不寫不美或是錯誤的事。

看淡物質，山居自在

除了寫作、作畫、書法，蕭白最花錢的興趣是收藏玉，他對賞玉有專業的鑑別能力，所以才會在賣玉的攤位上交起朋友來。他對玉的收藏多在民國 78 年前，尤其是返鄉探親時，在大陸上買到一大堆並不太貴的玉，這些收藏他留給子女，部分送給朋友，有些則放在大陸的老家。後來，太太中風，他帶她回大陸老家養病，那些擺在老家的玉都找不到了。

蕭白不重視物質生活，一套沙發可以一坐 20 年，一件衣服甚至可以穿上 30 年，但是買書、買花、買玉卻會讓他不惜重金，精神上、心靈上的提升是他關注的，也因此，封筆之後，他旋埋入書法繪畫天地，專注認真，自娛娛人。

即便不再寫作，他的案頭上卻有不少題字詩，他常常為了一兩個句子陷入苦思，思索無得時，便走到院子抽根菸、看看花，靈感因此而來，他隨手舉例：「獨居遠紅塵、獨居紅塵遠」，這兩個句子排列組合稍有不同，就能出現完全不同的意思。陷在文字遊戲裡，有朋友說他「新」，他卻覺得自己「老」，因為他從古典裡汲取養分和精華，原本有的基礎不斷重複拿出來運用，他認為打下基礎之後，寫作者思維一定要豐富，多讀多聽，不光在書齋裡，走出去與各類不同的朋友聊天，都是寫作靈感來源。山居之後，他的朋友有農夫、山友、玉友……愉快的交遊和談話，豐富他的山居歲月。

蕭白在壯年就體悟簡居之必要，他常在文章裡寫雨，雨讓他感懷最多，他特別喜歡春雨，從家鄉出來那日，也是綿綿細雨日，生命裡很多重要的時刻，比如逃難時，風雨一路相伴，颯颯而下……。來臺定居之後，家鄉、行旅中的濛濛細雨，那些情景與味道，時時浮現腦海，對他而言，寫雨恰是抒懷，不吐不快。

寫字畫畫，預留餘地

與戀人分手之後，他對自己這一輩子許過承諾：一是，不做錯事；二是，不做後悔的事情。他了解自己的性情，發起脾氣來言辭很鋒利，舉一個例子：軍中時期，他曾遇到某上校主任想給他難堪，羞辱他一口江浙腔，開會時藉故修理他：「講什麼？沒人聽得懂！」蕭白怒火一來，回了上校一句：「那您都聽不懂蔣總統的話，是嗎？」蕭白回擊力道之猛，這位上校當場踢到大鐵板。也因如此，蕭白自知自己的個性，他時時警惕自己沉潛，不做錯事、不做後悔事。

寫文章時，他也難免臧否時政，他曾寫過一篇〈門〉罵黨政機關，內容有些敏感，當時《聯合報・聯合副刊》全文刊登，文章結集出版時反而被刪掉部分內容，他特別強調，當年自己很多好的、重要的文章都在「聯副」發表，也因為投稿而與平鑫濤、馬各成了好朋友，尤其是馬各，後來兩家人成了一輩子的好朋友。

小說〈壁上的魚〉、〈婚禮的隨想〉靈感都來自兒女，他看著一兒一女長大，在成長過程裡，家國的興衰與年輕人的志向息息相關。〈壁上的魚〉原名〈斯人記〉，取其「斯人有斯疾」之意，更名原因是，斯人可能會有所指涉，後來以家鄉話「貓叫瘦，鮝掛臭」將此文改名〈壁上的魚〉，這篇文章講的其實是留學生的心理掙扎與情愛糾葛。蕭白的一兒一女卓然有成，女兒專業會計，嫁到馬來西亞，兒子學科學，定居美國，孫子和孫女還在求學，三個外孫女則已經分別在英國、紐西蘭當醫生了。

年輕的讀者，如果想了解國府遷臺那一個斷代，其實不必經由史觀建立的教科書，翻開蕭白傳記式文章，一頁頁都是庶民與國難的歷史。蕭白曾獲第三屆中山文藝獎，他寫文章沒拜師，畫畫也無師自通，自成一格，他自嘲在文藝路上是「跑單幫的」。封筆後的他，不白費一分鐘，不睡午覺，所有時間都拿來讀書、畫畫。他說此生早已無憾，雖然沒有賺大錢，但也不會不夠用；雖然曾經顛沛，但也不覺辛苦，他認為一切老天自有安排，「吃八分、用八分」是他的人生哲學，他說：「預留餘地，才有後路。」

年輕時歷經抗戰，隨政府來臺，行路匆匆，讓他領悟了人與人之間，很可能這輩子就那麼一面之緣，童年的朋友，因為戰亂分離，縱使心中多麼地想念，回頭去尋卻再也尋不著了。珍惜當下是唯一的辦法，他老是覺得「得到的也像失掉」，不是你的就是拿不到，在壯年之前，想通這些人世分合，從戰地、職場退下來，便也安然。

文人行止，波瀾在心

他曾二度進出黎明出版公司，民國 61 年時，蕭白出任編輯部副主任，那時朱西甯擔任編輯部主任，總經理是田原。蕭白任職四個月就打包回家，他認為國防部單位箝制過多，他個人的出版心願是編中國式童話，他認為我們的兒童讀了大量的西方童話，卻對自己的童話不熟悉，是很可惜的事。民國 63 年，二度上任，接下出版部文學、兒童讀物組主編，他再度提出中國童話出版計畫，但因為預算過於龐大，被打了回票。這個時期，他著手企畫編輯「中國新文學叢刊」，黎明出版公司出版的作家作品自選集，由田原、姜穆發想，蕭白參與編輯，催生了第一批、共 20 本作家自選集，蕭白說，這部大書第一批受邀作家包含鄭清文、李喬、葉石濤等本省作家，這可以證明，當時的出版計畫以作品為優先考量。

蕭白與太太胡宗智女士於民國 37 年結婚，婚後相偕來臺，胡女士年輕時也是青年服務隊隊員，她比蕭白更早從事寫作，作品《月亮照在田裡》由臺北文鏡出版社出版，胡女士三年前過世，過世之前，蕭白陪太太返大陸老家養病，很巧地，訪談的隔天，正是胡女士忌日，蕭白翻著手上的照片、手稿，神思了起來。

2001 年臺南文資中心舉辦蕭白、李牧、姜穆三人文學文物展，蕭白響應了文學史料捐贈計畫，這些年來，把自己的出版品、藏書分批捐給文資中心（現轉至國立臺灣文學館收藏），對於這些一輩子的心血，蕭白說：「花開花落，人生只不過是過客！」這些東西對他而言，遲早都會過去的。

眼神常望著遠方的蕭白，手比著院內一隻被他取名為「賴皮貓」的黑貓，他說野貓連著兩次闖入院子，吃掉他養的魚，現在池子裡一尾魚都沒有了，這些貓卻賴著不走，天天和他照面。難得遠塵囂、親山林的我，看著貓兒與老人，沒來由地沾染到那股寧靜的心情，蕭白緩慢著移步，堅持送客到大門，這一輩文人們的行止，不曾在他身上消失，我們揮揮手，互道謝謝，我在心裡咀嚼那個愛情故事，我知道，他刻意保持的寧靜，已被翻攪開來了。

——選自《文訊》第 264 期，2007 年 10 月

蕭白的〈住石屋的老梁〉
兼談蕭白的小說

◎蔡丹冶*

蕭白先生在散文上的成就，遠超過他的小說，而〈住石屋的老梁〉，雖不是他的小說的代表作。但卻是一篇可讀的作品。

看題目，即可知道，這是一篇以主角「老梁」——梁伯虎為中心的人物小說。所謂「人物小說」，就是以性格突出的典型人物為中心來展開故事，而不是嘮嘮叨叨，細說故事，然後在故事的「河面」上，浮沉著幾個淹不死救不活的傀儡的「通俗讀物」。

儘管蕭白的〈石屋〉有敗筆，但不論從主題、人物、技巧、文字上看，基本上仍是一篇夠水準的佳作。〈石屋〉不分章節，使人讀來有一氣呵成之感。但按故事發展、人物登場、場景轉換來看，則可明顯地分為五個部分：

第一部分：從「我」——「老莊」搬家起，至梁伯虎在金家門口堆曬廢銅爛鐵、破布廢紙止。在這一部分中，老莊接觸到新環境中的許多新人物。而不受左鄰右舍歡迎的「石屋怪人」是其中的最主要者。從布局、結構上說，這是一個留下許多伏筆、製造許多懸疑，引導讀者懷著強烈的興趣，往前探尋的主要部分。

第二部分：從「那天下午」起，到老莊和品真「從梁伯虎的石屋走出來」止。這一部分是新人物——品真和大南出場，以及老梁與老莊之間的誤解的冰釋，即懸疑的部分解決。

---

*蔡丹冶（1923～2000），本名蔡偉濂，廣東汕頭人。學者、評論家。發表文章時為臺北師範學院教授。

第三部分：從「梁伯虎幾乎每天很晚才回家」起，至善於捕風捉影、播弄是非的章太太大喊捉賊止，這是第二部分的衍續；是進一步解決第一部分所製造的懸疑——讓老梁獲得鄰居們更多的了解和諒解，從而也進一步，使其性格更為具體的呈現。

第四部分：從老莊到達品真農場起，至老莊完全了解梁伯虎給警察帶走的真正原因——不是長舌婦章太太所說的「偷竊或殺人」，而是為了保護品真的農場，和太保、流氓打架。這一部分是全篇的高潮，梁伯虎這個撿破爛的小人物的高貴性格，在這一部分中，完整而浮雕地呈現。

第五部分：從老莊的田園生活開始，至老梁的石屋裡的微弱燭光投映在金家的大門上止。這一部分，在氣氛上和第一部分遙相呼應。使整個故事在淡淡燭影中結束，並使思想主題，在蒼涼的背景上和不滅的燭光中呈現。

概括的分析了〈石屋〉的整個結構和各個部分的關聯性和獨立性之後，可以再進一步從主題、人物、技巧各方面來深談〈石屋〉以及蕭白的小說所具有的特點。

主題：健康而含蓄，作者通過了小說人物——梁伯虎、老莊和品真的言行，不說教、不喊口號，深刻地表現了我國的傳統美德和愛國熱情，而產生了文藝作品的潛移默化的教育效果。曾經轉戰疆場的梁伯虎之困居陋室，簞食瓢飲而不改義俠心腸，不失英雄本色；老莊之「進而兼善天下，退而獨善其身」的中國讀書人的氣質；品真之從孤兒院收養大南而愛如己出的「幼吾幼以及人之幼」的兼愛精神；以及他們的不忘故土，必回大陸的共同信念，無不十分感人而具啟發性。這些傳統美德的提倡與發揚，正是道德式微的現代社會所急需，也是今日中國文學的總主題。作家、詩人以及一切藝術工作者，必須從不同角度，以不同形式，用不同方法，來表現它，從而使文學藝術和文化復興運動結合，結成一股洗滌人心、影響社會的時代思潮。蕭白的〈石屋〉，以及其他的作品的主題，正是為這一總主題而服務。

人物：限於字數、篇幅，蕭白的〈石屋〉，只著重在主角梁伯虎一人身上。他以十分經濟的筆墨，把這人物從形貌到性格，塑造得十分浮雕而突出。蕭白以梁伯虎臉上的疤痕，洪亮的聲音，淡於名利的性格，獨來獨往的生活，為朋友而不避危險的行為，把這個不惜犧牲妻兒（共匪抓住他的妻兒逼其投降，梁不屈，共匪殺其妻兒），英勇不屈，轉戰滇緬邊境的反共英雄，塑造得栩栩如生，躍然紙上。梁伯虎不但是呈現在讀者眼前，而且是活在讀者心中。

技巧：蕭白以寫散文的筆寫小說，因此，他的小說的文字之美，是朋友們最欣賞的。但小說如果只具散文之美，與其說是成功，毋寧說是失敗。好在他的小說在技巧上也極可取。他善於渲染氣氛，製造懸疑，使「畫面」上有著和主題、人物十分調和的「色調」。相信讀過他的《雪朝》（短篇集，商務版）的朋友們，應能同意我的看法。以〈石屋〉論，主題剛健，主角是一個百戰英雄，因而〈石屋〉的「畫面」蒼鬱，氣氛凝重。他寫梁伯虎，開始時是由老莊的小女兒燕燕看見牆頭上有一個「好怕人」的「腦袋」寫起，接著，老莊自己看見這個人的臉上「有一道紫紅色的疤痕」，從「疤痕」推斷他不是歹徒便是英雄。然後正面側面，層層剝出，始在讀者面前，顯露一個英雄人物。這在小說技巧上是極其可取的。

有些作品之乏味，原因就在作者安排情節、表現人物的技巧十分拙劣。論故事，只是平鋪直敘的流水帳；論人物，只是公式化了的好人、壞人的臉譜。一篇小說如果從開始到結束，毫無轉變，沒有氣氛，四平八穩，十分「通順」。這樣的作品還能談到「藝術趣味」嗎？

讀蕭白的〈石屋〉以及他的其他的小說，那就不同了。蕭白的作品，除了予人一種特具的散文的美感和協洽的氣氛之外，還能給予讀者一種意外的，但卻是合乎邏輯的轉變——人物性格的發展，故事曲折的轉變。

簡練：簡練本應屬於文字技巧的範疇。我之所以特別提出，是因為蕭白的簡練，不只限於鍊字鑄句方面，而在素材的取捨、剪裁上，他也力求經濟、適度，他很少寫大題材、大英雄，他善於運用不為一般人所注意的、平凡的，但一經藝術的誇張，便具有代表性的日常生活現象來表現人生的哲理；他尤其善寫側面，善用烘托。因而他的「畫面」，簡潔明淨，使人讀他的小說，有著欣賞「意筆畫」之感。

有些小說之所以嚕囌，不是文字的錘鍊問題，而是素材的取捨問題。作者不善於把握重點，不能分辨賓主。結果就事無巨細，並列紛陳，或者把應該鋪展的輕輕撂過；把不該細寫的寫得很多。這種作者，有如拙劣的導演，該用「特寫鏡頭」的地方不用；不必用的反而用上了；也如一個低能的花匠，他培植的花樹，旁枝雜葉，橫生斜長，一樹零亂，不見花朵，毫無美感。

蕭白的作品的最大特點之一，就在於紅花照眼，綠葉扶疏，別有一番韻緻。不但《雪朝》中的篇章如此，〈石屋〉也然。

真實：蕭白從來不寫他不熟識的題材，他的作品，基本上都是表現他所熟知的人和事或他自己的思想、情感和生活，散文如此，小說也然。不必談到《雪朝》中的作品，〈石屋〉的時空背景，就是他的可以遙瞰臺北的景美山上的環境；老莊的家，就是蕭白的「聽雨草堂」；老莊這個人，某種程度上即蕭白自己；曉山、燕燕，就是蕭白的一對好兒女；莊太太是誰？當然不待介紹而自明了。

我在這裡未經蕭白同意，就翻蕭白的「底牌」，目的是以蕭白為例，說明一個作家，深入生活，寫自己熟知的題材，他的作品才會有深切感人的力量，才能引起讀者的共鳴。

缺點：和任何作品一樣，蕭白的小說，當然有他的缺點：

第一、蕭白的小說，有的太散文化。〈石屋〉是結構較嚴謹的一篇。基調上和《雪朝》中的 16 個短篇是兄弟姊妹。但他在《青年戰士報》上發表的〈大街小巷〉，我說是散文，他說是小說。談了半天，誰也沒有說服誰。但我仍要說：如果〈大街小巷〉那種類型、性質的作品，真是小說，我亦寧可把它當散文讀，更覺可愛。

第二、〈石屋〉這個短篇，以作品論，我們覺得「可以了」。但若以蕭白的功力論，便覺得還可以深深挖掘，大大擴展，使梁伯虎更活，更典型；使整個故事的「面」更大、更廣，而不致於像現在這樣子——深度不夠的佳作。

第三、第三部分是把故事推進新的階段的「過門」，性質和第一部分類似，第四部分應有更好的展開，藉以加強梁伯虎的性格，但蕭白在第四部分中卻偷工減料，草草了事。

第四、「金先生」的出場，向老莊解釋他和梁伯虎的「糾紛」。沒有必要——就為了呼應第一部分中章太太誤傳金先生的腦袋叫梁伯虎「打開花」的事麼？連章太太這一「誤傳」也沒有必要，不但對主題、主角，都不增加什麼，反而更顯得累贅，太戲劇化。可刪。

第五、末段開頭一小節，以及莊太太、章太太談論到烏來去玩的事，也與主題、故事無關，只有使作品的結構鬆弛。可刪。如果從老莊和他的兒女憑牆晚眺開始，直接梁伯虎踽踽獨行，出現在黃昏的山路上那一端，我以為在結構上、氣氛上，都比老莊在院子裡種花、剪草以及兩位太太談論烏來，談論小偷好得多。

——56‧7‧10‧《青年戰士報》副刊「新文藝」

——選自蔡丹冶《文藝論評》

臺中：普天出版社，1968 年 10 月

關於蕭白

◎林綠*

蕭白的散文正像他〈藍色小屋〉的那些石階——很多的石階，一直引向山上。山上只有山鳥，沒有花香；只有一種透明的孤寂，像露般冰涼，也像霧般可愛與飄渺。

對某些讀者而言，蕭白的散文是一種「飄渺」，似乎不可捉摸。意象原是抽象之物，需要最敏銳的感性去把握，沒有此種感性，他散文中繽紛的意象和象徵，讀者看起來便像一團霧了。

他的散文我稱為散文詩，只能感不能讀。他是散文的貴族，在目前散文作家中，我尚找不出另一個貴族。

有人說他是中國的梭羅。這是很可笑的。蕭白不可能西方，梭羅也不可能東方。

蕭白是蕭白。東方的。被農村的泥土餵大的。醉心於國畫與金石的。走過中國大江東北的。喝過芬芳的花雕和茅台的。只念過小學的。曾在炮火中進進出出的。得過中山文藝獎的。

這類散文便是這麼一個人寫出來的。

他的散文住在山頂，要走入他散文的境界，需要上山。上山總是吃力的。但上得山來，山上的風景都是你的了。

——選自蕭白《絮語》

臺北：金字塔出版社，1969 年 5 月

---

*本名丁善雄。詩人。發表文章時為西雅圖華盛頓大學比較文學系博士生，現為中國文化大學英國語文學系教授。

蕭白和他的散文

◎林綠

隱地在《聯合報》副刊發表一篇評論，叫〈一幢獨立的臺灣房屋——評《臺灣新文學史》〉（2011 年 12 月 10 日），這是陳芳明的一本書，隱地的題目已暗喻了此書的欠缺之處，乃至作者的意識形態。本文提到，陳芳明的《臺灣新文學史》遺忘了許多不該遺忘的名字，小說作家部分有尼洛、高陽、蔡文甫、舒暢、子于、水晶等 12 人；散文方面，蕭白、鹿橋、林文月、羅蘭、姚宜瑛等 20 人不見蹤跡；詩的部分也遺漏了很多，包括管管、辛鬱、碧果、大荒、胡品清、蕭蕭等 19 人。

本文不是要討論陳芳明的著作，而是散文中不見蕭白的名字令人十分詫異，此書出版時是 2011 年，蕭白雖已封筆 22 年，但散文已出版 24 種之多，小說也有 14 本，在文學史中理應占有一席之地。較之於另一種類似文學史的書，編者就客觀多了。1972 年《中國現代文學大系》出版，分小說、散文、詩三類，由余光中作總序，小說之序由朱西甯執筆，散文為曉風作序，詩由洛夫作序。這套書應是比照 1935～1936 年上海良友出版的《中國新文學大系》方式編輯，此書是趙家璧主編，請蔡元培作總序，各編選人作導言，理論分兩集，分別由胡適與鄭振鐸各負責一集；小說三集，由魯迅、茅盾編選；散文兩集，周作人、郁達夫各編一集；詩一集，朱自清主編；另有戲劇（洪深編）、史料（阿英編）各一集。臺灣的這套文學大系，小說中蕭白有一篇，白先勇也只收了一篇。散文部分，重要的作家皆收錄五篇，有余光中、蕭白及曉風三人。陳芳明寫臺灣文學史，為何沒有參考此書？諷刺的是，陳芳明也有一篇散文入選。

《2007 臺灣作家作品目錄》介紹蕭白時說：「他的散文別具一格，表現手法與意境的營造突出，不但富有詩的意象美，且深富哲理，而文字之縱橫交疊，曲折迴盪，點墨中見玄機，文字外另有世界……」（臺灣文學館，2008 年）。也許正是這種風格，使得他的散文沒有廣受喜愛，只有知音欣賞了。但要談論臺灣的散文，不提蕭白，恐怕是不行的。

蕭白的散文，借用王國維《人間詞話》中的話，大體可分為「寫境」與「造境」兩大類。我的所謂「寫境」，指的是比較寫實的傳統抒情散文，書寫人生經驗、日常生活、周遭生態、寫景實物，或遣懷，或敘事，或感興，或憶舊，不一而足，是一般散文的書寫模式。而所謂「造境」，是相對於寫實而言。散文者，眾所周知，什麼都可以寫之抒之，基本的要求是真實感、親切感，不可海闊天空，虛構或想像。《2007 臺灣作家作品目錄》中所云：「表現手法與意境的營造突出，不但富有詩的意象美，且深富哲理」即是蕭白塑造意境的另類風格散文，此類散文始於《山鳥集》（1968 年），不僅追求詩意且注重意象之美。有些散文集，甚至不用題目而以一、二、三代之，如《摘雲集》（1970 年）、《無花果集》（1974 年），前者 113 節，後者 118 節，可獨立品味之，連起來亦可成一體系。此類散文已非抒情敘事，而是思索各種存在的現象，故隱涵哲理性乃至禪味，一般讀者讀起來頗為吃力，就有了「隔」的感覺，因需反覆咀嚼之故。我曾以《無花果集》第 95 節中的內容為題，寫了一篇一萬多字的〈秋季——論蕭白的散文〉（《中華日報》副刊，1974 年 8 月 20～24 日，收入《林綠自選集》，黎明文化，1975 年），裡面提及蕭白散文裡所表現出來的境界，乃由「秋季」的心境鍊而成，歲月催人老，卻也給了人智慧。

我與蕭白相識，算起來已近半個世紀，我可能是他少數能談得來的朋友其中一位。我認識他時仍在政大念大學，政大的一批寫詩的僑生創立了「星座詩社」，成員包括張錯、王潤華、陳慧樺及我等數人，記憶中似是王潤華認識了蔡丹冶，某夜蔡丹冶、舒暢、蕭白來木柵餐聚，後到我住處聊天繼續小酌，這一聊卻聊了個通宵。「星座」諸詩人都在校外租屋，張錯就住在我隔壁巷子，王潤華在校門口附近，可謂自由人士。舒暢的小說寫得不錯，我也到過他的大雜院軍人宿舍喝酒聊天，那裡是一人一床的生活，他甘之若飴，並以此背景寫成《院中的故事》（九歌，1981 年），與朱西甯、司馬中原等同為備受矚目的軍中作家。

《中國現代文學大系》小說收錄兩篇的計有張愛玲、潘人木、彭歌、鍾肇政（第一輯）；朱西甯、聶華苓、段彩華、司馬中原、舒暢（第二輯）。小說部分共有四輯，其他作家只選了一篇，可見舒暢的分量。舒暢也是蕭白的少數朋友中的一位，有時也會上仙跡岩找他聊天，都是性情中人。我念大學及當助教時，幾乎週末都會走百來石階上山，蕭白住的「聽雨草堂」環境幽靜，適合讀書寫作，飲酒談文說藝自亦是絕佳之處。我出國後每次返臺，都會找他，回國定居那年，因還沒找到房子，也是先住他那裡有二星期之久。蕭白曾以我為題材寫了一篇小說〈太陽雨〉，收在哪本書裡我沒問他。有趣的是，他念北一女的女兒成了我政大的學妹，女婿也是學弟，跟我一樣的系，他太太胡宗智唯一的一本小說集，也是我主持乾隆圖書無限公司（環球出版社）時出版的，我們的交情可謂不比尋常，自非泛泛之交了。

——選自《文訊》第 337 期，2013 年 11 月

秋季

論蕭白的散文

◎林綠

有一次，一個年輕人談到年齡，他對一張爬滿甲骨文的臉懷著遺憾，而我很高興已是秋季了……

你難道不以為秋季的清涼，平靜的可喜嗎？一般地說秋季比較沒有太多的慾望。即使是階前的綿綿細雨，也柔潤得只想凝目靜思，況且薄霧、淡雲、悠然山外，說得無得，說失又無所失，豈不樂？

——《無花果集》，頁 126[1]

這段話，或多或少傳達了蕭白的人生觀，或者說得明白一點：蕭白散文裡所表現出來的智慧境界，乃由這種「秋季」的心境提煉而成。我說「蕭白的散文」，指的是《靈畫》、《摘雲集》、《無花果集》、《弦外集》這類作品，我現在要談的，也是這四本可以視為一個系統的書。

蕭白的散文，到目前為止已結集十冊，可說是豐收的散文家。蕭白自己的計畫，是每年寫一本散文集，他寫了十年的散文，出了十本，恰好是一年一本。他也寫別類的書，比如長篇小說和短篇小說，但他的成就在散文，偏偏他的散文的水準給人的印象頗不一致，有時好得令人激賞，有時壞得令人不忍卒讀，十分氣憤（我說「氣憤」，因為我和蕭白是好友之故。這且按下不表）。蕭白的散文水準參差不齊，究其因素，實是為「生活」所累。原來，蕭白是職業作家，每月必須寫好幾萬字，始能應付所需，這種

[1]蕭白，《無花果集》（臺北：華欣文化中心，1974 年 3 月）。

情形在臺灣的作家中比比皆是，當然頗為可悲。蕭白在《弦外集》的後記中曾說：「時下散文園地的日趨荒蕪，原因頗多，稿費收入的微不足道，應是關鍵之一，欲以散文養家活口，簡直近乎荒唐。我個人視散文為生命的一部分，然而情勢所迫，是否對這方面繼續努力，便很難說了。」（頁116）[2]。話雖如此，但在我看來，蕭白既視散文為生命的一部分，大概是欲罷不能了。那麼在生活的壓力下，除了小說以及《花廊》、《葉笛》之類的散文，蕭白能破網而出，寫出《靈畫》、《摘雲集》、《無花果集》、《弦外集》等作品，這種努力，不得不使人欽佩。

大體說來，《山鳥集》是他改變風格的書。《山鳥集》以前的作品，諸如《多色河畔》、《白鷺之歌》、《藍季》，乃至後來出版的《葉笛》、《花廊》（《絮語》是舊作重印出版，不算獨立的書），或感興，或遣懷，或述事，或抒情，表現手法平鋪直述，比較注重「情節」，文句的組織與意境的塑造沒有怎麼特別下工夫。蕭白顯然不滿意這些，所以，在《山鳥集》中，他的散文開始以另一種風貌出現，不僅追求詩意，而且注意意象之華，內容上也轉向了大主題，即是：對人類生存的狀態以及周遭事物的思索。通俗一點說，就是以他四十多年的智慧探討人生。所謂「人生」，正是一個大題目，其中的包羅萬象，自非一本書或幾十本書可以寫盡了。寫《山鳥集》時的蕭白，是 43 歲，那時我們常在一起，喝酒聊天，通宵達旦，激昂之處，兩瓶馬祖高粱也喝掉了。事實上，《山鳥集》的寫作期間，我曾「參於其事」，提供過一些意見，而且還寫了一篇評介，這篇文字一直沒有發表，後來帶去美國，數度的搬家再也找不到了。這是題外話。

且說從《山鳥集》到今年六月出版的《弦外集》，六年多過去了，蕭白散文的變化，清晰可見。他的散文中的韻味，已非抒情述事寫景，而是從宇宙間各種存在的現象，以他的人生經驗與認知能力，整理出某種結論。這種結論，哲學的意味很濃，說理的成分亦多。然而這並不是說蕭白的散

---

[2]蕭白，《弦外集》（臺北：水芙蓉出版社，1974 年 6 月）。

文純屬主知，不如說他的作品以知性為主，感性為輔，易言之，蕭白的散文包含了真與美，有美感的經驗，有領悟出的真理。不妨這樣說：蕭白時時刻刻都在自然和生活中捕捉與參透存在的意義。所謂「存在」，當然不是蕭白本人，而是他所「看」到的進而悟出的宇宙萬象的意義與價值觀，不同的事與物，相同的事與物，其意義、價值，都隨著蕭白而改變，隨著他的歲月而改變。所以他說：「昨日的我不容留」(《無花果集》後記)。這句話的意思是，作者時時都在修正他的人生觀、審美觀與價值觀。這本也是一位有反省力的作家進展的過程：

> (這條路……) 或盤曲、或垂直、或平坦、或崎嶇，必須過去了才會明白，到明白也已經過去。
>
> ——《無花果集》，頁 53

「到明白也已經過去」，蕭白似乎很能體會這種哲學，因此他能毅然揚棄「昨日的我」，捕捉「今日的我」。他也不在乎「一張爬滿甲骨文的臉」的遺憾，反而說「我很高興已是秋季了」(見前引文)。此種豁達、淡恬的心境，使他在處理各種題材時，能夠以冷靜的態度駕馭它們。蕭白的散文——亦即《靈畫》等四部作品，全不見浪漫的痕跡，亦鮮有感傷的情思出現，這大概是由於他的「秋季」的「清涼」與「平靜」了。

蕭白的散文是冷靜的、剖釋的、哲學的、說理的、乃至美感的。這種風格，由於偏重思想性而遠抒情性，乃造成一般讀者對他作品的「隔」。這種「隔」的感覺，並非他的作品晦澀難懂，而是其間所隱藏的哲理性，讀者欣賞這類的散文，必須反覆閱讀，思索再三，始能有所領悟。這對於習慣了「文筆優美、流暢」兼有「情節」的散文的讀者，難免頗為吃力，例如《無花果集》第一節是這樣開始的：

> 一棵無花果樹，不開花，結出果子來了。

因為它叫無花果樹，也因此有了無花果。

我們接受的是一些浮雕，光彩最是可口，這就是瞳子裡的熟悉世界，如果以為真實，我在夏季的傍晚，一次次的諦聽著風中的蟬聲。

走來的太陽摔不爛，並且無法去解剖它的成分，宇宙私藏了許多祕方，我們不過是它的病人，為什麼呼吸對動物是如此重要呢？由於我們不能仿製。

雖然是一棵無花果樹，它還是有花，只是開在每一枚果子的核心，只是，我們無從見得。

——《無花果集》，頁 1

不開花就結果，似乎不合邏輯，因為先花後果，本是果子樹的成長過程，顯然，作者欲以「無花果樹」這個意象，暗示生命的神奇或奧祕，因此第二句就接著說：「因為它叫無花果樹，也因此有了無花果」。這種詮釋，多多少少是一種無可奈何。這又似乎隱喻了人類的存在，人類存在的本身既是無可奈何的也是奧祕的，本節中間兩段所談的雖與「無花果樹」無關，卻說明了「存在」的狀況：人類是身不由己的，而且是宇宙的病人，因為須依賴呼吸空氣而生存，本節開頭說無花果樹不開花而結果，結尾卻說「雖然是一棵無花果樹，它還是有花……只是，我們無從見得」。我們無從見得，因為花開在「每一枚果子的核心」。無花果樹本身自非當真如此生長，那麼，作者藉此隱喻存在的現象，用意是相當明顯了。

《無花果集》共 118 節，《摘雲集》也有 113 節；《弦外集》分為七章，各章又以無數小節串綴而成。《靈畫》、《山鳥集》亦如是。也就是說，這幾本書是一套一套的，各章各節可以獨立來看，亦可連起來而成一體系。前面說過，蕭白一年寫一本散文，這一本散文是他一個階段的思考過程，一個階段的思想的結晶。以《靈畫》[3]為例，此書乃寫 12 個月分，每

[3]蕭白，《靈畫》（臺北：仙人掌出版社，1970 年 4 月）。

個月之下又分數章，每章皆冠以副題，這樣的分類，用意在使讀者以辨明各章的主題。事實上《靈畫》中的 12 個月，即是作者本人一年來人生經驗的結論，亦即對存在的各種現象認知的結果。此結果以不同的方式表現了出來，形成了一套書。它的完整性，不在各篇各章的「主題」，而在作者這一年中對事對物的觀點。這樣說，似乎意味蕭白的散文只是片斷的組合。其實散文也者，本是盡情抒寫的意思。我們對散文的要求，毋寧是它的「韻味」或境界，而非如詩、小說、戲劇等文體那樣嚴格地要求完整的主題。何況，一篇散文的主題，本就相當飄忽隱約，不易劃分。也許因為這個緣故，蕭白後來的一些散文集，乾脆不用題目而以一、二、三代之，《摘雲集》、《無花果集》即是只有書名沒有題目的；而書名當然只是取其象徵性而已。如果我們一定要追問他到底寫些什麼，不妨就說是真、善、美吧，這三個抽象的字眼，倒是經常出現在蕭白的文字中：

> 每個人的心中，都住著自己的神，我虔誠於一個真，——自現在而至將來。在我來說，真與善與美同在，在為不變而變中，終歸向一，然而很遠，於捕捉間，偶然得到，隨即又失落了。但我依然追逐，因為它在，而且無時無處不在。
>
> ——《靈畫》序

這可以說是蕭白的創作信念。因為真、善、美無時無處不在，雖然於捕捉間得而復失，卻也可失而復得，理由是，所謂真、善、美，乃因人、因時而異，人的境界變了，真、善、美也跟著變了。如此的循環不息，蕭白的「追逐」亦當永無止境。然而，蕭白並非刻意去塑造這些，他說道：「……時間的連貫，無非過程，我願展示的也是過程中的平凡與坦率……任何刻意，既無必要，並且宜一律地視同矯情」(見《弦外集》，頁 1)。顯然，蕭白要在散文中表現的，是平凡中的真、善、美，也就是把平凡的變成不平凡。這就牽涉到表現的藝術了。「把不平凡的變成平凡，把平凡的變成不平凡」，似乎是詩人柯立烈治的話（S. T. Coleridge 1772～1834：To make the strange familiar, and the familiar strange）。我們的所謂「化腐朽為神奇」，也正是這個意思。蕭白散文的題材，十分普通，諸如春夏秋冬，星、月、日，花草、樹木、流水，雨、露、風等等，以這樣的題材寓意於文，如無「把平凡的變成不平凡」的力量，作品就會枯燥乏味了。所謂「不平凡」，當指作者自平凡中看到的真善美而言。例如：

> 而平凡卻是如此地溫柔與豐富，像空氣的存在，和風的流動。
>
> 經常，我在山窗之下聽夜色不停的旅行，當玫瑰在我胸中綻開的時刻，這個夜晚更是嫵媚，我的手中端一杯酒，星辰紛紛落入其中，我把它飲盡，彷彿飲著浮著草莓的飲料，和飲一朵生命的浪花。
>
> 我需要的是這些，我追尋的是這些，我嚮往的也是這些。
>
> ——《弦外集》，頁 2

這就是蕭白平凡中的美了。甚至是某種真了。夜色、玫瑰、星辰、酒，本都平淡無奇，融入蕭白的世界，卻變成了「在山窗之下聽夜色不停的旅行」，星辰紛紛落入他的酒杯中，飲著它有如飲著浮著草莓的飲料。如此一來，這些平凡的東西，驟然就變得美而不平凡了。「聽」夜色的旅行，飲星辰於杯中，此中的美的意境，已提升為詩了。

不錯，蕭白散文的特色之一是常常流露出詩的韻味，其對意象的經營，可說頗為出色。事實上，這已是蕭白自《山鳥集》以來所建立的風格之一。下面是一些例子：

> 你引領我去那裡呢？傍晚在崦嵫山的唇間埋葬了。
>
> 我搜羅一潭的沉寂，在眼裡呈現無歇的流轉，偶然拾得一幅黃昏的芙蓉色，終成山間的祕奧。

——《摘雲集》，頁 44[4]

正是起風時節，雲端不掛雁語。

——《摘雲集》，頁 105

計謀給眼睛一些春天的顏色，但是這個春天說走說走。果然轉身走了，眼睛裡開遍秋天的楓林的火紅。

——《弦外集》，頁 29

太陽坐在石級上，拭去一顆顆的露珠。

——《弦外集》，頁 30

在八月，許多種炎涼，濃縮成一夜的風聲。

——《弦外集》，頁 46

小小的牧羊女，瞳子裡蘊藏著一片青色的草原，羊群也在其中，點綴於髮尖的朵朵陽光，流動出臉上的嫵媚。

——《無花果集》，頁 14

我們可以看出，蕭白的表現手法與意境的鑄造，與現代詩並無二致，而他的意象，又無矯情或刻意的成分，非常自然。「起風時節，雲端掛不住雁語」、「太陽坐在石級上，拭去一顆顆的露珠」、「許多種炎涼，濃縮成一夜的風聲」，乃至小小的牧羊女眼中蘊藏的一片青色草原和羊群……此類的意境，似乎是隨手拈來，一揮而就，毫無斧鑿的痕跡。朱西甯視《弦外集》為詩章，把它當做「琴上的詩來聆聽」（見《弦外集》代序），恐怕是基於蕭白散文中處處顯示的詩意和意象之美了。

事實上，蕭白的散文的主要特色並不在此；散文中的詩意以及意象的塑造乃至其象徵性，只是他的表現技巧與結構的一部分，蕭白散文的中心，毋寧是它的玄思與哲學性，也就是它裡面所包含的批判、嘲諷、說理、述禪等意味，而這些批判、嘲諷、說理、述禪，又融入最淺顯平凡的

[4]蕭白，《摘雲集》（臺北：阿波羅出版社，1970 年 10 月）。

事物或例子中呈現出來，裡面所談所述，幾乎全是我們日常生活中所見所聞的各種現象，然而經過了作者的智慧與人生經驗的處理，乃形成「深入淺出」的風貌，既不艱澀、矯情或故弄玄虛，也沒有「強詞奪理」之處。換句話說，蕭白並非刻意追求哲學的思想、理想或意念。蕭白追求的是平凡中的真，是普通事物中不普通的地方。蕭白的散文不浪漫，原因也在此。他的散文不是幻想或想像後的產品，他對宇宙間萬物的形象是領悟而非「想像」，至少並非如詩人那樣放馳想像去創作。因此，當我們讀他的這些散文，每每覺得它們隱藏了某種啟示，《無花果集》的最後一節，蕭白如此寫道：

> 雖然，我的目裡一樹無花果，然而再注視時，不見花，不見果，也不見枝葉，甚至也不是樹。
>
> ——頁 159

前面說過，「無花果樹」是生命或人生的象徵，現在我們再看他這一段文字，頓覺其間蘊含了禪機。這一段話若非作者對讀者有所啟示，至少企圖暗示我們：他本人的境界。他說當他再注視無花果樹時，已是「不見花，不見果，甚至也不是樹」。這是怎樣的境界？暗示了什麼意義？這段話使人想起佛家所說的三種境界，即是：一、山是山水是水，二、山非山水非水，三、山是山水是水。第一種是與外界對立的「我」，第二種是「我」的超越，第三種是平淡寧靜的「我」。筆者對佛學禪宗可說外行，此處強做解人，似乎又覺得第三種境界即是人與存在環境的和諧，這時候的「我」應當是靜如止水，不受干擾的「我」。那麼，蕭白的不見花果枝葉，甚至樹非樹，顯然是「山非山水非水」的超越，此亦即他曾提過的「淡雲、悠然山外，說得無所得，說失無所失」（見前引文）的境界，既已超越，自然無所得失了。然而，「超越」並非意味「平淡」，佛家要求四大皆空，要求摒除七情六慾，恐怕就是「平淡」的修為了。蓋人一旦做到了「平淡」，就是一個不受干擾的寧靜的「我」。蕭白曾謂「秋季的平靜」，也許他多少已達到了這個境界。不過，蕭白畢竟還只是「凡人」，雖然住在山上，到底不是為了修練什麼道行，免不了會有喜怒哀樂與慾，比如他曾抱怨稿費菲薄不足以養家活口，就是一例。

說到蕭白散文裡的哲學性，可引《無花果集》中的一節來說明，他說：

> 如果珍藏一滴露珠，不如去認識流水的涓涓，來的無盡，去的也無盡，一切的豐富由於無盡，正如無所知永遠引領著希望，凡能預期的便無新奇了，此也所以神祕被追尋著、探測著。是否可以說：無知是樂，大知大樂呢？只有無知與大知之間的，則時有不樂。
>
> ——頁 3

何謂無知是樂，大知大樂？這頗耐人尋思。根據本段的文意，無知即是「無所知」或不能「預知」，這樣我們對世間各種事物與現象就會產生一份新奇和希望，就會追尋與探測，因此有「樂」，相對的，如果我們對一切已是「有所知」，屬於大知大覺型，則由於已經看透或預先獲知獲得，此當然是「大樂」。這道理是相當淺顯、相當「真」的。蕭白散文裡的哲學意味，大部分是如此的：不做作，不故弄玄虛。而且，有時表現出來，竟是非常優美的意境，韻味無窮——

> 突然之間，發覺過去如岸，每一次回頭便遠了許多，遠得不能再遠，當一腳跨出去，再也沒有回程。
>
> ——《弦外集》，頁 86

不過，蕭白的「哲理」，有時也流於「淺入淺出」，顯然是在題材的選擇方面沒有割捨的決心，看起來宛若一份「說明書」，諸如：

沒有絕對的圓，沒有絕對的方，也沒有絕對的白，純白只是比較的結果。一個勇者，也必然是一個弱者，因為他也是人……

——《弦外集》，頁 23

我就是我，你也就是你，不要企圖求得一致。

人，不可能一致，出生紙不能塗改，已經是什麼樣的生命便是什麼樣的生命……

——《無花果集》，頁 108

這就未免過於淺俗，「一目了然」了。所謂「一目了然」，亦即沒有「深度」，而所謂沒有「深度」，又是見仁見智的看法。至少，在我看來，這兩節流於「普通說理」，缺乏獨特的創意與啟示性。也許是這類的散文寫多了，蕭白不知不覺中變得有點「職業化」，變得落筆皆哲學說理述禪，竟而不加選擇了。我們再看看以下的句子：

在年輕人的身上，我欣賞著熱情奔放。

在年老人的微笑裡，我讀到智慧鍛鍊成的平淡。

——《弦外集》，頁 79

醜與美很難界說，醜是不完整的美，美因醜而鮮明。

——《弦外集》，頁 79

有窗之想，一座屋的需要窗，猶如人之不能缺乏眼睛。

而心中更需要多開窗子，才觀得世外之世，可是許多心是一間牢不可破的暗室，怕去接近陽光與燈。

——《弦外集》，頁 80

如果不能使靈魂潔淨，沉在水裡，也拔不出汙穢。

——《弦外集》，頁 81

這樣的例子還很多，必須一提的是，前面所引，除了最後一句引文屬一節的第一句外，餘皆書中獨立的一節。平心而論，這類句子，看起來頗似「語錄」，這本來沒有什麼不好，問題在於，散文雖屬「盡情抒寫」，卻也有所取捨，蕭白的散文偏向哲學與說理，擅於從淺易的例子中提煉出「真」，但是「醜與美很難界說。醜是不完整的美，美因醜而鮮明」、「一座屋的需要窗，猶如人之不能缺少眼睛」，這些道理很對、很真，只是過於淺俗了。因為過於淺俗，寫了進去，就變成普通道理的說明，不能產生觸發讀者靈思的功能，這猶如我說「沒有白晝就沒有夜晚，沒有夜晚就沒有白晝」一樣，理雖淺真，卻無耐人尋思的意味。蕭白最好的散文，毋寧是像下面我將引論的例子，這是《無花果集》中的第 12 節，第一句我在前面談意象時引用過了，這裡為了使讀者一睹其完整的風貌，同時為了便於討論，我全部抄錄如下：

> 小小的牧羊女，瞳子裡蘊藏著一片青色的草原，羊群也在其中，點綴於髮尖的朵朵陽光，流動出臉上的嫵媚。
>
> 在這個秋天的清晨，我在獨木橋上找尋腳印，一座橋，馱載了數不清的腳印，走過去的卻已經把它遺忘，只有水中的魚，說一些難懂的私語，雲影流走了，然而我的嚮往仍是那小小的收羊女的兩頰，她的歌飄在風裡。
>
> 頓悟到愛使自己歡樂，使瘦弱變成飽滿。
>
> 頓悟到我們都是白髮的兒女，這是唯一可以遺傳的衣缽，然後又找到了自己的白髮。
>
> 我就聽到了鬢髮的言語，一個華麗的世界並非由於嘴上的繽紛，可以有一些點綴，只是點綴，唯其陽光無私，那也僅屬於單純的顏色，而我們的喜愛，又豈是滿目的草原！幾乎每一分鐘吸吮著流動在空氣裡的溫暖。
>
> 也許你明白，小小的牧羊女，引領著羊群的馳奔。
>
> ——頁 15

這節散文，無論是表現技巧、結構、氣氛、意境，都是第一流的，首先作者以詩的含蓄手法描繪出一幅景色：一片青色的草原，有陽光、有羊群，最重要的，有一個小小的牧羊女，而草原與陽光皆間接顯現出來：前者藏在牧羊女的瞳子裡，後者「點綴」在她的髮尖。「羊群也在其中」，亦即羊群在草原中，而草原乃蘊藏在小小的牧羊女的瞳子裡。這自然是間接的展現而非直接的陳述了。如果把這幅景色移到畫紙上，我們得到的僅止於直接的美感，不若經過如此精心的文字塑造而產生的想像的美感效果。

我說「小小的牧羊女」重要，因為它是一個象徵，這個象徵與「白髮」成為對比，甚至與「秋天」亦有關連。原來，作者第二段裡的「秋天的清晨」，也是象徵的安排。乍看起來，接著的秋天的清晨、一座橋、魚、雲影，似乎是自然景色的繼續描述，事實上是作者結構的成功之處，就視覺效果而言，這是一幅秋天的田園風光，然而，文中的「我」，卻在「獨木橋上找尋腳印」，含意就不單純了。在這樣的情形之下，作者首先是嚮往「小小牧羊女的兩頰」，接著領悟到「愛使自己快樂，使瘦弱變成飽滿」以及「我們都是白髮的兒女」。作者的頓悟，顯然來自「在這個秋天的早晨，我在獨木橋找尋腳印，一座橋，馱載了數不清的腳印，走過去的卻已經把它遺忘……」，則歲月無情，人世炎涼（走過去的卻已經把它遺忘），誠然令人感觸良深。「我們都是白髮的兒女」，自也是歲月無情的暗示。那麼，「秋天的早晨」，指的當是人生的秋天了。也唯有已入中年，始體會出「白髮」的意義。作者對「小牧羊女」的嚮往，亦是「秋天」與「白髮」的結果。第三段的「領悟到愛使自己歡樂，使瘦弱變成飽滿」，以乎出現得頗為突然，實乃因小牧羊女而起。作者領悟了歲月無情人世炎涼而嚮往小牧羊女的兩頰與歌聲，無如是指嚮往孩童的純真與愛——簡言之，就是返璞歸真的人生。所以他說：「也許你明白，小小的牧羊女，引領著羊群的馳奔」。「小牧羊女引領著羊群的馳奔」的結論，其意義經上面的剖析就顯得清晰了。

「小小的牧羊女」和「牧羊女」之間的差別是很大的。蕭白不止一次提到小孩，如《無花果集》第 50 節：「我們摸索的正是孩子們明白的路，唯有他們的王國公正……」（頁 60），又如《摘雲集》中第 67 節：「呵！孩子！從你們的臉上看到純真，瞳子裡閃耀淨澈的晶瑩，如果有快樂，在你們身上；如果有幸福，也在你們身上……在我的眼中，孩子才是真人；在我的眼中，孩子的行為也才是人的行為……」（頁 91～92）。蕭白的「秋季的清涼、平靜」，正是此種的返璞歸真。

至於最後第二段的「我就聽到了鬢髮的言語，一個華麗的世界並非由於嘴上的繽紛……而我們的喜愛，又豈是滿目的草原！」這裡面有兩組意象：「鬢髮的言語」和「嘴上的繽紛」，前者暗示「白髮」的言語，也就是「老年人」成熟的智慧（其實「老年人」只是泛稱，文中雖提到白髮，仍以「秋季」為宜）；後者指的是表面的世界，亦即「口頭說說」而已的美麗的空話。作者否定了表面的世界，因此有「而我們的喜愛，又豈是滿目的草原！」的批評。「滿目的草原」在此亦是表面世界的隱喻。這一段本屬說理，由於語氣肯定，遂變成作者的批評。

我們可以看出，這節散文結構的嚴謹精鍊，表現手法的含蓄象徵，氣氛的柔美，以及令人咀嚼的意境（即內容思想），在在揭示了第一流散文的水準。我個人認為，蕭白寫作糊口之餘，倘能多多出產此類的作品，定能為中國的散文大放異彩，當然，一篇短短的散文，須經如此的分析、探討始顯出其內涵，難免會引起「隔」的問題，這就非作者的損失了。我曾說過蕭白的散文裡的嘲諷也是特色之一，以下是《弦外集》中的一節：

> 有人總喜歡用自己的手去抬舉自己，在用出極大的臂力之後，至多被稱為特技表演。也可以看到許多十字架被作為項鍊、臂環，甚至掛在臉上。這正像一隻腳踏在垃圾車上，一邊聽著《少女的祈禱》的鈴聲。
>
> ——頁 56

蕭白以垃圾車播放古典音樂《少女的祈禱》的荒謬嘲諷前兩種現象的荒

謬，乃從事實中摘取例子。臺北的垃圾車出現時播放巴妲茜芙絲卡（Badarzewska）的名曲由來已久，說起來實在是對藝術的不敬，而且也不倫不類。蕭白的嘲諷，有時以類似寓言的方式表現出來，如《弦外集》中關於床、餐桌的一節（頁 19）以及蚊子的哲學的一節（頁 87）即是。蚊子的哲學乃嘲諷強詞奪理，只有三行：

> 聽到一隻蚊子在我耳邊大談哲學。
> 牠說，說得理直氣壯：「昨夜，你曾用血液餵哺過我，那麼今天不能拒絕我再來一次飽餐。」

秋季是豐收的季節，至少對蕭白而言，他的散文是豐收的，他以「秋季」的平靜心境洞察人生，捕捉宇宙萬相，近而剖釋各種平凡中的真，他說秋季的清涼、平靜的可喜，我們正可用他這句話來形容他的散文。

——1974 年 8 月 2 日於臺北

——選自《中華日報》，1974 年 8 月 20～24 日，9 版

蕭白的散文

◎任真*

讀蕭白的散文，必須泡杯香片，用濃茶沖淨內心的慾念。然後點燃一支香菸，緩緩吸一口，輕輕吐出來，讓縹緲的煙霧，氤氳在清新的空氣裡，自己那份被生活逼迫得惶亂的情緒，也像這縹緲的煙霧一樣，徐徐上升，漸漸散去。於是，展開蕭白的散文，慢慢一字一句讀下去，這樣，自己的心情才能配得上書裡無慾閒散的內容。

當然，我們絕對不需要在一盞青燈之下，敲著木魚，像唸經一樣閱讀，那種讀法，虔誠固然虔誠，而且，也比較容易被書裡的內容帶入無慾無慮的境界，但總顯得禪味太重了，雖然，蕭白已出版的多本散文集裡，也隱含著這種淡淡的禪味。

今天，許多寫散文的作家中，有的清麗，有的穠豔，有的雅淡，有的雕琢……各有各的風格，各有各的筆路。蕭白的散文，就是屬於雅淡的一種，雅淡得似乎不食人間煙火味，任意吟哦一篇，他總能給你一些東西。就像寺廟裡早晚傳出來的鐘聲，那聲聲悠長曼妙而隱隱的鐘鳴，衝破濃濃的夜色，衝壞晨間的嵐影微曦，衝破千重山萬重水遠遠送來，撞擊人的神經纖維。在表面上，我們覺得這只不過是一種普通的鐘聲而已，尤其住在寺廟附近而且又常聽到這鐘聲的人們，倘若深入去想一下，這些鐘聲就能帶給我們一種清醒和憬悟的力量。

當然，我們不能肯定的說，蕭白是當今散文作家中最有成就最了不起的一位，也不能說在散文的成長歷史中，蕭白將有他一席不朽的地位，但

---

*本名侯人俊。作家、書法家。發表文章時為陸軍六十九師衛生營醫療連長。

蕭白的散文，卻為大多數讀者所喜愛是事實。他的成就，他的功力，他奉獻給散文寫作的歲月，公正的歷史，會為他肯定。

他的散文，沒有夢，沒有蕩氣迴腸的愛情低訴，沒有雕琢，沒有虛飾，純粹出於一片自然，一片機趣，一份淡淡的襟懷，一種很雅素的情操。我個人就喜歡這種格調的作品。作者是一位經過人生猛烈錘鍊，和戰火洗禮的作家，漫長的歲月，豐富的人生閱歷，充實了他的寫作內涵，也昇華了他的人生慾念，給予了他太多的清雅和超然，因之，形之於文字的，自然是一種形骸生活在塵俗中，而思想卻超越於塵俗外的空靈境界。

我說蕭白的作品裡有禪味，那不是胡謅的，像《白鷺之歌》，像《藍季》，像《多色河畔》，像《山鳥集》……，那些篇章裡，許多許多閃爍光芒的字句背後，就包含著許多發掘不盡的意趣，慢慢咀嚼，能讓你體悟出生命的芬芳面，也能觸及生命中沉痛的一面，能透視人生，也能熱愛人生，有獲得的喜悅，也有失去的嗟喟……。

禪味豈是輕易能夠養得的，一個人必須先有禪機，然後才能養得禪趣，有禪趣，才能勘破生活窒礙，而養得一片禪意，因之，一言一行，一字一句，無不蘊含著無盡禪機。蕭白作品裡的禪味，也許就是由於他不慕名利，一片淡泊胸懷而養得的。

蕭白出版的散文集子，我不僅整本整本讀過，而且，他歷年刊於「中副」、「聯副」、「新副」以及其他報章雜誌的散文篇章，只要我一眼發現了，我就把最緊要的公務擱在一邊，先讀他的散文。這正像一個在炎暑天趕路的人，頭頂是惡毒酷熱的太陽，足底冒著蓬蓬的暑氣，口渴舌焦，旅程艱難，突然睹得一道瀝瀝而下的山泉，掬得一口，頓覺無限清涼，此刻，內心焦灼若焚，眼見這道誘人的山泉汩汩不絕，那來慢慢品嚐的耐性，忍不住大口大口掬飲一陣了。

近日，重讀他曾獲民國 57 年中山文藝散文獎的《山鳥集》，內心不由得又激起一陣躍動，這本書是哲志出版社於民國 59 年元月出版的，全書除自序外，包括 72 篇短小清麗的散文，約六萬餘字，是他在景美山居的生活寫照。雖然寫的是日常生活瑣事，但瑣瑣屑屑的生活描寫裡，卻有它無盡的韻味。如一盆珠顆，分開來，粒粒毫光四射；串起來，不僅彰顯出它的價值和光彩，更是少女貴婦們最美麗的項飾。

山很樸壯，海也尤壯闊，林木蔥蒨，芳草萋萋，蒼天遼敻，地域博厚……要是寫這些，把實地物貌加上豐富的想像，就有描述不盡的東西供我們採擷取用，如寫身邊瑣事，平凡而又平淡，人人都有，人人皆見，要能寫得生動洋溢，呈現一副清新面貌，那真得有幾分工夫不可。《山鳥集》就是作者的文學造詣加上豐富的人生閱歷，而錘鍊出來藝術精品，讀起來，不令人感到煩膩乏味，不感到傖俗淺薄，只令人覺得清爽而豁達，清淡而又胸襟突然為之開朗，是我們看得見而道不出，想得到復又表達不來的。這就見出作者對生活的體驗比我們深入，靈智比我們清醒的地方。

像在〈魚池〉裡，他這樣描寫說：「這小池，對於我，已不是純然以養魚為快，坐臨其側，沉思其上，總覺得山有情水亦有情，萬山千水，長海疊峰，亦不過如此而已，我可擬假山作五岳，於點滴中見西湖，以為可笑嗎？人本是如此的，世界也是如此，大未必大，小亦未必小。」多麼富於哲理的參悟。

在〈雨中徜徉〉裡，作者這樣寫：「我的全身已經濕了，絲絲的清涼混和著絲絲的草木氣息。一片黃葉落下來，它是我在這秋季見到的第一片，上面記著逝去的春和夏的足跡。我何曾要想找黃葉，我只是暫時留在這裡，在生長喬木和灌木、針葉林和闊葉林的林子裡，聽雨聲的喧嘩，聽葉子在腳下跌落……我的傘呢？何必帶傘。」一串清麗的句子，不走入生活，那能有這深刻的體驗，沒有淡泊的襟懷，那來這灑脫的行為。

這是我信手抄摘下來的一段落，這些清新而迸發出智慧火花的句子，讀起來，多麼使人喜悅，使人舒暢，若不是深入了生活，體驗了生活，深入了人生，參悟了人生，那能寫得出這種閃爍出光芒的句子來呢？

《山鳥集》，是作者自民國 56 年 5 月到同年 12 月的作品，整七個月的時間，作者自播種到收穫，居然有這樣一分豐收的成果「奉獻」給讀者，這分勤於耕耘的精神，也確實令人敬佩，何況作者還從事小說創作。

人生境界，是一層比一層高，寫作境界也是如此，只要不故步自封，以一得為滿足的話，就能超越自己，更上層樓。作者民國 56 年的作品，就有這樣一分空靈，時隔七年，作者的作品，該又是另有一番境界了。

讀者如果喜愛散文的話，蕭白的作品，可以給你很多東西。

——選自《青年戰士報》，1974 年 8 月 30 日，8 版

試論蕭白的散文

◎郭廷立*

一、前言

蕭白是一個專業散文家，寫作非常勤奮。然而，由於他平淡的心靈及平淡的風格，以致於到目前雖然有十幾本著作出版，然而，知道他的人還是有限得很。前一陣子，筆者看了蕭白十幾年來的散文作品，為他一顆精進無已的心靈所感動。老實說，蕭白並非一個技巧很圓熟的作家，然而，由他的作品中，可以體會到一個中年人為散文而奮鬥的心路歷程，有助於初學者的參考。

二、蕭白小傳

蕭白原名周仲勳，今年 52 歲，21 歲開始從事寫作，到今年五月正好 32 年。早年習國畫，後來寫詩，後來寫小說，民國 52 年（38 歲）開始寫散文。年輕時非常喜歡詩，一度曾為李、杜及李後主、李清照的作品入迷。1930 年代的新詩和後來的現代詩，作者也未曾放過。目前，蕭白雖然早已不寫詩，然而，詩仍是他的營養。已出版的散文有《多色河畔》、《藍季》、《葉笛》、《白鷺之歌》、《花廊》、《山鳥集》、《靈畫》、《摘雲集》（已絕版）、《無花果集》、《弦外集》等，目前正著手於「浮雕集」的構思。

---

*發表文章時為臺南市南興國小教師，現已退休。

三、作品的風格

1、平淡中蘊神奇

初看蕭白的散文，有點像在喝白開水，非常的平淡無奇。因為他所寫的都是以大自然為對象，諸如春、夏、秋、冬、日、月、星、雲、花、草、樹、木、風、雨、霧、山鳥、小溪、幽徑等一些常見的素材，而且在作品中經常不斷的重複那些主題。然而，如果你是一個細心的讀者，你將會發現，在這些平淡的作品中也有真意存在，有些甚且在平凡中表現不平凡來。如《弦外集》第 2 頁——

「經常，我在山窗之下聽夜色不停的旅行，當玫瑰在我胸中綻開的時候，這個夜晚更是嫵媚。我的手中端一杯酒，星辰紛紛落入其中，我把它飲盡。彷彿飲著浮著草莓的飲料和飲一朵生命的浪花。」

夜色、玫瑰、星辰、酒，本都是平淡無奇的，然而，蕭白卻能將它賦予生命，融入他的世界之中，而變成「聽夜色旅行，飲星辰於杯中」，這是何等的意境！何等的神奇！

2、清遠中含禪機

蕭白的作品讀來有種「雨後空山」的感覺，是那樣的超俗，那樣的清遠，絲毫不帶一點人間煙火味。然而，更可貴的是在清遠中還含有禪機，令人回味。如《無花果集》第 159 頁——

「雖然我的目裡一樹無花果，然而，再注視時，不見花，不見果，也不見枝葉，甚至也不是樹。」

這一段文字令我們想起六祖慧能的那首詩——「菩提本無樹，明鏡亦非臺，本來無一物，何處惹塵埃。」佛家有句話說「見一切法象非象，則見如來」。作者的作品中常常可見到這一類超脫世外內含禪機的傑作。

然而，佛家只有三境之說，所謂「未學佛前，見山是山，見水是水。學佛時，見山不是山，見水不是水。學成佛時，見山仍是山，見水仍是水。」以此標準來測度蕭白作品中的禪機，雖有蘊含，但似乎只參得第二層禪機，仍未到達第三層。終不如周夢蝶「我走遍了千山萬水，卻走不盡我肚裡的萬水千山」那樣參理深澈而感人，也許這就是詩和散文的高下之分吧！

四、風格的形成——蕭白哲學

蕭白愛好大自然，從他卜居景美山上，以寫作為專業可以看出，他是一位與世無爭的長者。難得看到他在眾人面前出現，他既不上臺演講，也不接受訪問，更拒絕走上螢光幕，他的思想近似於莊子。文中沒有葉珊年少的激情，也沒有余光中的奔放。我想這似乎和作者的年齡有關，蕭白 21 歲開始寫作，38 歲時才開始寫散文，年紀大了，生活體驗多，一切一切都看淡了，因此，雖然寫景，卻很少抒情，有的只是對人生輕微的感慨以及對人生深入的探討，且看《弦外集》第 80 頁——

「突然之間，發覺過去如岸，每一次回頭便遠了許多，遠得不能再遠，當一腳跨出去，再也沒有回程。」

這是蕭白對逝去歲月的感傷，歲月是一種無形無影的東西，而作者卻能用「岸」將它具象化，且賦予動態的生命。而所謂「當一腳跨出去，再也沒有回程」曾顯示出作者在感傷中仍抱著一顆勇往邁進的決心。他用「每一次回頭便遠了許多」來鼓勵人們瞻望未來，不要回顧過去。意在言外，確是非常優美的意境，韻味無窮。

然而，蕭白有些地方也犯了一般初學者易犯的毛病，流於淺俗的說理。如《弦外集》第 23 頁——

「沒有絕對的圓，沒有絕對的方，也沒有絕對的白，純白只是比較的結果，一個勇者，也必然是一個弱者，因為他也是人……。」又如《無花果集》第 105 頁——

「我就是我，你也就是你，不要企圖求得一致。」

可是，有時候卻表現得非常的好。如《無花果集》第 53 頁——

「這條路……或盤曲，或垂直，或平坦，或崎嶇，必須過去了才會明白，到明白也成為過去。」

「到明白也成為過去」，蕭白似乎很能體會這種哲學，因此，他經常揚棄「昨日的我」，捕捉「今日的我」。而對年齡，他也不在乎「一張爬滿甲骨文的臉」的那種遺憾，反而說：「我很高興已是秋季了。」這種豁達，恬淡的心境，使他在處理各種題材時，能以冷靜的態度去駕馭它們。無怪乎林綠說：「蕭白的散文是冷靜的，剖釋的，哲學的，說理的，乃至是美感的，這種偏重思想性而遠抒情性，乃造成一般讀者對他作品的『隔』」。

只是，蕭白的這種進展，是在《山鳥集》完成之後，《山鳥集》之前的作品，仍帶有抒情意味，只是不濃而已，這在第六項時我們再詳說。

五、寫作技巧——自由聯想與象徵

蕭白的散文可以說是典型的「散」，這是事實。然而，卻能「散而不亂」。因為蕭白對人生的體驗多，書也看得多，所以，他在作品中雖然海闊天空，自由聯想，卻都帶有一種對人生淡淡的領悟。我們且舉他最好的一篇散文來討論：《無花果集》第 12 節——

「小小的牧羊女，瞳子裡蘊藏著一片青色的草原，羊群也在其中，點綴於髮尖的朵朵陽光，流動出臉上的嫵媚。在這個秋天的清晨，我在獨木橋上找尋腳印，一座橋，馱載了數不清的腳印，走過去的人已經把它遺忘。只有水中的魚，說一些難懂的私語。雲影流走了，然而我的嚮往是那小小牧羊女的兩頰，她的歌飄在風裡。

領悟到『愛』使自己歡樂，使瘦弱變成飽滿。

領悟到我們都是白髮的兒女，這是唯一可以遺傳的衣缽，然後又找到了自己的白髮。

我就聽到了鬢髮的言語，一個華麗的世界，並非由於嘴上的繽紛，可以有一些點綴。唯其陽光無私，那也僅屬於單純的顏色，而我們的喜愛，又豈是滿目的草原？幾乎每一分鐘吸吮著流在空氣裡的溫暖。

也許你明白，小小的牧羊女，引領著羊群的馳奔。」

這一節雖然只有短短的三百字，而且粗看起來很破碎，很不連貫。然而，卻是內容豐富而耐人尋味，可稱得上是一篇「絕筆」。讓我們先從形式上的架構來探討：

首先，作者以「小小的牧羊女，瞳子裡蘊藏著一片青色的草原」給我們展開了一個遼闊的視野。而後用「點綴於髮尖的朵朵陽光，流動出臉上的嫵媚」寫活了陽光，也寫活了牧羊女。使我們的視線由瞳子到廣闊的原野又集中到牧羊女身上。接著說他自己在秋天的清晨在獨木橋上找尋腳印，而後聯想到走過去的人早把它遺忘了。雖然「魚」和「雲影」曾經目睹留下腳印的這些人，然而，「雲影」已經流走了，「魚」的私語又無從理解，我的找尋能夠獲得什麼呢？接著，鏡頭又跳到第一段「然而我的嚮往乃是那小小牧羊女的兩頰，他的歌飄在風裡」。剛才的找尋腳印是一縱，現在又將它一擒，使一、二段連接得天衣無縫。

然後，像詩一樣的，來一個「轉品」，「頓悟到『愛』使自己歡樂，使瘦弱變成飽滿。頓悟到……然後又找到了自己的白髮。」給人一種異常突出的驚奇。

接著，鏡頭又慢慢的轉回，「唯其『陽光』無私」，「而我們的喜愛，又豈只是滿目的『草原』」。又將我們的視線拉回到出發點，最後，「也許你明白，小小的牧羊女，引領著羊群的馳奔。」又再度的將我們的視覺焦點拉回到牧羊女，拉回到羊群。而景象卻由靜態變成了生生不息的動態。

綜觀全篇架構，空間是由小而大，由大而小，由小而大，再由大而小。氣氛是由靜而動，前後中間情節反覆出現，將全篇貫串，首尾相應，故在結構上簡直是無懈可擊。

再從實質的內容上來探討，作者的「牧羊女」、「橋」、「腳印」、「魚」、「雲影」，指的並不只是表面的意思，同時都蘊含了一種內在的象徵。

起首「小小的牧羊女」就象徵了「渺小的個人，青春，以及愛的化身」，而「青色的草原」隱隱暗示了一個「大宇宙」，「羊群」則象徵了「歷史之河」，而宇宙為何能蘊藏在瞳子裡呢？這瞳子象徵了一顆「純潔的心」，所謂「萬物皆備於我，及身而試，善莫大焉！」

至於「獨木橋」則象徵了人生必經之路，為何不用「鐵橋」、「水泥橋」卻偏要用「獨木橋」呢？也許景色本就如此。然而，在不經意中似乎也說明了，每一個人都有一條艱苦的路，途中充滿了荊棘，而真正能克服的人只有一個——那就是自己。至於「腳印」象徵著過去的一場奮鬥，自然「跨過高山的人，嘲笑一切悲劇」，走過去的人自然不想再回頭，他的事蹟只有留給別人——（以「魚」象徵）去傳誦。當時間（雲影）過去，年歲漸長，作者也走到了這座獨木橋邊，他也要過去，他想看看別人的腳印，以便於能走得安穩一些。然而，沒有，別人的言語他不懂，走過的人已遺忘，所以他只好自己堅強的去面對。而當他走過，他自己也把它遺忘了。他嚮往的只是那小小牧羊女的兩頰（象徵年輕時期的愛），然而，時間一去，歲月催人，「回憶」唱成了一首「歌」，隨「風」飄落。

於是作者頓悟到「愛」的偉大，又頓悟到人生的三階段「少年」（白髮的兒女），「中年」（可以遺傳的衣缽），「老年」（白髮），而他已經找到了自己的白髮（老了）。因此，他聽到了鬢髮的言語（象徵天命）。對人生有了更透澈的了解，遂覺悟到「而我們的喜愛，又豈只是滿目的草原？」應當更向上追求精神上的無窮世界。只是「理想要高，腳步要穩」，雖然個人渺小，畢竟是歷史之河中的一滴水，唯有像牧羊女般，在自己的階段中充實的活過，才能帶動歷史之河向前奔流。

因此，這篇文章，不論就實質的內容或形式的架構來說，均是不可多得的上乘之作。

六、作品的比較分析兼論風格的轉變

蕭白是在 38 歲才開始寫散文的，這一項我們不能不了解。然而，他的進展是驚人的，剛剛開始時，不免仍含有一種少年的深情，也許是「往日情懷」難以釋然呢！這裡我們只就「雨」這一個主題，看看蕭白在不同年齡的感受，就可以了解到作者風格的轉變。

蕭白在《多色河畔》後記中說他的第一篇散文是發表在 52 年，那時他 38 歲，標題是〈夢及其他〉，且看他如何寫雨中的感受——

我們在雨中徜徉。
雨絲如銀箭萬簇，
我們把胸膛輕輕敞開，
讓點點粒粒，灌進喜悅。
我們在雨中徜徉。
如散步在春日的園圃，
一樹雨如一樹銀花搖落，
似在嫉妒你閃亮的嘴角。

在這裡我們可以看出，作者剛開始時，仍然不脫詩的形式。而且用的方法是「比喻」，內容是「唯美」，對雨的感受是「一樹雨如一樹銀花搖落，似在嫉妒你閃亮的嘴角。」

而到了民國 56 年，《藍季》出版後，作者的感受又不同了，且看第 16 頁「冷濕的日子」中的一段——

「我走出了屋子，走向海邊，雨，疏疏落落的，粉末煙屑似的，從海上近來？又向海上遠去。雨是張銀色的網，網住了整個海灣，也網住了我，我的心中也有雨，給灑得潤潤濕濕的。」

這時侯的蕭白是 42 歲，似乎有感於歲月蹉跎，馬齒徒增，自傷老大，於是遂有「雨網住了海灣，也網住了我，我的心中也有雨」這種深沉的感慨。而 43 歲，蕭白以《山鳥集》榮獲中山文藝獎，總算是稍可告慰自己。同時，在他本身的風格也起了轉變，不再是吟風詠月，連那種淡淡的抒情也消失了，一變而為走向人生哲理的探討。形式不那麼美了，然而內容卻更渾厚，更具有韌性，更禁得起分析。於是對雨的感受又是另一番意味了——《無花果集》26 節：

雨啊！採挖不盡的天空鑽石礦，給大地增添昂貴。

同集，81 節：

雲豈是雲，雨豈是雨，吞飲的酸甜又豈止是酸甜。

民國 52 年的那種激情沒有了，民國 56 年的那種惆悵也消失了，代之而起的是一種澈悟，懍然到雨並不只引人愁思，更重要的是雨給大地帶來了生機，使萬物欣欣向榮，為大地增添了昂貴。最後更悟到「雲豈是雲？雨豈是雨？吞飲的酸甜又豈只是酸甜？」則已進入佛學境界了。

從這裡，我們很清楚的看到了作者的心路歷程，開始期的作品，令我們覺得「不過如此」而已，而十年的功夫，竟叫我們「嘆為觀止」。而這種進步的原動力可以說是導源於作者那種強烈的學習精神，以及隨時創新求變的勇氣。正如作者在《絮語》附錄（《絮語》只是舊作的重版，故在前面的作者散文作品中未提及）中說的：「做為一個創作者，豈可永遠站立於昨日線上，豈可讓作品十年如一日？」我們今天看蕭白的作品，與十年前的一比較，真可說是「士別三日，刮目相看」。

楚茹將蕭白的作品分為三期，第一期是「繁花滿樹，青梅隱現」時期，包括他的《多色河畔》、《藍季》、《葉笛》、《花廊》。第二期是「花果並茂」時期，包括《白鷺之歌》和《山鳥集》，第三個時期是「花隱果碩」的時期，包括《靈畫》、《摘雲集》、《無花果集》和《弦外集》。而他一些最好的作品也大都在第三期裡，這裡且舉一些，如：

你引領我去那裡呢？傍晚在崦嵫山的唇間埋葬了。

——《摘雲集》，頁 44

正是起風時節，雲端不掛雁語。

——《摘雲集》，頁 105

計謀給眼睛一些春天的顏色，但是這個春天說走就走，果然轉身走了，眼睛裡開遍了秋天楓葉的火紅。

——《弦外集》，頁 29

太陽坐在石級上，拭去一顆顆的露珠。

——《弦外集》，頁 30

在八月，許多種炎涼，濃縮成一夜的風聲。

——《弦外集》，頁 46

至於前面那首小小的牧羊女，那是「絕唱」，不用再重複了。

七、結論

要了解一個作家，必須看盡他的一切作品才能確實明白，如果只看作者的一兩部作品，便難免犯了以偏概全之病。我初看《山鳥集》時，也覺得平淡無奇，並不引人入勝，然而，我卻喜歡他後期那種內涵豐富的作品。俗語說：「愛一個人，必須連他的缺點也喜歡。」

只要是前進的，都令我掀起敬慕。

——選自《中華文藝》第 75 期，1977 年 5 月

空濛奇巧　飄逸灑脫
蕭白散文

◎方忠*

蕭白，原名周仲勳，1925 年生，浙江諸暨人。從小生活在農家，與大自然建立了密切的聯繫。1940 年畢業於浙江新昌縣立簡易師範。1944 年參加國民黨軍隊，在戎馬生涯中開始寫作。1947 年發表處女作〈蛙聲〉。1948 年去臺灣，任職臺中市政府，兼編《民風報》副刊。1949 年重返軍隊，在裝甲兵司令部供職，至 1967 年退役。1968 年出版散文集《山鳥集》，獲第三屆中山文藝獎。1972 年後歷任黎明文化事業公司編輯部副主任，出版部文學、兒童讀物組主任，主編《中國新文學叢刊》。1975 年回到山居，專事寫作。主要作品有散文集《多色河畔》、《白鷺之歌》、《摘雲集》、《無花果集》、《花廊》、《浮雕》、《兒時成追憶》、《當時正年少》、《石級上的歲月》、《白屋手記》等。另有小說集《破曉》、《雪朝》、《河上的霧》、《翡翠谷》、《雨季》等。

蕭白的散文顯示了中國傳統文化的深刻影響。無論作品的內容還是形式、技巧，都表明作者是一位深受民族文化傳統薰陶的現代作家。臺灣資本主義工商經濟的迅猛發展，破壞了人與自然的和諧，人的自然本性受到戕害，人們處於焦慮苦悶和躁動不安之中。面對現代都市人的非人化、非自然化的傾向，蕭白認為，現代人要救贖自己只有一條路，即返歸與親和自然。蕭白散文的基本主題即尋找人與自然的和諧。他營造了一個美麗、靜謐而又生機盎然的散文世界，一個與喧囂、嘈雜、騷動的都市社會相對

---

*發表文章時為徐州師範學院中文系副教授，現為江蘇師範大學副校長、教授。

立的「世外桃源」。〈六月〉是一首人和自然的奏鳴曲。這篇散文將深情與哲思包孕於對自然萬物的獨特感受和細膩描寫中。六月，盛夏的季節，走進清幽的林子，這裡有窈窕的青楓，淡黃色的松花，茸茸的綠苔蘚，覓食的栗鼠，裸露的深皺岩石，以及閃閃的明亮天空，於是人在大自然中獲得了最為愜意的享受。然而，並不僅僅只是和諧，同時也存在著不和諧的音符。林子裡的樹木「沒有眼睛，總是挺胸而立，沐著天光而笑」，而有眼睛的「人類只習慣於低頭走路，甚至閉上眼睛」。在這篇作品中，人和自然時而相諧，時而碰撞，最終人在自然中發現了自己，找到了自身的局限，即非人、非自然的一面。作者鮮明地表達了人必須回到自然的主題。〈八月〉也是向自然尋求皈依的作品。「陽光睡去」的黃昏，鴿子群在天空翱翔，晚禱的鐘聲在空氣中振盪，「我」仰臥著眺望天際，靜候月夜的升起。在蕭白的人生追求和審美世界裡，太陽聯繫著塵世，月亮則象徵著自然。他對都市的世俗生活持一種否定的態度，追求著大自然的本色。他厭棄喧囂，只求平淡，嚮往內心的無暇，盼望自己是風，去「不停地吹響葉子」。蕭白從〈一月〉寫到〈十二月〉，每一篇都是一個與躁動的都市相抗衡的平靜、恬淡、純真的自然世界。

蕭白的散文流淌著感情的激流，同時也包孕著深邃的哲理，富有思辨色彩。不少作品彷彿是格言的薈萃，記載著對人生的思索和來自萬物的啟迪。《摘雲集》集中地表現出這一特點。作者在自然美的欣賞中間，不時閃爍著對人生哲理的頓悟，使作品交織著自然與人文的特異光彩。如「最優美的舞姿是一切的靜止，任何裝潢都是徒勞，任何增添，結果是使原形更加襤褸。」作者在這裡肯定了至靜之美，否定了刻意的裝飾，透露出他對躁動的塵世、矯飾的現實的不滿和厭棄。又如「求真是痛苦而又奢侈的欲望，但是我們必須追求，然後等待時間去裁判，各得多少」。作者充分肯定了人們對真理的探求，揭示出追求的痛苦，表達了對真理追求者的敬佩和寬容。再如「恭維在所有食物中最不營養，然而卻常常端上桌來，並且也很暢銷，就像廉價的太白酒，容易把對方灌醉。」這裡生動而形象地描繪出了「恭維」的本質特徵。

蕭白的散文具有鮮明的藝術特色。他的作品大都短小雋永，在對自然與人生的獨特感受與領悟中包含著強烈的抒情性和深邃的哲理。蕭白的語言清新活潑，揮灑自如，有濃郁的詩意和迷人的色彩，顯示作者很高的中國古典詩詞的修養，同時又有一種泰戈爾詩風飛揚其間。

具體地說，有如下特點：

首先，蕭白的散文具有意境美和色彩美。這來自於他對大自然、對人生的細膩體味與把握。作者通過詞語的奇妙搭配，寫出了連篇清詞麗句。「驟然想到夾竹桃的馨香如酒，於是醉落了一地胭脂。哪天，我去品飲一杯由六月的氳氤釀出的山光與潭影的綠。」(〈六月〉) 這顯然要比成語「秀色可餐」形象、生動得多。「雨中風中，一路的窗是緊密的黑，而遠遠，燈如漿果，於是想到一季秋，那時我摘一林紅，尋一隻五彩羽毛的鳥，藍天可飲；那時，我酣眠於成熟季的胸膛，灌木以外，谷泉叮咚。」(〈一月〉) 黑色的夜，火紅的秋，純淨的清泉，五彩的鳥，常綠的灌木，高遠的藍天，組成一幅異彩紛呈的畫面，營造出富有色彩動感的世界，兼有意境美和色彩美。再如「剪多姿的雲，糊我發霉的破壁」(《摘雲集》)，「霧在升起，變成鳥飛來飛去」(《無花果集》)，「當蟬聲已死，秋季睡在錦雲之中了」(〈歌〉)，「我的髮絲直立如密密的叢林，聚集了灰色的苔蘚」(〈螢〉)，作者運用奇特而豐富的想像，調動諸多修辭手段，或誇張，或比喻，或擬人，構築起情趣橫生、意境優美的藝術世界。

其次，蕭白的散文洋溢著濃郁的詩情和詩意。他的作品實際上是一首首具有鮮明的意象、濃烈的感情和動人的旋律的散文詩。不少散文採用了詩的結構和節奏，句子跳躍性強，意象密集，有些則類於意識流作品。蕭白善於調動通感，賦予大自然以生命和性靈，從而使作品文意活潑，詩情畢現。「我在宇宙間放牧，牧淋漓的雨」(《摘雲集》)，這一想像不可謂不大膽。「黃昏被釀熟了，如同釀熟一罈酒」(《摘雲集》)，想像新奇而又自然。「太陽坐在石級上，拭去一顆顆露珠」(〈螢〉)，自然界的太陽不僅能坐，還會「拭露珠」，這不能不令人拍案叫絕。至於「屋脊上風的鼾聲起伏，貓頭鷹獨自在叢林裡講它的哲理，我偷聽，偷聽一些漏網的泉聲」(《摘雲集》)，則簡直是純粹的詩了。這裡有詩的語言，詩的節奏，詩的意象和詩的韻味，含蓄蘊藉，耐人尋味，擴大了散文容量和藝術表現力。

再次，蕭白的散文具有飄逸瀟灑、自然流暢的藝術風格。他揮灑靈動的文筆，溯向自然和人生的各個層面，將想像和詩意糅合起來，傳達出作者獨特的心靈世界。他的作品顯示出深厚的古典詩詞的學識和修養。他結合自己的獨特感受去化用古典詩詞的意境和意象，從而使作品意蘊豐厚，空濛奇巧，清雋通脫，具有很強的藝術魅力。

——選自方忠《臺港散文四十家》

鄭州：中原農民出版社，1995 年 9 月

蕭白筆下的隔離世界

◎韋體文*

蕭白原名周仲勳，出生於浙江省諸暨縣。四十多年前，他棄筆從戎，投身於抗日烽火之中。可以想見，當年徒步走過大半個中國，由浙入蜀，投效軍營的蕭白，是怎樣的一個熱血青年。經過四十多年的磨難與困頓，蕭白雖冷卻了如火的熱情，但卻磨煉了頑強的意志。從軍隊退役之後，他就隱居在臺北景美半山中，執著地耕耘著散文這塊園地，用散文為自己「建立了一個隔絕的世界」。

一

蕭白的散文有一個集中的命題：飄渺的世界和孤寂的靈魂。杜少陵詩曰：「此身飲罷無歸處，獨立蒼茫自詠歌」。蕭白在經歷了血與火的戰爭洗禮之後，便退避於大自然的懷抱，通過描摹大自然來抒寫自己的心靈。天上的星辰雲彩，地上的山水花木，百鳥婉囀，四季更換，風雨綢繆，都在他的筆觸所及之中。他遠遠地避開塵世的喧囂，不屑於擷取人間的繁華，一心一意地沉溺在大自然的寂靜和純樸之中。他與星星對話，和草木耳語，在靜夜的「純黑」裡獨坐，傾聽天籟的和美之聲。在《靈畫》中，他一口氣摹寫了一年的 12 個月，每個月分都恰似一個活活潑潑的生命。在他看來，踩著蓮花步的 2 月，活躍的 3 月，嬉笑的 4 月，眸光流盼的 6 月……都是和他攜手遨遊大自然的同伴。他的心靈已經和大自然交融為一了。所以，他聽得出「種子們細碎的吶喊」，看得到「蝴蝶翅翼上的春

*學者，發表文章時為美國坦普大學研究生。

意」，感受了「日影顫抖的韻律」。他對自然的觀察細密到無以復加，而由此引起的聯想令人瞠目結舌。看到連綿的春雨，他想到這是「一個夜扭不乾的長髮」，「絞盡了夜晚又糾纏著白晝」；而活潑的 3 月，竟「坐著鵜鴣鳥連續叫唱」，「沿著街巷叫賣，兜售著諸般顏色」，讀他的作品，常常令人疑心作家是否就是童話中那個會解鳥語的農夫。

但是作家畢竟不是入仙得道的真人，現實社會的千絲萬縷牽扯著他，使他不能羽化而去。因此他的筆在呈現清純古樸的大自然時，卻往往要流露出對塵世的憤慨之情。這就是所謂的「紅塵未了」吧。他在湖邊徜徉，「讓和祥的陽光暖暖地浴著」，可想起了那些腦滿腸肥，靈魂空虛的富人；他對自己說「我縱然未曾去憎惡人」，但卻掩不住對這些惡人的惡感；他在山中漫步，沉醉於藍天和蟲聲，可是又「遇見了熟悉與不熟悉的人」，於是「被厭倦困得更厭倦」，只好「走向荒野」。午後，他一面在窗前「剪多姿的雲」，「與叩窗的細風談禪」，另一方面又「驚心惡客來叩門」，以至忍不住痛罵「君子的虛偽，以道貌掩飾他的惡行」。由於現實無形的重壓，他在流連於山光水色時，仍不能擺脫塵世的紛擾。因此，他迷茫、痛苦，苦苦地思索世間的兩極：生與死，動與靜，晴與雨，光與暗，愚昧與智慧，發出了近似夢囈的呻吟：「我的呼吸無法平靜，頓悟到熙攘的虛浮與火燃燒了自己。」作者的各種思想情緒在豐富的感情與枯燥的人生、熱烈的憧憬與絕望的現實相交織之中大幅度地擺動。這是具有進步思想的知識分子在黑暗現實面前，既有反抗的願望，又無力實施反抗的特有的思想狀況。它表現在蕭白的散文中，是寫景與抒情跳躍不定，自然與社會重疊交錯，是一片迷茫虛幻的世界。而抒情主人公由於自我實現的失敗，加上與人世的隔絕，更顯得非常虛空和孤獨，就像一縷孤魂，飄泊無定，找不到確切的位置。尤其對於像作者這樣的客居異鄉的遊子來說，這種幻滅感和孤獨感更加強烈。臺灣多雨，作者寫得最多的也是雨。他喜愛雨，渴望雨能像洗滌群林般洗滌自己。可是雨帶給他的卻是載不動的鄉愁。他眼前淅淅瀝瀝的雨絲，就像數不清的煩惱絲，於是他想到剃度，想到出家，可是「春雨也是異鄉人呵」。在雨中，他「找尋著一片遺失的故鄉的泥土」。多雨的五月，「往往變成一種烘不乾的鄉愁、鄉愁的五月」。孤寂的主人公無法與塵世相容，也無法找到自己想得到的，只得用眼淚去灌溉記憶裡的那一棵家鄉的石榴樹。在蕭白的散文裡，這樣的主題被反覆吟詠著，抒發了作家那一代人在特定的歷史環境中所遭受的苦難。五四時期，浪漫主義文學的倡導者們也曾一度反覆地吟詠著類似的主題，向封建主義堡壘發起了猛烈的攻擊。蕭白與他的前一代人整整相隔了四分之一世紀，歷史前進了，歷史的渣滓依然沉積著，物質的文明又帶來了新的頹敗與淪落。作家感於此又憤於此，發出了沉痛的呼喊與憤怒的譴責。與五四文學家不同的是，蕭白鞭撻的是人類的沉淪與社會的墮落，幾乎觸及了上下五千年民族的沉疴。這是他的散文給予讀者的厚度感。不足的是，同五四時期某些浪漫主義作家一樣，這種斥責是從象牙塔中發出的，不可避免地顯得有些浮泛虛弱。

二

蕭白蔑視醜惡的現實，但又無法真正地從現實逃遁開去，於是，他便在文學的世界中尋求一種空幻的心理補償。作者在《浮雕》的〈自序〉裡說：「人不但擺脫不掉有形無形的牽絆，而且無可避免地必須去接受悲、歡、離、合與生、老、病、死，這也就是我們熟悉的所謂人世；唯一不受約束的例外，似乎只有心靈的活躍，能使我們在欠缺中獲得滿足。」循著作者這種「心靈的活躍」的軌跡，我們可以窺見隱藏在他的散文中的心路歷程。這條漫長的路，由於困頓和失敗而蒙上了灰色調。作者多次寫道：「欣賞人的臉色，不如風景」，「日子老了，日子單調而貧乏，我厭惡這煩人的冬季」。人「有著一具外強中乾虛有其表的身體」，「有身不如無身」。這種色調帶有濃烈的出世思想，影響了作者批判現實的深度。其表現大約有二：

1、感傷沉鬱。初看蕭白的散文，大部分篇章就像一首首歌詠自然的田園牧歌。可是在作家有意設置的美好自然與黑暗現實的對立中，我們不難發現一種感傷沉鬱的情緒。這種情緒在中國的傳統文學中向來很強烈。中國舊文人一但進而不能兼濟天下，退而不能獨善其身，便由感傷發展到頹廢，悟空思遁。蕭白一方面讚頌大自然的美色，另一方面又唾棄那貧血的文明；一方面痛罵妖冶的霓虹燈，另一方面又極力讚美原野的斑駁色彩。社會與自然兩相撞擊的結果，促使作家開始尋求超然物外。他常常發出「物外求是，形外求真」,「得於無所求中，取自無所拒中」之類的議論。這些參禪偈語式的議論實在是作家內心矛盾糾葛的必然結果。愈到後期的作品，這類議論就愈多，他的創作境界也就漸小。如果說，蕭白對於自然的謳歌和對現實社會的唾棄，在某種程度上表達了人類趨向美好光明的一面，而對感傷情調的反覆吟唱，也具有某種批判現實的意義，那麼，這種空泛離奇的玄想，則反映了作家思想的蒼白，有些篇章甚至難免有無病呻吟，生情造意之嫌。

2、空靈虛泛。中國的傳統散文的主要特點是避實就虛，情理兼備，或虛實結合；而蕭白的散文則非常空靈。他的大部分篇章，寫的都是目光所及、隨手拈來的景物以及因景因物所誘發的隨想，夢囈，甚至是參禪式的偶語。作者注重的是自我的傳達。但是，由於作者厭棄現實，有意識地將自己與現實隔絕起來，並且抱定將散文作為一種「隔離的世界」的文學觀，因此這種自我傳達不僅與現實生活有所隔膜，甚至令人覺得虛泛。在《浮雕》中，他寫「門與門相對」，寫「線條與構圖」，甚至寫「髮端的雲霧」，寫坐姿、掌紋以及一些沒有多大意思的東西。這些篇章在思想與情感的表達上都很貧乏，其癥結就在於虛泛。在文學史上，空靈的散文也有意境深邃，寄寓深刻的，關鍵是空靈必須有內容，才能得以依附。正如山路有竅，沒有山路，竅何附焉？蕭白的某些散文所欠缺的正是一個可以依附的實體。例如，〈瞳裡花樹〉是一篇三百來字的短文。作者先寫坐姿，「在坐姿裡去找風景」，接著是霧，霧輕柔，惺忪，於是在清晨裡，「瞳子裡插上一株株花樹的顏色」，這時忽然想到雨，雨絲牽連遠方，遠方的居民「用風的無限柔軟與太陽的金屬帶子勒斃了一堆堆冬季」。結束句是「我也是那種喜歡搓手的人，搓碎許多顏色，搓成一條小路，大概幾乎所有的路上都是如此在上面豎起呼吸、咳嗽、噴嚏、歡唱、呻吟和睡熟的鼾聲與囈語」。這些玄而又玄的文字堆砌，實在是思想虛泛的一種表現。

當然，蕭白的創作並不一味地頹唐、空泛。做為一個有責任心的作家，他的筆也時時對準人生、宇宙，希望由社會「活動的斷面去找出可能的『蛛絲馬跡』或『穿刺』到看不見的五臟六腑給予某種程度的『挑破』」。這種基本的創作態度以及作者對於美好光明的事物的嚮往和對黑暗現實的批判互相結合，正是蕭白散文最基本的也是最值得肯定的。

三

蕭白散文的風格相當獨特，獨特得無法拿它與文學史上的任何傳統散文相比。他自己也斷然宣佈：「我個人頂不喜歡詩必須如何、小說必須如何與散文必須如何這類心存『割據』的論調，沒有約束總比有約束來的好。也許我是那種所謂不馴服的『野生動物』，不樂意被拴在固執的木樁上任由擺佈，而寧願辛苦的覓食與半飢半飽的情況下自由生長。」蕭白「辛苦的覓食」的結果是蕩滌了中國古典散文的所有框架和影響，吸引了中國古典詩歌和西方現代派詩歌的某些特點，自出機杼，別創新格，形成了一種似詩非詩，似文非文，但絕不是散文詩的體裁，風格輕靈妙曼，想像新奇而豐富，詩意盎然而畫意橫生。這種風格，與作者早年習畫，後又攻詩的經歷大有關係，在中國歷史上，詩和畫本來就有著極深的淵源。蕭白的散文兼備了詩人和畫家的風格，又兼備了中西詩風的特點。

首先，從題材上看，蕭白的散文是中國式的，又是很有畫味的。如〈秋韻〉、〈春雨〉、〈秋窗小記〉、〈早春誌〉、〈潭上・一槳燈影〉等，這些都是中國文人百寫不厭的題材。而〈窗景〉、〈秋色〉、〈重重山水〉、〈樓景〉等，則顯然是繪畫題材。

其次，在手法處理上，蕭白吸收了西方手法。他寫景，採取的是橫切面的短鏡頭或特寫鏡頭，由一個個短鏡頭和特寫鏡頭組成一幅色彩斑斕的圖畫。這樣處理的好處是內涵富繁，動感強，加上作者筆觸輕靈，給人一種恍若仙境的美感。在抒情時，作者特別偏愛短句，該詠則詠，該收則收，他的作品篇幅都很短，體現了現代派講究濃縮的特點。

其三是中西雜陳的句法。從蕭白的散文來看，作者深受唐宋詩詞和現代詩的影響。在句法上，在唐宋遺風又有西洋味。像「三月曉窗夢不溫，我睡於攀牆的迎春花下。幾許金色中，睹蝶隨風飛，花因風落，太陽的跫音響過杜鵑叢去，這時汲一山的繽紛與漂流在水裡的繽紛，赤裸的三月，紋一身更多的彩色」一段，前半段讓人幾乎覺得是溫庭筠在花叢中淺吟低唱；後半段卻洋味十足。又如「一枚蝴蝶徬徨秋千架，迷失在自己的彩色裡」，「清風這位速來客，說個來無處去無蹤」，「杜鵑叢中，輕紅重紅紛紛落」等句子則是有所本的。唐代山水詩人和宋代大詞人李清照就吟過類似的句子。而像「我常常把一些懷念貼上虛懸的蜃樓，它瑰麗在眼裡」，「花景種植在每一井瞳子裡，幾乎鬢毛都開過春季」，「我的視覺在翻騰中」等句子中動詞、名詞、形容詞的混用、倒置都是現代詩的手法。

其四是突發的奇想和出神入化的比喻。臺灣評論家曾盛讚蕭白「思路廣闊」，「點墨中見玄機」，這絕非過譽。蕭白的思路非常活絡，想像力極其豐富，而且玄而又玄。例如，從南風裡的夏季，他聯想到的是一張痴肥的青臉；「跳過牆來的雷聲」成了「一種碩大的種子。繁殖著每天一次午後的陣雨」。錢鍾書說：比喻必有兩柄和多邊。而蕭白拿來作比的兩件事物中間，差異是如此之大，可比性是如此之小，簡直令人無法執「柄」著「邊」。在作者的許多篇章裡，這類聯想不但怪而且多，令人目接不暇，有時簡直如墜五里霧中，摸不著頭緒。連作者自己也承認，他的文章「讀起來可能要費點腦筋」。

當然，作者的大部分比喻是新奇而妥貼的。六月的臺灣，陽光明媚，萬物蓬勃，作家說，「六月正向我投出嫵媚的眸光」，「六月有無數隻眸……投射出深邃的光耀」。比喻得當而新奇；又如「一柄傘頂住錯落的呢喃」，用「錯落的呢喃」寫盡了春雨的纏綿和淅瀝，別致新鮮，不落俗套。

勿庸諱言，蕭白在藝術上的追求有得也有失。他以繁複而迥異的方式形成了自己的風格，這是他的藝術造詣的一個標誌，也是作家走向高峰的一個起點，作家在到達這個高峰之前，還有漫長的路要走。首先，由於作者摒棄文藝創作的基本法則而導致對作品結構的忽視，他的大部分作品的構架是隨意的、鬆散的，從而破壞了文章本身應有的完整、勻稱的美感。其次作者在語言駕馭能力上的欠缺。他力求兼收並蓄古典詩詞和西方現代派的風格，但又不能充分消化吸收，就難免出現生搬硬套，用詞不當，語法錯誤等毛病。再次，重複自己的創作路子。他竭力跳出前人的窠臼，卻落入了自己的窠臼。作者本人也意識到這個問題，多次力求突破，但收效甚微。這雖然是作家的藝術造詣上的問題，但和作家的思想境界、生活實踐也不無關係。

——選自《臺灣研究集刊》1988 年第 3 期，1988 年 8 月

新文學史上一顆閃光的星
有感於蕭白和他的作品

◎駱寒超*

我研究中國現當代文學，理應對臺灣六十多年來的文學創作有所了解，卻由於專業集中在新詩和詩學理論，所以對寶島一批可以載入新文學史冊的作家，只熟悉余光中、洛夫等詩人。至於那兒的小說、散文名家，還是頗為隔膜的。說來慚愧，將近十年前就聽家鄉的朋友說起：臺灣有一位諸暨籍作家蕭白。在老家蓋了一座房子，每年回來鄉居一段時間。我聽了只被他那種葉落歸根的故土情結所深深感動，但他的經歷如何，在文學創作上究竟有多大成就，卻沒有去作進一步的了解。四十來天前我去老家諸暨人文大講堂作演講，事後和那兒的老朋友聚會中碰到了多年不見的周曉東先生，並蒙他送給我一部厚厚的精裝本大書——記述文革十年間他艱難生涯的日記體新書《風雨世面——我曾視為生命的日記》。言談間還提及蕭白，竟是曉東的族叔，他還向我介紹：在抗戰後期因不願作亡國奴，18 歲的蕭白就和幾個夥伴一起歷經千難萬險步行五千里去大後方從軍抗日，抗戰勝利後不久又去臺灣，幹過各項職業，並自學成才；後來他就以賣文為生，出了四十多部作品；但循著生命規律，去年十月，他以 89 歲高齡在臺北去世。聽了這些介紹，才使我有想讀一讀蕭白作品的願望。有心的曉東後來通過阮建根老師，複印了五大卷蕭白作品和相關資料，用快件寄給了我。我於是丟下正在撰寫的書稿，全身心投入到對蕭白的閱讀中。說真的，這般滿帶激情的閱讀，對我來說已多年未見了。昨夜通讀完以後，我

*作家、評論家、學者，中國作家協會會員。

心潮難平，因為我看到了中國新文學史上有顆閃光的星，是從我的家鄉——暨陽大地升起的。

這五大卷複印件除了蕭白去世前九個月寫就的〈蕭白簡傳〉和一冊有關蕭白作品的評價資料，我讀到的是這位作家的三部散文集：《山鳥集》、《浮雕》和《白屋手記》。應該說這僅僅是蕭白作品的十分之一而已。不過，對於一個已成熟有成就的作家來說，通過他的代表性作品而達到「一粒沙裡見世界」，窺一斑而見全貌的可能還是存在的。唯其如此，我才敢於來談談自己對蕭白和他作品的認識。

首先值得提一提〈蕭白簡傳〉。我感到這是一部既有思想深度又有形象性的文學傳記。就思想深度看，蕭白不僅真實地告訴了我們他在荒瘠的山村環境度過的童年、少年時代，以及從困苦中磨煉出來的那種熱愛鄉土、憑良心待人做事的諸暨人性格，更在於他還展示了自己有理想、有抱負而從不滿足現狀的人生態度，渴望求變，求新，敢於闖盪天下的精神境界。〈簡傳〉中如下的內容都很感人：他 16 歲就當鄉校教師，同年又去青年服務隊參加抗日，18 歲奔大後方投軍，23 歲退伍而闖臺灣，在那兒屢換職業卻不忘刻苦學習、努力寫作，最後於 1967 年徹底退出軍界專事寫作，終於圓成了作家夢。所以這實是一部勵志的書。可以這樣說：正是在心靈永遠向世界開放、生命永遠為理想存在的意義上，〈蕭白簡傳〉顯出了一種超越庸常人生的思想深刻性。同時，令我倍感興趣而一口氣讀完這部書的，還在於它的形象生動性。作為一部文學傳記，〈蕭白簡傳〉有對人生曲折經歷的敘述，但所敘的一個個事件，卻被蕭白採用小說筆法作了生動、細緻而滿帶激情的描繪，化敘述為表現。因此，這部〈簡傳〉有不少事件被寫得跌宕起伏、搖曳多姿，富於戲劇性；而不少場面則被表現得既紛繁又有序，衝突尖銳面引人入勝。諸如投身青年服務隊後具有傳奇色彩的驚險生活，童年時家裡做豆腐、養蠶的情景，「前輩考我古文」的舌戰場面，真夠引人入勝。除此以外，〈簡傳〉的寫法還有兩個特色：一、把當年的人事與幾十年後的新境況串聯起來作古今對照地寫，特富世事滄桑的感慨情調；

二、在事件的敘述中往往插入大段人性感悟式的抒情，如全書到最後他這樣寫：「到了我這個年歲，除飲食之外，再沒有是我要的，也沒有任何期待。人的一生如果是夢，我的夢已經醒了；如果是戲，這場戲也該結束了。」讀到這裡，我不禁為之悵然，卻又為之欣然。這是對人生多麼深沉的感悟。所以讀完〈蕭白簡傳〉我有一個印象：他是一位很能寫小說的作家，還覺得他寫的一定會是屠格涅夫或傑克・倫敦式的抒情小說。可惜我還沒有讀到他出版的小說。

但畢竟我還是讀了三本蕭白的散文集，並且深深感到這位來自暨陽大地的作家在臺灣被公認為散文名家確名不虛傳。他的散文可分兩大類。《白屋手記》的後記中就這樣說：「我的散文從《山鳥集》之後，分抒情和對人生方向的探索兩個方向出發。」這倒是確實的。

《山鳥集》屬於純抒情之作，曾獲得第三屆中山文藝獎的散文大獎。1967 年蕭白退出軍界，買下臺北景美山中一棟「藍色小屋」，從此日日與晨嵐暮煙、鳥鳴蟲吟為伍而墜入對生命的沉思，悟得生無所謂永恆、星換斗轉亦係常情之理，從而懷著自省中求自安的心境，寫成了這部包括〈藍色小屋〉等 72 篇抒情散文的《山鳥集》。這些作品由於用了大量的山野風物構成的豐盈意象作文本表現的基礎寫成，具有極強的興發感動功能，所以幾乎每篇都縈繞著濃鬱的氛圍，讓讀者能感受體驗到深遠的意境，從中悟出一些只可意會而無法言傳的生存哲理。如〈魚池〉，寫院子中的魚池，在一場大雨後池水暴漲，殘花紛落於池中假山，游魚翔泳於池中水藻間之際，他獨坐池邊頓生幻思：「坐臨其側，沉思其上，總覺山有情水亦有情，萬山千水，長海疊峰，亦不過如此而已。我乃擬假山作五嶽，於點滴中見西湖，以為可笑嗎？人本是如此的，世界也是如此，大未必大，小未必小。」讀這樣的文字，深感到在韻致悠遠中還能品味到一點存在哲理。另有一些篇什，卻在意象豐盈、氛圍濃鬱中透出一股淡淡的人生哀感，如〈雪的懷念〉，那可是地理的鄉愁、文化的鄉愁和生命的鄉愁的綜合體現了，讀了使人的心久難平靜。

《浮雕》和《白屋手記》是對人生方面作探索的作品。蕭白對前一本集子取名《浮雕》，並作了解釋，認為「人生一切作為無非有限度的淺淺浮雕」，「雖然可能雕刻出某種程度的所謂理想與造成千變萬化的形象」，但其構圖極無例外地沿著一條一定軌跡前行，那就是「去接受悲、歡、離、合與生、老、病、死」，而這就是「人世」。如果，要想有「不受約束的例外那只有去要求心靈的活躍」，才能「使我們在欠缺中獲得滿足」，「貧困中獲得富足」。由此說來，他寫這些作品是為了作一場心靈的浮雕以期超越悲歡離合與生老病死的人世約束。《白屋手記》的後記中他也說自己發現「人生原有許多無奈」，徒歎「完美的難求」，所以他要拿這本集子中的作品來幹一場心靈浮雕的後續工作，並感到這場後續比原先的《浮雕》，「倒是更深了一層」。由此看來這兩部散文集其實是對心靈人生的探求。唯其如此，才使這 219 篇散文顯出了冥想的特色，客觀對象進入這些文本後，其實成了心靈重組過的「假象」，顯示著心靈投影的主觀象徵特色。〈重重山水〉中抒唱了一個多雨的、「濕盈盈的三月」，這個「三月」不僅在植樹，植山水，以致使自己的「腳底」也蠕動起來，欲求去「找尋一片遺失的故鄉的泥土」，而且還讓這些像「淚水」一樣的三月雨所淋遍的一重重山水，「塗著昨日與昨日的昨日的跋涉，塗著呻吟與歎息，塗著磨出又磨破的水泡流出來的鮮血」的「腳底的山水」，滋育出一片「杏花煙雨」，或者「霜葉紅於二月花」。所以，這是以「三月的山水披著雨」作為意象流動的邏輯起點所展示的一場連接時間的往昔與如今、空間的故鄉與異鄉、人生的嚴酷與豔麗的意識流幻現，這一場意識流幻現內蘊的是對往昔的感喟，對故鄉的懷戀，對從嚴酷中倔強地活過來的此生命運的感恩。至於所有這些「披著雨」的三月的山山水水，都不過是讓蕭白的自我心靈用以投影的假象，一種充分體現意識流幻現的主觀象徵藝術表現。由此可以見出：蕭白的散文創作已閃現出現代主義藝術思路引領下的審美表現新穎性。這種新穎性我們還可從〈埠頭〉、〈瞳裡花樹〉、〈患病的石榴〉、〈秋韻〉、〈風景〉及〈蟬歌之一〉、〈過程〉、〈老路〉等中見出。所以比之於《山鳥集》，《浮雕》和

《白屋手記》從藝術思維的角度看，是又進展了一大步。

這也正表明：蕭白是一位不斷作自我超越的作家。不過他的自我超越又成了更大一場超越的基礎，即他對傳統散文寫作的背離，突破。

從〈蕭白簡傳〉中我們了解到，他當年發表這批抒情性極濃的散文時，不少同行甚至朋友都不理解，受到某些權威人士的責難。世間從來就是這樣：新事物的出現必然會遭到來自舊營壘的指責、抵制。對於自我意識極強的蕭白來說，卻並不把這些指責、抵制當一回事，依舊我行我素。而結果呢？廣大讀者終於接受他了，這是蕭白的勝利，是散文創作藝術新思路的勝利。其實放眼新文壇，各種文學門類越到當代是越顯示著相互滲透的趨勢的，以敘寫為本的散文被抒情滲透，把敘事提升為象徵，原是一種進步。說句實在話，百年新文壇一直受稱頌的幾個散文大家究竟有多人能耐實在很可懷疑。中國新文學史　講散文就提周作人，今天大陸出版界還爭著出版他那些東引西抄古人文章、拼拼湊湊成「談龍」、「談虎」的散文，究竟有多少人愛讀，只有天曉得。梁實秋坐在「雅舍」裡談不完地談衣食住行究竟給人以多少審美遠韻，也只有天曉得。在一些習慣勢力的作用下似乎文學性成了散文的危險地帶，嘮嘮叨叨的議論，不厭其煩的敘述，才是這種文體的正道。於是，不要抒情，不重象徵，不講意境才是散文寫作的正宗了；於是，麗尼的〈黃昏之獻〉、〈白夜〉，陸蠡的〈竹刀〉、莫洛的〈生命樹〉等等具有高度詩意的美文卻只能一直坐冷板凳，甚至被當代人所徹徹底底遺忘了。這才是現代散文的悲哀。蕭白不吃這一套，他要反傳統，他要讓文學門類之一的散文回到文學中來。文學是創作主體通過對現實世界的描述來抒發、寄託自己所思所感的一種心靈存在方式，最終總要歸結於「緣情」，散文也不例外。那麼通過何種途徑才能使「緣情」活動具有更深遠的審美效應呢？最佳的選擇只能是象徵。是的，象徵！讓讀者能從看得到的事物中透視出更深更遠處存在的東西——這種象徵藝術，才是文學散文現代化的必由之路。有關這方面的認識，在我看來只要拿蕭白的〈埠頭〉和朱自清的〈背影〉比一比即可見出：蕭白在抒情散文中強調象徵性，是走了多好的路。

蕭白是自發地作了這場選擇的，但作為讀者的我們有責任理性地來評價他，恰如其分地為他作出中國新文學史上的定位。我沒有通讀過蕭白的全部作品，也沒有認真思考和研究過他，不過有一點還是可以說的：蕭白將會和諸暨籍的文化名人——作家楊佩瑾、學者余可平等一樣，走向全國。這是因為——

一部中國新文學史將因蕭白的存在而會增添一顆閃光的星！

——選自諸暨浣紗文學讀書會編《蕭白先生紀念特刊》，2014 年 10 月

蕭白和他的《山鳥集》

◎蔡丹冶

如果要我列舉我國當代有成就的散文作家，蕭白先生即其中之一；如果要我開列我國目前具有代表性的散文作品，蕭白的新著《山鳥集》、《白鷺之歌》和去夏出版的《藍季》，均將在我的書目中，占著顯著的位置。

蕭白寫作廿餘年，寫作的道路，對他而言，真是崎嶇艱難。「行百里者半九十」，要不是他對文學藝術，有著一分虔誠的宗教情操和超乎常人的堅韌毅力，恐怕早就半途而廢了。

蕭白早年，生活上既沒有寬裕餘力，自備書報研讀欣賞；學習上也鮮有良師益友，指導切磋。在文學的道路上，一開始，他就是一個無伴的「獨行者」。通宵讀書、抱病寫作，在他都是常事。然而，蕭白 20 年的辛勤和目前的成就，絲毫無助於他的實際生活。他曾在〈踽行二十年〉一文（以「金陽」筆名發表在《中副》「筆墨生涯」專欄）中感嘆地說：「由於寫作，也帶來了為人的不合時宜和一家人生活上的艱難……若是我用二十年的時間去學手藝，不管是學木匠或裁縫，我將成為一個出色的木匠或裁縫，一家人的衣食也絕不致像今日這樣捉襟見肘。」

我們應該慶幸，20 年前，蕭白沒有去學手藝；所以，20 年後，社會上雖然少了「一個出色的木匠或裁縫」，但中國文學界卻多了一位出色的全能作家。蕭白雖為貧困所苦，中國文學卻因他的創作而豐富。

我說蕭白是一位「全能作家」，並非溢美之詞，而是根據事實得出來的結論。蕭白的成就，的確是多方面的。他最初是寫詩、寫小說、寫散文（以次序分主次）；後來是寫小說、寫詩、寫散文；民國 52 年開始，才以散文為主；小說次之；詩，現在已經很少寫了，偶見其酬唱之作而已。

數年來，蕭白在散文和小說方面，論量，論質，都有可觀成就。自從民國 54 年迄今，他已經出版了《多色河畔》、《藍季》、《山鳥集》、《白鷺之歌》四個散文集子和編集洽印的第五個散文集《靈畫》；此外還有已經出版的短篇小說集《雪朝》（商務版）和兩個改寫中的長篇小說〈大風曲〉和〈離亂草〉。在這個作家必須依靠「多產」維持生活的時代，一年一、兩個集子，當然也算不了什麼。可貴的是蕭白的每個集子，都明白顯示了他的自我超越的軌跡。一個作家，一定要有「今天擊碎昨天塑的；明天又擊碎今天塑的。」（《山鳥集》中〈塑泥人〉篇）的自我否定的豪情，始能有自我創新的進境。蕭白之所以為蕭白，就因為他在不斷的自我揚棄中成長、成熟。而他的《山鳥集》的出版，更是他達到一個新境界的里程碑。

從作品了解作者，從《山鳥集》看蕭白，我們不難窺見：思想上深深植根於孔、孟、老、莊的蕭白，處在這個東西文化交流激盪的時代裡，也深受虛無主義（實質上也即老莊哲學）和現代思潮的影響。因此，他的作品，在仁愛思想和人道主義的光輝裡，有著皈依自然的山林思想的寧靜，他雖有棄絕塵世與否定永恆（現代主義的主要特色之一）的思想觀念，但傳統文化的薰陶，使他對「存在主義」所帶來的「憤怒」、「嘔吐」、「暈眩」與「迷失」的「流行感冒」免疫。在蕭白眼裡，「這世界從美好處看，便見美好，落霞如錦，飛虹揚彩，燕剪金陽，綠蕪階石，近之則樂。」因之，在蕭白心裡「無可憎之人；無該惡之物」。他於「自省中求自安」，從而能夠保持一分「騎青山如騎驢背，睹拳石每思萬里關山」的閒適曠達的詩人心境（所引均見《山鳥集》前記）。

論蕭白思想，還有不可忽略的一面，那就是他雖有類於阮籍、陶潛的避世傾向和歸隱田園的生活形態，但他躲避的是機械的喧囂和人間的擾攘，而不是逃避時代、國家所賦予他的一分責任（每一個人都有那一分）。所以，目前與山雀為友的蕭白，雖然淡於名利，但「仍血熱如火」，故土深情，時時刻刻在他心靈深處高聲吶喊。因此，《山鳥集》、《白鷺之歌》、《藍季》中的篇章，表面看來，雖是抒寫身邊事物，或山光雲影，但弦外之音，卻是時代回響；象外之形，乃是宇宙神貌。所謂心物合一，忘我忘機，以入世的心情出世，以出世的心情入世，這種也儒也道的思想形態，正是哲人兼戰士的境界。亨利・梭羅熱愛自然和自由勝過一切，但因響應林肯總統的「廢奴」主張，和支持約翰白朗反對「蓄奴制度」的行動（1859 年在佛琴尼亞州舉事）而毅然「入世」，成為一個積極的革命家。蕭白，愛自由與愛自然的熱情，不在梭羅之下；而蕭白所深深感受地，也是我們這一代所共同感受的浪跡天涯的痛苦，則為梭羅所無。是故可以斷言：一直保持「後備軍人」身分的作家蕭白，一旦反攻號響，必然不待召集令而再度投筆從戎。蓋「長安雖樂，不如故居」，景美山雖美，畢竟不是諸山暨浦；新店溪雖然「多色」，但總缺少錢塘江潮兼天湧的豪壯氣魄。

《山鳥集》的寫作期間和背景，是民國 56 年春蕭白一家人從臺北市那間形同「難民收容所」而他們一住十餘年的破屋，搬到景美山麓的新居第一年的作品。那裡的流水行雲，蟬聲鳥語，已經盡入蕭白筆底，蕭白對於景美山和他對「聽雨草堂」的喜愛，也已表現在《山鳥集》的每一篇章之中，毋待轉述、介紹了。我要談的是這 70 篇作品的性質和風格。

蕭白在《山鳥集》中所表現的風格，概括說來，是沖淡、典雅而豪邁、含蓄。往往著墨不濃而餘韻無窮。這正是所謂「道通天地有形外，思入風雲幻化中」的境界。在這些作品中，最能代表蕭白的思想、風格的是下列諸篇：

〈鄉心〉和〈雪的懷念〉：這兩篇都是懷鄉之作。蕭白說：「我哭泣，說不出理由的哭泣」、「我們並不缺少什麼，但永有一種難以填飽的飢渴。」何故？因為這裡沒有「紅葉」，沒有「積雪」，因為這裡不是我們生命植根的大陸泥土。濃烈鄉思，扣人心弦。

〈小伙伴〉：寫兩個天真小孩。尼采曾說：「將人類兒童化，是一個作家的崇高事業。」蕭白在他的忘年之交中，不但忘去了他自己「由年齡堆砌起的拘謹與衰老」，同時也使每一讀者拾回失去已久的童心。

〈走上山崗〉：寫的是一座孤獨的青岩，文長不過五百字，然而，蕭白的宇宙觀、人生觀和文學觀，在這首散文詩中卻有深刻自白：「一座青岩，由風霜雨露洗盡了披身的繁華。也必須到了捨得綠衣紅衫，才能空出於群林之上」。蕭白在〈前言〉中說他「寫的多是身邊景物」，然而，他又「不以為是在寫景物」。為什麼「寫景物」又「不是寫景物」？〈走上山崗〉就是答案。

〈星期日〉：蕭白說他星期日不去教堂為自己祈福，卻到醫院去探望一位身患重症的朋友。耶穌曾說：「我喜愛憐恤，不愛祭祀。」蕭白不是教徒，但他與「神」的距離，不會比教徒更遠。

此外，〈風語〉、〈夜鶯〉、〈一次佇立〉、〈一片悠然〉，都是文辭莊麗的哲理詩。論意境，不下歐陽修的〈秋聲賦〉；論詩質，可比韋應物的「野渡無人舟自橫」。「文章本天成，妙手偶得之」，古今皆然。

另外幾篇，在我個人讀來，具有特別深切之感。因為「藍色小屋」、「聽雨草堂」，都是我常到之地；〈我的信〉雖然是寫給詩人翺翺和藍慰理伉儷的，但那次和「星座詩社」諸詩人——林綠、王潤華、淡瑩、葉曼沙、洪流文等酒後夜遊「醉夢溪」，我和舒暢也躬逢其盛；〈河上〉則是去秋「青副」主編吳東權兄主辦的水上座談，那次，一共三條船，在秋風夜雨中浮盪碧潭，情趣盎然，我們一船，除蕭白和我，還有田原、姚曉天、鄧文來諸兄。

《山鳥集》中最失敗的作品是〈小街上的夜市〉、〈小戲院〉、〈石級路〉和〈早起的人們〉諸篇。散文白描寓意不深，即無深度可言。這幾篇作品，若非收在《山鳥集》中，我會認為是偽托之作。

我總覺得，散文易寫而難工。其所以難的原因有二：

第一是難在它既必須有哲理的內容；又必須有詩的氣質。缺乏前者，就必膚淺蒼白，流於說一陣，嘆一陣的令人厭煩的老套；缺少後者，則必生硬說教，令人如讀拙劣論文。味同嚼蠟。

第二是難於「散」而「不散」。「散」是形式方面；「不散」是思想方面。形式上能「散」，始能舒展自如，思想上「不散」，始能把流水行雲，人生悲歡等等看似毫無關係的事物，匠心獨運，繪為美好篇章。

蕭白的《山鳥集》、《白鷺之歌》、《藍季》中的作品，基本上都是蘊含著人生哲理和生活情趣，同時又洋溢著詩畫氣質的散文佳作。而從來不滿足於自己的成就的蕭白的第五個散文集《靈畫》，相信必然會以更新的風格，更高的水準呈現於讀者面前的。

蕭白，雖然沒有輝煌的資歷，但卻已有不凡的成就和可以預見的更加燦爛的前景。蒼鬱靈秀的景美山，將因蕭白和他的《山鳥集》而成為文學史上的地名。

——57．8．5．徵信副刊「人間」

——選自蔡丹冶《文藝論評》
臺中：普天出版社，1968年10月

七十二組音符

蕭白的《山鳥集》讀後

◎張騰蛟

兩年多以前，蕭白那俏捷鋒利的筆尖，曾經寫盡了新店溪的容貌與表情；兩年後，他的筆尖又指向了景美鎮的山林，捕光了這裡的山色與嵐影。自他的《多色河畔》的出版到《山鳥集》的誕生，貫穿了一千個日子，此其間，他的生活環境與生活方式卻有了某種程度上的變化，眼睛看的，耳朵聽的以及心裡所想的，與以往比較，也有了某種程度上的不同，因此，新作品的內縕與表現的方式，也就跟著有所不同了。

《多色河畔》中，蕭白曾以優越駕馭文字的能力，創造一些瑰麗的句組，促使他散文工力趨向成熟。《山鳥集》中，他也沒有忽視這方面努力：

> 在池中，綠水漾漾，魚游魚泳，爭逐那由日光撇入的杜鵑花影，映小屋的山牆的一角藍光，石榴花的落瓣，飄盪出點點朱紅。
>
> ——〈魚池〉
>
> 那隻小木船回來，載著撿石子的女孩，一般高的三個，從船上跳下來，給這長灘的大臉上點上了三顆黑痣。
>
> ——〈水之湄〉
>
> 山道靜寂下來，不語的樹，無聲的風，颱風草晃搖著一個個青嫩的腦袋，搖落了一個陽光淡淡的下午。
>
> ——〈柚樹林外〉
>
> 築屋崖上，倚山而居，任何一面窗子，都可摘到慷慨的翠綠。
>
> ——〈窗前〉

上列的句組，或捕捉形象，或設取比喻，都具有濃濃的詩的韻味。作者尤其對於某一些單句的創造，更具詩意：

「一個很有內容的寒夜」，「一疋無色的風捲來」。前一句的「內容」二字用得妙絕；後一句中的「疋」字與「捲」字相互呼應，更見筆力。又如「當風來時，夜袂輕動，我欲凌空而飛。」、「山風在屋後的樹梢上跳躍，踩得葉子悉悉索索的輕響。」作者的筆尖可以使山風「跳躍」，進而「踩」出樹葉的聲音來，這一種想像力的培養，不是一個普通弄文者可以相比的。

縱目文壇，看看時下散文創作的趨向，不能不令人心驚，不少的散文作者，一味的在那裡猛吐夢囈，一個勁兒的禪呀梵的自我呢喃。蕭白的散文，其更可取的一點，是那種醇馨的哲學氣味，這也許與他的年齡有關，也許與他所擁有的世故經驗有關。因此，《山鳥集》中不但寫的是山光林景，更重要的是他已超越了夢囈與呢喃，以其銳利的筆觸，去探索另一個更為充實的世界：

這小池，對於我，已不是純然以養魚為快，坐臨其側，沉思其上，總覺山有情水亦有情，萬山千水，長海疊峰，亦不過如此而已，我可擬假山作五岳，於點滴中見西湖，以為可笑嗎？人本是如此的，世界也是如此，大未必大，小亦未必小。

——〈魚池〉

——這是山鳥們的國度，是山鳥們的天堂。

我闖進牠們的疆域裡來了。而且可能已被山鳥們視為一個侵略者呢！山鳥，我只是來聽你們的歌的，聽那種人類唱不出來的歌，聽那種由山靈和嵐氣釀出來的歌⋯⋯

——〈山鳥的歌〉

⋯⋯我驟然發覺這些花原也是很美麗的，誰灌澆過呢？誰又想到去施肥呢？野生的是頑強的，野生的是壯碩的，不同於瓶缽中花，也不同於園圃中花，人工飼育的金絲，只能依賴蛋黃米生存，文明，在某些方面來說，是一種可憐的退化……

——〈紫色中的女孩〉

從上面三段文字來看，作者以魚池比作三山五岳，進而喻及人類與世界的空間關係。以進入山林的感觸，借助人與鳥間的可能會發生的利害衝突，宣示了人類愛好和平的本意。又以野花的繁茂與壯碩，襯托出人類「依賴」行為的偏差與不當。此一系列的取喻與象徵，構成了作品的厚度與深度，使我們讀起來有一種濃濃的醇味。

在目前的時代裡，人們接受教育的機會已經至為普遍，用普通的文字描繪某一種事物的輪廓，幾乎人人都具有此種能力，因此，現在不是個「白描」與「直描」的時代了，作者的筆尖應該有解剖刀的作用，以之去解剖事物的內層。說到這裡，我又想到下面這些頗有分量的句組：

我說！伸手取火不如埋頭飲冰。況且冷也有益，水因冷成冰，液鐵因冷成鋼，我們的脊骨需要不畏冷，菊傲、梅豔，都是由霜雪栽培的。

——〈寒夜〉

我不曉得上演的是甚麼戲，紅臉的和白臉的，穿青衫的女人和穿花衫的女人，一個人類社會的影子，在一瞬間跳出來了，這就是戲，不必再問它是甚麼戲。事實上臺上臺下如何分野，看戲的便是演戲的，笑人的也往往是被笑的……

——〈臺上臺下〉

當他在一個廟前看戲的時候，他便有如此的感觸。

……一個朋友跌倒了，我幫助不了他，但偏偏看得那些假道學者的可憎

> 臉孔，我無心為那些犯有過失的任何人辯護，但一次過失豈即是整個人生或生命的死亡？
>
> ——〈第四季〉

當他在山上遇到那個掃路的老人時，他又有這樣的感慨：「在他每日的清掃之下，這山道被掃得乾乾淨淨，似乎也一起掃去了他心中的塵埃，掃出一張健康的臉膛。」（〈老人〉）這是一段頗有深度的文字，看來寫的是一個掃地的老人，而事實上卻是在寫一個勤勞人的愉悅與收穫，其中也「一起掃去了他心中的塵埃」與「掃出一張健康的臉膛」這兩句，工力更是不凡。

作為一個現代散文的作者，應該有獵取比喻的能力，在前面的例句中，可以看出作者在這方面的努力，而下面的三個例子，運用得尤為新鮮：

> 入夏以來，從早到晚，可以聽到牠們的鳴唱，幾乎全山都是鳴吱鳴吱的聲音，忽而低沉，忽而激揚，悠悠然的，沸沸然的，似是一聲炎夏的深呼吸。

這是他在〈捕蟬的孩子〉中寫夏日蟬聲的片斷。「似是一聲炎夏的深呼吸」這一句，真是可圈可點。

> 這下午是如此的沉靜，甬道上睡一地的丁香花，潔白的。
>
> ——〈雨〉

好一個「睡」字，把個下午睡得如此沉靜。

「山的臉頰更紅了，它飽飲了霞光。」這是〈歡笑的山〉中的佳句，在作者的挑逗下，山，不但可以歡笑，而且還可以去飲霞光，而且還可以把個臉膛給飲得紅紅的。

作者的散文中，超脫的氣氛原極濃厚，這次他搬上山去，把自己交給大自然，超脫的氣氛更濃了。對於一個中年人來說，超脫觀念並不是壞的，這證明了他的成熟，證明了他與世無爭與人無爭的中庸思想，作者上山覓居的原意就是為了「希望過願意過的生活，希望有一個更美好的世界」，現在他終於找到了，他可以「與青林為鄰」，可以過「摘白雲天光以自娛」的生活，所以，他把他的半山小築喻之為「一隻築在樹梢的藍色小繭」。把他自己喻之為這個繭裡的蛹。而特別強調的是「一隻不希望成蝶成蛾的蛹」。

以我的文字基礎，沒有評散文的資格，這不過是一點感想罷了，因此，我只能記錄我的感想，我無法作更深一步的剖評。

《山鳥集》中有 72 篇精短的散文，音符般的，譜出了一個中年人的山居之歌，也譜出了一個大得無邊的大千世界。

——選自《青年戰士報》，1968 年 5 月 23 日，6 版

山靜　日長
讀蕭白《山鳥集》

◎顧國莉*

看完臺灣作家蕭白散文集《山鳥集》時，剛好是中秋節的上午。腦子裡蹦出兩句宋詞：「山靜似太古，日長如小年。」抬頭看時，花園裡的桂花樹上零星地工筆著幾粒淡黃色的米粒花，空氣中彌漫著淡雅的桂花香味。鳥兒停在晾衣架上，和魚池中的魚兒逗樂；知了發出殘啞而低沉的聲音。秋意漸濃。

我想，我是能體悟到蕭白先生山居歲月中的紀錄的。他在文集的前記中寫到：「希望有願意過的生活，希望有一個更美好的世界。這世界還算是可愛的，得放眼去看，傾耳去聽。我如是說，且如是寫。」

他居住的房子起名「聽雨草堂」，小屋的外牆，漆成藍色。屋繞以小院。小院中，一壁杜鵑；三樹櫻木；石榴花開了，火紅火紅的；半架葡萄，把個院子染成濃濃的青翠。新栽幾盆雛菊，到秋日，又有一番顏色。他如一個修行者，把所見所聞所感所悟負暄而作。言辭精簡，氣韻閒曠。他在〈山鳥〉篇中寫到：「我覺得自己也是一隻山鳥，定居於僻靜的山上，那小小的藍色屋子，就像是一個隱藏於林木中的小巢。而我也希望自己成為一隻山鳥，葉底有取不盡的蔭涼，從岩石的蒼苔上，收摘晶然的新嫩露珠。」山鳥是心中的嚮往，翱翔在藍天白雲中，可以自由地親近自然，也可以飛回魂牽夢縈的故鄉。

故鄉，在他的心中一直是一份淡淡的惆悵和執著的思念。〈鄉心〉中

---

*浙江蒂娜爾時裝有限公司總經理，諸暨浣紗文學讀書會會員。

「我們並不缺少什麼，但永有一種難以填飽的飢渴，在靜悄悄地深夜，是流浪者的哭泣。」他的寂寞根植在無窮的思鄉中，〈雪的懷念〉，寫他青蔥歲月時一個人在大雪紛飛的夜晚行走在無人的虎嘯嶺，而絕望之時父親提著一支火把在山道上尋找他的場景，讓人潸然淚下。寂寞在他心中爬動不懈的緣由，他對過往的懷念，和遠隔兩地的只能思念無法探視的深深的無奈和悵惘。滴珠猶碎冰瑟然。這樣的冬日無詩，只有，沉甸甸的回憶，讓他沉醉。

可他的沉醉卻是清醒的，別致的，生趣的。他用一顆心去丈量自然，和風細雨，山嵐薄霧，雲蒸霞蔚，春花秋月，都感悟的那麼細膩，那麼風情，那麼雋永，那麼栩栩如生。如寫彩虹：天空出現彩虹，一個弧是一彎繽紛，幾束殘陽那純然是一抹胭脂。寫落日：夕陽孤獨的紅色，如在水面喘息，在此時，可以明白地看到時間的消逝，這一天的日子，以一寸一寸的速度量完了最後的光陰。他的語言詩意帶著脈脈溫情的溪水味道，如天籟。

這源於他的故鄉吧。故鄉諸暨大兼溪，群山逶迤，溪水暢流。〈魚池〉篇寫「這小池，對於我，已不是純然以養魚為快，坐臨其側，沉思其上，總覺山有情水也有情，萬山千水，長海疊峰，亦不過如此而已，我可擬假山作五岳，於點滴中見西湖，以為可笑嗎？人本是如此的，世界也是如此，大未必大，小亦未必小。」詩意盎然的語言，可以滴出水來。古老的村莊，大兼溪的清澈的水聲，一直流淌在他的文字中。

大兼溪的連綿的山木樹林也種植在他的筆下。〈花匠〉中他說找來一個工人，修剪門臺的九重葛。邊修理邊對話，結尾卻是俏皮地妙趣橫生，這請來的工人是他自己。他筆下的牽牛花是野生的，簇擁的，有陳洪綬筆下的野趣，他說雞冠花探出寂寞的腦袋，等到雛菊綻放時，話鋒一轉，迎來陶公般的一片悠然。菖蒲的劍葉，擎起密密的碧色。春雨聲裡好睡眠，此時的他可愛而天真。

他的空山是見人的。他筆下的老人，從山上一步一步的掃下來，這山道被掃得乾乾淨淨，似乎也一起掃去了他心中的塵埃，掃出一張健康的臉膛。尋常百姓，沒有用大聲謳歌的方式讚美老人的行動，式微幽微。榕樹下碰到的小孩，小孩們捉知了，射白頭翁，摘野果子，這一切都勾起他對自己童年時代的眷念，他看到一隻失去配偶的白頭翁時的傷感和哀鳴，無由地想到他和他初戀的情人曼君之間的波折和無緣之殤。

在一個晴日，他可以負暄而臥於一塊石頭上，和自然融為一體。八大山人有段題畫跋道：「靜几明窗，焚香掩卷，每當會心處，欣然獨笑。客來相與，脫去行跡，烹苦茗，賞文章，久之霞光凌亂，月在高梧，而客在前溪，呼童閉戶，收蒲團，坐片時，更覺悠然神遠。」這好似蕭白山居日子的真實寫照。這樣的不語禪，不同時空不同地域無違和感。若是兩人碰巧同處一時一地，估計會說一句「哦，原來你也在這裡。」醉後揮毫寫山色，無事可靜坐。

可以說，蕭白的文字肌理中蘊含著對大自然的一草一木的愛和自然軌跡的情，蘊含著一切自然現象人間生態的哲思，點而不破，祕而不宣。

他信仰的是存在於宇宙間的一切。他愛山愛水愛生活，內心卻是寂寞的，最難耐的寂寞是人聲最躁喧的地方，笑的不知為何而笑。只有和山水共存時，寂寞是一種享受，一種境界。

我寫到這裡，就不得不又搬出自己最欣賞的老人汪曾祺了。蕭白的很多筆調中有汪老風俗畫似的寫法。汪曾祺說：「風俗是一個民族集體創作的生活的抒情。」蕭白的很多篇章有風物圖的寫法。尤其是諸暨風俗的描寫。周明兄費心整理了「蕭白筆下的諸暨風物」。諸暨風物是他懷舊的創作，也是他的一種精神，一種心意。

晚年他自娛自樂寫字畫畫的格調更現其文人本色。抄寫弘一法師《送別》篇章，看著他寫的「長亭外，古道邊⋯⋯」拆開看字或許稍缺大家氣，然其整篇連貫而閱，有一種強烈的思念古人和身處非常時期的欲說還休的風華，可謂顧盼生情，字見其情。人與人，人與字之間也沾染了你在故我在的玄妙。他的畫作據說沒有接受任何人的耳提面命似的教誨，但他真的把故鄉的山水用畫作搬到了臺灣，把臺灣的山水搬到了故鄉，他用這樣的方式自己祭奠無法抵擋的思鄉情懷。筆力渾厚蒼勁，卻又有孩子氣，恍若他內心的山水逍遙遊。

甲午年的中秋夜，月影遲遲不肯破雲。花好月圓原本也是一種期待。傍晚去蕭白先生故居大兼溪探訪，日影飛去，人去樓空，屋前的玉蘭樹和柿子樹有了無人照料的野性和滄桑，連石榴都寫滿了銅鐵般的古老。

它們是多麼孤獨！

——選自諸暨浣紗文學讀書會編《蕭白先生紀念特刊》，2014 年 10 月

果豈無花？

蕭白《無花果集》讀後感

◎楚茹*

蕭白的散文是別具一格的。多年前，我讀了他第一本散文集《多色河畔》，只覺得它別具一種韻味。像我這樣年齡的人，曾經被老師從課桌上叫起來，背誦過〈背影〉和〈荷塘月色〉，印象裡總以為，能夠用清新流暢的文章來抒情寫景，就算得上是上等的散文了。以後年事稍長，也曾醉心閱讀過一些哲學家、思想家的散文，但總覺得那一類的散文，雖長於說理，卻短於或不屑於捕捉那美感的經驗。

散文既要能捕捉那美感的經驗，而又能用來說理、談禪、述懷、達意，藉象徵來寄託幽妙的情思，借宇宙萬物的形相來傳達曲折的感受，我想，那該是像我這樣的讀者一直都在期待著的吧。

據蕭白在《多色河畔》的後記中所說，他的第一篇散文，是發表在民國 52 年，到這本《無花果集》的出版，也只不過是十年的時間，而他那別具一格的散文，果然沒有辜負了像我這樣的讀者的期待。

究竟他是起了一種什麼樣的變化呢？我們且看他第一篇散文〈夢及其他〉寫雨中的感受：

> 我們在雨中徜徉，
> 雨絲如銀箭萬簇，
> 我們把胸膛輕輕敞開，

---

*本名程扶錞。作家、翻譯家，曾任《中華文藝》主編。

讓點點粒粒灌進喜悅。

我們在雨中徜徉，
如散步在春日的園圃，
一樹雨如一樹銀花搖落，
似在嫉妒你閃亮的嘴角。

——《多色河畔》，頁 78

而在《無花果集》中，他所見到的雨，卻給了他如下的啟示：

雨啊！橫掃百尺樓頭。
雨啊！採挖不盡的天空鑽石礦，給大地增添昂貴。
兜售些什麼？我的耳朵全是叫賣聲。
任何形式的衛冕，結果在一聲嘆息裡，或先或後，誰能永居在這寶座上。——如果有個寶座。山峰引誘你前去，在那裡接受空曠的錦標。

——《無花果集》第 26 節

雲豈是雲，雨豈是雨，吞飲的酸甜又豈是酸甜。
因為已是如此，於是相信如此，不再懷疑，於是聽由使喚，左右。
我們的周遭，永遠環繞著許多類似的並且無法擊破的圈套，甚至繼續地創作，螳螂之叫螳螂，蜜蜂之叫蜜蜂，以及湛藍的天空，這是什麼季節，包括語言，文字和一切知識無非如此，經自己築起的籬樊，把你和我和他錮禁在中間。
從有我開始，分別出你和他，我這個假設的中心，以致劃割了東、南、西、北的方位，似乎是一些增加，結果接受了減少，有變成無。

——《無花果集》第 81 節

「一樹雨如一束銀花搖落，似在嫉妒你閃亮的嘴角」到「雨啊！採挖不盡天空的鑽石礦，給大地增添昂貴。」然後是「兜售些什麼！我的耳朵裡全是叫賣聲。任何形式的衛冕，結果在一聲嘆息裡」，這不是說世俗的榮譽算得了什麼啊，他不要聽那兜售的叫賣聲，可貴的是那「給大地增添昂貴的雨。」他要去接受那「空曠的錦標」，而宋代詞人劉克莊的一首〈沁園春〉中也有這樣一句：「山中去，便百千億劫，休下山來！」但「山峰引誘你前去，……」似乎有兩種暗示：一種是歸返自然；一種是人是會寂滅的。這是他自己藉雨抒情而轉向禮讚自然。

隨著他再進而悟出：「雲豈是雲，雨豈是雨，吞飲的酸甜又豈是酸甜，」、「我們的周遭，永遠環繞著許多類似的並且無法擊破的圈套」、「文字和一切知識無非如此，自己築起的籬樊，把你和我和他錮禁在中間。」、「從有我開始，分出你和他，我這個假設的中心，以致劃割了東、南、西、北的方位，似乎是一些增加，結果接受了減少，有變成無。」

這真是「除是無身方了，有身長有閒愁。」這也是劉克莊的一首〈清平樂〉中的詞句。但似乎更有點像莊子說的：「物固有所然，物固有所可，無物不然，無物不可」的味道，並且似乎正是暗示著：「計人之所知，不若其所不知，其生之時，不若其未生之時，以其至小，求窮其至大之域，是故迷亂而不能自得也。」既然無論什麼，都有存在的道理，我們有限的知識，不能斷定是非，世俗的縱橫、美醜、善惡、分合、成毀……等等的區別，都會歸於無用的。

蕭白這本《無花果集》中，幾乎整個貫穿著，這種藉著宇宙萬物的形相，表現出來的類似思想。這也是我們想起近年來引起美國熱衷研究的，一位唐代怪詩人寒山子來了。

《無花果集》中有這樣一段：

> 我們盲目，我們固執，我們不知去向。一連串的虛偽與矯情正運進市場，拍賣不分形式，可以舉廣告牌吶喊，螢光幕塗色，以及躺上手術臺去整容，然而不管你如何去化妝，也掩埋不住從內裡偷流出來的斑紋。

不如洗滌心靈，這一片小小空地，乃是一切繁殖的苗圃，青春和衰老都在此植根。

——《無花果集》第63節

這和寒山子的「咸笑外凋寒，不憐內文彩。皮膚脫落盡，唯有真實在。」也幾乎有異曲同功之妙。

自純抒情的「雨中徜徉」到借用萬物形相，來謳歌歸返自然，「獨與天地精神往來」的思想，這中間自然也有數度轉折的。而且也不是說，《多色河畔》只有純抒情的作品，我只是為了解說方便才選取了〈雨中徜徉〉這一小節，所以正因為蕭白一開始便別具一種韻味，才使他在僅僅十年的時間內，就有了如此的變化。我們知道，詞自「鏤玉雕瓊」的花間諸子，到使詞風大變的蘇東坡，用文來詠史、弔古、說理、談禪，這中間是經過了約二百年的時間的。

我們拿《無花果集》這一書名，來談談蕭白散文的轉變，粗略的我曾大致可以分成這三個時期：第一個時期是繁花滿樹，而青梅隱現的時期，這包括他的《多色河畔》、《藍季》和《絮語》(蕭白作品選集)。第二個時期是花果並茂的初期，這包括《白鷺之歌》和《山鳥集》。第三個時期是花隱果碩的時期，這包括《靈畫》、《摘雲集》和《無花果集》，而《靈畫》恰巧是在第三個階段轉變初期的作品。有人批評蕭白近期的作品，給人「隔」的感覺，我想多數是指的《靈畫》說的。

蕭白在《絮語》的附錄〈閒話散文寫作〉中說：「作為一個創作者，豈可永遠站立於昨日線上？豈可謬作品十年如一日？」、「唯有在不斷揚棄中，才能超越，進而達到另一種新的境界。」蕭白的確是在這種情形下努力創作的，作為蕭白的讀者，也就不可一味緬念著往日的蕭白。或許蕭白果然是揚棄得過多了些，他的新作也往往壓縮得過濃了些，但是只要肯稍加咀嚼，相信還是會化「隔」為「不隔」的。「性格搗碎了再塑捏，也還是原先的成分。」(《無花果集》第63節）這就是蕭白。

何況，果豈無花？無花果也較作優曇缽，《法華經・方便品》：「如優曇缽花，時一現耳。」自然，這花與蕭白早先繁花滿樹的花不一樣了。而且見花是一種境界，不見花又是一種境界。如果你果然能像蕭白一樣；「雖然，我的目裡一樹無花果，然而再注視時，不見花，不見果，也不見枝葉，甚至也不是樹。」到了那樣的境界，我的饒舌，也就變得多餘了。

——民國 62 年 8 月於來哉樓

——選自《中華日報》，1973 年 9 月 17～18 日，9 版

文學中意會的藝術

讀蕭白的《浮雕》

◎李樂薇*

散文作品而美術性的書名——《浮雕》，恰似蕭白之喜愛美術，筆端常帶色彩，加以蕭白擅用借代法，以此代彼，以精微的一點替代多樣的全面，借代法作品中不時運用，當然也會用在名稱上，用來做為浮繪人生綜覽世態的象喻。雖然，序言中指陳了書名的含義：「浮雕」一詞，乃是人間形象、萬物形象一個短暫的刻畫瞬間的投影……也許，這仍然是一個權宜之計的假借，套一句作者否定式的句型來推論：「說浮雕又豈是浮雕？」蕭白的認可永遠有商榷的彈性，上一個認可又可能被下一個認可所取代。是的，言在弦上、意在弦外的表達，又豈是有限的題目所能範圍的？不命題或者無題，才更合作者本意。

觀賞蕭白的筆意很耐人尋味，一般認為意到筆隨、心手合一乃是上乘的筆墨工夫，然而，這樣神光交會文意快速的融接不是蕭白所要求的，蕭白要求繁富變化和多樣性，筆是表現的工具，意是投注的目標。筆是藝術，意是藝術，距離的美感更是藝術！曲傳影射之間的深邃和隱密，恰好形成筆和意的變重效果，展開表裡兩個層面，一是表面筆法的探索與回味，一是作品深處的共鳴與會心。蕭白散文的成就之一，便是提煉了文學精萃的品質——意會的藝術。

出現在蕭白筆下景物總是流變的影像，演化著萬物相消相長的宇宙變化觀，一枝嫵媚的春走過，繼之蟬聲盈耳，作品的軌跡在在印證自然的規

---

*李樂薇（1930～2015），江蘇南京人。散文家。曾任中國婦女寫作協會會員、中國文藝函授學校主任及寫作指導老師。

律，由此發展了蕭白肯定之否定的邏輯。從自然中攝取的題材一一成為這個邏輯的借題發揮，萬物變動不居，前此滄海、後此桑田，濃縮在點墨中的消長情勢，更快速，更匆匆，蕭白的肯定與否定是孿生的，甚至連體！花朵乍開即謝，尺幅之內既見蓓蕾又見落英，一剎那的美麗，融入無窮的哀愁之境……美麗真實嗎？還是哀愁真實？作者的結論是兩者都不真實，時間走景物走揮動的筆也走，走出了一切界定的意義之外……

浮雕很少專寫一景一物，多半景中有景、物中有物，有時景擬人有時人亦擬景，人景物都屬假象，透過外在的假象直觀內在的本質，從可愛的層面透視到深一層可憫的層面，物我之情凝鍊得寂寞深沉。浮繪景物的個性和現象只是探索的觸點，更大的探索面在於景物的通性和共相，景物之於蕭白，既是描寫的素材也是引喻的媒介，由某一媒介觸及感性與詩性的想像演繹，牽引物理與哲理的比賦感興；從取材中抒發，又從抒發中取材，形成微妙的形環表達。

一般散文所掌握的景色、物態、人情，分別呈現在《浮雕》修辭行文之中，但非作品的主體，是其中一個因子一個元素。蕭白一改散文敘事、狀物、言志的志趣，將一切客觀景物主觀情思概念化、抽象化、色彩化、線條化，予以美術性的處理，致力藝術的提升，傾向畫面與美感的建立，將文以載道的標準淡化甚至抽離。「道」或者「意義」，必然有時間性、空間性，浮雕之為浮雕即在嘗試排除時空的極限，這裡的時空關係是連鎖的推移的，看得見有跡可尋的是此時此刻，看不見無跡可尋的豈不是無時無刻？

蕭白所以能深入探索乃至洞燭隱微，端賴個人高度的敏感與自覺，取材的獨立性與獨白的寂寞感，也流露了這份強烈的感性與覺力。天南地北相隔遙遠的事物，由聯想演繹綜合起兩者的屬性：「手掌是舞臺的具象。」（〈雨聲〉，《浮雕》，頁 196）這在一般人看來兩者並不相屬，於物象的內在穿梭透視的作者，卻認為一是有形的舞臺一是無形的舞臺！了解手之翻雲覆雨，飽含戲劇成分的讀者，對此聯想必然會心。一隻手在蕭白面前，不看粗細胖瘦，手的義理、手的靈魂、手的哲學性，才是關切的焦點。蕭白的視境是超現實的，創作的著眼點和落筆點從實事實景過境出發，超出生活層面社會層面，孤峭地架構在宇宙間萬事萬物的有形、無形、有象、無象之上……

遠的由聯想展開推理的作用，近的以類比達成對喻的情趣：「芒鞋太像一些小舟。」(〈燈語〉,《浮雕》，頁 190）芒鞋和小舟首先是形式上的近，其次是本質上的近，鞋行於陸上舟行於水上，不分水陸同是忽東忽西往來奔波，形與質既如此相近信手拈來即生類比的情趣……異中求同，同中求異，大中見小，小中見大，蕭白的比賦感興往往如是；形質可以互證，時空可以合一，蕭白又常做如是觀。

轉化的手法不易為，蕭白卻易為之。《浮雕》中轉形變貌的例子隨處可見，方式迭有變換，像：「白晝淌出河流的形象，早晨站在上游。」「……野色也是浪花，飛濺在下游的黃昏。」(〈河流〉,《浮雕》，頁 75）即是自然而成功的轉化。時空異位，將無形的時間轉化為有形的空間，聲色形象紛至沓來：「野色」—「浪花」—「飛濺」—「早晨」—「黃昏」。同樣設想時光如水，如此轉化不帶流逝的感傷，不生警惕的作用，純粹以形象傳達、以畫面呈現，美感疊印靈動而又鮮活。蕭白一直有個時空不分的感念，這個感念在作品中前後是一致的。

習見的成語虛字，《浮雕》中很少看到，蕭白寧可青澀，不取熟爛；寧願隔，不欲一目了然一眼見底。匠心經營意象紛呈之時，文字以繁馭簡，展現多層次的美感；篇中省句，句中省字，又見以簡馭繁的疏淡。以精簡的單元，代替較大的篇幅，以錘鍊的複句，代替成段的描寫，修辭的廣度與密度並行不悖，質性濃縮能量輻射。一貫間接表達的宗旨，形成文字曲傳內斂，富於象徵、影射，與暗示。

《浮雕》部分型態呈環形連鎖，一環一個印象，捕捉印象，衍化印象，步步推進即是一種行文方式。這種方式是兩點之間的呼應，而非直線運行順流而下。放棄字面的起承，改以內在的脈絡相續相通，或者迂迴轉進，或者移花接木……一般作者極少做背離主題之想，蕭白卻每在行文之中，轉移目標，王顧左右而言他……然後，將手中斷章斷句轉嫁別枝賦予再生，使文意繼續同時向主題回歸。

聯想的特徵，類比的特徵，轉化的特徵，多種特徵形成蕭白散文風格的個人化。語言象徵是蕭白式，印象組合是蕭白式，移花接木是蕭白式，每一行每一頁都有個人的特性附麗其間，同一光源折射在字裡行間，成為極易辨識的圖像。其他作者可以化名寫作，蕭白不可以，他的特性已經標誌化，浮雕，浮雕，作者把一己專注、執著、經之、營之的形象也雕上去了。

——選自《中央日報》，1981 年 7 月 15 日，12 版

散文裡的兩個世界
由王鼎鈞的《碎琉璃》、蕭白的《響在心中的水聲》談起

◎齊邦媛*

子敏在〈一年來的散文〉(《聯合報》副刊，1 月 9 日）一文中稱散文為「副刊上的稀客」，因為討論問題的文章多，「為散文耕耘的人好像越來越少了」。使他擔憂的是散文進入了題材的困境和思想的困境；散文可能多是「虛幻得非常不真實的語言」和「油膩膩的詞藻」。因此他呼籲散文作者用真實的語言傳達真實的感覺，恢復中國散文傳統裡活活潑潑的精神。

我總樂觀地相信世間的一切努力都須待十年有成。作者和讀者都需要一些相識至相知的時間。隔一段時間總有幾個有心人會把傳世的作品理出脈絡來，透過時空的篩子，指出它們傳世的價值。可慶幸的是，三十年來臺灣文壇一直有一些作家在認真地用各種文體塑造他們的世界。

王鼎鈞和蕭白寫他們風格獨特的散文都可說是十年有成了，讀者若一路追蹤下來，會發現他們塑造的世界多麼不同，卻又常有軌跡交匯的時候。

王鼎鈞的世界是個理性世界。在北方的原野上，他的祖先們「從地上掘起黃土，用心堆砌，他們一定用了建築河堤的方法。城牆比河堤更高，把八百戶人家嚴密的裹藏在裡面。」(〈瞳孔裡的古城〉) 那樣寬厚，方整的城牆就是這理性世界的象徵吧，這個他「走到天涯，帶到天涯」的世界在戰爭、災禍中一再被擊碎，終於成為一堆碎琉璃，在他懷念母親的「一方

*作家。發表文章時為臺灣大學外國語文學系教授，現為臺灣大學外國語文學系榮譽教授。

陽光」中幻成幾十把琉璃刀插在她腳前，驚醒了她最後的夢。她「夢中抱著我，站在一片昏天黑地裡，不能行動……四野空空曠曠，一望無邊都是碎琉璃。」他的母親「用盡最後的力氣，把我輕輕放下。」放在那「一小塊明亮乾淨的土地上」。

這位母親的一句話：「只要你爭氣、成器，即使在外面忘了我，我也不怪你。」顯明了這個理性世界的精神，道盡了中國歷史上苦難時代親子的割捨的基本希望。抗戰時期，渡海來臺的時候，不知有多少半大的孩子被送走到有陽光的自由天地去，陽光照亮的土地就是民族延續的象徵。留下的母親必將像〈失樓臺〉中的外祖母，對著古舊的危樓抽她的水煙袋。「水煙呼嚕呼嚕的響，樓頂鴿子也咕嚕咕嚕地叫，好像她老人家跟這座高樓在親密的交談。」這座曾經威風八面的樓堡終必倒塌變成一堆碎磚。「昨夜沒有地震，沒有風雨，……他是在夜深人靜的時候悄悄的蹲下來，坐在地上，半坐半臥，得到徹底的休息。」這「蹲」下來的古樓是必然逝去的時代吧，而這個瞳孔中藏著故鄉的遊子已在文字中使它活在現代的陽光裡。這座城裡的老族長帶那群小學畢業生去看的神奇古井，在作者的記憶中又豈僅是一口井，它是世世代代延續的根源！那唱流亡曲的國文教師，啟發學生民族意識的校長，都是構成這理性世界的重要典型。那些抓麻雀的村童和他初戀的小女孩「紅頭繩兒」，乃至城外茂密的青紗帳給這成人的世界無限的生長的希望。戰亂中每一個栩栩如生的角色都是一片碎琉璃了，如王鼎鈞在書首獻詞中所說的是「一個生命的橫切面，百萬靈魂的取樣。」琉璃雖碎，世界長存，只是那桃林古井的世界隨著種族的綿延有些搬到上不沾天，下不著地的公寓裡來了；泛濫的河水被颱風代替；昏黃的油燈變成了肘邊的檯燈，心裡唱的，筆下寫的總還是那首古老的歌。如此看來，這記憶中的世界就不能視之為純是懷鄉作品了。《碎琉璃》集中一篇〈那些雀鳥〉和其他各篇不同，寫的是這個少年自己的經驗，被他放生的鳥類給他上了人生的一課，他用零用錢買來別的頑童手中的麻雀，帶到野地放生，並不牽涉任何宗教的情懷，只是一種人性裡原都曾有的悲憫的衝動吧。大概更未想到因果報應之類的實際問題。但是那結局卻是令人啼笑皆非：一隻他放生的麻雀又被人捉住，被染黃了冒充黃雀，替江湖卜卦的銜籤。而牠為「恩人」抽出的籤竟是「下下，不吉。」當他憤怒地走開時，「一個孩子追上來問：『要買麻雀嗎？』」現實中這種嘲弄固屬隨處可拾，用簡潔的散文寫更易捕捉住那種惆悵。這篇散文結構完整，它的令人驚訝的結局使它也適宜作小說的題材。

除了「人生三書」之外，王鼎鈞的許多篇散文都可以擴大為短篇小說，最顯著的例子如〈紅頭繩兒〉、〈青紗帳〉、〈敵人的朋友〉和〈帶走盈耳的耳語〉。作為散文，它們人物的密度太大，故事性太濃。收在《情人眼》中的〈種子〉和〈最美和最醜〉等篇也是如此，好似作者在兩種計畫中掙扎過，他一面要抵抗說故事的傾向，一面又捨不下那啟發他提筆的題材，所以這些人物就帶著一種既實在又虛幻的特質，原該在故事中交待清楚的情節，在寫成散文後都蒙上了一層象徵的隱晦，譬如〈種子〉中的女子，瘋狂地渴望生育，「風送我來這一片新土，我應該還給風帶翅的孩子。」但是她是註定了失望的。因為她曾經參加抗戰期間的大遷徙，曾「一步一步去步量祖國的山河。」所以田塍上的農婦曾望著她們竊竊私議。「女孩子在走了這麼遠的路之後，將來怎能再生育呢？」這麼遠的路和生兒育女間的關係只能有象徵意義吧？顯然地作者的目的是寫她的希望與失望；折磨人，掩蓋了許多人一生的過去，現在和未來的，使人困頓至死的種種希望與失望。「這麼遠的路」就不僅是兩腿的跋涉了。努力使句子拙樸簡短，使感傷隱入沉默或陰影是維持「人性尊嚴」的一種法子，中國古典文學裡很少嚕嗦的句子，美國的詩人狄金遜（Emily Dickinson，1830～1886）和海明威都以用字簡潔著名，前者出於一種智慧的抑制，後者是為了塑造力量的典型。現在報紙雜誌都缺少令人難忘的短篇小說。短篇小說難寫，一則是由於題材難覓，太陽底下沒有新鮮的事；再則，小說的布局經營是不能僅靠「妙發胸臆，獨出心裁」的，成功者能把平凡事寫成難忘的傑作，平庸者把驚天動地的大時代裡的悲歡離合都寫成「抗戰八股」

了。王鼎鈞把明明可以寫成像他的〈哭屋〉一樣好的短篇小說題材注入了散文，僅表現了對那失去的世界的一份追懷與惆悵，也當稱之為割捨，該不是為簡潔而簡潔，執著地保持一種不欲多言的風格吧。在碎琉璃的世界外，王鼎鈞也寫了許多篇自成天地的「純散文」，其中最好的如〈狗皮上的眼〉，《情人眼》集中的〈雜念〉、〈舊曲〉和他自選集中的〈人頭山〉，都各有境界。讀完了〈人頭山〉你會半晌沉思，是怎樣的心境背景會使他「一天都在看莊子的〈秋水篇〉，看得我一塵不染，冰涼澈骨。最後，躺在床上，筋疲力盡，我還看了幾頁太史公。我睡得很甜。」竟會進入惡夢，夢中「書上的每一個字都變成人頭，都堆在山上，堆滿了山頂，山坡，山腳。這些人都是活的，……」而他竟去爬這樣一座山！「我好像是為爬這座山而來的，為爬這座山而生的。」這座由書中文字幻化成的人頭山當然有很深沉的象微意義，象徵智慧的追尋。當他由山頂下墜時「突然感到澈骨的寒冷」，心中想著：「一定下面不是草地，是秋水，接近零度。」惡夢此時驚醒，是象徵悟，還是惑？我仍在思量著。

蕭白和王鼎鈞生在同一個年代，都是很早就開始了寫作生涯，從未間斷。只是響在蕭白心中的水聲是長江的支流，而王鼎鈞的童年記憶環繞著黃河。同樣是從顛沛流離的大場面中練達出來的人，筆下卻建立了兩個不同的世界。在王鼎鈞的理性世界裡，人的影像常常遮蓋了景物，而蕭白所築成的自然世界裡，人的比例縮小，雖然他在《山鳥集》的前記中說：「或許寫的多是身邊景物，然而我不以為在寫景物。」認真讀遍他的近作，我相信他寫的是一種略帶矛盾的心態。在《山鳥集》的前記中他又說：「年輕時，說愛說恨，患得患失，中年的我，願容忍，退讓，一切聽其自然。……雖則仍然血熱如火，而情趣已淡薄若水了。」因此在景美半山隱居似的住在一座小屋裡，小屋「高掛坡上，座落林中，宛如鳥巢，也像是一隻小繭，與外界有相當程度的隔絕。」（見《響在心中的水聲》，〈寒夜書〉）但是既仍有「一份濃得化不開的感情在時間裡堆砌」（〈自序〉），情趣怎能真的淡薄如水！

在蕭白的自然世界裡，人物稀少，只見山林和許多的河流，山溪匯成河流，歲月是河流，代代相傳的血液也是河流：「一滴血液的流域也正是歲月的流域，人類的流域和我的流域，到如今仍在奔走，仍在散布，仍在……」（〈流域〉，《響在心中的水聲》）如此，他當然不是僅僅寫景。他在藉河流的擴散保存過去和現在，欣喜他在遠方的兒女和他當年離家一樣，「正在製造自己的流域。」河流和生命延續的意象，也出現在他另一篇散文〈手相〉中（《聯合報》副刊，1977 年 3 月 6 日），端詳自己的雙手時，他竟「意外地從縱橫綿亙的掌紋上找到了河流的印象」，手掌是小小的平原，手指幻成狹長半島，中間隱藏著變化多端的玲瓏港灣。「在凝視中我也縮小了自己在中間隨波逐流，你如果不信，不妨在中間找找，相信在中間也有你自己。」在篇尾他更「入世」地說：「歸根結柢，手是性格的延伸，和腦袋的延伸。」這樣理性的分析倒破壞了河流的象徵，稍損它詩意的完整了。

更多出現在蕭白筆下的是雨，而且多是春雨，是紛紛雨絲，「牽住遠方的道路，牽住遠方的天和地，牽住遠方的沉睡的曠野……」而明顯的這紛紛雨絲牽住的是江南的回憶。在作者心上「綿綿春雨如藤蔓，又多了另一番糾結。」（〈迴響〉，1977 年 3 月 29 日，《聯合報》副刊）《詩經》、《楚辭》裡的離愁，唐詩、宋詞、元曲裡的離愁，已似寫盡了中華民族每個時代的離愁。而這是我們這個時代的離愁，用白話文一層一層地剖析。「淋濕的心中的土地」和「雨又落在小路上」的黃梅雨喚回家鄉寧靜的日子，雨落在家人的音容笑貌上竟有難言的溫馨。「春來又見雨中路」中的遊子悽愴地回顧戰火中的故鄉和流離的苦難。心中有這些往事，自然會在同樣的春雨中「又多了另一番糾結。」這種重複的糾結就是他在自序中說的在時間裡堆砌的「濃得化不開的感情」。比他在《山鳥集》中以雨為主題的各篇濃密多了。

以春雨為懷念的象徵之外，蕭白的自然世界裡也有很多的夏季、秋季和冬季的雨天。作者好似一個理智的觀眾，驀地站起來，把連映著像哭泣景象的春雨的電視關上了，走回窗前，想到四時運轉的宇宙，又去寫冷靜地「洗著夏季的霏霏雨」(〈雨，暮色，蒼苔路〉)；和寒流中濕漉漉的寒雨；〈落葉上走過〉中的秋雨：「雨真是鍥而不捨，非常具有耐性地下得不繼不絕……日子在走出去，走出濃密，走出疏落，走出衰草生煙，走出一片空曠，又有屋宇了，屋宇從另一個谷底爬上來。」這另一個谷和屋宇必然是蕭白心中人類延續的又一個意象吧。到〈雲水之間〉時，心靈似已在山林間，在歲月裡找到了平靜，寫的是眼前的情緒。由自己築成的隔離世界中走出來的中「我」在此有了友伴，成了「我們」，雨中坐在岩石上撐著傘分食純屬這個時代的麵包。此時「流落在這片雲水之間，也流走了一些心中的沉澱。」在〈夜來風雨〉中描寫颱風暴雨的情景已是定居「聽雨草堂」後的經驗了。此篇以雨後的靜夜結束：「夜是一片平靜的海洋，近似水族的人類在海底睡熟了。……靜得根本看不出還有戰亂，還有紛爭。這世界在沒有人類之前想必就是這個樣子。」蕭白又何嘗不明白這只是憂患後的喘息，雨停後，他仍必須看見臺北的燈光和塵世喧囂的煙霧。

在蕭白散文的自然世界裡，人物的分量似乎是很淡遠的。他們或已離開或只偶能小聚，分享他醉飲豪情的詩人和老校長來去亦似山中的雲霧。另一些人雖在他日常生活裡伴他，在文中亦常是若隱若現的，好似那些不知名的提燈的小手，點亮了他山村的燈夜，(〈燭光與燈夜〉和〈再給你一盞燈〉)。可是在這一切人物情景之後的平原，山巒和河流間，你時時聽見古往今來的人類的變遷，匯成一股深沉的聲音，在蕭白的字裡行間呼喚。他的自然世界再也不能回到人類繁衍之前的純真寧靜了。

儘管大眾傳播中的聲色之娛樂搶走了許多書的讀者，到山林去攜帶收音機的人仍占少數。影劇中所能表現的人的理性世界和自然世界永不能建立書中的永久性，每個人的心中總還有未被汙染的天地吧。

——選自《幼獅文藝》第 293 期，1978 年 5 月

讀蕭白〈兒事成追憶〉

◎梅遜[*]

蕭白的散文，別有一種風格。從他的作品，我們可以知道他是一個愛好自然，重視性靈生活的人。儘管現實社會是多麼紛擾和醜惡，而他的世界卻是恬美的、寧謐的。他胸襟曠達，淡泊名利，忘懷得失，所以能夠靜心關照萬物，欣賞人生。「好鳥枝頭亦朋友，落花水面皆文章」。每至超塵出俗、物我兩忘的境界。在《山鳥集》前記中，蕭白自供說：「這世界從美好處看，便是美好。冶霞如錦，飛虹揚彩，燕剪金陽，綠蕪階石，近之則樂。因而我無可憎之人，亦無該惡之物，於自省中求自安；騎青山如騎驢背，睹拳石每思萬里關山，心境便是如此。」

蕭白的文筆，是屬於質樸的一路。因為他早年寫過詩，對於意象的表達，字句的錘鍊，都有獨到的功力。在景物的描寫方面，更是明媚生動。他之有今日的成就，並非偶然，在一篇敘述他寫作生活的〈踽行二十年〉中，可以知道他寫作認真的態度：

> 即是目前，寫一篇千餘字的小散文，也得花幾個夜晚，往往寫了又改，改了又改，最後可能一把撕成碎片。

蕭白所寫的題材，多為身邊景物和日常瑣事，平平淡淡，也是你我生活中所習聞。然而出之於他的筆底，便覺有無限的情趣與韻味。他已經出版了四本散文集：《多色河畔》、《藍季》、《山鳥集》和《白鷺之歌》，第五

---

[*]本名楊品純。作家。發表文章時為《自由青年》副總編輯。

本《靈畫》也將問世。在這裡我要介紹的，是他的一篇近作：〈兒事成追憶〉。

蕭白的散文，常採用「組曲」的形式：在一個標題下面，包含著幾個章節，有如珠串。《白鷺之歌》可說是一條長長的珠鍊。在〈兒事成追憶〉這根線上，共串了五顆明珠。

第一顆珠：八月的桂香

蕭白的童年生活在山村。村子裡有許多的桂樹，一到秋天，桂樹的枝葉間便結出一串串的小花球。獅子岩下的一個小山坡都是桂樹，有黃的金桂、白的銀桂和紅的丹桂，三色雜呈，香氣飄散到二三里外。他是常常和玩伴們一同到樹林中去折桂子的。

「噱——」

一聲長長的口哨，又是小豆豆在牆外喚他了。小豆豆兩手攀住院牆，慢慢的探出腦袋。他雖然是個兔兒嘴，說起話來又有幾分結巴，但口哨卻吹得很響，使人羨慕。蕭白聽到他的口哨聲，便丟下手裡的事，冒著母親扭耳朵的危險，偷偷地溜出來了。

「折桂子去不？」小豆豆問。

當然去！於是他們便跑到了獅子岩下的桂樹林。林子裡有許多小夥伴：小牛、全全……。他們盡情地玩耍著。他們的目的並不是來折桂子，要桂子幹什麼呢？他們只是愛爬樹。春天，他們來爬樹取鳥蛋。現在鳥窩是全空了，但這並不影響他們的歡樂。他們爬到樹上，搖著、叫著，然後帶一束桂花回家。

「媽，你看，桂子。」

「一定又是跟小豆豆爬樹去了。」

母親並沒有真的生氣，她捏著那束桂花，忙著找瓶子。

只短短數百字，蕭白從濃郁的桂香中，勾畫出了他兒時的歡樂與溫馨。

第二顆珠：我的總角交

在這一節裡，蕭白寫他幼年最要好的朋友宗宗。宗宗是保水伯的獨生子。蕭白和他互相分送花木的幼苗；他們在溪底搶著捉蟹；到秋天，便在一起捉蟋蟀，或到山野裡去拾栗子。宗宗爬樹爬得快，他爬在栗樹上用力搖，赭色的栗子從裂開的刺殼中落下來，蕭白便在樹下撿拾，然後兩人均分。他們也一起去偷摘人家的水梨吃。在玩得很好的時候，他們相親相愛，無分彼此；而一旦為一件微不足道的事發生爭吵，便翻出全部老賬「清算」起來了。

有一天晚上，他們並坐在石拱橋上，爭奪著天空的黃昏星；你說黃昏星是你的，我說黃昏星是我的，互不相讓，進而爭吵：「你不把黃昏星讓給我，我要你還昨天吃的棗子。」他跳起來雙手叉著腰，氣咻咻的吼。

「你要還棗子，先得賠我打碎的泥小兔。」我也不肯示弱。

「你去年餓死了我的竹雞。」

「對！可是你也弄死了我的大理菊，一腳踏破小皮球，還有我外公送我的方岩頭哨，一塊『文章一石』的墨，一隻竹蜻蜓……」我比他吼得更響。

最後，冷不防宗宗一拳打來，這一拳用力太猛，坐在拱橋邊緣的蕭白便翻身落到橋下去了。保水伯揹他回家，宗宗也挨了一頓打。第二天，蕭白躺在堂屋的竹榻上，宗宗來了，把他的小弓、小箭、小獵槍都帶來送給蕭白，並且很慷慨的說：「黃昏星永遠是你的，我不和你爭。」

時光一年年過去，孩子們長大：在人生的道路上各自奔向自己的前程。蕭白出外升學，而宗宗留在家裡種地。有一年秋間，蕭白返鄉，曾經在他草棚中過了一夜，吃了 20 隻火燒嫩玉米。第二天一早下山，遠遠還看到宗宗在山坡上搖手相送。以後便沒有再見到過。

蕭白雖然沒有直說，但我們從字裡行間可以體會得出，他對這位「總角交」是深深地懷念著。

第三顆珠：獅子岩的故事

在中國農村，常常流傳著一些古老的神話。若用科學的眼光去看，當然是荒誕可笑的。然而在當地人的心目中，卻具有一種神祕的力量。在第一節「八月的桂香」，曾經提到的獅子岩，便有這樣一段神話：

> 在傳說，很久以前村子的一半是沼澤，裡面住了一條惡龍，春夏時節牠便興風作浪，淹沒沼澤邊上的人家，後來玉帝派來了一頭神獅把惡龍逐走。這中間經過一番苦鬥，因為惡龍已經修煉了八百年，再過兩百年也是一個仙，有那麼一點成就怎會把神獅放在眼裡，於是這山谷一時間弄得日月無光。後來神獅咬住了牠的尾巴，惡龍才掙脫尾巴向西逃去。……神獅也就在東邊的山峰上住下了，守護這個村子。因為獅子岩是村子的守護神，所以長輩們不讓孩子們去攀登。而這更引起孩子們對獅子岩的神祕感與好奇心，冒險攀登的慾望越發強烈了。

蕭白那次是纏著他的伯父家的二姊帶他一同攀上獅子岩的。那岩高達四、五丈，狀如伏獅，很不容易爬上去，而背部卻是平坦的，可以望見全村景色。到了上面，二姊便去摸獅子的眼睛，摸了左眼右眼，摸完了就要走。但蕭白不肯走。直到挨到傍晚，二姊急得要哭了，他才跟著下山。因為走得太快，他從陡坡上跌下來，跌得額角一塊青一塊腫。晚上，他偷偷的問大姊，才知道女孩子摸獅子的左眼會生男孩，右眼生女孩。在舊日的農村，女孩子婚後如果不生育，是會失寵於公婆和丈夫的。但是他的二姊雖然冒險攀登獅子岩摸過獅子的眼睛，出閣五年了，依然沒有生一個孩子。她的命運是令人同情的。

第四顆珠：老塾師

在這一節裡，蕭白刻畫出他幼年讀私塾時的三位老師。雖然早在清末就已經廢科舉、興學堂，可是落後的農村，直到北伐勝利前後，國民學校尚未普及，孩子們讀書都入私塾。蕭白六歲便讀三字經，描紅習字。第一位教他的塾師是漢良先生。

第二位塾師是黃尚衣先生。因為廢了科舉，斷絕了他的仕進之路，所以時常有懷才不遇的感慨，恨不得早生50年。

這位黃先生愛喝酒，常用戒尺打學生的手心。酒喝醉了，每個學生都要挨打，午睡被吵醒了，也要來個「滿堂紅」。一部《幼學瓊林》從頭默寫到尾，錯一字一板手心，這就難怪蕭白的手掌常要被打得像凍紅柿了。

黃尚衣先生教了三年，太太死了，辭館回去，不久也去世了。

接著來的是何蒙慶先生。是一位佛教徒，早晚唸經、敲木魚，教學生大小楷寫心經、金剛經。但第二年，蕭白就離開私塾去上高小了。私塾不教算術，所以在高小入學考試中，他的算術是零分。

幾年之後，蕭白在一所鄉中心學校執教，一次示範教學，鄉屬的保國民學校的老師都來觀摩。在這裡，他又碰見了過去的塾師漢良先生。白髮蒼蒼，仍然在教書；保國民學校雖然不同於私塾，但照舊是一個人教一群孩子，收入菲薄。漢良先生對他說：「我真是老了。」他所感慨的，不只是他的年紀，更有一份被時代淘汰的悲哀。

第五顆珠：秋雨時節

在我的家鄉也是一樣，到秋天常常會有下不完的討厭的霪雨。蕭白是浙江諸暨縣人，江浙的氣候以及民情風俗都差不多，這也許是我讀蕭白這篇〈兒事成追憶〉感到十分親切的一個原因。

豆子和玉米已經收進屋，田野空盪盪地躺在陰沉的天空下面。母親在屋裡剝苧麻，父親悠閒地吸煙，老奶奶手裡吊著個木槌兒撚棉線。孩子們冒雨去放牛，到山林中去摘山楂，傍晚回家，吃雜糧煮成的熱騰騰、香噴噴的晚餐。

每到一個節氣，老奶奶都有她的口頭禪：

「七月七日雲拖地，一升蕎麥拔石二。」

「九月九，苦子炒豆和老酒。」

而這並非「口頭禪」，這是「農諺」。每個地方都有類似的農諺，它簡單的字句中，包含著許多農事的經驗，被一代又一代的流傳下來，也往往成了農家的「行事曆」，因為老奶奶聽得多，經驗富，所以到了適當的時候，便很自然的說了出來。

〈兒事成追憶〉雖然分為五節，寫得都是一些片斷的瑣事，分開來可以各自成為獨立的篇章；而合在一起，氣氛上也極為統一。蕭白對於每一個人、每一件事，著墨不多，卻都能留給人深刻的印象。如「我的總角交」中的宗宗，「獅子岩的故事」中的二姊，「老塾師」中的漢良先生，他們是那麼善良，正是我舊日農村社會一些人物的典型。他們在命運的驅策之下，只是忍耐、守分安命。面臨著當前的民族浩劫，更使人有無窮的悲憫。

在《白鷺之歌》後記中，蕭白說他期望自己歸回真璞，走向平淡自然，並且提出「大巧無巧術」、「無味有真味」兩句話。樸拙自然，平淡寧遠，乃是散文寫作的最高境界。但是，「無味之味」、「無巧之巧」，問世間又有幾人能夠領略箇中三昧！

——民國 57 年 9 月 29 日

——選自《文壇》第 101 期，1968 年 11 月

〈二月〉、〈響在心中的水聲〉、〈《浮雕》二則〉簡析

◎李豐楙*

〈二月〉簡析

蕭白退居於景美半山居的「藤屋」，先在自省心境下完成《山鳥集》，接寫《靈畫》更有意變化——他說是「對自己散文創作上的一次重要突破」（〈漫長的踽行〉），集了裡像〈六月〉、〈八月〉、〈二月〉等，即寫成於民國57至58年，可代表其早期有意建立自己獨特風格的作品。

首先要注意的他對散文形式的「開放」——即不拘於一固定的所謂散文的形式。其實，從早期的《山鳥集》始，就可看出蕭白較喜用小段形式，聯合數個小段以成一小篇，每篇均有一晶瑩剔透的標題，然後合數小篇以成文。這種結構形式最宜於內省式的人生探索或抒情小景，他在《靈畫》中自覺地創用其筆法，是有意取得內容與形式的合一的。〈二月〉篇中首寫在南風裡浴，只是寫二月的感覺：視覺、聽覺……引帶出內心的諸般靈動，他的筆下看似自由如流水，細尋之下，則有種自然的秩序。由於蕭白採用近於詩的語言，即以意象語為主，因而躍動於行與行間的都是與春有關的意象，其間相聯接的敘述性語言盡量減少，所以讀起來與一般美文相較，就較不流暢，而需要讀者略加想像，補足其中的空白。

蕭白的詩化散文，實與其有意自鑄的語言有關：其中的營養多來自傳

---

*發表文章時為政治大學中國文學系副教授，現為政治大學宗教研究所講座教授、中央研究院中國文哲所合聘研究員。

統的舊詩詞與現代詩，他說自己「從詩詞中吸取了若干文字的結構與技巧」，因此其文字風格較為豐腴而華美，帶有詩詞語言的格調；再加以現代詩在當時特意追求新奇的語言效果。在蕭白筆下就出現了「水自流，風自鳴，一塊岩石成亙古的屹立」一類句子。運用這類詩語來表達其對自然、對人生的直覺，確能造成自己的風格。這就是他所自述的「我的方法必須由自己去創造，也就是說我就是我，做為一個作家應有這分認識與執著。」

由於蕭白具有這分認識與執著，其後《摘雲集》、《無花果集》等，越往純淨之境發展，只寫生活中的感覺，甚至連小標題都省略，而代以數字作標號。這種散文可稱為純散文，意象鮮明，文字純淨，只要把握一種剎那、或純粹的經驗；但也因此其感覺不易具體說明，有時有些晦澀，這是與現代詩同一意趣的現代散文。

〈響在心中的水聲〉簡析

〈響在心中的水聲〉為蕭白近期另一形式的散文，其轉變不只是形式的問題，而在嘗試另一較為寬廣而落實於現實經驗的題材。固然作者想對人生作深刻的探索，而人生本身就是一本既平易卻又艱澀的書，一己之所感固可引起他人的共鳴，但有時也因艱澀，而讓人不易索解之感。但〈響在心中的水聲〉，卻是圍繞水聲所引起的一些些聯想，與這一代的共同命運有關，那響在記憶深處的水聲，因而自生一種親切而溫馨的感覺。

這類散文充分表現作者想像力，他由「夜晚」耳朵裡響起的水聲——一聲聲從沉澱、遺忘的內心記憶響起，轉入往日的情境：母性的、鄉土的。通篇的主體全環繞水聲而引起諸般聯想，在此作者顯示相當高明的布局，它並非井然有序地羅列，而是一點一滴地連綴，看似無關聯，卻又環環緊扣，一環一環地連成一匹織錦。這是純任想像恣意而寫的寫法，無軌跡可遁。唯一的連綴的經緯，就是記憶中的事物，與水聲、與水有些關聯的往事。

蕭白在瑣細的追憶情懷中，不時出現他夙喜探索的人生課題、但卻因事而發，夾敘夾議，而無定法。許是因隔著時間的煙霧，一切事物顯得遙遠，如夜晚的水聲；但卻又真實，清晰響於耳朵裡。蕭白近期散文中常有往日情境出現，它屬於憶舊性質的昏黃色調。對於少小離家的蕭白，「耳朵裡還是水聲，水聲響著花花，花花地響遠去」；也或許某一夜晚，母親般的水聲又會再度響起吧！

〈《浮雕》二則〉簡析

《浮雕》一集蕭白寫於民國 66 年 3 月到 68 年 6 月，是費了較長時日的一本文集，大多是短短的小品。其自序說原本並沒有打算給每篇一個題目，後來才加上。雖則沒有預擬標題，但每篇要表達的旨趣，仍很清晰而有力。這裡的兩則〈蜘蛛之外〉、〈蝴蝶〉，寫作手法相近，都是由物象悟出人生的道理。其實，題名浮雕，自序既已說明：面對人生一切作為無非有限度的淺淺浮雕；人總擺脫不掉各種有形無形的牽絆，而且無可避免地必須接受悲歡離合與生老病死，這就是所謂人世。他在集中沿續早期對人生的探索，繼續探索人世間的一切種種。

蜘蛛編網捕捉昆蟲、蝴蝶被捕斗捉住然後釘上陳列板……這些都是宇宙之間無時無刻都在進行的活動。死亡是一種事實，蜘蛛為了生存而製造另一生命的死亡、而蝴蝶則因自己的美麗而死亡，都死在一張網中。蕭白敘述了事實，然後從中思索人生、思索人類的種種一切：越南、高棉的流血。蝴蝶是死於一種預設的陷阱，在這樣明澈的心境中觀照宇宙萬物，確有一讓人悟理之處。

類似這兩則，蕭白逐漸從《靈畫》以下的長期揣摩中琢摩出一種散文詩式的寫法，其語言更為明淨而直截，比較早期的絢爛，自是平淡得多。運用這種簡潔有力的文字適宜於悟性，否則感性的筆調反不能契合內容的需要。這一期間也開始出現思鄉的短什，或許多拓寬寫作的素材，也是作者的自我突破。

——選自李豐楙等編《中國現代散文選析 2》
臺北：長安出版社，1985 年 3 月

輯五◎

研究評論資料目錄

作家生平、作品評論專書與學位論文

專書

1. 蕭　白　　當時正年少　臺北　文鏡文化公司　1982年3月　215頁

本書為自傳體裁的散文集，作者自述年少時期在戰爭環境下求學的情況。全書共 5 部分：1.青春歲月；2.我們在戰地；3.長夜；4.關山千萬里；5.黎明前後。正文後有周介塵〈時代的見證〉、蕭白〈後記〉。

2. 蕭　白　　當時正年少　臺北　文鏡文化公司　1985年12月　223頁

本書為自傳體裁的散文集，作者自述年少時期在戰爭環境下求學的情況。全書共 5 部分：1.青春歲月；2.我們在戰地；3.長夜；4.關山千萬里；5.黎明前後。正文後有周介塵〈時代的見證〉、蕭白〈後記〉。

3. 周曉東，封德屏主編　　蕭白先生紀念特刊　臺北　諸暨浣紗文學讀書會　2014年10月　120頁

本書為紀念蕭白誕辰九十週年暨逝世一週年紀念專刊。全書分4輯，1.「追思」：收錄張騰蛟〈你會繞道諸暨的老宅大院罷——送老友蕭白遠行〉、周曉東〈大愛蕭白〉、鄭清文〈紀念蕭白先生〉、何根土〈水聲依舊‧斯人往矣——懷念蕭白先生〉、封德屏〈頭頂一片天‧足耕千畝地〉、田渭法〈相見時難別亦難——蕭白先生與我 20 餘年友誼濃情點滴〉、李喬〈別語纏綿不成句〉、周偉潮〈探訪蕭白先生故居〉、周東亮〈時光猶新人已老——追思蕭白先生〉，共9篇；2.「訪談」：收錄林麗如〈回首向來蕭瑟處——專訪蕭白〉、樓俊敏，徐發明，王蕾〈隔不斷的回家路——臺灣著名作家蕭白的家鄉情節〉、馮季眉〈隱藏在層層意象裡的美感——景美山上訪散文家蕭白〉、周明〈鄉愁的理念〉、封德屏〈老樹春深更著花〉、姚儀敏〈漸遠的跫音——蕭白訪問記〉、陳軍〈蕭白印象〉、吳穎萍〈聽雨草堂念平生——蕭白寫簡傳、以書畫自娛〉、封德屏〈那光亮不曾遠去，不曾忘懷〉、林麗如〈聽雨草堂話當年〉，共 10 篇；3.「評論」：收錄駱寒超〈新文學史上一顆閃亮的星——有感於蕭白和他的作品〉、林綠〈蕭白和他的散文〉、林綠〈關於蕭白〉、周偉潮〈一隻思鄉的山鳥——讀蕭白先生《山鳥集》有感〉、張騰蛟〈七十二組音符——蕭白的《山鳥集》讀後〉、陳國麗〈人比疏花更寂寞——讀蕭白〈曼君與我〉、《山鳥集》〉、顧國莉〈山靜‧日長——讀蕭白《山鳥集》〉，共 7 篇；4.「文錄」：收錄蕭白〈記住兩份友誼——談談我的筆名〉、蕭白〈我在呼喚您，母親（節錄）〉、蕭白〈《山鳥集》前記〉、蕭白〈鄉心〉、周明輯錄〈蕭白筆下的諸暨風物〉，共5篇。正文後附錄〈蕭白著作年表〉、阮建根〈後記〉。

作家生平資料篇目

自述

4. 風　雷　風雷補記　破曉　臺北　〔自行出版〕　1952年4月　〔1〕頁
5. 風　雷　後記　破曉　臺北　〔自行出版〕　1952年4月　頁175
6. 蕭　白　《多色河畔》後記　新文藝　第112期　1965年7月　頁21—22
7. 蕭　白　後記　多色河畔　臺北　新亞出版社　1965年7月　頁153—154
8. 蕭　白　後記　多色河畔　臺北　水芙蓉出版社　1984年8月　頁203—204
9. 蕭　白　散文今後　新文藝　第113期　1965年8月　頁10—13
10. 金　陽　踽行二十年　中央日報　1966年11月23日　6版
11. 蕭　白　後記　藍季　臺中　光啟出版社　1967年6月　頁181—182
12. 蕭　白　前記　山鳥集　臺北　哲志出版社　1968年4月　頁1—2
13. 蕭　白　前記　山鳥集　臺北　哲志出版社　1970年1月　頁1—2
14. 蕭　白　前記　山鳥集　臺北　水芙蓉出版社　1974年4月　頁3—5
15. 蕭　白　前記　山鳥集　臺北　黎明文化公司　1986年3月　頁1—2
16. 蕭　白　《山鳥集》前記　蕭白先生紀念特刊　臺北　諸暨浣紗文學讀書會　2014年10月　頁103
17. 蕭　白　後記　白鷺之歌　臺中　光啟出版社　1968年7月　頁169—170
18. 蕭　白　序　絮語　臺北　金字塔出版社　1969年5月　頁1—3
19. 蕭　白　《山鳥集》再版記　山鳥集　臺北　哲志出版社　1970年1月　〔1〕頁
20. 蕭　白　序　靈畫　臺北　仙人掌出版社　1970年4月　頁1—2
21. 蕭　白　序　靈畫　臺北　水芙蓉出版社　1982年1月　頁5—6
22. 蕭　白　後記　葉笛　臺北　清流出版社　1970年8月　頁183
23. 蕭　白　後記　摘雲集　臺北　阿波羅出版社　1970年10月　頁165
24. 蕭　白　後記　摘雲集　臺北　文鏡文化公司　1985年2月　頁221—222

25. 蕭　白　後記　無花果集　臺北　華欣文化中心　1974年3月　頁160
26. 蕭　白　後記　無花果集　臺北　文鏡文化公司　1983年8月　頁191—192
27. 蕭　白　後記　弦外集　臺北　水芙蓉出版社　1974年6月　頁165—166
28. 蕭　白　前記　花廊　臺北　水芙蓉出版社　1974年7月　頁1
29. 蕭　白　《山鳥集》重印序　山鳥集　臺北　水芙蓉出版社　1974年4月　頁1—2
30. 蕭　白　自序　響在心中的水聲　臺北　水芙蓉出版社　1977年5月　頁1—4
31. 蕭　白　序　蕭白散文精選集　臺北　源成文化圖書供應社　1978年1月　頁1—8
32. 蕭　白　序　一樂燈影　臺北　黎明文化公司　1978年4月　頁1—2
33. 蕭　白　大濂洛溪（代序）　大濂洛溪　臺北　乾隆圖書公司　1978年9月　頁3—12
34. 蕭　白　後記　大濂洛溪　臺北　乾隆圖書公司　1978年9月　頁245—249
35. 蕭　白　到得春深處　臺灣時報　1979年4月29日　12版
36. 蕭　白　《浮雕》的心路歷程[1]　中央日報　1979年9月12日　11版
37. 蕭　白　自序　浮雕　臺北　九歌出版社　1979年10月　頁3—5
38. 蕭　白　石級上的寧靜——代序　燭光裡的古代　臺北　采風出版社　1980年1月　頁5—10
39. 蕭　白　《新文藝》與我　新文藝　第300期　1981年3月　頁80—81
40. 蕭　白　《靈畫》新版序　靈畫　臺北　水芙蓉出版社　1982年1月　頁1—3
41. 蕭　白　後記　當時正年少　臺北　文鏡文化公司　1982年3月　頁213—215

[1]本文後改篇名為〈自序〉。

42. 蕭　白　後記　當時正年少　臺北　文鏡文化公司　1985 年 12 月　頁 220—223
43. 蕭　白　山窗之下（代序）　山窗絮語　臺北　水芙蓉出版社　1983 年 2 月　頁 1—3
44. 蕭　白　後記　山窗絮語　臺北　水芙蓉出版社　1983 年 2 月　頁 211—212
45. 蕭　白　漫長的踽行　石級上的歲月　臺北　文鏡文化公司　1984 年 5 月　頁 241—256
46. 蕭　白　後記　石級上的歲月　臺北　文鏡文化公司　1984 年 5 月　〔2〕頁
47. 蕭　白　《多色河畔》重印序　多色河畔　臺北　水芙蓉出版社　1984 年 8 月　頁 1—2
48. 蕭　白　前記　雨季　臺北　文鏡文化公司　1984 年 9 月　頁 1—2
49. 蕭　白　停留在湘江邊上的日子　人生船　臺北　爾雅出版社　1985 年 7 月　頁 200—201
50. 蕭　白　另一種境界的開始——面對人生苦樂的《白屋手記》[2]　九歌雜誌　第 63 期　1986 年 5 月　3 版
51. 蕭　白　後記　白屋手記　臺北　九歌出版社　1986 年 5 月　頁 259—262
52. 蕭　白　新版後記　弦外集　臺北　文鏡文化公司　1986 年 9 月　頁 179—180
53. 蕭　白　記住兩份友誼——談談我的筆名　蕭白先生紀念特刊　臺北　諸暨浣紗文學讀書會　2014 年 10 月　頁 95—96

他述

54. 〔精忠日報〕　〈大地的城〉作者介紹　精忠日報　1963 年 6 月 16 日　3 版
55. 石　陵　樸實無華的蕭白　青年戰士報　1968 年 12 月 2—5 日　7 版

[2]本文後改篇名為〈後記〉。

56. 李葉霜　序　摘雲集　臺北　阿波羅出版社　1970年10月　頁1—3
57. 李葉霜　序　摘雲集　臺北　文鏡文化公司　1985年2月　〔3〕頁
58. 林　綠　勸君更進一杯酒（給蕭白）　森林與鳥　臺北　阿波羅出版社　1972年2月　頁45—48
59. 〔書評書目〕　作家話像——蕭白　書評書目　第12期　1974年4月　頁78—79
60. 朱西甯　弦外之外・代序　弦外集　臺北　水芙蓉出版社　1974年6月　頁1—4
61. 姜　穆　上山原為修道・下山不是還俗——寫蕭白　中華文藝　第42期　1974年8月　頁28—33
62. 朱西甯　作家速寫——南人北相　朱西甯隨筆　臺北　水芙蓉出版社　1975年4月　頁37—38
63. 朱西甯　作家速寫——南人北相　微言篇　臺北　三三書坊　1981年1月　頁43—44
64. 〔編輯部〕　蕭白小傳　中國當代十大散文家選集　臺北　源成文化圖書供應社　1977年7月　頁222
65. 羊令野　秋葉致蕭白　聯合報　1978年11月30日　12版
66. 羊令野　秋夜致蕭白　杏林春暖　臺北　華欣文化中心　1979年4月　頁165—167
67. 周介塵　時代的見證　當時正年少　臺北　文鏡文化公司　1982年3月　頁211—212
68. 周介塵　時代的見證　當時正年少　臺北　文鏡文化公司　1985年12月　頁216—217
69. 胡宗智　愛山的人　我的另一半（二）　臺北　中華日報社　1982年7月　頁179—185
70. 王晉民，鄺白曼　蕭白　臺灣與海外華人作家小傳　福州　福建人民出版社　1983年9月　頁195—196

71. 〔九歌雜誌〕　書緣・書香〔蕭白部分〕　九歌雜誌　第 63 期　1986 年 5 月　4 版
72. 穆　欣　蕭白第四隻手　臺灣新聞報　1992 年 1 月 8 日　14 版
73. 〔管管等編〕[3]　蕭白小傳　臺灣十大散文家選集　香港　曉林出版社　〔未著錄出版年月〕　頁 110
74. 〔明清，秦人〕　蕭白　臺港小說鑑賞辭典　北京　中央民族學院出版社　1994 年 1 月　頁 166
75. 〔編輯部〕　蕭白　琦君書信集　臺南　國立臺灣文學館　2007 年 8 月　頁 437
76. 〔鹽分地帶文學〕　前輩作家寫真簿——蕭白：寵辱不驚看花開花落・去留隨意任雲捲雲舒　鹽分地帶文學　第 15 期　2008 年 4 月　頁 22
77. 〔封德屏主編〕　蕭白　2007 臺灣作家作品目錄　臺南　國立臺灣文學館　2008 年 7 月　頁 1396
78. 吳穎萍　聽雨草堂念平生——蕭白寫簡傳、以書畫自娛　文訊雜誌　第 333 期　2013 年 7 月　頁 102
79. 吳穎萍　聽雨草堂念平生——蕭白寫簡傳、以書畫自娛　蕭白先生紀念特刊　臺北　諸暨浣紗文學讀書會　2014 年 10 月　頁 69
80. 張騰蛟　你會繞道諸暨的老宅大院罷！——送老友蕭白遠行　文訊雜誌　第 337 期　2013 年 11 月　頁 57—59
81. 張騰蛟　你會繞道諸暨的老宅大院罷——送老友蕭白遠行　蕭白先生紀念特刊　臺北　諸暨浣紗文學讀書會　2014 年 10 月　頁 4—6
82. 李　喬　別語纏綿不成句　文訊雜誌　第 337 期　2013 年 11 月　頁 60—61
83. 李　喬　別語纏綿不成句　蕭白先生紀念特刊　臺北　諸暨浣紗文學讀書會　2014 年 10 月　頁 38—39
84. 林　綠　蕭白和他的散文　文訊雜誌　第 337 期　2013 年 11 月　頁 62—64
85. 林　綠　蕭白和他的散文　蕭白先生紀念特刊　臺北　諸暨浣紗文學讀書會

[3]編者：辛鬱、菩提、張默、張漢良。

2014年10月 頁78—80

86. 王為萱 作家蕭白逝世 文訊雜誌 第337期 2013年11月 頁138

87. 鄭清文 念蕭白先生 文訊雜誌 第338期 2013年12月 頁40—41

88. 鄭清文 紀念蕭白先生 蕭白先生紀念特刊 臺北 諸暨浣紗文學讀書會 2014年10月 頁25—26

89. 何根土 水聲依舊・斯人往矣——懷念蕭白先生 蕭白先生紀念特刊 臺北 諸暨浣紗文學讀書會 2014年10月 頁27—29

90. 封德屏 頭頂一片天・足耕千畝地 蕭白先生紀念特刊 臺北 諸暨浣紗文學讀書會 2014年10月 頁30—32

91. 田渭法 相見時難別亦難——蕭白先生與我20餘年友誼濃情點滴 蕭白先生紀念特刊 臺北 諸暨浣紗文學讀書會 2014年10月 頁33—37

92. 周偉潮 探訪蕭白先生故居 蕭白先生紀念特刊 臺北 諸暨浣紗文學讀書會 2014年10月 頁40—41

93. 周東亮 時光猶新人已老——追思蕭白先生 蕭白先生紀念特刊 臺北 諸暨浣紗文學讀書會 2014年10月 頁42—44

94. 封德屏 老樹春深更著花 蕭白先生紀念特刊 臺北 諸暨浣紗文學讀書會 2014年10月 頁62

95. 封德屏 那光亮不曾遠去，不曾忘懷 蕭白先生紀念特刊 臺北 諸暨浣紗文學讀書會 2014年10月 頁70

96. 封德屏 那光亮不曾遠去，不曾忘懷 荊棘裡的亮光——《文訊》編輯檯的故事 臺北 爾雅出版社 2014年7月 頁258—259

97. 阮建根 後記 蕭白先生紀念特刊 臺北 諸暨浣紗文學讀書會 2014年10月 頁119

98. 陳文發 寫在風中的記憶——記蕭白二三事 考辨・紀事・憶述——臺灣文學史料輯刊第四輯 臺南 國立臺灣文學館 2014年8月 頁134—150

99. 應鳳凰 《多色河畔》：蕭白第一本散文集 文訊雜誌 第350期 2014年12月 頁3

100. 應鳳凰 作家第一本書的故事——之四：新店溪畔‧或晴或雨 鹽分地帶文學 第59期 2015年8月 頁104—105

訪談、對談

101. 姚儀敏 漸遠的跫音——蕭白訪問記 中央月刊 第24卷第3期 1991年3月 頁84—87

102. 姚儀敏 漸遠的跫音——蕭白訪問記 蕭白先生紀念特刊 臺北 諸暨浣紗文學讀書會 2014年10月 頁63—66

103. 馮季眉 隱藏在層層意象裡的美感——景美山上訪散文家蕭白 文訊雜誌 第105期 1994年7月 頁95—98

104. 馮季眉 隱藏在層層意象裡的美感——景美山上訪散文家蕭白 蕭白先生紀念特刊 臺北 諸暨浣紗文學讀書會 2014年10月 頁54—57

105. 樓俊敏，徐發明，王蕾 隔不斷的回家路——臺灣著名作家蕭白的家鄉情結 鄉音 2002年第12期 2002年 頁21—22

106. 樓俊敏，徐發明，王蕾 隔不斷的回家路——臺灣著名作家蕭白的家鄉情節 蕭白先生紀念特刊 臺北 諸暨浣紗文學讀書會 2014年10月 頁51—53

107. 林麗如 回首向來蕭瑟處——專訪蕭白 文訊雜誌 第264期 2007年10月 頁28—34

108. 林麗如 回首向來蕭瑟處——專訪蕭白 蕭白先生紀念特刊 臺北 諸暨浣紗文學讀書會 2014年10月 頁45—50

109. 陳喆之〔陳文發〕 遊藝於水墨間——蕭白的書房[4] 鹽分地帶文學 第32期 2011年2月 頁22—26

110. 陳文發 蕭白的書房——黃昏的歲月 作家的書房 臺北 允晨文化公司

[4]本文後改篇名為〈蕭白的書房——黃昏的歲月〉。

2014年8月　頁43—50

111. 林麗如　聽雨草堂話當年　聯合報　2012年10月20日　D3版

112. 林麗如　聽雨草堂話當年　蕭白先生紀念特刊　臺北　諸暨浣紗文學讀書會　2014年10月　頁71—72

年表

113. 陳　軍　蕭白印象　蕭白先生紀念特刊　臺北　諸暨浣紗文學讀書會　2014年10月　頁67—68

114. 〔編輯部〕　蕭白創作年表　中國當代十大散文家選集　臺北　源成文化圖書供應社　1977年7月　頁222—227

115. 〔編輯部〕　年表　蕭白自選集　臺北　黎明文化公司　1978年4月　頁1—5

116. 蕭　白　蕭白寫作年表　燭光裡的古代　臺北　采風出版社　1980年1月　頁205—214

117. 〔周曉東，封德屏主編〕　蕭白著作年表　蕭白先生紀念特刊　臺北　諸暨浣紗文學讀書會　2014年10月　頁114—118

其他

118. 雷顯威　三作家捐著作・豐富文資中心——李牧、姜穆、蕭白風格各異・三人文學文物展今同步登場　聯合報・雲嘉南　2001年9月28日　18版

119. 林偉民　臺灣新民報，錄製光碟片，李牧等三位老作家，推出文學文物展〔蕭白部分〕　聯合報　2001年9月29日　18版

120. 〔楊護源主編〕　灌溉文學的花園系列4——時代下的筆耕者——姜貴、蕭白文物捐贈展　國立臺灣文學館年報2010　臺南　國立臺灣文學館　2011年9月　頁57

作品評論篇目

綜論

121. 林　綠　關於蕭白　絮語　臺北　金字塔出版社　1969 年 5 月　頁 5—6
122. 林　綠　關於蕭白　蕭白先生紀念特刊　臺北　諸暨浣紗文學讀書會　2014 年 10 月　頁 81
123. 林　綠　秋季——論蕭白的散文（1—5）　中華日報　1974 年 8 月 20—24 日　9 版
124. 林　綠　秋季——論蕭白的散文　隱藏的景　臺北　華欣文化中心　1974 年 9 月　頁 159—184
125. 林　綠　秋季——論蕭白的散文　無花果集　臺北　華欣文化中心　1974 年 11 月　〔25〕頁
126. 林　綠　秋季——論蕭白的散文　林綠自選集　臺北　黎明文化公司　1975 年 12 月　頁 215—234
127. 任　真　蕭白的散文　青年戰士報　1974 年 8 月 30 日　8 版
128. 郭廷立　試論蕭白的散文　中華文藝　第 75 期　1977 年 5 月　頁 181—191
129. 韋體文　蕭白筆下的隔離世界　臺灣研究集刊　1988 年第 3 期　1988 年 8 月　頁 97—100
130. 徐　學　散文創作（上）——王鼎鈞、張曉風與 70 年代的散文創作〔蕭白部分〕　臺灣文學史（下）　福州　海峽文藝出版社　1993 年 1 月　頁 455—456
131. 張超主編　蕭白　臺港澳及海外華人作家辭典　江蘇　南京大學出版社　1994 年 12 月　頁 527—528
132. 方　忠　空蒙奇巧，飄逸灑脫——蕭白散文　臺港散文 40 家　鄭州　中原農民出版社　1995 年 9 月　頁 184—187
133. 楊昌年　散文的崛起〔蕭白部分〕　二十世紀中國新文學史　臺北　駱駝出版社　1997 年 10 月　頁 300—301
134. 鍾怡雯　臺灣散文裡的中國圖像〔蕭白部分〕　孤獨的帝國——第二屆全國大專學生文學獎得獎作品專集　臺北　行政院文建會　1999 年

5月　頁515

135. 鍾怡雯　流離：在中國的邊緣——追尋與再現失落的中國——虛位化的當下現實〔蕭白部分〕　亞洲華文散文的中國圖象（1949—1999）　臺灣師範大學國文學系　博士論文　陳鵬翔教授指導　2000年5月　頁52—53

136. 鍾怡雯　流離：在中國的邊緣——追尋與再現失落的中國——虛位化的當下現實〔蕭白部分〕　亞洲華文散文的中國圖象（1949—1999）　臺北　萬卷樓圖書公司　2001年1月　頁75—76

137. 簡弘毅　時代下的筆耕者——姜貴、蕭白文物捐贈展　繼往開來——作家文物捐贈展圖錄　臺南　國立臺灣文學館　2010年12月　頁34—63

138. 周曉東　人愛蕭白[5]　蕭白先生紀念特刊　臺北　諸暨浣紗文學讀書會　2014年10月　頁7—24

139. 周　明　鄉愁的理念　蕭白先生紀念特刊　臺北　諸暨浣紗文學讀書會　2014年10月　頁58—61

140. 駱寒超　新文學史上一顆閃亮的星——有感於蕭白和他的作品　蕭白先生紀念特刊　臺北　諸暨浣紗文學讀書會　2014年10月　頁73—77

141. 張志樺　辭世作家——蕭白　2013臺灣文學年鑑　臺南　國立臺灣文學館　2014年12月　頁177

142. 馬　森　臺灣當代散文〔蕭白部分〕　世界華文新文學史——中國現代文學的兩度西潮（下編）・分流後的再生：第二度西潮與現代／後現代主義　臺北　印刻文學生活雜誌出版公司　2015年2月　頁1133—1134

143. 楊富閔　從「復興基地」到「臺灣山水」：七〇年代外省軍籍作家自傳性敘事的空間閱讀〔蕭白部分〕　2015文化研究年會　臺北　文化

[5]本文綜述蕭白作品。

研究學會主辦　2015 年 3 月 14—15 日　頁 4，10—11，16

分論

◆單行本作品

散文

《多色河畔》

144. 張騰蛟　試論蕭白——並兼談其散文集《多色河畔》　新文藝　第 118 期　1966 年 1 月　頁 13—15
145. 張騰蛟　試論蕭白——並兼談其散文集《多色河畔》　張騰蛟自選集　臺北　黎明文化公司　1978 年 6 月　頁 337—342
146. 張騰蛟　蕭白：《多色河畔》　書註　臺北　爾雅出版社　2013 年 11 月　頁 36—37

《藍季》

147. 王少雄　評蕭白的《藍季》　新知識　第 103 期　1976 年 3 月　頁 29—30

《山鳥集》

148. 張騰蛟　七十二組音符——蕭白的《山鳥集》讀後　青年戰士報　1968 年 5 月 23 日　6 版
149. 張騰蛟　七十二組音符——蕭白的《山鳥集》讀後　張騰蛟自選集　臺北　黎明文化公司　1978 年 6 月　頁 343—348
150. 張騰蛟　七十二組音符——蕭白的《山鳥集》讀後　蕭白先生紀念特刊　臺北　諸暨浣紗文學讀書會　2014 年 10 月　頁 85—87
151. 蔡丹治　蕭白和他的《山鳥集》　徵信新聞報　1968 年 8 月 5 日　10 版
152. 蔡丹治　蕭白和他的《山鳥集》　文藝論評　臺中　普天出版社　1968 年 10 月　頁 157—163
153. 周偉潮　一隻思鄉的鳥——讀蕭白先生《山鳥集》有感　蕭白先生紀念特刊　臺北　諸暨浣紗文學讀書會　2014 年 10 月　頁 82—84
154. 顧國莉　山靜・日長——讀蕭白《山鳥集》　蕭白先生紀念特刊　臺北　諸暨浣紗文學讀書會　2014 年 10 月　頁 92—94

《摘雲集》

155. 必也正　讀《摘雲集》　青年戰士報　1971年1月24日　10版

《無花果集》

156. 楚　茹　果豈無花？——蕭白《無花果集》讀後感（上、下）　中華日報　1973年9月17—18日　9版

157. 楚　茹　果豈無花談蕭白的散文——代序　無花果集　臺北　華欣文化中心　1974年11月　頁1—8

158. 楚　茹　果豈無花——談蕭白的散文——代序　無花果集　臺北　文鏡文化公司　1983年8月　頁1—10

《弦外集》

159. 洪福星　寂寞的《弦外集》　臺灣日報　1976年12月15日　9版

《響在心中的水聲》

160. 齊邦媛　散文裡的兩個世界——由王鼎鈞的《碎琉璃》、蕭白的《響在心中的水聲》談起　幼獅文藝　第293期　1978年5月　頁46—52

《浮雕》

161. 李樂薇　文學中意會的藝術——讀蕭白的《浮雕》　中央日報　1981年7月15日　12版

《白屋手記》

162. 張春榮　精緻的哲思——讀蕭白《白屋手記》　臺灣新生報　1992年2月25日　14版

163. 張春榮　精緻的哲思——讀蕭白《白屋手記》　修辭萬花筒　臺北　駱駝出版社　1996年9月　頁233—235

小說

《破曉》

164. 李葉霜　序《破曉》　破曉　臺北　〔自行出版〕　1952年4月　頁1—3

兒童文學

《小龍王》

165. 〔編輯部〕　序　小龍王　香港　兒童樂園半月刊社　1963年8月　〔1〕頁

◆多部作品

〈曼君與我〉、《山鳥集》

166. 陳國麗　人比疏花更寂寞——讀蕭白〈曼君與我〉、《山鳥集》　蕭白先生紀念特刊　臺北　諸暨浣紗文學讀書會　2014年10月　頁88—91

單篇作品

167. 蔡丹冶　〈住石屋的老梁〉評析——兼談蕭白的小說　青年戰士報　1967年10月7日　6版

168. 蔡丹冶　蕭白的〈住石屋的老梁〉——兼談蕭白的小說　文藝論評　臺中　普天出版社　1968年10月　頁116—121

169. 梅　遜　讀蕭白〈兒事成追憶〉　文壇　第101期　1968年11月　頁16—17

170. 撫萱閣主　〈山居小語〉按　你喜愛的文章　臺北　史地教育出版社　1969年11月　頁50

171. 朱星鶴　淺析蕭白的〈雨聲〉　中華文藝　第109期　1980年3月15日　頁17—19

172. 〔季季主編〕　蕭白〈石級上的歲月〉　1982年臺灣散文選　臺北　前衛雜誌社　1983年2月　頁219—220

173. 林錫嘉　〈四月陽明〉編者註　七十四年散文選　臺北　九歌出版社　1986年3月　頁176

174. 〔鄭明娳，林燿德選註〕　〈無花果〉　禪思　臺北　正中書局　1991年7月　頁2

175. 李春林　六月（二題）賞析〔〈林子裡〉、〈六月的眸光〉〕[6]　臺灣散文鑑賞辭典　太原　北岳文藝出版社　1991年12月　頁395—397

[6]〈六月〉分為5個小子題：星在窗外、林子裡、六月的眸光、雨花綻在午後、夜之獨步。

176. 李春林　〈摘雲篇〉賞析　臺灣散文鑑賞辭典　太原　北岳文藝出版社　1991年12月　頁412—415

177. 潘　穎　〈散戲〉作品鑒賞　臺港小說鑒賞辭典　北京　中央民族學院出版社　1994年1月　頁171—172

178. 林政華　蕭白的〈蝴蝶〉　耕情集　臺中　臺中市立文化中心　1995年6月　頁187—188

179. 黃　梅　〈響在心中的水聲〉編者的話　波光裡的夢影　臺北　香海文化公司　2006年9月　頁50—51

多篇作品

180. 李豐楙　〈二月〉、〈響在心中的水聲〉、〈《浮雕》二則〉簡析　中國現代散文選析2　臺北　長安出版社　1985年3月　頁707—708，715—716，718—719

181. 李春林　〈響在心中的水聲〉、八月（二題）賞析〔〈等待月亮升起〉、〈風吹響一樹葉子〉〕　臺灣散文鑑賞辭典　太原　北岳文藝出版社　1991年12月　頁403—405，408—410

182. 蕭　蕭　導讀．蕭白〈六月〉、〈響在心中的水聲〉　二十世紀臺灣文學金典——散文卷（第一部）　臺北　聯合文學出版社　2006年5月　頁267

作品評論目錄、索引

183. 〔編輯部〕　關於本書作者批評及專訪目錄索引——蕭白　中國當代十大散文家選集　臺北　源成文化圖書供應社　1977年7月　頁548

184. 〔編輯部〕　作品評論引得　蕭白自選集　臺北　黎明文化公司　1978年4月　〔1〕頁

185. 〔封德屏主編〕　蕭白　臺灣現當代作家評論資料目錄（六）　臺南　國立臺灣文學館　2010年11月　頁4387—4391

國家圖書館出版品預行編目資料

臺灣現當代作家研究資料彙編. 70, 蕭白 / 顏崑陽編選.
-- 初版. -- 臺南市 : 臺灣文學館, 2015.12
面 ; 公分
ISBN 978-986-04-6393-4 (平裝)

1.蕭白 2.傳記 3.文學評論

863.4 104022636

【臺灣現當代作家研究資料彙編】70

蕭白

發行人 陳益源
指導單位 文化部
出版單位 國立臺灣文學館
地　址／70041 臺南市中西區中正路 1 號
電　話／06-2217201　傳　真／06-2218952
網　址／www.nmtl.gov.tw　電子信箱／pba@nmtl.gov.tw

總策畫 封德屏
顧　問 林淇瀁 張恆豪 許俊雅 陳信元 陳義芝 須文蔚 應鳳凰
工作小組 白心瀞 呂欣茹 陳欣怡 陳映潔 陳鈺翔 莊淑婉 張傳欣
編　選 顏崑陽
責任編輯 張傳欣
校　對 陳欣怡 張傳欣
計畫團隊 財團法人台灣文學發展基金會
美術設計 翁國鈞・不倒翁視覺創意
印　刷 松霖彩色印刷事業有限公司

經銷展售 國家書店松江門市（02-25180207）
國立臺灣文學館—雪芙瑞文學咖啡坊（06-2214632）
三民書局（02-23617511）　五南文化廣場（04-22260330）
台灣的店（02-23625799）　府城舊冊店（06-2763093）
南天書局（02-23620190）　唐山出版社（02-23633072）
草祭二手書店（06-2216872）

初版一刷 2015 年 12 月
定　價 新臺幣 380 元整
第一階段 15 冊新臺幣 5500 元整　第二階段 12 冊新臺幣 4500 元整
第三階段 23 冊新臺幣 8500 元整　第四階段 14 冊新臺幣 5000 元整
第五階段 16 冊新臺幣 6000 元整
全套 80 冊新臺幣 24000 元整

GPN 1010402155（單本）　ISBN 978-986-04-6393-4（單本）
1010000407（套）　978-986-02-7266-6（套）

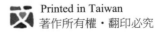

Printed in Taiwan